David Reimer

Das Ganymed-Fragment

Bitte Content Notes / Inhaltswarnung am Ende des Buchs beachten

Futureverse by Phantorion ist die Marke des Phantorion Verlags
für Science-Fiction.

Das Ganymed-Fragment

1. Auflage, Dezember 2025

Hersteller, Herausgeber & Verlag
Futureverse by Phantorion
Phantorion Verlag, Ludwigswinkel

Kontakt
contact@phantorion.de
www.phantorion.de

Satz: Frederike Struck,
WB Media & Commerce GmbH, Ludwigswinkel
Lektorat & Korrektorat: Katharina Glück
Coverdesign: Frederike Struck,
WB Media & Commerce GmbH, Ludwigswinkel

ISBN: 978-3-911884-08-2

www.myfutureverse.de

Über den Autor

David Reimer ist ein deutscher Autor aus Erftstadt bei Köln, der sich mit Leidenschaft der Science-Fiction und Abenteuerliteratur widmet. Bevor er sich ganz dem Schreiben verschrieb, arbeitete er als Großhandelskaufmann, heute lebt er als freischaffender Autor. In seinen Büchern verbindet er wissenschaftlich fundierte Ideen mit spannender Erzählweise und hat damit bereits zehntausende Leser:innen erreicht.

Zu seinen Reihen und Romanen zählen u. a. Die Wächter des Wissens, die Abenteuer um Henry Voigt, Mars Ultor sowie mehrere eigenständige Science-Fiction-Thriller. Mit Das Ganymed-Fragment, das im Dezember 2025 bei Futureverse by Phantorion erscheint, zeigt Reimer einmal mehr seine Stärke, klassische Motive der Science-Fiction – Forschung, Weltraumexpeditionen und das Unbekannte – in packende Geschichten zu verwandeln. Reimer ist Mitglied im Phantastik-Autor:innen-Netzwerk (PAN) e.V..

„Nicht das, was du nicht weißt, bringt dich in Schwierigkeiten, sondern das, was du sicher zu wissen glaubst, obwohl es gar nicht wahr ist."

Beliebte Redewendung

Prolog

Bergbaukolonie Tros der Lunaris Industrial Group, Minenschacht 12B, Gebiet Tiamat Sulcus, Mond Ganymed, Jupiterorbit

Die Hölle ist kein Ort aus Feuer und Folter, sondern ein Zustand des Bewusstseins, in dem das Ich für immer mit der Wahrheit konfrontiert wird, die es nicht ertragen kann. Sie ist das absolute Alleinsein im Angesicht dessen, was man geworden ist – ohne Masken, ohne Lüge, ohne Ausweg. In ihr gibt es keine Zeit, nur endlose Gegenwart. Keine Strafe, nur Erkenntnis. Die Hölle ist nicht das Werk eines strafenden Gottes, sie ist das Resultat radikaler Selbsterkenntnis in vollkommener Isolation. Ein Spiegel, von dem man sich nicht mehr abwenden kann. Besser konnte man den Ort nicht beschreiben, an dem sich Ben Harris befand.

In der zentralen Halle unterhalb der Kuppel war es ungewöhnlich still, als wäre sie in der Zeit eingefroren. Nur an den Rändern der wenigen Gebäude, die an der Oberfläche errichtet worden waren, glommen vereinzelte Positionslichter, winzige Punkte in der ewigen Dämmerung, die der schwache Schein Jupiters spendete. Das Leuchten war kaum mehr als ein blasses Echo des Gasriesen weit draußen, doch es genügte, um Ben in seinen Bann zu ziehen.

Er sah zu dem riesigen Planeten hinauf, dessen rotbraune Wolkenbänder über dem transparenten Verbundmaterial der Kuppel gut erkennbar waren, als wären sie Teil eines Albtraums, der ihn verfolgte, selbst wenn er sich abwandte. Ganymed war ein gefangener Trabant im Bann dieser stummen, wirbelnden Gewalt. Manchmal glaubte Ben, der große, rote Sturm dort oben müsste ein eigenes Bewusstsein besitzen – eines, das die Menschen kleinhielt und ihnen insgeheim zuflüsterte, sie sollten wieder verschwinden.

Doch unten in den Minen des Grabengebiets Tiamat Sulcus dachte niemand ans Verschwinden. Die Lunaris Industrial Group hatte Milliarden investiert, Rohrschächte fast vier Kilometer tief in das Eis treiben lassen, Stahlgalerien angebracht, Fördertechnik installiert, Reaktoren verankert und eine Kolonie errichtet. Nun bohrten ihre Teams nach nickeleisernen Adern, hydratisierten Silikaten, seltenen Erden und einer Reihe exotischer Salze, die in den Fabriken des Heimatplaneten zu Superlegierungen und Speichermaterialien veredelt wurden. Ganymed war ein Rohstoffparadies und eine Todesfalle zugleich.

Ben senkte den Blick und checkte sein Armdisplay, das ihm alle wichtigen Daten der Sensoren, die in seinem Bergbauanzug integriert waren, übermittelte. Im Prinzip ähnelte dieser Anzug dem eines Astronauten, nur dass seiner mit Panzerplatten, einem Exoskelett und motorisierten Gelenken ausgestattet war. Zudem erhielt er alle wichtigen Umgebungsdaten direkt in sein Hub im Sichtfeld.

»Harris, wie sieht es aus?«, hörte er die markante, basslastige Stimme seines Schichtleiters Franz Ernst.

»Sorry, bin so weit. Hab nur kurz über etwas nachgedacht. Bin gleich am Lift.«

»Ah, dachte schon, du wärst eingeschlafen. Martinez und Bruckner warten unten auf dich.«

Der senkrecht durch das Eis getriebene Schacht des Personenaufzugs lag zwei Schleusen entfernt. Ben versuchte nicht, dem ewigen Knacken der Strukturen zu lauschen. Es war der Klang von Stahl, der sich in minus hundertsechzig Grad zusammenzog, von Eisschichten, die sich langsam bewegten, zusammengepfercht wurde und wieder auseinanderdrifteten.

Über das Touchpanel an der Wand neben der Schleuse aktivierte er den Türmechanismus. Als er die Hand wieder entfernte, leuchtete die Fläche grün auf und die beiden Schotthälften öffneten sich. Er hörte seinen Atem im Helm widerhallen, als er die Schleuse betrat und hinter sich verschloss.

»Ben, konzentrier dich, dass hier ist sehr wichtig für den Konzern. Reed wird jeden Moment hier sein und jeden eurer Schritte dokumentieren und überprüfen.«

»Ich weiß, ich mach das schon«, erwiderte er und aktivierte den Druckausgleich.

Unten wartete Minenschacht 12B auf ihn, fast einen Kilometer unter dem nördlichen Ringabschnitt. Ein neuer Tunnel, kaum achtundvierzig Stunden alt. Erst vor einer Stunde waren die autonomen Einheiten mit ihrer Arbeit fertig geworden, den Schacht abzusichern und zumindest etwas Licht anzubringen, bevor Ben mit seinem Team die Feinarbeit erledigen würden. Die Sensorlogs hatten in einem Hohlraum im Eis etwas aufgespürt, einen magnetischen Anomaliepunkt, eine unregelmäßige Dichte, die selbst die autonomen Prospektoren irritiert hatte. Genau solche Irritationen bedeuteten oft einen Schatz. Doch in einer Umgebung wie dieser konnte ein neu erschlossener Schacht auch schnell zu einem frostigen Grab werden. Das Eis auf Ganymed bewegte sich und löste dadurch immer wieder Beben aus, manchmal so starke, dass die künstlich erschaffene Struktur der Minenkolonie an das Limit ihrer Hüllenintegrität gebracht wurde.

Als sich die äußeren Schleusentore öffneten, machte Ben sich auf den Weg durch den schmalen, in das Eis geschmolzenen Tunnel zum Schachtaufzug. Das Lauflicht erhellte das Metallgitter auf dem Boden, das für einen festen Halt unter den schweren Stiefeln des Anzugs sorgte. Die Schwerkraft auf Ganymed betrug rund ein Siebtel dessen, was er von der Erde gewöhnt war, und verlieh jedem Schritt eine trügerische Leichtigkeit.

»Gut, hoffen wir, dass es keine beschissene Brine ist, in der sich magnetisches Material gelöst hat«, erwiderte Ernst.

»Das hoffe ich auch. Ist der Abschnitt geräumt?«

»Ja, schon seit einer Stunde ist der gesamte Betrieb in der nördlichen Sektion unterbrochen.«

»Das ist gut«, stellte Ben fest und beschleunigte seine Schritte, als er den Aufzug ins Auge fasste, der nach einer Biegung des Tunnels in seinem Sichtfeld auftauchte.

Eine Evakuierung des Bereichs war notwendig. Eine Brine war nichts anderes als hoch konzentrierte Salzlauge, die tief unter dem Eis eingeschlossen war und unter erheblichem Druck stand. Wurde sie angebohrt, entlud sie sich explosiv, vergleichbar mit einer Sprudelflasche, die man schüttelte und dann öffnete, nur um ein Vielfaches gefährlicher.

Ben hatte die Daten und Bilder der Scans gesehen, und seine Erfahrung verriet ihm, dass dort irgendetwas anderes sein musste. Dennoch gab es Vorschriften und Abläufe.

»Bin jetzt am Aufzug.«

»Alles klar, Reed ist gerade reingekommen und muss sich noch einen Kaffee holen. Also viel Glück! Melde dich, wenn du unten bist und losfährst.«

»Mache ich.«

Der Aufzug war kaum mehr als eine käfigartige Plattform, flankiert von zwei Linearführungen. Ben zog die Tür des metallenen Förderkorbs auf, stieg ein, schloss das Gitter und drückte den Knopf, der den Aufzug dazu veranlasste, ihn zum Haupttunnel hinabzubringen, wo seine Kollegen auf ihn warteten. Er legte die behandschuhten Hände an den Geländerring, eine alte Angewohnheit. Er war der Meinung, wer sich festhielt, stürzte nicht so tief, falls das Notfallsystem aussetzte, auch wenn das völlig bescheuert war. Aber Minenarbeiter hatten ihren ganz eigenen Aberglauben. Der Motor erwachte zum Leben, die Bremsen lösten sich, und mit einem Ruck setzte sich die Kabine in Bewegung.

Das Licht des Korridors, aus dem er gekommen war, wurde von einer bläulichen Wand aus Eis verschluckt, als der Lift sich in die Tiefe senkte. Lediglich eine kleine, rote Lampe am Stahlgitter über ihm spendete Licht. Gelöste Eiskristalle tauchten im Streulicht auf. Ben atmete kontrolliert, spürte die vertraute Mischung aus Anspannung und Vorfreude, die jede Fahrt in die Tiefen des Mondes mit sich brachte. Über das Armdisplay aktivierte er seine Anzuglampen, ehe er sich dem Funk widmete.

»Martinez, Bruckner, hört ihr mich?«

»Laut und deutlich, Boss. Wo bleibst du? Bruckner macht bereits ein Nickerchen.«

Ben schmunzelte. Er mochte Martinez' Humor. »Musste noch etwas erledigen. Könnt ihr den Carrier schon beladen?«

»Bereits erledigt«, hörte er die raue Stimme Bruckners. »Wir sind schon mehr als eine Stunde hier unten.«

»Schon okay, ich hab's kapiert, ich bin zu spät, aber es war wichtig.«

»Alles klar, du bist der Boss«, erwiderte Bruckner.

Ja, das war er, auch wenn er eher ein freundschaftliches Verhältnis zu seinen Kollegen pflegte, schließlich mussten sie sich dort unten aufeinander verlassen können. Ihr Leben lag in den Händen des jeweils anderen. Da sie widerspruchslos seine Anweisungen ausführten, hatte er nichts gegen die eine oder andere flapsige Bemerkung. Meter für Meter rauschte der Förderkorb in die Tiefe.

Bei Meter neunhundert verlangsamte das System die Fahrt. Wenige Minuten später brachte die Linearbremse den Förderkorb zum Stillstand. Ben spürte ein leichtes Rucken, das durch die massiven Sohlen seiner Stiefel gedämpft wurde. Das Sicherheitsgitter öffnete sich langsam und gab den Blick frei auf den Haupttunnel, der zum neuen Abschnitt führte. Ein bläulicher Schimmer wurde von den vereisten Wänden reflektiert, deren Strukturen im Schein der am Anzug montierten Lampen wirkten, als hätte jemand fein geschliffenes Glas mit grobem Stahl gemischt.

Ben trat aus dem Förderkorb in den Hauptschacht hinaus. Sofort spürte er das vertraute Gewicht des Eises um sich herum, ein Druck, der nicht physisch war, sondern tief in seinen Gedanken lauerte und sich bei jedem Schritt deutlicher bemerkbar machte. Seine Lampen tauchten die Tunnelwände in ein gespenstisches Licht, das in kristallinen Reflexionen auf die vereisten Oberflächen traf und tanzende Muster darauf zeichnete. Mit einem kurzen Blick prüfte er die Anzeigen seines Anzugdisplays – Druck, Sauerstoffversorgung, Energiezellen, alles im grünen Bereich.

Martinez und Bruckner warteten an der breiten Rampe, die hinunter in die Tiefe führte. Der schwere Transportbuggy, ein massiver, auf acht großen, grobstolligen Reifen ruhender Koloss, stand bereit. Auf seiner Ladefläche waren mehrere robuste Transportbehälter befestigt, gefüllt mit Messtechnik, hydraulischem Gerät und schwerem Bohrequipment.

»Endlich«, kam Bruckners raue Stimme über den Funkkanal. »Ich dachte schon, du hättest oben beschlossen, uns hier unten alleinzulassen.«

»Ich wollte euch bloß einen Vorsprung verschaffen, damit ich nicht wieder den ganzen Kram selbst aufladen muss«, erwiderte Ben trocken.

Er sah, wie Martinez unter ihrem Helm lächelte, als sie ihm ein Pad mit einem zusammengefassten Statusbericht entgegenhielt.

»Die Sensorwerte haben sich seit der letzten Stunde nicht verändert«, erklärte sie ruhig. »Der magnetische Anomaliepunkt ist stabil, keine Druckschwankungen. Es sieht wirklich so aus, als hätten wir diesmal Glück.«

»Dann hoffen wir mal, dass es so bleibt«, antwortete Ben und warf einen kurzen Blick auf das Display. »Sind Reed und Ernst schon online?«

»Ja, sie erwarten deinen Funkspruch«, bestätigte Martinez. »Wir haben bereits alle Systeme gecheckt. Sobald du grünes Licht gibst, fahren wir los.«

Ben nickte langsam und aktivierte die Kommunikationsleitung zum Kontrollraum. »Hier Team Echo. Reed, Ernst, hört ihr mich klar und deutlich?«

Einen kurzen Moment herrschte Stille, dann erklang die tiefe, ruhige Stimme von Oliver Reed in Bens Helm. »Wir hören dich gut, Ben. Schön, dass du endlich unten angekommen bist. Die Sensordaten sehen stabil aus, aber bleibt trotzdem wachsam. Was sagt dein Bauchgefühl?«

»Schwer zu sagen«, gab Ben zurück und betrachtete erneut die leuchtenden Werte der magnetischen Feldlinien auf Martinez' Pad. »Die Werte sehen ungewöhnlich stabil aus.

Keine Druckschwankungen. Nach wie vor ist es sehr eigenartig, dass wir keine eindeutigen Daten aus dem Inneren erhalten. Ich kann nicht einmal sagen, ob es sich dabei um einen Hohlraum handelt. Aber wir werden mehr wissen, wenn wir dort sind und mit unserer Arbeit begonnen haben.«

Ernst schaltete sich ein. In seiner basslastigen Stimme schwang ein beunruhigter Unterton mit. »Verstanden, Ben. Denkt an die Sicherheitsprotokolle, wenn ihr ankommt. Die Konzernleitung erwartet Resultate, aber keine unnötigen Risiken.«

»Keine Sorge, Franz, wir passen auf«, antwortete Ben ruhig, während er sich auf den Sitz des schweren Fahrzeugs schwang und die Steuereinheit in die Hand nahm.

Martinez setzte sich neben ihn auf den Beifahrersitz, während Bruckner hinten Platz nahm und sich mit einer Sicherungsleine befestigte. Sobald alle gesichert waren, löste Ben die Feststellbremsen und schaltete die Elektromotoren auf volle Leistung. Mit einem sanften Ruck setzte sich der Buggy in Bewegung und rollte aus der Parklücke die Tunnelrampe hinunter.

Die Fahrt verlief schweigend, nur der Widerhall seines Atems in seinem Helm erfüllte die angespannte Stille. Ben lenkte das schwere Fahrzeug konzentriert durch den breiten, Haupttunnel, dessen Wände mit reflektierenden Sicherheitsmarkierungen versehen waren. Sie passierten Abzweigungen zu anderen Sektionen, durchquerten große Hallen, in denen Material, Maschinen und Rohstoffe zwischengelagert wurden. Nach einiger Zeit lenkte Ben das Fahrzeug in einen dunkleren Tunnel, an dessen Wand ein roter Balken zu sehen war. Diese Markierung bedeutete, dass sie den Hauptbereich der Mine verließen und in einen ungesicherten Abschnitt vordrangen.

Nun befanden sie sich in dem neu angelegten Sektor. Ein schmaler Tunnel führte sie tiefer in den unerforschten Bereich. Lediglich vereinzelt an den Wänden angebrachte Lampen spendeten etwas Licht. Dazwischen war es nur das Scheinwerferlicht des Buggys, das den Weg aus der Dunkelheit vor ihnen schälte.

»Noch zweihundert Meter bis zu den Koordinaten«, meldete Martinez leise und studierte konzentriert ihr Display. »Wir befinden uns jetzt im Abschnitt 12B.«

Ben bremste langsam ab und stoppte das Fahrzeug an einer zuvor markierten Stelle. »Gut, hier steigen wir aus und richten alles ein. Bruckner, du kümmerst dich um das hydraulische Bohrmodul. Martinez, du installierst die Messgeräte und hältst die Werte im Blick, sobald wir mit der Bohrung beginnen.«

»Verstanden«, bestätigte Bruckner knapp und machte sich daran, die schweren Stützen des Bohrständers auszuladen und in Position zu bringen. Aufgrund der geringen Schwerkraft konnten sie hier unten deutlich schwerere Lasten tragen als auf der Erde. Zudem verfügten ihre Anzüge über Servomotoren, die sie bei der Arbeit unterstützten. Ben half dabei, die massiven Beine auf dem Boden auszurichten, während Martinez in unmittelbarer Nähe das Hauptterminal für die Sensorik und Messgeräte einrichtete.

Als die hydraulischen Stützen sicher im Boden verankert waren, verbanden sie das tragbare Energiemodul mit dem Bohrkopf und aktivierten das Steuerinterface. Mit einer leichten Verzögerung erwachte das System zum Leben. Der massive Diamantbohrkopf begann, sich langsam zu drehen, zunächst noch ohne direkten Kontakt zur Wand. Diesen Bohrkopf benötigten sie, denn die Wände in diesem Areal bestanden nicht nur aus Eis, sondern auch aus massiven Felsformationen, die sich durch das Eis zogen.

»Reed, Ernst«, meldete Ben über Funk, »wir haben die Ausrüstung eingerichtet und sind startklar. Letzte Bestätigung der Sensordaten bitte.«

»Soweit wir das von hier oben beurteilen können, sind die Sensordaten weiterhin stabil«, erwiderte Reed sofort. »Keine Anzeichen von instabilem Druck.«

»Dann starten wir die erste Kernbohrung«, bestätigte Ben, während Bruckner den Bohrkopf vorsichtig über ein hydraulisches Schienensystem in Richtung der Eis- und Gesteinswand fuhr. »Erste Bohrtiefe auf maximal einen Meter begrenzen, dann schauen wir uns die Daten an.«

Bruckner nickte konzentriert und ließ den Bohrkopf langsam gegen die erste Eisschicht fahren. Eine gleichmäßige Vibration erfüllte den Tunnel, als der Bohrer Zentimeter um Zentimeter in die harte Oberfläche drang.

Martinez beobachtete akribisch die Anzeigen. »Magnetische Fluktuationen leicht erhöht, aber stabil. Druck im Gestein unverändert. Bis jetzt nur Eis und gesteinsdurchsetztes Sediment.«

Ben ließ sich die ersten Ergebnisse der Bohrkernproben anzeigen, kleine Zylinder aus kompaktem Eis und Silikatgestein, die er vorsichtig aus einer kleinen Vorrichtung am hinteren Teil der Maschine entnehmen konnte. Zudem wurden ihm auf einem kleinen Display, erste Analysen angezeigt, die auf Beschaffenheit, Struktur und Inhaltsstoffe der Probe hinwiesen. Nichts deutete auf eine Anomalie hin. Doch die innere Anspannung blieb ihm erhalten – eine diffuse Sorge, die er nicht ganz zu greifen vermochte.

»Tiefe jetzt bei achtzig Zentimetern«, meldete Bruckner nach einigen Minuten. »Erhöhter Widerstand spürbar, könnte eine härtere Schicht Gestein sein.«

»Langsamer Vorschub, Bruckner«, befahl Ben ruhig und konzentrierte sich erneut auf Martinez' Werte. »Martinez, was sagen deine Sensoren?«

Sie zögerte einen Moment. »Magnetfeld deutlich stärker jetzt – fast doppelte Intensität. Wir nähern uns offenbar dem Ursprung der Anomalie.«

Ben atmete ruhig ein und aus, dann meldete er sich erneut bei Reed und Ernst. »Wir haben einen signifikanten Magnetfeldanstieg. Gehen vorsichtig weiter. Ich möchte, dass ihr permanent unsere Werte überwacht.«

»Verstanden, Harris«, bestätigte Reed nüchtern. »Macht langsam, bleibt vorsichtig.«

Bruckner fuhr den Bohrer behutsam weiter, als die Sensordaten, die vom Bohrkopf übermittelt wurden, plötzlich eine Veränderung im Eis anzeigten. Offenbar war der Bohrer auf eine ungewöhnlich harte Substanz getroffen. Reflexartig schaltete er das Gerät ab. Die Gruppe stand regungslos da.

»Was zur Hölle war das?«, fragte Martinez mit angespannter Stimme.

»Ich weiß nicht genau«, antwortete Ben nach einer kurzen Pause. »Bruckner, kannst du den Bohrer ein Stück zurückziehen?«

»Ich versuche es«, erwiderte er vorsichtig.

Als er den hydraulischen Rückzug einleitete, glitt der Bohrkopf langsam aus der Wand. Martinez leuchtete in die Öffnung.

»Da drin sitzt etwas«, stellte sie erstaunt fest. »Kein Eis – irgendetwas mit glatter Oberfläche.«

Ben trat näher und betrachtete die Stelle. Tatsächlich glänzte dort, wo der Bohrkopf eingedrungen war, ein seltsames Material, glatter und gleichmäßiger als jedes natürliche Gestein.

»Reed«, meldete er sich angespannt über Funk. »Wir haben etwas gefunden. Sieht irgendwie nach einer Metallschicht aus, allerdings scheint es legiertes und behandeltes Material zu sein.«

»Was willst du damit sagen?«, fragte Reed.

»Ich weiß es nicht. Sieht so aus, als hätte man hier die Wand der Höhle künstlich verstärkt. Keine Ahnung, wieso, aber für mich wirkt es, als hätte man das, was in der Höhle ist, schützen wollen.«

»Schützen? Dir ist bewusst, dass wir uns hier im Eismantel von Ganymed befinden. Wer sollten hier auf dem Mond etwas in einer Höhle vergraben und diese dann künstlich stabil halten?«, fragte Bruckner skeptisch.

»Das ist mir bewusst.«

»Ben, bitte bestätigen, dass es sich bei dem Metall um eine künstlich erschaffene Struktur handelt.«

Ben beugte sich vor, um das dunkle Material im Lichtschein besser untersuchen zu können. »Bestätige, Franz. Es gibt keine weiteren Hinweise darauf, wer dieses Metall hier in den Felsen eingelassen hat oder ob es zu einer größeren Struktur gehört. Sollen wir weitermachen?«

Über Funk herrschte für einen Moment absolute Stille, dann meldete sich Reed mit ruhiger, kontrollierter Stimme. »Von uns aus habt ihr grünes Licht. Checkt die Daten und entscheidet selbst.«

Ben nickte langsam, obwohl Reed ihn nicht sehen konnte, und betrachtete die Stelle, die der Bohrer freigelegt hatte. Der Durchmesser betrug in etwa zwei Meter. Im oberen Randbereich ging der Felsen in ein dunkel glänzendes Material über, das auf den ersten Blick wie Obsidian wirkte. Doch das konnte nicht sein, das hätte der Bohrkopf mühelos zermalmt. Es musste in der Tat irgendeine Art Metall sein. Aber wie war das möglich. Es gab hier höchstens Eisen im Gestein, und eine solche Erzader hätte dem Bohrer ebenfalls keine Schwierigkeiten bereitet.

»Also, was machen wir nun?«, fragte Martinez.

»Wir machen weiter. Ich will wissen, was auf der anderen Seite ist, und offenbar möchte das auch die Konzernleitung. Also zurück an die Arbeit«, sagte Ben schließlich.

»Verstanden«, antworteten beide.

Bruckner setzte den Bohrer erneut langsam an. Die Spitze fraß sich knirschend in die letzte dünne Schicht aus Gestein, Eis und zu Bens Glück auch durch die seltsame Metallschicht. Er beobachtete die Werte auf seinem Display genau, während Martinez konzentriert auf die Messdaten starrte, die sie auf ihr eigenes Anzeigegerät projiziert bekam.

»Noch zwanzig Zentimeter«, meldete Bruckner. Seine Stimme klang angespannt, aber beherrscht.

»Sieht so aus, als wäre auf der anderen Seite eine Höhle. Die Daten werden jetzt etwas klarer«, informierte Martinez.

»Das ist doch schon mal etwas«, erwiderte Ben und aktivierte erneut den Funkkanal ins Kontrollzentrum. »Reed, Ernst, wir sind kurz davor, die Wand zu durchbrechen. Die Werte zeigen weiterhin keine Druckveränderung. Unsere Daten deuten darauf hin, dass wir hier eine Höhle anbohren.«

»Okay, vielleicht haben wir da was, also gebt diesem Felsen den Rest.«

»Verstanden«, erwiderte Ben knapp und signalisierte Bruckner mit einem Kopfnicken, weiterzumachen.

Die letzten Zentimeter vergingen langsam, beinahe zögerlich, als wollten Eis und Metall das Geheimnis auf der anderen Seite vehement schützen. Dann gab der Bohrkopf plötzlich nach und stieß ins Leere. Sofort zog Bruckner den

Arm vorsichtig zurück. Ben trat vor und leuchtete mit seinem starken Helmscheinwerfer in die Öffnung.

Vor ihnen tat sich eine große, dunkle Höhle auf, die von kristallinen Eisschichten an Wänden und Decke ausgekleidet war. Im Schein ihrer Lampen funkelten die Kristalle wie Splitter aus Glas, kühl, fremdartig und auf eine stille Art faszinierend. Ben schob vorsichtig den letzten Rest lockeren Materials beiseite, um den Eingang etwas zu vergrößern, während Martinez die Sensoren ausrichtete.

»Die Höhlenstruktur scheint stabil zu sein, also keine Gefahr«, meldete sie. »Das Magnetfeld ist jedoch stärker, als ich erwartet habe, was am Abtragen der Gesteinsschicht liegen muss. Das Feld pulsiert regelrecht.«

»Dann sollten wir uns das genauer ansehen. Irgendetwas muss das erzeugen«, sagte Ben und blickte fragend zu Bruckner.

Der nickte knapp, nahm einen zusätzlichen Flutlichthalter aus der Ausrüstung und befestigte ihn direkt am Höhleneingang, bevor er ebenfalls eintrat.

Sie bewegten sich langsam und vorsichtig hinein. Ihre Atemzüge wurden über die Funkverbindung deutlich hörbar, die Kälte schien mit jedem Schritt tiefer in die Anzüge zu kriechen. Die Höhle erwies sich als überraschend groß, mindestens zwanzig Meter hoch und doppelt so breit. Eine seltsame, beinahe sakrale Atmosphäre herrschte hier, die nur von dem durch seinen Anzug übertragenen Knirschen seiner Stiefel auf dem gefrorenen Boden unterbrochen wurde.

Felsbrocken in verschiedenen Größen lagen verstreut auf dem Boden herum, dazwischen Eisbrocken, die vielleicht von ehemaligen Eiszapfen stammten, die einst unter der Decke gehangen hatten. Auch aus dem Boden und von der Decke ragten oder hingen dicke Eisstrukturen, die beinahe wie Kristalle wirkten.

Plötzlich hob Martinez die Hand. »Da vorne. Was ist das?«

Ben folgte ihrem Hinweis. Tatsächlich lag etwa zehn Meter entfernt etwas halb verborgen hinter zwei dicken Eisformation in einer Art Krater. Vorsichtig näherten sie sich der Stelle, von der ein seltsames, grünliches Licht ausging. Als er näher kam, bemerkte er, dass über der Vertiefung ein dichter Nebel schwebte, als würde auf ihrem Boden Trockeneis liegen. Martinez und Bruckner gingen auf der anderen Seite der Formation auf die Vertiefung zu. Schritt für Schritt und mit etwas Aufwand kletterte er über eine kleine Erhöhung und stand schließlich unmittelbar am Rand des Lochs. Den Boden konnte er nicht erkennen, aber irgendetwas lag dort unter der Schicht aus Nebel. Er konnte unscharfe Konturen ausmachen. Seine Erfahrung sagte ihm, was es auch war, das konnte nicht natürlich sein. Weder ähnelte es einem Asteroiden noch einer mineralischen Verbindung, wie man sie hier im Eis fand. Kein Stoff oder Material, das ihm bekannt war, erzeugt einen solchen Nebel oder sonderte irgendeine Form von Licht ab. Dann kam ihm ein Gedanke. Er erinnerte sich, einmal gelesen zu haben, dass es biolumineszierende Bakterien gab. Kopfschüttelnd verdränge er diese Theorie wieder, denn sie erschien ihm einfach zu absurd. Es musste sich um eine künstlich erschaffene Struktur handeln. Das führte natürlich zu weiteren Fragen: Wer hatte es gebaut? Und wozu? Warum lag es hier? Welche Funktion hatte es? Eine geheimnisvolle Aura ging davon aus, und die magnetische Strahlung ließ ihre Sensoren in unregelmäßigen Abständen pulsieren.

»Was zum Teufel ist das?«, murmelte Bruckner beeindruckt.

»Ich weiß es nicht«, flüsterte Ben.

Er ging auf die Knie und versuchte, den Dampf wegzuwedeln. Nach einer Weile gelang es ihm, die Sicht ein wenig zu lichten, und er konnte eine schwarze, glatte Oberfläche erkennen. Ein unerklärliches Verlangen durchströmte ihn, je länger er das seltsame Objekt betrachtete. Er musste es berühren, seinen Ursprung ergründen.

Seine Hand bewegte sich beinahe von allein auf die dunkle Struktur zu, als plötzlich eine Bewegung seine Aufmerksamkeit auf sich zog. Ein dunkler Schatten huschte durch den Randbereich seines Sichtfelds. Blitzartig drehte Ben sich um, richtete seinen Helmscheinwerfer auf die Stelle – doch da war nichts. Nur eisige Stille und Dunkelheit.

»Habt ihr das gesehen?«, fragte er angespannt.

»Was meinst du?«, erwiderte Martinez verwirrt. »Hier ist doch nichts.«

Ben schwieg für einen Moment, versuchte, seinen Puls zu beruhigen. Vielleicht hatte er sich das nur eingebildet. Er schüttelte langsam den Kopf und wandte sich wieder dem Artefakt zu, dessen Anziehungskraft nun stärker denn je auf ihn zu wirken schien. Die schwarze Oberfläche zog ihn regelrecht in ihren Bann, als wäre sie eine Tür in eine andere Welt.

Dann – bevor er sie endgültig berühren konnte – erbebte plötzlich der Boden. Unvermittelt spürte er, wie das Eis unter ihm in Schwingung versetzt wurde, als würde er von einem Beben erfasst. Als er aufsah, bemerkte er, dass sich eisige Stalaktiten von der Decke lösten und hinabfielen. Ben kämpfte sich auf die Füße, taumelte, drohte, in den Krater zu stürzen. Fieberhaft versuchte er, die Balance zu halten.

»Vorsicht!«, hörte er Martinez noch schreien.

Instinktiv duckte er sich und blickte nach vorne. Der Schatten tauchte erneut auf, diesmal klarer, deutlicher, unmöglich zu ignorieren. Er bewegte sich beinah unwirklich schnell, präzise im Zickzack, als wäre er für einen Moment an zwei Punkten gleichzeitig. Ben traute seinen Sinnen nicht.

War dies der Punkt, an dem er seinen Verstand verlor? In einer so extremen Umgebung wie dieser geschah es öfter, als man dachte, dass das Gehirn visuelle Anomalien erschuf, die es nicht gab, ähnlich einer Fata Morgana. Ein kalter Schauder überfiel ihn. Als er sich hastig zu seinen Kollegen umdrehte, stockte ihm der Atem.

Martinez und Bruckner lagen reglos am Boden, ihre Körper wirkten leblos und starr. Für einen Augenblick war er wie gelähmt vor Schreck. Rasch griff er an seinen Gürtel und zog einen schweren Eispickel heraus, der einem Hammer glich. Sein Herz raste, als er sich hektisch umsah, bereit, sich jedem Angriff zu stellen.

Plötzlich erfüllte eine Stimme seinen Geist – fremdartig, verzerrt und doch von hypnotischer Klarheit. »Komm näher, Ben.«

Die Stimme schien von überall und nirgendwo zugleich zu kommen. Ben fühlte, wie die Angst langsam von ihm wich, ersetzt durch eine eigenartige Ruhe und Neugier. Er sah zu dem Objekt im Krater hinab. Es hatte sich verändert, glühte nun schwach in einem geheimnisvollen, bläulichen Schimmer, der ihn lockte, ihn rief.

Wie in Trance bewegte er sich darauf zu, unfähig, Widerstand zu leisten. Alles andere schien unwichtig, bedeutungslos. Das Pulsieren der magnetischen Anomalie verschmolz mit seinem Herzschlag zu einem einzigen Rhythmus. Seine Hand näherte sich erneut der Oberfläche des Artefakts, diesmal ohne Zögern, ohne Angst.

Plötzlich spürte er hinter sich eine unerklärliche Präsenz. Seine Muskeln spannten sich an, er wirbelte herum – und starrte in sein eigenes Gesicht. Es war seltsam verzerrt wie in einem unförmigen Spiegel, so entstellt, dass es direkt aus einem Horrorfilm hätte stammen können.

Ehe er reagieren konnte, traf ihn ein brutaler Schlag im Nacken. Schmerz explodierte hinter seinen Augen, heiß und unerbittlich. Die Kraft wich schlagartig aus seinen Beinen, und er sank zu Boden, unfähig, sich zu bewegen.

Wärme breitete sich plötzlich in seinem Körper aus, überraschend und unwirklich, fast angenehm. Ben spürte, wie sein Bewusstsein langsam zu schwinden begann. Dunkelheit flutete seinen Geist. Noch einmal versuchte er vergeblich, sich zu regen, seinen Kollegen irgendwie zur Hilfe zu kommen, doch sein Körper gehorchte ihm nicht mehr.

Mit letzter Kraft hob er den Blick zum Artefakt. Es schimmerte nun heller, intensiver, fast lebendig – ein kaltes, bläuliches Leuchten, das sich in sein Bewusstsein brannte und zu ihm sprach, als würde es ihn willkommen heißen.

Dann schloss sich die Dunkelheit endgültig um ihn, und alles, was ihn jemals ausgemacht hatte, wich langsam und endgültig aus ihm. Sein letzter Gedanke galt Martinez und Bruckner, die still und regungslos neben ihm lagen, während das Artefakt in seiner kalten Herrlichkeit weiterschimmerte – ein stiller Wächter über das, was nun folgen würde.

Drecksloch

Alan Bishops Apartment, Ceres-Station, Innerer Asteroidengürtel

Bishops Wade krampfte. Der stechende Schmerz ließ ihn innerlich fluchen. Der Schweiß, der sein Gesicht benetzte, erinnerte ihn daran, dass er nicht mehr in seinen Zwanzigern war. Dennoch griff er nach vorne und legte die Hände um die üppigen auf- und niederwogenden Brüste über ihm. Er klemmte ihre Nippel zwischen Daumen und Zeigefinger, drückte kräftig zu, ehe er sachte an ihnen zog. Ein leises Stöhnen erklang, gefolgt von einem empörten Aufschrei.

»Du verdammtes Arschloch, das tut weh!«, keuchte die junge Frau, ihr Gesicht ein makelloses Kunstwerk aus blasser Haut und rosafarbenen Haaren. *Zu perfekt, um natürlich zu sein.* Er lächelte frech, provozierte sie weiter. Als Antwort hob sie die Hand und schlug ihm kräftig ins Gesicht. Der Schmerz prickelte auf seiner Wange, doch er genoss die Reaktion. Schmerz bedeutete, dass er noch am Leben war.

»Da stehst du doch drauf, nicht wahr?«, zischte sie, während sie ihre Hüften schneller bewegte.

Bishop umfasste ihre Taille, drehte sich abrupt und zwang sie sanft, aber bestimmt auf den Bauch. Sie landete mit einem überraschten Laut auf der Matratze, ihre Haare fielen wirr über ihre Schulterblätter, ihr Po streckte sich ihm entgegen. Der Anblick ihres Körpers weckte erneut seine Begierde, doch sein Bein schien anderer Meinung zu sein.

Verdammt noch mal! Bishop biss die Zähne zusammen. *Ich werde langsam zu alt. Oder ich bin schon zu lange auf diesem gottverlassenen Schrotthaufen.*

Die Ceres Station, war nicht gerade der Ort, an dem man gesund alt wurde, der trockenen gefilterten Luft und den miesen Bedingungen, die in den schmutzigen Korridoren der Station herrschten. Vielleicht sollte er wirklich mal mit jemandem ausgehen, dessen Alter näher an seinen neununddreißig lag. Andererseits, wer wollte schon einen verkorksten Ermittler, dessen Leben aus Schmerztabletten, billigem Whisky und Gelegenheitssex mit Professionellen bestand? Und Ceres war wirklich nicht der Ort, an dem man die Liebe seines Lebens fand. Zum Glück wollte er das auch gar nicht. Es war gut so, wie es war, zumindest redete er sich das oft genug ein.

Fiona schob sich auf alle viere und schaute ihn mit provokantem Blick über die Schulter an. »Worauf wartest du denn, du Schlappschwanz? Los, nimm mich von hinten und gib's mir richtig.«

Bishop schüttelte den Kopf und zwang sich dazu, den Schmerz zu ignorieren. Er packte ihre Hüften, bereit, sich erneut auf sie einzulassen, doch bevor er dazu kam, erklang ein schriller Summton direkt in seinem Ohrimplantat. Im ersten Moment wollte er den Anruf ignorieren, doch irgendetwas sagte ihm, dass diese Unterbrechung ihm womöglich gerade den Arsch rettete.

»Scheiße«, knurrte er.

Fiona drehte sich genervt um. »Was ist, schon fertig?«

»Sei nicht albern. Ich glaube, die Arbeit verlangt nach mir.«

»Dein Ernst jetzt? Lass es doch einfach klingeln.«

»Das kann ich nicht«, murmelte er frustriert, löste sich behutsam, aber bestimmt von ihr und gab ihr dabei einen kräftigen Klaps auf die Pobacke, was sie veranlasste, sich mit einem hörbaren Seufzer auf den Bauch fallen zu lassen. Er tippte sich hinter sein rechtes Ohr, um das Gespräch anzunehmen.

»Bishop hier. Was gibt's?«

Sofort übertrugen die Sensoren der Projektionshaut, die auf seine Iris implantiert waren, das Bild direkt in sein Gehirn. Vor ihm erschien das Hologramm eines breitschultrigen, glatzköpfigen Mannes, der sich mit massigen Fäusten auf einen eleganten, metallenen Schreibtisch stützte. Sein Gesicht wirkte übermüdet, tiefe Ringe lagen unter seinen dunklen, zornigen Augen, und über der Oberlippe prangte ein übergroßer, schwarzer Schnurrbart – eine Gesichtsfrisur, die seit einem Jahrhundert ausgestorben war. In diesem Moment bewegte sich jener imposante Bart hektisch auf und ab, während kleine Speicheltropfen von seinen Lippen flogen.

»Was es gibt? Wollen Sie mich verarschen? Verdammt noch mal, Bishop, wo zur Hölle stecken Sie? Sie sollten vor einer Stunde hier sein! Bewegen Sie sofort Ihren knochigen Arsch hierher. Sehen Sie zu, dass Sie in fünfzehn Minuten hier sind, oder dieser Tag wird Ihr letzter als Ermittler sein! Haben wir uns verstanden?«

Bevor Bishop auch nur Luft holen konnte, verschwand das zornige Gesicht wieder, und er blickte auf die zerwühlte Bettdecke vor sich.

Fiona hatte sich bereits erhoben und zog gerade ihre weißen Hotpants hoch, die nicht einmal die Hälfte ihres Pos bedeckten, bevor sie sich das auffällig neongrüne, bauchfreie Shirt überstreifte. Sie setzte sich auf die Bettkante, schlüpfte in ihre schwarzen Overknee-Stiefel und begann, deren unzählige Verschlusslaschen zu schließen.

»Wo willst du hin? Wir sind noch nicht fertig.«

Sie hob die Brüste leicht mit den Händen an, um ihr Shirt zurechtzurücken, und stand vom Bett auf. Sein Blick fiel erneut auf ihre deutlich sichtbaren steifen Nippel. Fiona teilte ihre rosa gefärbten Haare in zwei dicke Zöpfe und befestigte sie sorgfältig mit blinkenden Haargummis.

»Wir wissen beide, dass das hier vorbei ist«, sagte sie kühl, trat zu ihm, legte eine Hand sanft auf seine unrasierte Wange und küsste ihn unvermittelt. Ihre Zunge fand den Weg in seinen Mund. Dann löste sie sich wieder von ihm und sah ihm direkt in die Augen. »Ich mag dich, Bishop, aber du bist mit deinen Gedanken nicht bei der Sache, und das schon länger. Ganz nebenbei, du bist schon eine halbe Stunde über der regulären Zeit, aber das ist okay. Ruf mich an, wenn dein Kopf wieder klar ist und du dich auf das Ficken konzentrieren kannst.«

Er nickte mechanisch, wandte sich verlegen ab und blickte auf das rechteckige Tattoo-Display, das in seinen Unterarm implantiert war. Es zeigte ihm verschiedene Körperdaten, unter anderem die Herzfrequenz, Blutdruck, Sauerstoffsättigung, aber auch Uhrzeit, Datum, Kontostand, Termine und andere nützliche Dinge, wenn er wollte. Als er die Bank-App aktivierte, um ihr die übliche Summe zu überweisen, legte Fiona sanft ihre Hand auf seinen Arm und verdeckte das Display.

»Dieses Mal geht's aufs Haus«, sagte sie leise und zwinkerte ihm zu. »Mach's gut, Alan Bishop. Wir sehen uns.«

Sie lächelte schief und schob sich an ihm vorbei zur Tür, wobei ihr Po verführerisch in ihren engen Shorts hin und her schwang. Sein Blick folgte ihr, bis sich das Schott seines Apartments mit einem scharfen Zischen schloss.

Als wieder absolute Stille eingekehrt war, ging er langsam ins angrenzende Badezimmer, trat vor den Spiegel und blickte müde auf sein Spiegelbild. Das Leben auf der Ceres-Station hatte tiefe Spuren hinterlassen. Schatten unter den Augen, erste graue Strähnen im dunklen Haar und eine resignierte Härte im Blick, die nicht mehr verschwand. Nicht zu vergessen seine krumme Nase, die er sich gleich viermal in verschiedenen Auseinandersetzungen mit verschiedenen Kolonisten gebrochen hatte, die einfach nicht hatten reden wollen. Manchmal musste er eben auch ein paar Schläge wegstecken. Zu dumm nur, dass die Ärzte hier in Paradise City – was für ein witzloser Name, wenn man wusste, dass diese künstliche, lebensfeindliche Hölle alles andere als ein Paradies war – eher mittelmäßig und hoffnungslos überfordert waren. Er seufzte tief, bevor er sich kaltes Wasser ins Gesicht spritzte, das ihm wenigstens einen Herzschlag lang ein belebendes Gefühl schenkte. Er war eine von mittlerweile dreißigtausend verlorenen Seelen, die hierhergekommen waren, um ein neues Leben anzufangen in der Hoffnung, gutes Geld zu verdienen und Karriere zu machen. Dazu kamen Hunderte Pendler, Touristen, Spediteure und andere Glücksritter, die mit ihren Schiffen die Raumstation täglich anflogen. Doch die großen Konzerne schienen mehr auf ihren Profit aus zu sein, anstatt sich um die von ihnen finanzierten Anlagen im Sonnensystem zu kümmern. Nach fünfzehn Jahren in diesem Drecksloch hatte dieses Trugbild eines Paradieses ihn körperlich ans Äußerste getrieben und innerlich abgestumpft.

»Du siehst verdammt scheiße aus«, bescheinigte er seinem Spiegelbild.

Dann stellte er sich unter die Dusche, brauste sich ab und zog sich an. Das dauerte nicht lange, praktischerweise besaß er viermal die gleiche schwarze Stoffhose, sechsmal das gleiche dunkelblaue Hemd und eine schwarze Lederjacke mit Kragen, die schon so etwas wie sein Markenzeichen geworden war. In der riesigen Raumstation, die aus drei Rotationsringen bestand, kannte er so gut wie jeden, den er kennen musste, und man kannte ihn. Die wenigsten hätten ihn als geselligen Menschen bezeichnet, die meisten würde ihn eher mit einem Straßenhund vergleichen, der immer auf der Suche nach einem saftigen Knochen war und dafür in die dunkelsten Ecken kroch. Wahrscheinlich hatten sie recht. In seinem Beruf war es nun mal notwendig, sich auch mit den Leuten abzugeben, die sonst niemand auf eine Party einlud. Das brachte ihm überwiegend Abneigung und Misstrauen ein, aber er wollte auch keine Blumen verteilen. Er wollte Informationen sammeln, die dunkelsten Geheimnisse lüften und die Leichen im Keller finden.

Nicht immer musste er Mordfälle aufklären. Meist steckte er seine Nasen in zwielichtige Geschäfte, den illegalen Handel mit Konzerneigentum, Rohstoffen und Drogen. Hin und wieder stieß er dabei auf nicht registrierte Waffen und andere Technologie, die die Station mit den zahlreichen Frachtern und kleineren Transportschiffen erreichten und wieder verließen. Diese Raumbasis im Orbit des Zwergplaneten Ceres war im dreiundzwanzigsten Jahrhundert der Dreh- und Angelpunkt für den interplanetaren Handel und Forschungsmissionen zwischen den äußeren Kolonien des Sonnensystems und der Erde.

Er bückte sich und zog sich seine schwarzen Stahlkappenboots an. Immerhin war Paradise City eine Industriestadt im All, dreckig und rau, und manchmal fiel etwas herunter oder jemand brauchte einen Arschtritt. Der Bau der war einst das größte und prestigeträchtigste Unterfangen der Menschheitsgeschichte gewesen. Die größten Konzerne hatten sich mit den kleinsten zusammengeschlossen, um die enormen wirtschaftlichen Belastungen zu tragen. Jahrzehntelang waren mit Hunderten Flügen Materialien von der Erde in den Orbit des Zwergplaneten gebracht worden. Über die Zeit war diese künstliche Insel im Vakuum zur wichtigsten menschlichen Siedlung jenseits des Mars aufgestiegen.

Er nahm sein Linkphone, das aus einer Glasscheibe mit einem schmalen, silbrigen Streifen an der Unterseite bestand, in dem die Technik versteckt war, von der Kücheninsel seines Wohnesszimmers und steckte es in die Innentasche seiner Jacke. In der Regel brauchte er es nur, um Daten und andere Informationen wie Videos, Dokumente und Ähnliches auszulesen.

»STICKS, Licht aus«, befahl er seiner Home-KI und trat in den Flur vor seinem Apartment, das sich im äußeren Bereich der Station befand. Zwar hätte er sich mit seinem Gehalt auch eines in einem besseren Abschnitt des Habitatrings leisten können, doch Bishop war der Überzeugung, dass man, wenn man diese Stadt im Griff haben wollte, da leben musste, wo es stank und wo einem manchmal ein Junkie für ein paar Credits in die Fresse haute. Sektor 9 war die Heimat der Dockarbeiter, Lieferanten und all jener, die dafür verantwortlich waren, dass dieser verdammte Ort am Laufen blieb.

Bishop schob den Ärmel hoch und warf erneut einen prüfenden Blick auf sein Armdisplay. Tja, seine fünfzehn Minuten waren bereits vor fünf Minuten abgelaufen, und er brauchte mindestens weitere fünfzehn Minuten, um zur Zentrale zu gelangen. Er ließ den Arm wieder sinken und blickte den Korridor hinunter. Unwillkürlich musste er die Nase rümpfen. Normalerweise nahm er den fauligen, stickigen Geruch gar nicht mehr wahr, doch in diesem Moment, als zwei schmale Figuren mit eingefallenen Wangen an ihm vorbeischlurften, brachten sie einen beißenden Verwesungsgestank mit. Sein Blick fiel auf den Müllberg ungefähr sechs Meter entfernt von ihm, vor der gegenüberliegenden Wand zwischen zwei Apartments.

Verflucht, irgendetwas muss da krepiert sein. Wahrscheinlich eine Ratte oder so was. Was weiß ich, was hier noch so herumkriecht.

So seltsam das klang, aber auf Ceres, wie die Station auch einfach genannt wurde, gab es Ratten, Spinnen, Schaben und andere Krabbeltiere, die allesamt als blinde Passagiere von der Erde mitgebracht worden waren.

Der Korridor, durch den Bishop sich schob, war ein einziger Tribut an die Vernachlässigung. Rostfarbene Wasserflecken zogen sich über die metallene Deckenverkleidung wie Krampfadern auf der Haut eines uralten Giganten. Die Beleuchtung war ein schlechter Witz – flackerndes LED-Geflimmer in billigem Gelb, das mehr Schatten warf als Licht spendete. Manche Panels funktionierten überhaupt nicht mehr, teils durch mutwillige Zerstörung, teils aufgrund ihres Alters. Reparaturen und Instandsetzung in den äußeren Bereichen wurden wenn überhaupt sporadisch durchgeführt, denn es fehlte wegen der knallharten Sparpolitik der Investoren an Credits. Nur da, wo das Geld verdient wurde, wurde auch Geld investiert. In den Randzonen der Stadt war es in vielen Abschnitten düster, wenn nicht sogar stockdunkel. Wer hier keine Taschenlampe hatte oder kein gutes Gespür für seine Füße, der lernte schnell, wie kalt der Boden war.

Bishop steckte die Hände in die Jackentaschen und schlenderte los, die Schultern leicht hochgezogen gegen die Kälte, die selbst durch das geregelte Klimasystem kroch wie eine alte Krankheit. Er ging nicht schnell. Er hasste es, zu rennen – besonders wenn er ohnehin zu spät war. Zudem galt in Paradise

City der Grundsatz: Wer in diesem Drecksloch hetzte, wirkte entweder wie ein Anfänger oder wie jemand, der etwas zu verlieren hatte. Beides wollte er vermeiden.

Links von ihm öffnete sich eine Zugangstür zu einem Lebensmittellager, in dem zwei zwielichtige, muskelbepackte Typen ihrer Arbeit nachgingen. Vielleicht bedienten sie sich auch nur an den Vorräten. Bishop war es egal, das war nicht seine Baustelle in diesem Augenblick. Der scharfe Geruch von künstlichem Fleisch und synthetischem Ei schlug ihm entgegen. Die beiden Männer in schmutzigen Overalls schoben eine Kiste nach draußen, sprachen in einem Dialekt, den man nur hier unten verstand – halb Mandarin, halb irgendetwas aus den Garküchen Neapels. Er nickte ihnen flüchtig zu, erhielt keinen Gruß zurück. Insgeheim war es ihm lieber so.

Der Boden unter seinen Füßen war uneben, teils aufgerissen, notdürftig mit Verbundklebstoff und Metallplättchen versiegelt. Immer wieder überquerte er kleine Servicekanäle, aus denen warmer Wasserdampf entwich. Die Rohre unter der Stadt führten ein Eigenleben, so alt und unübersichtlich war das Netz. Auch die Abwasserrohre, die zur Aufbereitungsanlage führten, waren alt, und manche Fallrohre waren undicht und verliehen der Stadt ihren unverwechselbaren Geruch, das wahre Eau de Toilette des Paradieses.

Er bog in einen breiteren Versorgungstunnel ein, der zum zentralen Verbindungsring von Sektor 9 führte. Hier war etwas mehr Betrieb. Menschen in fleckiger Arbeitskleidung schleppten sich resigniert und mit gesenktem Blick dahin. Niemand sprach. Niemand schaute irgendwen lange an. Paradise City hatte Regeln, die nie jemand aufgeschrieben hatte, aber jeder kannte sie. Wer überleben wollte, hielt sich daran.

An einem Knotenpunkt stand ein alter Verkaufsautomat, dessen Frontscheibe von Faustabdrücken und Schmutz überzogen war. Bishop warf einen Blick auf die Auswahl – proteinangereicherte Riegel, Koffein-Patches, gefiltertes Wasser mit Apfelgeschmack in Einwegverpackung. Nichts davon hatte er nötig. Nichts davon schmeckte.

Die Decke senkte sich ein wenig, als der Gang in einen tiefer gelegenen Teil der Stadt führte, also zur nächsten äußeren Ebene. Dort waren Wohnungen, Hotels, Bars, Einkaufsbereiche, Kinos, Sicherheitsfirmen, Lager und alles andere untergebracht, was eine Stadt brauchte. Über ihm verliefen dicke Leitungskanäle, schwarz mit roten Streifen, durchzogen von vibrierenden Energieimpulsen. Strom, Kommunikation, Heizungsrohre, Wasser, die Lebensadern der Stadt.

Er überquerte eine Art Marktplatz – wenn man bereit war, die Bezeichnung großzügig auszulegen. Drei Stände, mit bunten, neonfarbenen Lichtleisten beleuchtet. Eine Frau verkaufte gefälschte IDs und Notfallpässe für Frachter an diejenigen, die wussten, wie das System unterhalb der Ladentheke funktionierte. Offiziell handelte sie mit Ersatzteilen für alles möglich. Alles Schrott, zusammengeklaute Gerätschaften. Daneben bot ein Mann mit zerfurchtem Gesicht Zahnersatz und Wundversiegelung an – alles gebraucht, alles billig. Der dritte Stand war leer. Nur ein Hologramm flackerte über einem schmutzigen Tresen und warb für Glücksspiele in den oberen Ebenen von Sektor 2. Das Licht flackerte rhythmisch: »Heute noch gewinnen – morgen vergessen.«

Die Frau des ersten Standes rief ihm etwas zu. Instinktiv hob er abwehrend die Hand.

»Passt schon, ich brauche nur eine neue Leber«, murmelte Bishop mit zynischem Grinsen, während er weiterging.

Langsam wich das grelle Licht der Reklamen einem gedämpften, kalten Blau. Er hatte den Fußgängertunnel erreicht, der zur Magnetbahn führte. Das Dröhnen der Stadt wurde leiser, ersetzt durch das leise Surren von Servomotoren des Bahnnetzes im Hintergrund. Hier war der Boden sauberer. Die Luft roch nach Ozongas, gereinigt und technisiert wie in einem Labor, in dem niemand leben wollte.

Der Zugang zum Bahnhof lag hinter einem gläsernen Sicherheitsschleusensystem. Zwei Wachmänner in schwarzer Konzernuniform standen davor, kaum älter als zwanzig, mit leeren Blicken und schusssicheren Westen, die nur aus Imagegründen getragen wurden. Bishop ignorierte sie und hielt einfach seinen Arm unter den Scanner. Das Gerät piepte einmal und öffnete das Drehkreuz.

»Detective Alan Bishop, Identität bestätigt.«

Er trat hinaus auf das Bahnsteigdeck, wo der nächste Zug bereits wartete, der ihn zum Zentrum brachte. Ein Magnetschwebezug, silbern und scharfkantig wie ein Skalpell, bereit, ihn durch das kilometerlange Tunnelsystem der Ceres-Station zu befördern. Auch wenn es mehrere Linien gab und man an den verschiedenen Knotenpunkten auf eine andere Ebene umsteigen musste, war es immer noch der schnellste Transportweg.

Paradise City war nicht wie eine irdische Stadt konzipiert worden, sondern aus mehreren kleinen Bereichen zusammengewachsen, die aus den Kolonistensiedlungen verschiedener, am Bau der Ceres-Station beteiligter Firmen entstanden waren, verbunden durch einen Flickenteppich aus Infrastruktur. Und Bishop kannte so gut wie jeden Winkel der drei konzentrischen Ringe, die nach innen hin vom Durchmesser abnahmen wie die Schichten einer Zwiebel. Im inneren Ring waren die Fusionsreaktoren, Recyclinganlagen, Industrieraumhäfen und kleinere industrielle Verarbeitungsanlagen untergebracht. Der mittlere Ring diente zur Versorgung der Station. Dort gab es riesige Gewächshäuser, die Wasseraufbereitung,

Sauerstoffproduktion und weitere technische Anlagen für die Lebenserhaltung. Der Habitatring und zugleich der äußere Ring hatte einen Radius von drei Kilometern und beherbergte die Magnetbahn, die die einzelnen Sektoren verband. Dies alles rotierte um einen stillstehenden Kern, in dem sich der Raumhafen befand. Durch ein ausgeklügeltes Verbindungssystem, gelangten die Passagiere der hunderten kleineren und größeren Schiffe, zu den verschiedenen Ringen.

Die Türen des Zuges standen mindestens noch für eine halbe Minute offen, bevor er planmäßig abfuhr. Es gab keinen Schaffner oder Ticketkontrolleur, sondern nur Maschinen, die von verschiedenen Algorithmen der Stations-KI kontrolliert wurden.

Bishop stieg ein und setzte sich ans Fenster. Der Innenraum war steril, grau, praktisch. Kein Komfort, kein Luxus. Nur zweckdienlich wie alles hier. Im Fahrgastraum saßen vereinzelt Menschen. Einige von ihnen hatten den Kopf gesenkt, trugen Mützen oder andere Kopfbedeckungen, damit man sie über die Sicherheitssysteme schwerer identifizieren konnte. Was absoluter Schwachsinn war. Die KI wusste, wer man war, sofern man bei der Einlasskontrolle den originalen Identitätschip eingescannt hatte, der einem jeden unter die Haut am Handgelenk gepflanzt wurde. Identitätshandel war neben dem Handel mit gestohlenen Ersatzteilen der lukrativste Markt.

Alle Ringe der Station waren durch radiale Speichen miteinander verbunden, die zugleich als Verbindungstunnel dienten. Durch die hohe Tangentialgeschwindigkeit herrschten im äußeren Ring in etwa 90 Prozent der Erdanziehungskraft.

Ein kaum hörbares Zischen erfüllte die Kabine, ehe sich die Türen schlossen. Der Zug setzte sich in Bewegung – erst langsam, dann beschleunigte er gleichmäßig. Bishop lehnte sich zurück, schloss kurz die Augen und ließ den Gedanken in seinem Kopf freien Lauf. Noch fünf Minuten bis zur Polizeistation. Irgendetwas in seinem Bauch sagte ihm, dass der Tag nicht besser werden würde.

Er öffnete die Augen und blickte nach draußen. Hinter den getönten Fenstern rauschte die künstlich beleuchtete Tunnellandschaft vorbei, ein endloses Band aus Beton, Kabelkanälen und Wartungsstegen, das sich wie ein metallischer Darm durch den Körper von Ceres wand. Er drängte die Gedanken an diesen Ort in den Hintergrund und versuchte stattdessen, sich an die Erde zu erinnern, an sein altes Leben als Ermittler für die Space Force. An seine kurze Zeit auf dem Mond, wo er seine Sonderausbildung absolviert hatte. Das Ganze war jetzt fünfzehn Jahre her.

Unvermittelt bemerkte er eine Bewegung aus den Augenwinkeln. Ein Mann ließ sich auf die Bank gegenüber sinken. Dünn, eingefallene Wangen. Seine Haut war grau und wirkte schuppig. Er trug einen zerschlissenen Overall mit einem abgerissenen Patch, auf dem verblasst »Sicherheitsdienst – Sektor 11« stand. Darüber trug er eine dünne Kapuzenjacke, die auch schon bessere Tage gesehen hatte. Die Haube hatte er sich tief ins Gesicht gezogen, was ihm einen düsteren Anblick verlieh, wie ein dunkler Krieger aus alten Science-Fiction-Märchen.

»Hey, Alan, alter Hund. Lebst du noch?«

Bishop blinzelte langsam und verzog dann die Lippen zu einem angedeuteten Grinsen. »Ach du Scheiße! Travis! Ich dachte, du wärst längst im Tank.«

Travis kicherte krächzend. »Fast. Aber der Tod hat mich noch nicht gefunden. Ich bin schneller.« Er schniefte, zog die Nase hoch wie ein Kind. »Sag mal, hast du ein paar Credits über?«

Bishop lehnte sich zurück und verschränkte die Arme. »Du weißt, wie das läuft. Wenn du was für mich hast, werde ich sehen, was ich für dich tun kann.«

Travis' Blick flackerte nervös. Die Pupillen geweitet, glasig. Entzug, ganz klar. Aber irgendwas in seinem Gesicht verriet, dass er etwas wusste. Kein typisches Bullshit-Gerede, kein hohles Geseier wie sonst, das verriet seine Körperhaltung.

»Es geht was ab, Alan. Richtig großer Mist. Ich hab da was aufgeschnappt – was Krasses. Es soll was passieren in den nächsten Tagen. Ein fettes Ding. Wirklich verdammt groß.«

Bishop runzelte die Stirn. »Ein Ding. Bravo. Das ist die präziseste Scheiße, die ich je gehört hab.«

»Halt die Klappe und hör zu, ja?«, knurrte Travis ungewohnt scharf. »Es geht um Lunaris. Die schicken was zum Jupiter.«

Bishop hob skeptisch eine Braue. »Und was soll das heißen? Die schicken ständig Kram zum Jupiter. Da stehen 'ne Handvoll Forschungsstationen und halb verrottete Minen. Wenn du nicht mehr für mich hast, musst du dir deine Credits woanders holen.«

»Vertrau mir, das hier ist was anderes. Es gibt vier Schiffe, Alan. Vier große Forschungsfrachter. Voll ausgestattet. Ich hab mit Otis gesprochen, dem Vorarbeiter in Sektor 8. Er war total nervös, als ich ihn drauf angesprochen hab. Wusste was. Wollte's erst nicht sagen. Aber ich kenn den Kerl, der hat gezittert wie ein Kühlaggregat mit Ladehemmung.«

Bishop starrte ihn schweigend an. Travis, redete manchmal wirres Zeug. Die Kunst war es die Essenz aus dem, was er sagte, herauszufiltern. Die Bahnhalle zuckte an den Fenstern vorbei. Travis wippte nervös mit dem Bein.

»Ich erzähl dir keinen Scheiß, Alan. Wirklich nicht. Das ist echtes Zeug. Hochwertig. Mindestens hundert Credits wert, was ich weiß.«

Bishop lachte – ein kurzes, trockenes Geräusch, das mehr einem Husten glich. »Hundert? Für dich? Du kannst froh sein, wenn dir jemand zwanzig gibt, damit du dir 'nen Filter für den nächsten Trip holen kannst.«

»Verdammt noch mal, Alan!«, zischte Travis. Seine Hände zitterten jetzt deutlich. »Otis war mir noch einen Gefallen schuldig, wegen seinem Bruder, der im Arrest sitzt. Ich habe ihm etwas von Otis gebracht. Vertrau mir, Mann, ich hab die Ladelisten gesehen, mit eigenen Augen. Schutzausrüstung, Extraktoren, Schleppmodule, robotische Baggerarme, redundante Kernbatterien – das ganze High-End-Zeug. Keine Routinekiste. Das ist kein verdammter Versorgungslauf, das ist was anderes. Da geht was Großes ab. Alle vier Schiffe gehören zur GAIA-Klasse aus der Flotte von Lunaris: die Nomad, die Atlas Prime, die Prometheus Hauler und die Apophis.«

Bishop überlegte. Travis war ein Wrack, ein Schatten eines Menschen. Aber er hatte sich schon mehrfach als nützlich erwiesen. Er gehörte zu der Sorte Streuner, die keiner beachtete. Ein Geist, der überall war und nirgendwo. Und wenn er mal was sagte, dann war zumindest ein Teil davon meistens wahr.

»Also schön«, sagte Bishop ruhig und hob die Hand. »Fünfzig, wenn du mir jetzt erzählst, was du weißt. Und wenn's was taugt, bekommst du noch hundert. Aber wenn du mich verarschst, dann war's das mit uns. Für immer. Verstanden?«

Travis' Augen weiteten sich. »Hundertfünfzig? Im Ernst?«

Bishop nickte. »Wenn es sich lohnt und kein Dreck ist.«

Travis schluckte schwer, dann reichte er ihm die Hand. Sie drückten einander kurz die Gelenke. Dann öffnete Bishop das Armdisplay, navigierte durch das Menü, berührte zwei

Felder – ein kurzer Ton bestätigte die Überweisung. Fünfzig Credits. Eine Menge für einen Schuss ins Blaue, aber Bishop kannte das Spiel.

»Okay, hör zu«, flüsterte Travis aufgeregt. »Otis hat mir erzählt, dass die vier Schiffe gleichzeitig beladen wurden. Jeder Frachter hat das Doppelte von dem an Bord, was sonst rausgeht. Alles versiegelt, alles unter militärischer Überwachung. Und das Ziel? Alle vier gehen in denselben Sektor, zu den Jupitermonden. Ich schwöre dir, Alan, das ist kein normaler Flug. Es gibt Leute hier auf Ceres, die wollen sich eins davon schnappen, wenn es zurückkommt.«

Bishop starrte ihn an. »Sie wollen ein Schiff kapern?«

Travis nickte heftig. »Ja, Mann! Die planen was. Ich hab Gerüchte gehört, dass sich 'ne Gruppe Söldner dem Schwarzen Vakuum angeschlossen hat. Sie sind der Meinung, was auch immer die Lunaris-Schiffe zurückbringen, das ist nicht für den internen Markt gedacht, sondern für etwas anderes.«

Bishop sagte nichts, aber in seinem Kopf formte sich bereits ein Szenario. Vier große Frachter auf einem Zielkurs, auf dem es eigentlich nichts zu holen gab, was eine solche Aktion rechtfertigte. Es gab keine Pläne für eine neue Kolonie oder eine offizielle Operation in der Größe. Vielleicht hatte Travis da wirklich etwas aufgeschnappt. Etwas stank hier gewaltig.

Plötzlich ertönte die Stimme der Zug-KI, glatt und unaufgeregt: »Haltepunkt: Sektor 1, Zentrum. Türen öffnen sich in zehn Sekunden.«

Bishop erhob sich.

Travis sah ihn erwartungsvoll an. »Was machst du jetzt?«

Bishop trat zur Tür, sah kurz über die Schulter. Das Licht des Bahnsteigs spiegelte sich in Travis' dunklen Augen. »Ich gehe jetzt meinen Job machen«, sagte er ruhig. »Du hörst von mir. Versuch bis dahin, nicht zu krepieren.«

Die Tür glitt zischend zur Seite, und Bishop trat hinaus in die Halle des Transitbahnhofs. Sofort umfing ihn ein anderer Geruch, technischer, sauberer, fast steril wie in einem OP-Raum, der sich lange nicht mehr für Leben interessiert hatte. Der Bahnsteig hier war breiter, beleuchtet von kaltweißem Licht, das aus schmalen Rillen in der Decke fiel. Ein durchgetakteter Ort. Projektoren projizierten 3D-Botschaften in blaugrünen Tönen an die in Hellgrau gehaltenen Wände: *Die Lunaris Industrial Group steht für eine sichere Zukunft. Vertrauen Sie auf morgen.*

»Heuchler«, murmelte Bishop.

Er überquerte den per Sensorspur geführten Personenlauf, der die Fahrgäste in Richtung der Terminalgänge lenkte. Die Leute hier waren anders als in Sektor 9 – sauberer, aufrechter, hektischer, getrieben von der Gier des Profits, der sich mit allem verdienen ließ, was der Gürtel abwarf. Überwiegend lebten hier die besser verdienenden Funktionäre, hochrangige Konzerntechniker und Ingenieur sowie Verwaltungsbeamte und Vertreter des Zentralrats der Erde. Niemand grüßte sich hier, niemand sah jemanden an. Hier war man effizient, nicht menschlich, und versuchte, nicht aufzufallen, aus Angst, in zeitraubende Gespräche mit anderen Menschen verstrickt zu werden.

Sein Blick glitt an einem Sicherheitsdroiden vorbei, der mit regungslosem Visier und starrem Gewehrarm neben der Zugangskontrolle stand. Das Ding scannte ihn automatisch. Der Bildschirm zeigte: »Berechtigt – Sektorinterne Ermittlungsbehörde – Klasse 2, Detective Alan Bishop.«

Er durchquerte die Schleuse und trat in die äußere Hauptebene von Sektor 1. Die Welt wurde heller, lärmender. Eine offene Rotunde spannte sich über ihm – ein gigantischer Hallenraum mit mehreren Ebenen aus gebürstetem Metall, Glas und Schotts, die in alle Himmelsrichtungen führten. Auf dem Boden war das große Logo der Ceres-Kolonie zu sehen – eine stilisierte Abbildung des Zwergplaneten, der sich um die Sonne bewegte. Darunter stand der Name *Paradise City*. Das Licht der Sonne war so inszeniert, dass Ceres wie ein funkelnder Diamant aussah. Dahinter war das Wasserzeichen der Erde zu erahnen, damit hier ja niemand vergaß, woher er kam. Die Ironie war nicht zu übersehen.

Bishop bahnte sich seinen Weg durch die Menschenmassen. Immer wieder streiften ihn Schultern, kreuzten mobile Reinigungs- und Reparaturdrohnen seinen Weg. Der Geruch von synthetischem Parfum und chemisch gereinigter Kleidung mischte sich in die Luft. Hier gab es keine Müllberge, keine defekten Roboter oder gar Ungeziefer, allerdings auch kein fröhliches Gesicht, was in den äußeren Bezirken hin und wieder schon mal vorkam. Auch wenn die Menschen dort nicht viel hatten, wirkten sie glücklicher als hier. Alles hier war funktional – steril und glatt gezogen bis zur Unkenntlichkeit.

Er passierte einen Kiosk, in dem ein grellbunter Nachrichten-Avatar auf einem Bildschirm über einen Zwischenfall bei einer Space-Race berichtete – irgendein Sabotageakt an einem der kleinen, wendigen Raumschiffe durch eine gegnerische Crew. Nichts Neues. Nichts, was ihn interessierte.

Dann endlich stand er vor dem Eingang zur Polizeistation von Sektor 1. Zwei automatische gläserne Schotts öffneten sich geräuschlos, als er sich näherte. Ein müder Blick des Empfangsagenten reichte.

»Ach, Detective Bishop. Sie sehen müde aus. Er ist schon am Toben«, murmelte der junge Mann hinter dem Counter. »Viel Glück.«

Bishop nickte knapp und stapfte durch den Flur, der vom Eingangsbereich an den Schreibtischen der Streifenpolizisten vorbei in die hinteren Bereiche führte. Der Boden bestand aus rutschhemmendem Polymer, die Wände aus schallgedämmtem Verbundmaterial – alles in einem grau-grünen Farbton gehalten, der sich offenbar Mühe gab, unsichtbar zu wirken. Türen reihten sich aneinander, nummeriert, mit roten Sensorstreifen versehen, die den Zugang kontrollierten.

Er nahm nicht den Lift, sondern die Treppe. Aus Prinzip. Jeder Meter, den er selbst lief, fühlte sich realer an. Und er hatte es nicht eilig. Er wusste, was ihn erwartete.

Im dritten Stock bog er in den langen Gang nach links ab, an dessen Ende sein Ziel lag. In regelmäßigen Abständen hingen digitale Displays an den Wänden, die Bilder der Erde zeigten: Städte, Landschaften und berühmte Personen, von denen er nicht einmal die Hälfte kannte.

Die Tür zum Büro seines Vorgesetzten stand bereits offen. Der Geruch von bitterem Kaffee und kaltem Schweiß schlug ihm entgegen, dazu das nervöse rhythmische Tappen von schweren Stiefeln auf dem Boden.

Das Büro von Chief Inspector Timmons war wie sein Besitzer: zu groß, zu schwer, zu chaotisch. Auf dem metallischen Schreibtisch lagen zwei ungeöffnete Kaffeepäckchen, ein zerknülltes Dossier und ein Thermobecher mit dem Lunaris-Logo, der so verbogen aussah, als hätte Timmons ihn bei einem Wutanfall verprügelt. Zudem standen ein gläserner Monitorcomputer und ein Pad auf der Arbeitsplatte.

Bishop lehnte sich an die Wand gleich neben der Tür, die sich zischend hinter ihm schloss, und sah Timmons dabei zu, wie er mit rot angelaufenem Kopf und wild zuckendem Schnurrbart auf- und abging – eine Art fleischgewordener Blutdrucktest.

Einen Moment lang war nur das Knirschen der Stiefel auf dem Boden zu hören, bevor Timmons stehen blieb und sich ihm zuwandte.

»Wo zum Teufel waren Sie, Bishop? Ich hab Ihnen fünfzehn Minuten gegeben. Wissen Sie, wie lange das war? Ihre Zeit ist vor mehr als dreißig Minuten abgelaufen! Dreißig!«

Bishop hob beschwichtigend die Hände und ging ein paar Schritte auf die beiden Sessel vor dem Schreibtisch zu. »Ich war noch in einer Sache drin, okay? Das hat sich etwas gezogen. Ich hab die Zeit …«

»Verdammt noch mal!«, unterbrach Timmons ihn mit einer scharfen Handbewegung. »Ich hab kein Interesse an Ihren verdammten Geschichten. Wenn ich 'ne Ausrede hören will, red ich mit meiner Ex-Frau!«

Bishop zuckte mit den Schultern, trat einen Schritt näher. »Wäre vermutlich das angenehmere Gespräch.«

»Reizen Sie mich nicht!«, blaffte Timmons und fuhr sich durch den monströsen Schnauzer, als könnte er sich damit beruhigen. Dann atmete er laut aus und ließ sich endlich in seinen wuchtigen Stuhl fallen, der unter seinem Gewicht protestierend knarzte. »Ich hätte Sie schon dreimal gefeuert, wenn Sie nicht mein bester Ermittler wären. Und das kotzt mich mehr an, als Sie es mir glauben wollen.«

Bishop ließ sich ebenfalls in einen der Sessel sinken. Ein verschmitztes Lächeln konnte er sich nicht verkneifen. Er forderte gerne andere heraus, testete, wie weit er gehen konnte. »Dann danke ich Ihnen wohl besser für Ihr widerwilliges Vertrauen.«

Timmons ignorierte ihn. Stattdessen aktivierte er mit einem Fingertippen das transparente Display in der Mitte seines Schreibtischs. Die Glasfläche wurde milchig, verzog sich zu einem hellen Datenschleier.

»Ich hab einen etwas heiklen Auftrag für Sie«, begann er ohne weitere Vorrede. »Und der kommt direkt vom zentralen Sicherheitsbüro der Vereinten Nationen auf der Erde.«

Bishop blinzelte. »Von der Erde?« Er richtete sich auf. »Seit wann interessiert sich das Sicherheitsbüro für den Scheiß, der hier draußen passiert?«

»Seit Lunaris begonnen hat, nervöse Funkmeldungen vom Jupiter zu versenden, und gleichzeitig versucht, uns so wenig Informationen wie möglich zukommen zu lassen.« Timmons schob dem Satz eine kurze Pause hinterher. »Sie haben bereits einen eigenen Ermittler losgeschickt – nach Ganymed.«

Bishop runzelte die Stirn. »Ganymed? Was zum Teufel gibt's da zu untersuchen außer ein paar Bergbauschächten und kilometerdickes Eis?«

Timmons zuckte mit den Schultern und ließ sich tief in seinen Stuhl sinken. »Ich weiß es nicht. Und ganz ehrlich, das beunruhigt mich. Was ich weiß, ist: Es gab einen seltsamen Todesfall. Der Sicherheitschef der Tros-Station hat uns einen Bericht zugeschickt, in dem steht, dass der Minenarbeiter Ben Harris bei einem Unfall ums Leben gekommen ist, als er mit seinem Team einen neuen Bereich erschließen wollte. Offiziell spricht man von einem Unfall, aber alles, was bisher reingekommen ist, klingt … saubergebügelt. Zu glatt.«

»Sie denken nicht, dass es ein Unfall war?«

»Genau. Es gibt Unstimmigkeiten in dem Bericht, und deshalb brauchen wir jemanden vor Ort, der nicht unter Vertrag bei Lunaris steht. Deswegen hat sich das Sicherheitsbüro an uns gewendet.«

Bishop grinste schräg. »Und da haben Sie ausgerechnet mich im Sinn gehabt?«

Timmons' Augen blitzten. »Nicht wegen Ihrer charmanten Art, Bishop, sondern weil ich weiß, dass Sie loyal sind, auch wenn Sie ein charakterlich eher schwieriger Mensch sind. Vielleicht ist es genau das, was wir brauchen für einen solchen Fall. Und Sie sind ein exzellenter Spürhund, auch wenn Sie nach billigem Whisky stinken und Ihren Terminkalender offensichtlich im Bordell verloren haben.«

Bishop hob die Schultern. »Wie nobel.«

Timmons lehnte sich nach vorne, seine Stimme wurde ruhiger. »Ich habe Ihnen alles, was wir bisher wissen, auf Ihr Linkphone geschickt. Flugberechtigung, UN-Freigabe, Aktenauszüge. Wenn Sie packen müssen, sollten Sie das schnell tun, Sie werden heute noch aufbrechen. In vier Stunden startet Ihr Expressshuttle. Dieser Fall hat die höchste Priorität und gilt als geheim, also sollten Sie mit niemandem darüber reden.«

Bishop starrte einen Moment auf die milchige Rückseite des aktiven Displays. Der Schirm flimmerte in blassem Grau. Ganymed. Der Jupitermond war kein Ort für Routineeinsätze, sondern eine Eishölle. Ganz sicher schickte man einen Mann wie ihn nicht an einen solchen Ort, wenn es nicht wirklich von höchstem Interesse war. Ihm fiel sofort das Gespräch mit Travis ein. Einen Augenblick lang überlegte er, Timmons nach der Entsendung der Frachterflotte zu fragen, verwarf den Gedanken jedoch wieder. Vielleicht war es besser in dieser Angelegenheit, erst einmal keine schlafenden Hunde zu wecken. Fakt war, Travis' Informationen schienen in der Tat einen Funken Wahrheit zu beinhalten. Irgendetwas ging da vor am Jupiter, nur was das war, wusste er noch nicht. Die Tatsache, dass sie ihn mit einem Expressshuttle dort hinschickten, einem kleinen Raumschiff für maximal sechs Personen, das über einen der modernsten Fusionsantrieb verfügte, sagte auch einiges aus. Bei der aktuellen Konstellation zwischen Ceres und Jupiter war der Zeitpunkt für einen Transit denkbar günstig.

Vermutlich war das auch der Grund, warum gleich vier der modernsten Forschungsfrachter aus der Lunaris-Flotte so schnell zum größten Planeten des Sonnensystems aufgebrochen waren. Was sie dort wollten, würde er schon sehr bald herausfinden. Zumindest hoffte er das.

»Und wenn ich da keine Antworten finde?«, fragte er ruhig.

Timmons sah ihn müde, aber streng an. »Das werden Sie, Bishop. Das sollten Sie, sonst könnte das hier Ihr letzter Auftrag gewesen sein. Vergessen Sie nicht, warum Sie diesen Job machen und damals hierhergekommen sind. Sie wollten etwas gegen die Korruption und den Einfluss der Großkonzerne unternehmen. Insbesondere gegen Ihren persönlichen Feind Lunaris. Nun haben Sie die Gelegenheit, in einer ihrer Anlagen im Mist zu wühlen. Vielleicht ist das die Chance, auf die Sie so lange gewartet haben, um endlich etwas zu verändern. Finden Sie raus, was da läuft, bevor irgendwer anders es tut. Und Sie sollten im Hinterkopf behalten, dass dieser Fall enorme Auswirkungen auf die Lizenzvergabe der neuen Schürfrechte haben kann. Sollte es zu ungeklärten Todesfällen in den Kolonien gekommen sein, könnte das bedeuten, dass die Konzerne die Zulassung verlieren, bevor nicht eine gründliche Inspektion der Anlagen durchgeführt wurde. Das würde einen Milliardenverlust an Credits für alle beteiligten Konzerne bedeuten. Deswegen werden sie versuchen, so viel wie möglich zu vertuschen. Ich muss Ihnen nicht sagen, was das bedeutet. Sie sollten gründlich arbeiten und nicht auf eine tiefgreifende Kooperation der Angestellten hoffen. Ich bin mir sicher, dass dort auf den Monden irgendetwas Seltsames vorgeht, von dem der Konzern möchte, dass wir es nicht herausfinden.«

Bishop stand auf und nickte ihm zu. »Ich werde mein Bestes tun.«

Timmons sah ihm hinterher, als er zur Tür ging, und sagte kaum hörbar: »Da bin ich mir sicher. Machen Sie keinen Scheiß da draußen.«

Bishop antwortete nicht. Die Tür öffnete sich zischend. Ohne sich noch einmal umzusehen, trat er hinaus, strich sich durch das Haar und kratzte sich die Stirn. Irgendetwas an diesem Auftrag beunruhigte ihn zutiefst, er wusste nur noch nicht, was es war. Auf seinem Armdisplay stellte er den Timer auf vier Stunden. Bis dahin wollte er seine Fühler in der Station ausstrecken, ob jemand Travis' Geschichte bestätigen konnte.

Schwarzes Vakuum

Polizeistation, Sektor 1, Ceres-Station, Innerer Asteroidengürtel

Bishop verließ die Polizeistation durch den Seiteneingang und blieb einen Moment in der schmalen Gasse stehen, die zwei Haupttunnel miteinander verband. Timmons' Worte nisteten sich langsam in seinen Gedanken ein und breiteten sich wie eine unangenehme Krankheit aus. Ganymed – ausgerechnet dieser gottverdammte Jupitermond. Was hatte ein abgewrackter Ermittler wie er dort verloren? Noch dazu im Auftrag der beschissenen Vereinten Nationen, die sich sonst einen Dreck dafür interessierten, was auf einer abgelegenen Bergbaukolonie geschah. Und dann war da noch Travis' Geschichte über die vier Forschungsfrachter. Vier voll ausgestattete Schiffe mit High-End-Equipment, die alle gleichzeitig zum Jupiter aufgebrochen waren. Das konnte kein Zufall sein. Bishop mochte Travis nicht besonders – verdammt, niemand mochte Travis besonders –, aber bisher hatte der Junkie ihn selten enttäuscht.

Und jetzt war dieser Minenarbeiter Ben Harris tot, offiziell durch einen Unfall, aber irgendwas konnte daran nicht stimmen. Sonst würde er nicht dort hingeschickt werden.

Die Regierung der Erde interessierte sich sonst einen Dreck für einen verunglückten Minenarbeiter auf einem Eismond. Und hatte Timmons nicht gesagt, dass auch Lunaris einen Ermittler nach Ganymed schickte? Das bedeutete, dass sich der Konzern selbst noch nicht wirklich im Klaren darüber war, was dort vor sich ging. Seine innere Stimme sagte ihm, dass es keine Routineoperation war, die Lunaris auf Ganymed betrieb. Dahinter steckte etwas Größeres – und definitiv etwas, das dem Konzern einen Haufen Credits einbringen musste. Er wusste, wie diese Konzerne arbeiteten, kannte ihre verdammten Tricks und Vertuschungsversuche. Doch warum gerade jetzt? Wie hing das alles mit dem Toten zusammen? Was hatte Lunaris auf Ganymed gefunden?

Bishop biss die Zähne zusammen und spürte, wie sich in seinem Magen eine unangenehme Mischung aus Misstrauen und Vorahnung ausbreitete. Wenn ihn sein Instinkt nicht täuschte, dann war er im Begriff, sich in etwas hineinziehen zu lassen, das weit über einen mysteriösen Todesfall hinausging. Und das Schlimmste daran war, dass ihm niemand freiwillig die Wahrheit erzählen würde – besonders nicht der Lunaris-Konzern und erst recht nicht die auf Ganymed stationierten Konzernmitarbeiter. In diesem Moment war ihm nicht einmal klar, ob Timmons ihm alles erzählt hatte. Er war ungewöhnlich unpräzise gewesen, und es kam Bishop so vor, als hätte er ihn schnell wieder loswerden wollen.

Ihm war, als würde er blindlings in eine dunkle Höhle laufen, in der Monster darauf warteten, ihn zu zerreißen. Und er hasste dieses Gefühl. Aber er hatte keine andere Wahl, verdammt. Der Job war nun mal der Job, und Bishop war nicht der Typ, der einfach kniff, auch wenn ihm der Arsch auf Grundeis ging.

Bishop zog den Kragen seiner Jacke hoch gegen die Kälte, die sich hier draußen hartnäckig hielt, vergrub die Hände tief in den Taschen und setzte sich in Bewegung. Der schwache Geruch von Ozon hing in der recycelten Luft des engen Verbindungstunnels. Eigentlich hätte das dafür sorgen sollen, dass es nicht so stank, doch das funktionierte selbst hier in Sektor 1 nicht hundertprozentig. Er beschleunigte seine Schritte. Zu packen hatte er nichts. Alles, was er brauchte, hatte er bei sich, und eine Tasche mit Ersatzkleidung hatte er ohnehin im Raumhafen in einem Schließfach deponiert, genau für solche Fälle, die seltener vorkamen, als er anfangs gedacht hatte, aber häufiger, als ihm lieb war. In der Regel reiste er gelegentlich zu einer Raumstation in der Nähe des Mars oder zu einer der Zwischenstation im Gürtel, die dort als Handels- und Sammelposten positioniert waren, wenn der Zwergplanet zu weit entfernt von den optimalen Routen stand. Von dort aus wurden die Rohstoffe nach Ceres und anschließend zu den Raffinerien auf dem Mars befördert, ehe das Endprodukt zur Erde geschickt wurde.

Die künstliche Beleuchtung war hell, doch manchmal variierte die Helligkeit, wenn es mal wieder zu Schwankungen im Energienetz kam. Das Flackern tauchte die metallischen Oberflächen in unregelmäßige Schatten.

Tausende Bewohner der Station waren unterwegs, hauptsächlich Techniker der verschiedenen Konzerne, die im Gürtel Operationen unterhielten, Basismitarbeiter, Funktionäre, Geschäftsleute. Hin und wieder sah man Spediteure und anderes Personal. Nach Ceres verirrten sich auch einige Touristen, die kamen, um sich in den Rotlichteinrichtungen fern der Erde zu vergnügen oder ihr Glück in den sechs Casinos herauszufordern. Die Sicherheitskräfte der Konzerne, die hier für Schutz sorgen sollten, waren Söldner, die auf der Erde keinen Job mehr bekamen. Schwierige Charaktere, die es nicht so genau nahmen mit Gesetz und Ordnung. Sie vertraten allein die Interessen ihrer Arbeitgeber, und zwar mit allem, was dazu nötig war. Fremdkörper, Krebszellen, die vehement versuchten, den Organismus zu übernehmen, und nur dank des Widerstands der Einheimischen halbwegs unter Kontrolle blieben. Nicht selten eskalierte die Situation, wenn sie versuchten, ihre Macht zu missbrauchen, und eigenständig gegen die Kriminellen vorgingen, die ihnen die eigene Tour vermiesten. Es war ein wenig wie im Wilden Westen, wenn mehrere verfeindete Banden dieselbe Stadt kontrollieren wollten. Und Bishop stand mittendrin und versuchte, überall Feuer zu löschen, bevor sie alles niederbrannten.

Bishop ignorierte die vier Söldner der Holden Corporation, die am Ausgang der Gasse in einer Gruppe standen und die vorbeigehende Menge studierten. Seine Boots erzeugten ein rhythmisches Knautschen, das in der Kakofonie des Haupttunnels unterging.

Die Kunst war es, unter all den Gesichtern die auszumachen, die hier wirklich den Ton angaben. Ceres hatte einen regen Schwarzmarkt, auf dem alles gehandelt wurde, was verkauft werden konnte, was viele Schmuggler, Kriminelle und Aussteiger von der Erde anlockte, die ihr Glück fernab des langen Arms des Gesetzes suchten. Bishop hatte noch nie verstanden, wieso all diese seelenlosen Menschen meinten, in seiner Stadt machen zu können, was sie wollten. Die Gesetze der Erde galten auch hier, selbst wenn die alte Heimat Millionen von Kilometern entfernt war. Zwar war die Polizei chronisch unterbesetzt und der illegale Handel blühte, aber der Kampf war noch nicht verloren. Und genau jetzt, wo er dachte, dass er hier alles im Griff hatte, sollte er einen Todesfall auf einem Eisklumpen untersuchen.

An einem breiteren Knotenpunkt erreichte er den Zugang zum Haupttransitsystem der Station. Er blickte auf seinen Timer. Noch etwas mehr als fünf Stunden. *Dann wollen wir mal sehen, was die Straßen mir so zuflüstern,* dachte er und fasste die Sicherheitsschleuse des Bahnhofs ins Auge. *Und ich weiß auch schon genau, wo ich anfangen muss.*

Bishop passierte die Schleuse und steuerte den Bahnsteig der Linie D1 an, die ihn zum vierten Distrikt in Sektor 6 bringen würde. Zu seinem Glück fuhr gerade eine Magnetbahn ein. Er ließ die Menschen aussteigen, eher er einstieg und einen verwaisten Doppelsitz anpeilte. Als er sich in einen der Sitze fallen ließ, fuhr der Zug bereits mit einem leichten Ruck an. Die lange Kabine war von Getuschel, einzelnen Lachern von irgendwelchen Halbstarken und lauten Stimmen erfüllt. Er kümmerte sich nicht um die anderen Fahrgäste.

Der Haupttunnel zog rasch an ihm vorbei, ein Flimmern aus Neonlichtern und verblassenden Werbeanzeigen, die ihn nur am Rande interessierten. Die Fahrt dauerte nicht lange, und er schloss für einen Moment die Augen, bis ein Gong die Fahrgastzelle erfüllte. Es war sein Signal, dass er seine Station erreicht hatte.

Die Bahn hielt beinah geräuschlos im Bahnhof von Sektor 6, einem der Schwellenviertel, in denen sich alle Gehaltsklassen der Stadt vermischten. Bishop stand auf und trat hinaus auf den abgenutzten Metallboden, dessen ursprünglich raue Oberfläche im Laufe der Jahre von Tausenden Füßen glatt geschliffen worden war. Die trübe Beleuchtung tauchte die Umgebung in einen, schummrigen Ton. Dies war der perfekte Ort, um sich Informationen zu besorgen – hier gab es die höchste Dichte an Vergnügungseinrichtungen, denn hier herrschte die größte Bevölkerungsdichte.

Bishop verließ den Bahnhof und steuerte auf eine kleine Seitenstraße zu, die nicht weit entfernt lag. An deren Ende konnte er bereits nach wenigen Schritten das Neonschild einer heruntergekommenen Bar mit dem Namen Nova Inn erkennen. Dieser Ort hatte schon bessere Tage gesehen, doch nun war er vor allem bekannt dafür, dass man hier diskrete Gespräche führen und Informationen sammeln konnte, wenn man die richtigen Leute traf.

Vor der Eingangstür bemerkte er eine vertraute Gestalt.

»Verdammt, Mike Collins! Dich hätte ich hier nicht erwartet. Ich dachte, du wärst mittlerweile auf dem Mars.«

Sein ehemaliger Kollege lächelte müde und nickte zur Begrüßung. »Könnte dasselbe über dich sagen, Bishop. Tja, das mit dem Mars ist eine lange Geschichte. Aber was treibt dich in diese gottverlassene Ecke von Ceres?«

»Die üblichen Probleme und Durst«, erwiderte Bishop trocken und warf einen schnellen Blick auf die Bar. »Ich suche ein paar Antworten. Schon das neuste Gerücht über Lunaris gehört?«

Collins zögerte und sah sich kurz um. »Du meinst, dass die auf den Jupitermonden irgendwas gefunden haben? Ist das Gesprächsthema Nummer eins auf der Straße. Die Typen vom Schwarzen Vakuum scheinen sich plötzlich sehr dafür zu interessieren.«

Bishop runzelte die Stirn. Wie es schien, hatte Travis ihn wieder mal nicht verarscht.

»Interessant, also ist da wirklich was dran.«

»Keine Ahnung. Du weißt, dass die Leute sich viel darüber erzählen, was die da oben so alles treiben.«

Bishop nickte. Das wusste er in der Tat. Es verging kein Tag, an dem es keine neuen Verschwörungstheorien über die Erdenregierung und die Konzerne gab. Neunzig Prozent davon waren das Geschwätz von Betrunkenen oder Wichtigtuern, aber manchmal war mehr dran.

Bishop nickte in Richtung der Eingangstür der Bar. »Kommst du mit rein? Ich geb dir ein Bier aus.«

»Klar, zu 'nem Bier sag ich nie Nein«, erwiderte Collins grinsend.

Bishop öffnete die Tür und trat ein. Gedämpfte Stimmen drangen an seine Ohren, vermischt mit der im Hintergrund spielenden Musik, kreischende Gitarren und ein überlautes Schlagzeug, wozu ein Mann irgendetwas Unverständliches ins Mikro brüllte. Vermutlich war es wie fast alles heutzutage mithilfe von künstlicher Intelligenz erschaffen worden. Ein Umstand, den Bishop sehr bedauerte, denn echte Künstler waren mittlerweile so gut wie ausgestorben.

Die Luft im Nova Inn war stickig und roch nach altem Alkohol, Schweiß und Verzweiflung. Bishop trat an die Theke und bestellte zwei Bier, während er den Raum aus den Augenwinkeln musterte.

Der Barmann nickte. Bishop schickte ihm die nötigen Credits und wandte sich an seinen alten Weggefährten, nach dem ihnen die Biere auf den Tresen gestellt worden waren.

»Mann, wie lange ist das jetzt her, dass wir uns gesehen haben?«

Collins nahm seine Flasche, hob sie zu einem angedeuteten Prost hoch und trank einen kräftigen Schluck. Bishop war nicht entgangen, dass der Mann unrasiert war, und das bereits seit mehreren Tagen. Sein zerknittertes Hemd, das er unter dem schwarzen Parker trug, hatte mehrere Löcher. Offenbar schien es Collins finanziell nicht sehr gut zu gehen.

»Das ist jetzt drei Jahre her. Mann, drei Jahre, in denen viel passiert ist.«

»Offenbar. Wo warst du denn, wenn du nicht auf dem Mars warst?«, fragte Bishop und nahm ebenfalls einen Schluck.

»Hier und da«, erwiderte Collins, ließ sich auf den Hocker neben Bishop fallen und stützte die Ellbogen auf die Theke. »Ginger hat mich verlassen, vor mehr als drei Jahren.«

Bishop betrachtete den Mann, der einst als einer der besten Ermittler im ganzen Sonnensystem gegolten hatte. »Das tut mir leid, Mann. Was ist mit Kai?«

»Sie hat ihn mitgenommen.« Er setzte an, trank das Bier gierig aus und knallte die leere Flasche auf das Metall der Bar. »Ich habe meinen Sohn seit drei Jahren nicht mehr gesehen. Ich weiß nicht einmal, wo er ist.«

Bishop legte eine Hand auf seine Schulter. »Wieso? Was ist passiert?«

Collins wandte sich zu ihm, und Bishop konnte den tiefen Schmerz des Mannes in seinem Blick erkennen. »Was passiert ist? Dieser Scheißjob ist passiert. Verflucht, ich hätte alles für die beiden gegeben …« Seine Stimme versagte.

»Willst du noch eins?«

Collins nickte mechanisch.

Bishop signalisierte dem Barmann, dass er nachschenken solle. Als sein Blick wieder auf Collins fiel, schien es, als sähe er eine Realität vor sich, die eines Tages seine eigene sein konnte. Allein und verbittert, ausgezehrt von seinem Job, mit nichts in der Hand. Es würde am Ende niemand da sein und sagen: »Oh, Detective Bishop, wir danken Ihnen für Ihren Einsatz, die Überstunden, die zahllosen schlaflosen Nächte, das Blut und den Schweiß, die Sie investiert haben. Dafür werden wir Ihnen ewig dankbar sein.« Nein, wenn das Ende kam, dann kam es leise und unspektakulär.

Bishop atmete tief durch, als der Barkeeper Collins' leere Flasche gegen eine volle austauschte. In diesem Moment wusste er nicht, was er sagen sollte.

Erst als sich wenige Sekunden später unvermittelt die Tür öffnete und eine fünfköpfige Gruppe eintrat, deren Gesichter Bishop vage bekannt vorkamen, gelang es ihm, die düsteren Gedanken an seine eventuelle Zukunft in den Hintergrund zu drängen. Sie wirkten ausgezehrt, offenbar von langen Schichten gezeichnet. Der Kleidung nach waren es wohl Dockarbeiter des Raumhafens, der nicht weit von hier im Sektor 7 lag.

Bishop beobachtete, wie die fünf an einem der hinteren Tische in der Ecke Platz nahmen. Langsam stand er auf und griff nach seinem Bier.

»Wo willst du hin?«

»Ich werde mir jetzt ein paar Fragen beantworten lassen. Trink dein Bier«, sagte er und wandte sich von Collins ab.

Mit wenigen Schritten ging er an den im Raum verteilten Tischen vorbei, an denen vereinzelt Leute saßen, und näherte sich der Gruppe. Als sie ihn bemerkten, unterbrachen die fünf ihre leise geführten Gespräche.

»Hallo zusammen. Na, wie wär's? Ich gebe eine Runde Bier aus und ihr beantwortet mir ein paar Fragen«, sagte er ruhig, schob einen freien Stuhl zurück, drehte ihn so, dass die Lehne zum Tisch zeigte, und setzte sich.

Einer der Männer, ein großer, breitschultriger Typ mit Irokesenschnitt und Händen wie Bratpfannen, schüttelte misstrauisch den Kopf. »Verschwinde! Wir reden nicht mit Cops.«

Bishop zuckte mit den Schultern und nahm einen Schluck aus seiner Flasche. »Ich bin kein Cop. Ich will euch nicht ans Bein pinkeln.«

»Wir wissen genau, wer du bist, Detective Alan Bishop. Du bist eine Ratte, die ihre Nase in Angelegenheiten steckt, die sie nichts angehen.«

Bishop grinste und lehnte sich zurück, als die Kellnerin an den Tisch kam.

»Was darf's sein?«

»Oh, perfekt, eine Runde für meine Freunde hier. Ihr trinkt alle Bier?«, fragte er und blickte jeden einzeln an.

Alle schwiegen. Das hier war nicht das erste Mal, dass Gespräche so verliefen. Er ignorierte ihre missbilligenden Blicke und drehte sich zur Kellnerin. »Fünf Bier bitte.«

Die junge Frau nickte und verschwand wieder.

»Also, mir ist egal, was ihr tut, ich brauch lediglich ein paar Informationen. Es geht um Lunaris und diese Frachter, die Richtung Jupiter unterwegs sind.«

Die Frau links von Bishop, schulterlanges, rotes Haar, lehnte sich auf die Tischplatte. »Warum interessiert dich das?«

»Weil ich glaube, dass Lunaris euch hier auf Ceres wieder einmal verarscht«, erwiderte Bishop trocken. »Kommt schon! Da fliegen vier Frachter mit High-End-Ausrüstung gleichzeitig zum Jupiter. Wenn die da nicht irgendwas Dickes gefunden haben, dann weiß ich auch nicht. Die machen sich die Taschen voll und lassen euch hier für einen Hungerlohn Zehn-Stunden-Schichten schieben.«

Die Kellnerin erschien erneut mit einem Tablett in der Hand am Tisch und verteilte die Bierflaschen. Bishop bezahlte und gab ihr ein paar Extracredits, ehe sie sich einem anderen Gast widmete.

Ihm war nicht entgangen, dass die Rothaarige nervöse Blicke mit ihren Begleitern tauschte. Schließlich seufzte sie resigniert und murmelte: »Du wirst es ohnehin bald erfahren. Es gibt das Gerücht, Lunaris hätte auf allen vier großen

Jupitermonden irgendwas gefunden. Etwas Großes, etwas wirklich verdammt Wertvolles.«

»Und was genau soll das sein?«

Einer der anderen Männer mit einer auffallend krummen Nase lachte nervös auf. »Mann, was denkst du denn? Es heißt, sie haben Alien-Technologie ausgegraben.«

Bishop lehnte sich zurück und fixierte die Gruppe. »Alien-Technologie?«

Die Frau nickte vorsichtig. »Ja. Irgendetwas, das definitiv nicht von Menschen stammt. Deshalb schicken sie jetzt diese Forschungsfrachter los. Sie sollen es untersuchen und zur Erde bringen. Und dann werden sie das machen, was sie immer machen: es für ihre Zwecke missbrauchen und damit Profit erwirtschaften. Dann werden sie noch reicher und mächtiger, als sie ohnehin schon sind.«

»Wisst ihr, was genau das ist?«, hakte Bishop nach.

»Scheiße, nein«, antwortete der kräftige Arbeiter knapp. »Wir haben dir schon genug erzählt.«

Bishop nickte verständnisvoll. »Hört zu, ich verstehe, warum ihr vorsichtig seid. Aber wenn Lunaris da draußen wirklich etwas gefunden hat, dann werden sie früher oder später auch herausfinden, wie sie es nutzen können. Wenn ihr richtigliegt und es außerirdische Technologie ist, dann könnte das ernste Konsequenzen für das gesamte Sonnensystem haben. Ich versuche, das zu verhindern, aber ich brauche mehr Informationen. Von wem wisst ihr das?«

Die rothaarige Frau seufzte tief und sah Bishop fest in die Augen. »Rick Organ weiß davon. Er hat es direkt von jemandem bei Lunaris.«

»Von Lunaris selbst?« Das überraschte Bishop.

Das konnte nur zwei Dinge bedeuten: Entweder verbreitete Lunaris absichtlich falsche Informationen oder die Gruppe

Schwarzes Vakuum hatten jemanden als Insider in den Konzern eingeschleust.

»Ja, verdammt! Jetzt verpiss dich und lass uns in Ruhe«, blaffte ihn die schlanke Blondine an, die schräg rechts von ihm auf der Bank saß. Ihre Augen waren stechend grün – offensichtlich nicht ihre echten, sondern die Strahlkraft von kosmetischen Kontaktlinsen.

Bishop nickte langsam, hob beschwichtigend eine Hand und stand auf. »Schon gut, ich verschwinde. Aber tut euch selbst einen Gefallen und sagt Rick, dass er nichts Unüberlegtes machen soll. Wenn Lunaris etwas entdeckt hat, dann werden sie nicht zögern, jeden zu beseitigen, der sich ihren Plänen in den Weg stellt.« Er klopfte auf die Tischplatte. »Passt auf euch auf«, sagte er ernst. Dann drehte er sich um und ging zurück zur Bar.

Dort nickte er Collins knapp zu, der ihn mit einem neugierigen Blick empfing. »Und haben deine neuen Freunde dir was Interessantes erzählt?«

»Das weiß ich noch nicht, aber du solltest die Augen offenhalten. Es war schön, dich zu sehen, aber ich muss los. Pass auf dich auf«, sagte Bishop und tätschelte seine Schulter.

Collins nickte langsam. »Du auch, Alan.«

Bishop trat hinaus in den trüben Schein des Tunnels, zog seine Jacke enger um sich und beschleunigte seine Schritte. Sein Puls hatte sich erhöht, während seine Gedanken um die neuen Informationen kreisten. Alien-Technologie auf den Monden Jupiters? Wenn das stimmte, war er im Begriff, direkt in einen Strudel hineingezogen zu werden, aus dem es womöglich kein Entkommen gab.

Doch er wusste auch, dass er nun keine Wahl mehr hatte. Irgendetwas sagte ihm, dass diese verdammte Reise nach Ganymed gefährlicher werden würde als alles, was er bisher erlebt hatte, und dass die Antworten, die er suchte, auf keinen Fall einfach zu finden sein würden – nicht auf Ganymed, nicht bei Lunaris und erst recht nicht hier in den Schatten von Ceres.

Im Hauptkorridor herrschte dichtes Gedränge. Die grellen Reklametafeln der Schnellrestaurants, Bars und Imbissstände vermischten sich zu einem bunten Meer aus Neonfarben, das ihn einen Moment lang blendete, als er aus der Gasse trat. Bishop schob sich mit dem Strom der Passanten in Richtung des Bahnhofs. Sein Ziel war jedoch nicht der Raumhafen – zuerst wollte er zum Archiv in Sektor 3. Es gab einen Teil von ihm, der einfach nicht zur Ruhe kommen würde, ehe er mehr über Lunaris wusste. Vielleicht existierte irgendwo in den endlosen Datenbanken der Station eine Verbindung, ein Hinweis darauf, was der Konzern wirklich im Jupitersystem trieb. Irgendetwas, das ihm auch nur ansatzweise Aufschluss über diese verdammten Gerüchte geben konnte.

Die Magnetbahn fuhr gerade ein, als er die Plattform erreichte.

In Sektor 3 verließ er zügig die Bahn und schlängelte sich durch eine Gruppe lärmender Händler, die lautstark um die beste Position an einer improvisierten Verkaufsplattform stritten. Hier befanden sich die meisten öffentlichen Einrichtungen, darunter auch das Archiv – ein größerer Komplex, dessen Zugangsschleuse von zwei gelangweilten Wachleuten flankiert wurde. Bishop zeigte seinen ID-Chip, wurde durchgewunken und betrat den tristen Innenraum.

Im Archiv roch es nach Staub, alter Elektronik und steriler Klimaanlagenluft. An den Tischen und Lesestationen saßen vereinzelte Personen, deren Gesichter von holografischen Bildschirmen erhellt wurden. Bishop begab sich zielstrebig zu einem freien Terminal in einer abgelegenen Ecke, abseits neugieriger Blicke. Er aktivierte das holografische Interface, ließ die Finger kurz über der Tastatur schweben und begann mit der systematischen Suche nach der Lunaris Industrial Group und ihren Aktivitäten im Jupitersystem.

Daten liefen in schneller Folge vor seinen Augen vorbei – historische Finanzberichte, öffentliche Pressemitteilungen, Transportlogs, Vertragsabschlüsse und etliche andere Dokumente, die auf den ersten Blick belanglos wirkten. Über die Jahre hinweg hatte Bishop gelernt, darauf zu achten, das Wichtige aus dem Unwichtigen herauszufiltern. Also suchte er gezielt nach auffälligen Frachtbewegungen, unüblichen Mustern in den Materiallisten, Hinweisen auf ungewöhnlich hohe Investitionen oder Sicherheitsmaßnahmen. Die Minuten vergingen und wurden zu Stunden, in denen er unzählige Dokumente und Berichte studierte, bis er endlich fand, was er suchte – eine schmale, beinahe unscheinbare digitale Akte, die den Titel *Operation Proteus* trug.

Als er versuchte, den Ordner zu öffnen, blinkte ein rotes Sicherheitssymbol auf dem Bildschirm auf. Zugriff verweigert. Sicherheitsstufe Alpha. Der einzige Grund, warum er im Archiv eine verschlüsselte Akte fand, war, dass er mittlerweile die öffentliche Sparte hinter sich gelassen und sich mithilfe seiner Dienstnummer Zutritt zu den nicht öffentlichen Unterlagen verschafft hatte. Die meisten davon waren lediglich Berichte, Statusmeldungen und Genehmigungen für Projekte durch die Vereinten Nationen.

Bishop fluchte leise, sah sich unauffällig um und zog aus seiner Jackentasche ein kleines Speichergerät, das er mit dem Terminal verband. Er aktivierte ein kleines Programm, das er von einem Hacker namens Dimitri erhalten hatte, der ihm in der Vergangenheit gute Dienste geleistet hatte. Nach einigen

Sekunden änderte sich das rote Symbol zu einem grünen, und der Ordner öffnete sich.

Operation Proteus. Erste Auswertung der Proben ergab Hinweise auf metallische Legierungen unbekannter Herkunft. Potenziell künstlichen Ursprungs, möglicherweise extraterrestrisch. Empfehlung: Sofortige Geheimhaltung und erhöhte Sicherheitsstufe bei weiteren Untersuchungen.

Bishop spürte, wie sein Puls sich beschleunigte. Verdammt noch mal! Travis und die Dockarbeiter hatten recht gehabt. Lunaris hatte tatsächlich etwas Außergewöhnliches gefunden, etwas, das definitiv nicht von der Erde stammte. Das war keine gewöhnliche Konzernoperation mehr, sondern eine Sache von enormer Tragweite. Bishop schob den Datensatz auf den kleinen Stick, entfernte ihn eilig und ließ die Datei aus dem Terminal verschwinden.

Hastig stand er auf und verließ das Archiv mit schnellen Schritten, während sein Herz immer noch wie verrückt schlug. Sein Kopf arbeitete fieberhaft, sortierte alle neuen Informationen und versuchte, sich einen Reim darauf zu machen. Er musste so schnell wie möglich nach Ganymed – jede Sekunde zählte.

Zurück auf dem Hauptkorridor des dritten Sektors beschleunigte er seine Schritte und steuerte erneut auf den Bahnhof zu. Fast vier Stunden hatte er gebraucht, um endlich eine Bestätigung für die Gerüchte zu erhalten. Jetzt musste er sich beeilen. Bishop wusste, dass die Dinge weit gefährlicher waren, als er angenommen hatte, und dass Lunaris vermutlich alles daransetzen würde, das Projekt Proteus geheim zu halten. Doch er war bereit, sich diesem Sturm zu stellen, der irgendwo dort draußen auf dem eisigen Mond auf ihn wartete.

Die Fahrt zum Raumhafen dauerte knapp fünfzehn Minuten. Zielstrebig passierte er die automatisierte Sicherheitskontrolle, die ihn nüchtern und emotionslos mit einem Irisscan identifizierte, und folgte den Gängen, bis er zu einem Informationsschalter gelangte. Der autonome Roboter hinter dem runden Tresen blickte ihn aus kalten, grauen Augen an. Diese Maschinen waren nicht dafür geschaffen, menschlich zu wirken, vielmehr war es eine modifizierte Drohne, die lediglich über einen klobigen Oberkörper mit zwei Armen und einem Kopf verfügte, in dem ein Schlitz für die Sprachausgabe integriert war, und zwei optischen Sensoren als Augen.

»Detective Alan Bishop, wo muss ich …«

»Hallo, Sir. Sie müssen zu Terminal 2.«

»Ich weiß, zu welchem Terminal ich muss. Ich brauche den Hangar«, erwiderte er genervt.

Der Terminal war immer derselbe, denn von dort starteten die kleineren Shuttles, die oft für Sicherheitsleute, Polizisten und Ermittler genutzt wurden. Allerdings gab es dort 21 kleinere Hangars.

»Sie werden in Hangar 4, erwartet. Bitte folgen Sie der blau markierten Linie auf dem Boden, bis Sie die Druckschleuse zum Wartebereich erreichen. Ich werde das zuständige Personal informieren, dass Sie auf dem Weg sind. Einen guten Flug.«

Ohne zu antworten, verließ er die runde Halle und folgte der blauen Linie durch einen der Tunnel. Es war angenehm still in dem weiß gehaltenen Korridor, denn außer ihm war hier niemand sonst unterwegs. Eilig ging er an mehreren Türen vorbei, bis er zu einer breiten Druckschleuse mit der Aufschrift *Terminal 2* gelangte. Er öffnete das schwere Schott über das Bedienfeld, indem er seinen ID-Chip am Handgelenk an den Scanner hielt. Die Schleuse war nicht mehr als ein rechteckiger, grau gehaltener Raum mit einem identischen zweigeteilten Tor auf der anderen Seite. Hinter ihm verschloss sich der Durchgang automatisch, und er wartete.

Plötzlich erlosch das Deckenlicht und wurde von einem weißen Leuchten ersetzt, das von zwei Sensoren rechts und links an der Wand kam. Auf Führungsschienen glitten sie von der Decke zum Boden und tasteten ihn einmal komplett ab. Eine Standardprozedur, um festzustellen, ob der jeweilige Passagier irgendwelche gefährlichen Substanzen oder Waffen mit sich führte. Dies war der Grund, warum Bishop insgesamt vier Dienstwaffen besaß. Zwei hatte er in seinem Spind hier im Terminal verstaut, selbstverständlich mit offizieller Genehmigung.

Als sich das gegenüberliegende Tor der Schleuse öffnete, trat er in den Wartebereich des Shuttle-Terminals. Der Raum war geräumig, mit mehreren Stuhlreihen und Bildschirmen ausgestattet, auf denen sonst Werbespots, Gameshows und Nachrichten liefen, um die Gäste zu unterhalten. Jedenfalls normalerweise. In diesem Terminal warteten in der Regel nicht viele Leute, daher blieben die Monitore schwarz. Es herrschte eine angenehme Stille.

Aus einem angrenzenden Raum, in dem sich die Schließfächer und Spinde befanden, holte Bishop seine Reisetasche und steckte seine beiden Waffen und zwei Magazine ein. Man wusste ja nie, was für Ungeziefer einem so begegnete.

Ein Mitbarteiter der Ferry-Transit-Gesellschaft erwartete ihn bereits und schenkte ihm ein Lächeln. Bevor der Mann etwas sagen konnte, hielt Bishop ihm sein Handgelenk mit dem Id-Chip hin.

»Ich komm klar, dass hier ist nicht mein erster Trip.«

Der Mann nickte, überprüfte die Identität, drehte sich anschließend zur offenen Tür und verschwand im angrenzenden Quergang. Auf Bishops Armdisplay erschienen alle wichtigen Informationen, die er brauchte, unter anderem eine Wegbeschreibung zum Hangar.

Der helle Flur war menschenleer. Es dauerte nicht lange, bis er die kleine Halle erreichte, in der sein Shuttle bereits wartete. Es war eine pragmatische, robuste Personenfähre mit kantigem Design, Tragflächen und einem abblätternden Firmenlogo auf der Seite. Der Hangar klein, eigens für diesen Typ Raumschiff konzipiert. An den Seiten standen einige Frachtkisten, zwischen denen er zwei Verladedrohnen sah, die offenbar nicht in Betrieb waren. Vor der hinteren Rampe des Shuttles stand ein Mann in einem schwarzen Pilotenanzug. Dünner Schnauzer über der Oberlippe, dichtes, dunkles Haar.

»Hi«, sagte Bishop, als er an ihn herantrat.

Der Mann drehte sich um und machte zwei Schritte die Rampe hinauf. »Hallo, ich bin Captain Hunt und Ihr Pilot auf der Reise nach Ganymed. Sie sind heute der einzige Fluggast, also haben Sie freie Sitzwahl.«

Bishop folgte dem Mann ins Innere.

»Scheinen ja auf einer ziemlich wichtigen Mission zu sein, dass eigens für Sie ein Expressflug gechartert wurde. Sind Sie schon mal mit so einem Shuttle geflogen?«

»Leider ja«, erwider Bishop trocken, als er die kleine Kabine betrat.

Dem Mann entwich ein Lachen. »Ich kann Sie verstehen. Diese Flüge sind nicht von schlechten Eltern. Na dann, suchen Sie sich mal einen Platz aus.«

Bishop nahm den linken Platz in der mittleren von insgesamt drei Reihen. Es war kein Sitz im herkömmlichen Sinne, sondern im Prinzip eine universelle Körperschale, in die man sich stellte und mit Gurten fixierte. Das Polster schmiegte sich an die Körperform an und sorgte dafür, dass die G-Kräfte der Beschleunigungsphase besser kompensiert wurden. Daher war die Sitzkonstruktion an einer kardanischen Aufhängung befestigt, die sich unabhängig vom Rest des Shuttles ausrichten konnte. In der Schwerelosigkeit war es ohnehin egal, ob man stand oder lag.

Er verschloss den Vierpunktgurt, ehe der Pilot ihn noch einmal überprüfte. »Alles klar, das wird halten. Guten Flug«, sagte er.

Bishop nickte. »Könnten Sie meine Tasche noch verstauen?«

»Bin schon dabei.« Hunt griff die Tasche vom Boden und schob sie in ein Fach über Bishops Kopf. »Also dann! Und bleiben Sie bitte angeschnallt, das dient zu Ihrer eigenen Sicherheit. Setzten Sie jetzt die Maske auf und atmen Sie tief und ruhig. Wenn wir unsere Endgeschwindigkeit erreicht haben, können Sie sie wieder abnehmen.«

»Schon klar.«

Hunt verschwand im Cockpit und Bishop griff nach dem schwarzen Mundstück, das an einem Schlauch aus der Seitenwand ragte. Er zog sich den Gummizug über den Kopf und positionierte den Inhalator über Mund und Nase. Währenddessen hörte er, wie sich die Rampe hinter ihm schloss und mit einem dumpfen Kratzen verriegelte.

»Startvorbereitungen abgeschlossen«, ertönte die emotionslose Stimme des Piloten über die Lautsprecher. »Starten in einer Minute. Alle Werte sehen gut aus, Triebwerke laufen warm.«

Bishop seufzte, atmete tief durch, schloss kurz die Augen und lauschte auf die gedämpften Geräusche der startenden Systeme. Ihm wurde leicht schwindelig, was von der erhöhten Sauerstoffzufuhr kam, dann spürte er den Stich in seinem

Hals. Er hatte die Injektion völlig vergessen. Vor dem Start eines solchen Flugs erhielten alle Personen an Bord eine Injektion aus irgendeinem Gemisch, das während der Schubphase den Kreislauf stabilisierte. Was genau es war, wusste er nicht, es war ihm auch egal, Hauptsache, es sorgte dafür, dass er nicht draufging. Eine sanfte Erschütterung ging durch die Kabine, als das Shuttle behutsam mit dem Katapult verbunden wurde. Er hasste das, was nun kam. Auf dem Display konnte er einen Countdown sehen, der unaufhörlich hinunterzählte. Kurz bevor er null erreichte, versuchte Bishop, sich irgendwo an dem Gestänge seiner Schale festzuhalten, dann wurde er auch schon in das Gelpolster und die Luft aus seiner Lunge gedrückt, als das Shuttle aus der Öffnung des Hangars hinauskatapultiert wurde. Nach einigen Sekunden konnte er wieder Luft holen, und der Druck auf seiner Brust normalisierte sich.

Auf dem Display vor ihm erschienen detaillierte Flugdaten: Vektor, Beschleunigung und ein schematischer Kurs. Durch das Bullauge neben ihm sah er, dass sie den Hangar bereits verlassen hatten. Vor ihm erstreckte sich die Außenhülle der Ceres-Station, verkleidet mit einer vier Meter dicken Regolithschicht, die die Strahlung abhielt. Durch das Whipple-Schild, das das Shuttle vor dem Einschlag kleinster Partikel schützte, sah die Station seltsam verzerrt aus. Es dauerte nicht lange, da schob sich der Schrotthaufen, den er Zuhause nannte, auf die Rückseite des Zwergplaneten, und nach wenigen Minuten verschwand auch Ceres aus seinem Blickfeld.

»Bereit machen für Schub in zehn Sekunden.«

Bishop schloss die Augen. Tief atmete er ein und aus. Unvermittelt wurde er wieder in das Polster seiner Schale gedrückt. Er kämpfte dagegen an, versuchte, zu atmen und bei Bewusstsein zu bleiben, doch dann verlor er und alles wurde schwarz.

Wie lange er ohnmächtig gewesen war, wusste er nicht, als er wider zu sich kam. Jedenfalls war die Beschleunigungsphase abgeschlossen und das Shuttle glitt durchs Vakuum. Bishop betrachtete die Flugbahn auf dem Bildschirm, den präzisen Kursverlauf, der sich über die Distanz von rund vierhundert Millionen Kilometern erstreckte. Er hatte Kopfschmerzen und zog sich die Maske vom Gesicht, hängte sie in die Vorrichtung und rieb sich die Augen. Wie konnte man so etwas mehrmals in der Woche machen? Wahrscheinlich waren Typen wie Hunt im ständigen Training, um diese Kräfte auszuhalten. Er jedenfalls würde sich nie daran gewöhnen, so viel stand fest.

Das Innere der Kabine war bereits im Reisemodus. Die Beleuchtung war gedimmt, was eine Atmosphäre von Ruhe und Isolation schuf. Bishop nutzte die Stille, um sich auf seinen Auftrag zu konzentrieren. Aus der Innentasche seiner Lederjacke zog er das faltbare Tablet hervor, das Timmons ihm in der Polizeiwache ausgehändigt hatte. Die Daten waren dünn, lückenhaft und fast schon provozierend vage gehalten – typisch für eine Konzernoperation, bei der man mehr Wert auf Verschleierung legte als auf Transparenz. Er las sich erneut in die wenigen Details ein, die er erhalten hatte.

Der Bericht war von Oliver Reed, dem Sicherheitschef der Bergbaukolonie Tros, verfasst worden und enthielt nüchterne Formulierungen, die offenbar bewusst gewählt waren, um jegliche Spekulationen zu vermeiden. Doch genau diese nüchterne Distanz irritierte Bishop. Er kannte solche Berichte. Je distanzierter und emotionsloser sie formuliert waren, desto größer war meist der Wunsch, unangenehme Tatsachen zu verschleiern.

»Unfallbericht – Bergbaukolonie Tros«, murmelte Bishop leise und begann, den Text konzentriert zu studieren. Sein Blick blieb bei einzelnen Sätzen hängen.

Während der Erkundung des neu erschlossenen Abschnitts im Minenschacht 12B passierte ein tödlicher Unfall. Das Team unter Leitung von Ben Harris hatte den Abschnitt nach einer magnetischen Anomalie abgesucht und eine bislang unbekannte metallische Struktur freigelegt.

Bishop runzelte die Stirn. »Unbekannte metallische Struktur«, wiederholte er nachdenklich, »magnetische Anomalie.« Warum war dieser Begriff derart neutral formuliert, obwohl offensichtlich niemand wirklich wusste, was sie dort unten gefunden hatten?

Ein seismisches Ereignis führte zu einem partiellen Einsturz. Ben Harris wurde dabei durch herabfallende Gesteins- und Eismassen getroffen. Zugleich wurde er möglicherweise Opfer eines Gewaltangriffs.

Bishop hielt inne und las den Satz erneut. Gewaltangriff. Das klang keineswegs nach einem gewöhnlichen Minenunfall. Ein dumpfes Unbehagen machte sich in seiner Magengegend breit, das ihm sehr vertraut war. Seine Intuition meldete sich zuverlässig, wenn etwas stank. Und hier stank es ganz gewaltig.

Unfallbericht – Bergbaukolonie Tros, Schacht 12B
Betroffener: Ben Harris, Minenarbeiter, Teamleiter Schicht Echo
Datum/Uhrzeit: 05.09.2225, ca. 07:32 Uhr Lokalzeit Ganymed
Ort: Minenschacht 12B, Tiamat Sulcus, Ganymed
Bericht verfasst von: Sicherheitschef Oliver Reed

Vorfall:
Während der Erkundung des neu erschlossenen Abschnitts im Minenschacht 12B trat ein tödlicher Unfall auf. Das Team unter Leitung von Ben Harris hatte den Abschnitt nach einer magnetischen Anomalie abgesucht und eine bislang unbekannte metallische Struktur freigelegt. Während der Inspektion kam es zu einem plötzlichen Erdbeben bzw. seismischen Ereignis, welches die Höhlendecke destabilisierte.

Ben Harris wurde dabei durch herabfallende Gesteins- und Eismassen getroffen. Zugleich wurde er offenbar Opfer eines Gewaltangriffs, bei dem er mit einem stumpfen Gegenstand im Nacken verletzt wurde. Die genauen Umstände dieses Angriffs sind unklar, da seine Kollegen Julia Martinez und Lars Bruckner bewusstlos aufgefunden wurden. Harris selbst verlor das Bewusstsein unmittelbar nach dem Schlag.

Das Team wurde durch ein Rettungsteam gefunden, das von der Einsatzzentrale alarmiert worden war. Ben Harris verstarb trotz sofort eingeleiteter Rettungsmaßnahmen noch am Unfallort.

Umstände und Umfeld:
Die Bohrarbeiten hatten eine Öffnung in eine natürliche Höhle freigelegt. Das Magnetfeld in der Höhle zeigte ungewöhnliche Pulsationen, die mit der metallischen Anomalie korrelierten. Ein seismisches Ereignis führte zu einem partiellen Einsturz. Unbekannte, möglicherweise nicht natürliche Einflüsse wurden berichtet (phasenweise Sichtungen von Schatten, akustische Anomalien).

Empfohlene Maßnahmen:
Sperrung des Bereichs 12B bis zu umfassenden Untersuchungen.
Forensische Analyse der Umgebung ergab keine Auffälligkeiten.
Ermittlung möglicher Dritter oder unbekannter Gefahrenquellen.
Psychologische Betreuung für das verbleibende Team.

Bishop erinnerte sich unwillkürlich an Travis' hektische Worte in der Magnetbahn, seine wilden Behauptungen über die ungewöhnliche Frachterbewegung und das Gerücht, dass irgendetwas Großes im Jupitersystem bevorstand. All das passte verdächtig gut zusammen und ließ seine innere Unruhe weiter wachsen. Dass die UN-Behörde ihn auf eine solche Mission schickte, bedeutete, dass man ernsthafte Sorgen hegte, und Bishop bezweifelte, dass es dabei lediglich um die Sicherheit eines einzelnen Minenarbeiters ging. Hier ging es um mehr – um sehr viel mehr.

Er ließ das Tablet sinken und starrte durch das kleine, dick verglaste Fenster hinaus in die absolute Dunkelheit, die nur gelegentlich vom schwachen Funkeln ferner Sterne unterbrochen wurde. Seine Gedanken begannen, zu kreisen. Es war nicht das erste Mal, dass er sich so fühlte – alleine und mit kaum belastbaren Informationen ausgestattet auf dem Weg zu einem Ort, an dem Menschen wie er nur selten willkommen waren.

Die Frage, die ihn am meisten beschäftigte, war jedoch, was ihn auf Ganymed erwarten würde. Und ob er dort überhaupt Antworten finden oder ob er am Ende selbst zu einer dieser unklaren Aktennotizen werden würde, über die nie jemand die ganze Wahrheit erfahren sollte.

»Scheiße«, murmelte er in die leere Kabine hinein, während das Shuttle durch die dunklen Weiten des Sonnensystems glitt. »Dieser Job wird mich irgendwann noch ins Grab bringen.«

Er spürte die Müdigkeit in seinem Knochen. Der wenige Schlaf in den vergangenen Tagen forderte nun seinen Tribut. Bishop lehnte sich zurück, als seine Augenlider schwer wurden.

Netter Empfang

An Bord des Shuttles, Kurs Richtung Jupitersystem, Ziel: Orbitalstation vor der Umlaufbahn von Ganymed

Ein durchdringender Signalton ließ ihn unsanft aus dem Schlaf fahren.

»Wir beginnen mit dem Landeanflug auf die Orbitalstation Marius. Bitte bleiben sie auf ihren Plätzen, bis der Andockvorgang abgeschlossen ist und Sie aufgefordert werden, das Shuttle zu verlassen. Dies dient Ihrer Sicherheit. Wir von der Ferry-Transit-Gesellschaft bedanken uns, dass Sie einen Shuttleflug mit uns gebucht haben«, drang die offensichtlich aufgezeichnete Nachricht der Fluggesellschaft aus den Kabinenlautsprechern.

Bishop rieb sich das Gesicht und versuchte, die Müdigkeit loszuwerden. Er musste mehr als zehn Stunden geschlafen haben, was ein Rekord für ihn war. In der Regel schaffte er es gerade einmal auf sechs Stunden. Aber ausgeschlafen fühlte er sich nicht. Er warf einen Blick auf den Monitor an der Wand und sah bereits das Symbol der Station, die sich vor der Umlaufbahn des Mondes Ganymed befand, auf die sie sich zubewegten. Gut anderthalb Stunden sollten sie noch brauchen, genug Zeit, um einen Blick in den Autopsiebericht zu werfen.

Bishop drückte sich tiefer in das Gelkissen der Schale. Durch das Fenster konnte er den Giganten Jupiter bereits erkennen. Die von Wirbelstürmen gezeichnete Struktur der Atmosphäre zog ihn in ihren Bann. Majestätisch und unglaublich farbenprächtig lag der Gasriese vor ihm. Seine wilde Oberfläche verlieh ihm minütlich ein neues Aussehen durch bräunliche, rote, schwarze, weiße, blaue und violette Wolkenbänder, die sich zu immer prächtigeren Wolkenformationen vermischten. Der große, rote Fleck tauchte wie ein unaufhaltsamer Reisender auf. Schon Galileo Galilei hatte ihn einst durch sein Fernrohr erspäht.

Nur schwer konnte er sich von dem Anblick loseisen. Vielleicht half ihm auch der kleine Schatten, der sich über die grelle Oberfläche nahe des Äquators schob. Er musste zu einem der inneren Monde gehören. Wenn ihn nicht alles täuschte, war das Io, der Vulkanmond.

Zum Glück muss ich nicht in diese Hölle, dachte Bishop.

Eine Handvoll Pioniere leistete dort ihre Arbeit, um diesen lebensfeindlichen Mond zu untersuchen. Bishop kannte die Berichte, und sie kamen den Beschreibungen der biblischen Hölle ziemlich nah. Da zog er es vor, auf Ganymed zu ermitteln.

Gekonnt fischte er das zusammengeklappte Pad aus der Jackentasche und entfaltete es. Es dauerte nicht lang, bis er unter den spärlichen Datensätzen den Autopsiebericht fand.

Verfasst worden war er von der Stationsärztin Dr. Lisa Moreno, einer unabhängigen Medizinerin, was nicht selten war in solchen Kolonien. Beinahe alle Ärzte wurden von der Regierung ins System geschickt. Vermutlich erhoffte man sich dadurch, dass die Versorgung auch vorschriftsmäßig erledigt wurde. In Morenos Fall traf beides nicht zu: Sie arbeitete weder für die Regierung noch für den Lunaris-Konzern.

Auch dieser Bericht war betont technisch gehalten und enthielt medizinische Details, die Bishop mit einem flüchtigen Blick überflog.

Stumpfer Trauma-Einschlag im Nackenbereich, ausgeprägte Blutergüsse und Muskelquetschungen. Keine Abwehrverletzungen vorhanden.

Keine Abwehrverletzungen. Das bedeutete, dass Harris seinen Angreifer entweder nicht gesehen hatte oder überrascht worden war. Bishop notierte sich geistig, Dr. Moreno persönlich zu befragen. Wenn Harris keinerlei Abwehrreaktionen gezeigt hatte, musste der Angriff blitzartig und völlig unerwartet erfolgt sein.

Schädel ohne Frakturen, jedoch deutliche Gehirnkontusion im Bereich des Nackens mit beginnender Schwellung des Hirnstamms.

»Hirnstammverletzung«, murmelte Bishop düster. Er wusste, was das bedeutete: unmittelbare Bewusstlosigkeit und baldiger Tod. Er hatte selbst in seiner Laufbahn Fälle erlebt, bei denen eine solche Verletzung bewusst herbeigeführt worden war, um sicherzustellen, dass das Opfer nicht überlebte.

Kein Nachweis toxischer Substanzen im Blut.

Wenigstens hier gab es keine Überraschungen. Er scrollte weiter zum Fazit der Autopsie.

Todesursache ist stumpfe Gewalteinwirkung in Form eines massiven Schlags auf den Nacken mit nachfolgender Hirnstammverletzung, verbunden mit mechanischer Kompression der Halswirbelsäule. Sekundär trug das seismische Ereignis zu schweren Verletzungen bei.

»Sekundär«, wiederholte Bishop kopfschüttelnd. Der Unfall wirkte zunehmend wie ein Deckmantel für eine gezielte Aktion. Doch warum sollte jemand einen gewöhnlichen Minenarbeiter töten wollen? Möglicherweise war Harris nicht irgendwer gewesen. Zugegeben, er war erfahren, leitete ein Team, aber er war nicht hochrangig genug, um Ziel eines Mordanschlags zu werden. Oder etwa doch?

Bishop ließ seinen Blick für einen Moment nach draußen schweifen. Der riesige, wirbelnde Gasplanet Jupiter dominierte die Aussicht, die Wolkenbänder pulsierten unruhig und strahlten eine hypnotische Schönheit aus. Eine tödliche Schönheit, dachte Bishop bitter. Genau wie Tros, wie dieser verfluchte Minenschacht.

Er konzentrierte sich erneut auf den Unfallbericht. Die folgenden Passagen ließen ihn aufhorchen.

Unbekannte, möglicherweise nicht natürliche Einflüsse wurden berichtet (phasenweise Sichtungen von Schatten, akustische Anomalien). Ergänzung: Ben Harris' Kollegen Martinez und Bruckner gaben zu Protokoll, dass er kurz vor dem Unglück, einen Schatten in der Höhle gesichtet hat, der sich bewegte. Eventuell deutet diese Sichtung auf eine vorangegangene, bisher nicht diagnostizierte psychische Störung hin.

Bishop runzelte erneut die Stirn. Schatten? Akustische Anomalien? Klang nach einer Mischung aus Stress und Isolation.

Trotzdem spürte er instinktiv, dass mehr dahintersteckte. Vor allem, da die Zeugen Martinez und Bruckner ebenfalls bewusstlos aufgefunden worden waren.

Ein weiterer Satz machte ihn endgültig stutzig.

Empfohlene Maßnahmen: Sperrung des Bereichs 12B bis zu umfassenden Untersuchungen. Die Minenarbeiter Martinez und Bruckner unter Quarantäne stellen und den Leichnam von Ben Harris isoliert und versiegelt aufbewahren bis zur Sicherstellung, dass keine weitere Gefahr für die Kolonisten besteht.

Eine klassische Reaktion, doch Bishop kannte Konzerne wie Lunaris – umfassende Untersuchungen bedeutete oft, etwas zu vertuschen, nicht es aufzudecken. Warum hätten die Vereinten Nationen ihn sonst nach Tros geschickt? Sicher nicht, weil Lunaris kooperationsbereit war.

Er schloss die Berichte und rief stattdessen eine holografische Darstellung des Bereichs auf, den Harris zuletzt betreten hatte. Ein dreidimensionales Abbild der Höhle, in der sich der Unfall ereignet hatte, erschien direkt vor ihm und erfüllte das Shuttle mit einem gespenstischen, grünlichen Licht. Bishop betrachtete die Simulation. Auf den ersten Blick konnte er nichts Seltsames erkennen. Es war eine ganz gewöhnliche Höhle mit unebenem Boden. Lediglich eine helle Fläche war in der Mitte zu erkennen. Entweder war dort etwas, das die Aufnahmen der Vermessungsdrohnen gestört hatte, oder es war etwas entfernt worden, das er nicht sehen sollte.

»Was haben sie dort unten gefunden?«, fragte er leise in den stillen Raum hinein.

Das Shuttle wackelte sanft, als Captain Hunt den Gegenschub der Kaltgasdüsen erhöhte, und Bishop schloss das

Hologramm mit einer knappen Handbewegung. Er spürte deutlich, dass die Lunaris Industrial Group ihm nicht die ganze Wahrheit offenbaren wollte. Vielleicht versuchten sie, ihn sogar absichtlich in die Irre zu führen.

Während das Shuttle an der Station andockte und er die Berichte in seinem Datenpad speicherte, nahm Bishop sich eines fest vor: Er würde nicht wieder abreisen, bevor er genau wusste, was mit Ben Harris wirklich geschehen war – und was Lunaris auf Ganymed tatsächlich gefunden hatte.

Ein kurzer, fester Ruck ging durch das Transferschiff, als die magnetischen Klammern der Jupiter-Orbitalstation einrasteten. Ein Zischen ertönte, gefolgt von einem metallischen Klacken. Der Luftdruck in der Kabine wurde ausgeglichen, und für einen Moment herrschte absolute Stille. Bishop löste langsam die Gurte, er hatte keine Zeit, auf Hunt zu warten, und schob sich vorsichtig aus seiner Sitzschale. Die Kabine befand sich hier im Zustand der Mikrogravitation; sofort bemerkte er, wie sein Körper unkontrolliert aufstieg, begleitet von dem unangenehmen Gefühl, als würde er fallen.

Die Schleuse öffnete sich mit einem leichten Surren, und Bishop blickte in einen zylindrischen Gang, dessen metallene Wände matt reflektierten. Ein gleichmäßiges Muster aus Haltegriffen und schmalen LED-Leisten zog sich entlang der Wände, die alles mit einem sterilen Licht erhellten. Vor ihm schwebte ein Crewmitglied, das sich geschickt mit gezielten Griffen und leichtem Abstoßen bewegte.

»Willkommen an Bord der Jupiter-Orbitalstation, Detective Bishop«, sagte die Frau freundlich, aber nüchtern. Ihre Stimme klang, als hätte sie diesen Satz schon hundertmal ausgesprochen. »Ich bin die erste Offizierin Jeanette Fonda. Ich begleite Sie zu Commander Aurelia.«

Bishop nickte wortlos, nahm seine Tasche, griff nach dem ersten Handlauf und zog sich vorsichtig in den Gang hinein. Die Fortbewegung in der Schwerelosigkeit verlangte Konzentration und fein abgestimmte Bewegungen – ein Fehler, und er würde hilflos gegen die Wand treiben. Bishop hasste Schwerelosigkeit. Das Gefühl von stabilem Boden unter den Füßen fehlte ihm sofort.

Der Korridor führte zu einem Habitatmodul, dessen Rotation um das Zentrum der Station künstliche Schwerkraft erzeugte. Bishop spürte, wie ihn eine leichte, stetig zunehmende Fliehkraft sanft gegen die gekrümmte Wand drückte. Die künstliche Schwerkraft war hier etwa ein Drittel der Erdgravitation, genug, um komfortabel zu laufen. Er setzte die Füße vorsichtig auf den strukturierten Boden und atmete erleichtert aus.

Das Innere der Station hatte etwas Funktionales, beinahe Militärisches. Der Korridor war ringförmig und mit verstrebten Metallträgern verstärkt, zwischen denen robuste, versiegelte Türen eingelassen waren. Kleine Bildschirme zeigten Daten zum aktuellen Druck und Sauerstoffgehalt. An mehreren Türen sah Bishop die Symbole für Forschung, Technik und Logistik.

Der Crewbereich, in dem er nun stand, führte direkt zur Kommandozentrale. Eine automatische Tür öffnete sich und gab den Blick auf einen großzügigen, von bläulichem Licht erhellten Raum frei, dominiert von einem breiten Panoramafenster. Jupiter war deutlich sichtbar. Ein gewaltiger, rot-oranger Sturm zog langsam vorüber. Vor dem Fenster stand ein Mann in einer makellosen, grauen Uniform – Commander Marcus Aurelia.

Er drehte sich langsam zu Bishop um. »Sie müssen der Sonderermittler von Ceres sein, den die UN uns geschickt hat.«

»Commander«, bestätigte Bishop knapp mit einem Nicken und ging auf ihn zu.

Aurelias Gesicht war glatt rasiert, und er trug seine grauen Haare militärisch kurz. Die hellblauen Augen musterten Bishop gründlich.

»Setzen Sie sich«, sagte er mit einer höflichen, aber bestimmten Geste zu einem Tisch mit einer integrierten holografischen Anzeige.

Bishop nahm Platz, setzte seine Tasche neben dem Stuhl auf den Boden ab und musterte den Commander. Aurelia aktivierte das Display mit einer kurzen Geste, und sofort erschien ein Hologramm der Minenstation Tros.

»Vor Ihrem Abflug nach Ganymed müssen wir noch einige Punkte klären«, begann der Commander, während er Bishop ernst fixierte. »Haben Sie den vorläufigen Bericht gelesen?«

Bishop nickte. »Nur das, was Lunaris bisher freigegeben hat. Ein Unfall mit ungeklärter Todesursache in der Hauptbohranlage, besser gesagt in einem der neuen Bereiche.«

»Ein vermeintlich ungeklärter Todesfall«, korrigierte der Commander und aktivierte eine Datei mit Personalunterlagen. Das Gesicht eines Mannes erschien: Ende dreißig, kantig, der Blick freundlich, aber ernst. »Benjamin Harris, Schichtleiter, erfahrener Bergbauingenieur, verheiratet, zwei Kinder. Laut Akte keine Disziplinarprobleme, beliebt unter den Kollegen. Wurde durch ein Beben während einer Routineinspektion von herabstürzenden Eisbrocken getötet.«

Bishop las aufmerksam die Personalakte, scrollte durch Krankenakten, psychologische Gutachten, Arbeitsprotokolle. Nichts deutete auf ein Motiv oder ungewöhnliches Verhalten hin.

»Ich höre heraus, dass Sie die Meinung der Firma teilen und es für einen gewöhnlichen Unfall halten?«

Aurelia zögerte kurz und wischte dann auf dem Hologramm zur nächsten Datei: ein technischer Bericht der Station Tros. »Einige Wartungslogs wurden nachträglich manipuliert. Videoaufzeichnungen fehlen und mehrere Sensoren waren exakt zu diesem Zeitpunkt offline. Verstehen Sie mich nicht falsch, ich möchte hier keine Verschwörung andeuten oder etwas Ähnliches. Diese Dinge werden Sie ohnehin herausfinden.« Er blickte an Bishop vorbei. »Danke, Sie können gehen. Bereiten Sie das Shuttle, für Detective Bishop vor, er wird gleich kommen.«

»Sehr wohl, Commander«, hörte Bishop die erste Offizierin hinter sich bestätigen. Kurz darauf erklang das leise Zischen der Tür, als sie sich öffnete und wieder schloss.

Bishop runzelte die Stirn. »Ich nehme an, wenn Sie mit mir unter vier Augen sprechen wollen, haben Sie etwas anderes im Sinn. Professionelle Sabotage?«

»Möglich. Wir haben mehrere Hinweise darauf, dass die Jupiter Mining Corporation versucht, unsere Operationen zu stören.«

Bishop lehnte sich zurück. »Industriespionage zwischen Milliarden-Credit-Konzernen ist eine Sache, Commander. Aber Mord?«

»Genau das sollen Sie klären.«

Bishop atmete tief durch und scrollte weiter durch die Akten. Er sah sich die gesamte Crew von Tros an – Bergbauarbeiter, Ingenieure, Techniker, Sicherheitspersonal. Alle gründlich überprüft. Dennoch spürte Bishop bereits die üblichen Spannungen zwischen den Zeilen: Isolation, Konkurrenzdruck, Rivalitäten. Er kannte diese Situationen zur Genüge.

»Wie ist die Stimmung vor Ort?«, fragte er schließlich.

»Angespannt«, antwortete der Commander nüchtern. »Die Besatzung weiß offiziell nur von einem Unfall. Doch

Gerüchte machen bereits die Runde. Machen Sie sich darauf gefasst, dass man Sie dort unten nicht mit offenen Armen empfangen wird. Auch ich bin nicht wirklich erfreut über Ihre Anwesenheit, das sage ich Ihnen ganz offen ins Gesicht. Denn es bedeutet, dass die Regierung der Erde hier mitmischen will und hofft, etwas über unsere Operationen und den Betrieb hier herauszufinden.«

»Ich freue mich auch, hier zu sein«, erwiderte Bishop zynisch. »Vielleicht glaubt die Regierung ja, dass Sie hier etwas gefunden haben, das der Konzern gerne für sich behalten will.«

Aurelia musterte ihn einen Augenblick lang, bis er die Hände auf der Tischplatte faltete und ein schiefes Lächeln aufsetzte. »Detective Bishop, ich denke, Sie sind ein intelligenter Mann, sonst wären Sie nicht hier. Ich kenne die Gerüchte, dass dort unten irgendein ominöses Artefakt einer extraterrestrischen Lebensform gefunden wurde. Ich hoffe nicht, dass Sie zu denen gehören, die daran glauben.«

»Ich glaube nicht, ich versuche, zu wissen, Commander.«

Er nickte leicht. »Gut. Finden Sie heraus, was da vor sich geht, und sollte es zu Sabotage kommen, werden Sie es mir berichten. Ich bin verantwortlich für das Jupitersystem, und Sie sollten wissen, dass ich kein Angestellter von Lunaris bin, sondern im Dienst des Space-Kommandos der Handelsallianz stehe.«

Bishop nickte stumm.

»Ich gebe Ihnen vollen Zugang zu allen Berichten«, sagte Aurelia. »Nutzen Sie die Flugzeit nach Ganymed, um alles zu studieren.«

Bishop erhob sich langsam, griff sich seine Tasche, hängte sie sich mit dem Riemen über die Schulter und schüttelte dem Commander die Hand. »Verstanden. Wann startet das Shuttle?«

»Sobald Sie wollen. Draußen wartet bereits unser Sicherheitschef Lieutenant Franks. Er wird Sie zur Fähre bringen, die Sie direkt nach Tros fliegt.«

»Gut«, sagte Bishop knapp.

Er machte sich keine Illusionen – die Sache war mehr als ein bloßer Unfall. Mit einem unguten Gefühl in der Magengegend ging er zur Tür. Wenn nun auch noch ein Sabotageverdacht ins Spiel kam, konnte es zu einem offenen Rohstoffkrieg unter den Konzernen kommen, und die Vergangenheit hatte gezeigt: Wenn es um eine solche Menge Credits ging, würde es blutig enden.

»Ach, Detective?«, sagte Aurelia noch, als Bishop das Schott schon fast erreicht hatte.

Er blickte über die Schulter zurück. »Ja?«

»Seien Sie vorsichtig da unten. Ganymed ist gnadenlos – und manche Menschen dort ebenfalls.«

Bishop lächelte bitter. »Danke für den Hinweis. Ich weiß Ihre Sorge zu schätzen.«

Er verließ den Raum und trat in den Korridor, wo ihn ein junger Mann mit einem Lächeln begrüßte. »Ich bin Lieutenant Franks. Bitte folgen Sie mir, ich bringe Sie zur Fähre.«

Bishop folgte dem Mann, der sich postwendend umdrehte und den Gang entlangmarschierte.

»Darf ich Sie etwas fragen?«

»Klar«, antwortete Franks, »sofern es nicht mit einem möglichen Artefakt oder Ähnlichem zu tun hat.«

Interessant. Offenbar hatte Commander Aurelia eine Informationssperre zu diesem Thema verhängt, entweder um die Gerüchte zu beenden oder um die Existenz eines Fundstücks zu vertuschen.

»Ich wollte nur wissen, wie viele verschiedene Konzerne von hier aus ihre Missionen zu den Monden starten.«

»Mal nachdenken, es müssten mittlerweile zwölf sein, wobei Lunaris, Huntington Industries und Jupiter Mining die größten Einrichtungen hier betreiben. Wir sind quasi der Knotenpunkt, die Verbindung zwischen Erde und diesem System in Sachen Logistik, Kommunikation und Sicherheit.«

»Verstehe. Wäre es möglich, auch Operationen auf den Monden durchzuführen, ohne dass sie über die Station hier laufen?«

Franks drehte sich halb zu ihm um, während er den Gang entlangging. »Sie meinen so etwas wie eine verdeckte Operation?«

»Genau?«

»Warum sollten die Konzerne das tun? Aber um Ihre Frage zu beantworten, unsere Sensoren registrieren jede Aktivität rund um Jupiter. Kein Schiff kann unbemerkt an uns vorbei und muss sich vorher anmelden, wenn es direkt zu einem der Monde will.«

»Verstehe. Dann wissen Sie also von den vier Forschungsfrachtern, die Lunaris hierhergeschickt hat.«

Franks blickte ihn einen Moment lang überrascht an. »Ich weiß nichts von irgendwelchen Forschungsfrachtern. Worauf wollen Sie hinaus?«

Bishop lächelte. Er hatte erfahren, was er wissen wollte. »Schon okay, ich bin nur neugierig.«

»Verstehe«, erwiderte der Mann und zog eine Augenbraue hoch.

Den Rest des Weges verbrachten sie schweigend, bis sie an einer Schleuse ankamen, vor der Franks stehen blieb. Bishop musste bereits den Handlauf an der Wand benutzten, da sie den Rotationsring verlassen hatten.

»Hinter der Schleuse wartet Ihre Fähre auf Sie.«

»Danke.«

»Bis dann«, sagte er und ließ Bishop allein, nachdem er die Schleuse geöffnet hatte.

Bishop zog sich hinein und das Schott schloss sich hinter ihm. Geduldig wartete er, bis der Druckausgleich abgeschlossen war und ein Techniker die Luke über ein kleines Schaltfeld öffnete. Beherzt packte der Mann Bishop und zog ihn aus der Schleuse.

»Schön langsam. Schaffen Sie das allein oder brauchen Sie Hilfe?«, fragte der Techniker und deutete hinter sich in einen kleinen Raum, in dem mehrere Sitze installiert waren.

»Geht schon«, erwiderte Bishop und zog sich weiter ins Innere.

Der schmale Passagierraum des Shuttles war ausgekleidet mit abgewetztem, grauem Kunststoff und poliertem Stahl. An den Wänden zeugten deutliche Kratzer und Verfärbungen von zahlreichen Einsätzen. Bishop suchte sich einen der Sitze aus. Der Mann nahm ihm seine Tasche ab, ehe Bishop sich setzte, und verstaute sie in einem kleinen Netz, das neben Bishop an der Wand befestigt war. Währenddessen verschloss Bishop den Vierpunktsicherheitsgurt.

»Perfekt«, sagte der Techniker, nachdem er die Gurte überprüft hatte. »Na dann, guten Flug.«

»Danke«, murmelte Bishop, als der Mann sich bereits aus seinem Sichtfeld schob und in Richtung Luke verschwand.

»Wir heben in fünf Minuten ab«, meldete der Pilot mit emotionsloser Stimme über die Sprechanlage.

Als das Shuttle schließlich mit einem sanften Ruck die magnetischen Klammern löste und sich von der Orbitalstation entfernte, beobachtete Bishop, wie sich das Panorama hinter der kleinen Sichtscheibe langsam veränderte. Der Anblick des gigantischen Gasriesen Jupiter zog unweigerlich seinen Blick an, hypnotisierte ihn fast, obwohl er diese Aussicht inzwischen oft genug gesehen hatte.

Allmählich rückte Ganymed in seinen Fokus, der eisige Mond, der nun zunehmend klarer und detaillierter erschien. Die Oberfläche zeigte sich grau, fleckig und mit Narben übersät – tiefe Schluchten, breite Krater und dunkle Risse, die wie offene Wunden auf der Oberfläche klafften. Tiamat Sulcus zeichnete sich bereits deutlich ab, eine gewaltige Verwerfung, die dem Mond eine verletzte, beinahe groteske Erscheinung verlieh.

Bishop lehnte sich im Sitz zurück und spürte, wie sich die Polsterung seiner Kontur anpasste. Er sog sein Pad aus seiner Tasche, irgendwie musste er ja die Zeit totschlagen. Das Display blinkte kurz, als er eine holografische Projektion der Minenkolonie Tros aktivierte. Die Anlage schwebte nun bläulich schimmernd vor ihm, leicht flackernd, kalt und klinisch – ein passendes Abbild seines Gemütszustands.

Er betrachtete die flimmernde Simulation mit skeptischer Distanz. Sicher, Lunaris hatte auf den ersten Blick ein Meisterwerk aus Technik und Funktionalität erschaffen. Doch für Bishop war es nichts weiter als eine weitere kalte Narbe, die der Mensch rücksichtslos in die Oberfläche eines fremden Körpers riss. Er kannte die Berichte zur Genüge – Fakten, Statistiken, Produktionszahlen. Er hatte sie alle studiert und glaubte nur die Hälfte davon. Rohstoffe, Gier und Macht, das war es, worum es ging, und nicht um den Fortschritt der Menschheit.

Die Kolonie lag mitten in der Verwerfung, umgeben von gigantischen, eisigen Monolithen. Tiamat Sulcus – der Name allein versprach Ärger. Nicht zum ersten Mal fragte Bishop sich, weshalb man bei solchen Projekten nie auf Leute wie ihn hörte, die die Katastrophe kommen sahen. Solange die Credits flossen, scherte sich niemand um die Konsequenzen.

Bishop zoomte näher in die Holo-Abbildung hinein und untersuchte die Sicherheitsvorkehrungen. Massive Schleusentore, doppelte Drucktüren, die alles draußen halten sollten: die eisige Kälte, die tödliche Strahlung – vor allem aber die endlose Leere. Doch Bishop wusste, dass diese Leere stets einen Weg hinein fand, früher oder später.

Er scrollte weiter durch die Akten. Einhundertzwanzig Männer und Frauen lebten dort unten am Rand des menschlich Möglichen. Ingenieure, Spezialisten für Weltraumbergbau, die kaum mehr als moderne Minenarbeiter waren, Techniker, Forscher, Ärzte und Sicherheitskräfte. Leute, die aus Pflichtgefühl oder Verzweiflung unterschrieben hatten und nun ihre Gesundheit, vielleicht sogar ihr Leben opferten. Bishop verstand sie besser, als ihm lieb war. Wer nicht irgendwo in den Minen des Jupitersystems landete, versank früher oder später auf der Ceres-Station zwischen Whiskygläsern, Spielschulden und zerstörten Träumen.

Mit einem Fingerzeig zoomte er in das Innere der Kolonie hinein. Einheitliche Wohnquartiere, steril und identisch, ohne jede persönliche Note. Im Zentrum blinkte der blaue Kern des Fusionsreaktors, scheinbar stabil. Zumindest behaupteten das die Ingenieure, aber Bishop hatte zu viele tote Anlagen gesehen, um blind auf deren Einschätzungen zu vertrauen. Die orangenen Linien der Bohrschächte zogen sich wie fremdartige Blutbahnen durch Eis und Gestein. Auf Bishop wirkte die Anlage wie ein organisches Wesen, das mit langen Tentakeln alles an wertvollen Rohstoffen aus dem Mond riss, was es greifen konnte.

Eine rote Warnung in einer abgelegenen Ecke ließ ihn stutzig werden: erhöhte seismische Aktivität. Ein harmloser Satz, doch Bishop wusste genau, was das bedeutete. Immer wenn Konzerne Dinge herunterspielten, kündigte sich massiver Ärger an.

Er deaktivierte die Holografie mit einer knappen Geste, die Kabine versank wieder in diffusem Halbdunkel.

»Verdammte Idioten«, murmelte er bitter.

Das Shuttle schwenkte in die Umlaufbahn von Ganymed ein. Bishop betrachtete die zerklüftete Oberfläche, die nun scharf und klar erkennbar war. Die Felsstrukturen und bizarren Eisformationen wirkten beinahe surreal. Bishop fragte sich unwillkürlich, wie lange man dort unten leben konnte, bevor der Verstand endgültig zerbrach.

Die nüchterne Stimme des Piloten riss ihn aus seinen Gedanken. »Wir beginnen jetzt mit dem Landeanflug. Halten Sie sich bereit und bleiben Sie bitte sitzen, bis der Druckausgleich im Hangar abgeschlossen ist.«

Bishop atmete tief durch und versuchte, seine Gedanken zu ordnen. Er wusste nicht, was genau ihn dort unten erwartete, doch er ahnte, dass es nichts Gutes war. Es würde schmutzig werden, vielleicht sogar gefährlich, und die Wahrheit lag tief vergraben – genau wie das, was Lunaris hier unten gefunden hatte. Bishop war bereit, danach zu graben, egal was es ihn kostete. Denn wenn er eines sicher wusste, dann, dass die Wahrheit niemals kampflos ans Tageslicht kam.

Das Shuttle sank nun rasch der Oberfläche entgegen. Draußen jagten Details vorbei: schroffe Klippen, gewaltige Eisbrocken, die wie bizarre Skulpturen an die Oberfläche gedrückt worden waren, und dunkle, bedrohliche Felsformationen, die wie riesige, mahnende Finger aus dem Eis ragten. Die Schlucht war mehrere Kilometer breit und tief, und dennoch spürte man die Enge, die von den eisigen Wänden ausging. Das Shuttle sank langsam und ruhig der Oberfläche entgegen.

Der Schub ließ wenig später merklich nach, und das Bild vor seinem Fenster wurde ruhiger. Jetzt konnte er deutlich die hellen Lichter der Station Tros erkennen, leistungsstarke

Strahler, die mit unbarmherziger Intensität die umliegende Eislandschaft erleuchteten und dabei scharfkantige Schatten auf die zerklüftete Oberfläche warfen.

Skeptisch betrachtete Bishop die Antennenanlagen für die Kommunikation, die robusten Geschützstellungen und die komplexen Sensoranlagen, die rund um die Station verteilt waren. Tros war offenbar sehr gut gesichert. Gegen wen oder was verteidigte sich der Konzern hier draußen? Welcher Feind sollte hier abgewehrt werden? War es die Konkurrenz oder etwas noch Bedrohlicheres, das hier unten entdeckt worden war?

Je näher sie kamen, desto klarer zeichnete sich das zentrale Herzstück der Station ab: eine riesige, gläserne Kuppel, die wie eine Halbkugel aus massivem, widerstandsfähigem Polymerglas konstruiert war. Aus dieser Perspektive wirkte sie wie ein Auge, das trotzig aus dem eisigen Mond hinausblickte – wachsam, misstrauisch und jederzeit bereit, sich zu verteidigen. Ihr Inneres wurde von diffusem, leicht bläulichem Licht erhellt, hinein konnte er nicht blicken, da die Scheibe offenbar eine Art spezielle Beschichtung hatte, wahrscheinlich um die Strahlung zu neutralisieren. Drum herum waren mehrere kleinere Kuppeln und Module zu sehen.

Dies war nur ein kleiner Teil der Station, wie die Spitze eines Eisbergs, der im Ozean trieb und seine eigentliche Masse unter der Wasseroberfläche verbarg. Bishop wusste, dass von dieser imposanten Zentralkuppel mehrere unter dem Eis liegende Tunnel ausgingen, die sich wie die Speichen eines Rades zu den anderen Bereichen der Station verzweigten. Er erkannte in die Eisdecke eingelassene gigantische Hangartore, Techniksektionen, Lagerhallen, ausgeleuchtete Straßen, die zu entfernten Außenposten und Kommunikationsanlagen führten. Alles schien pragmatisch, robust und kompromisslos – erbaut allein für Effizienz und Profit.

Unvermittelt flammten mehrere rote Lichtstrahlen auf, die um eine der großen Hangarschleusen positioniert waren und systematisch die stählernen Tore abtasteten. Offenbar waren es leistungsstarke Laser, die die sich ewig neu bildende Eiskruste entfernen sollten. Nach wenigen Sekunden erloschen sie bereits wieder.

Bishop beobachtete aufmerksam, wie sich anschließend zwei schwere, stählerne Segmente auseinanderzogen, um dem Shuttle den Weg in die Tiefe zu ermöglichen. Eispartikel und feiner Staub wirbelten umher, als das Schiff langsam in das Innere der Station eintauchte.

Mit einem kurzen, aber deutlichen Ruck setzte das Shuttle sanft auf und die Fahrwerke verankerten sich mit einem dumpfen Geräusch auf der Landefläche. Einen Moment lang herrschte absolute Stille, bis plötzlich ein tiefes Vibrieren durch die Kabine drang, als die massiven Schotts über ihnen sich wieder schlossen und mit einem dumpfen Knall verriegelten.

»Willkommen in Tros, wir sind gelandet«, verkündete der Pilot knapp und emotionslos über die Bordlautsprecher.

Bishop löste langsam die Sicherheitsgurte, zog sich auf die Beine und nahm seine Tasche aus der Gepäckhalterung neben sich. Die Atmosphäre in der Halle musste bereits hergestellt werden, denn es dauerte nicht lange, bis ein leises Zischen erklang und sich die hintere Luke langsam öffnete und den Weg in den Hangar freigab. Sofort drang die kalte, trockene Stationsluft in seine Lunge, begleitet von einem vertrauten metallischen Geruch, vermischt mit der Note von industriellen Reinigungsmitteln.

Vor der Einstiegsrampe wartete bereits eine kräftige Gestalt. Bishop erkannte sofort die typische Haltung eines Mannes, der militärischen Drill gewohnt war. Es musste der

Sicherheitschef der Station sein, Oliver Reed, der mit verschränkten Armen und einem eindeutig mürrischen Ausdruck im Gesicht auf ihn wartete. Sein Haar war kurz geschnitten, fast militärisch streng, und in seinen dunklen Augen lag kein Funke von Herzlichkeit.

»Detective Bishop«, sagte Reed knapp, ohne auch nur den Versuch zu unternehmen, höflich zu wirken. Seine Stimme war rau und triefte vor kaum unterdrückter Gereiztheit. »Ich bin Oliver Reed, Sicherheitschef hier auf Tros. Ich wurde angewiesen, Sie zu empfangen und Ihnen Zugang zu gewähren, obwohl mir nicht ganz klar ist, warum die Erde sich plötzlich so sehr für uns interessiert.«

Bishop ignorierte die offene Feindseligkeit und trat gelassen von der Rampe. »Mr. Reed, glauben Sie mir, ich wäre auch lieber woanders. Aber ich bin nicht hier, um Ihnen oder Ihrem Personal das Leben schwer zu machen. Ich will nur herausfinden, was passiert ist, und offenbar gibt es auf der Erde Menschen, die diesen Fall nicht so schnell ad acta legen wollen.«

Reed musterte ihn abschätzend und kniff leicht die Augen zusammen. »Wissen Sie, Bishop, wir haben hier täglich Probleme – Beben, technische Defekte, kleinere Unfälle und auch schon mal unruhige Arbeiter. Ihre Anwesenheit bedeutet, dass die Regierung vermutet, hier wäre mehr im Spiel. Das schafft Unsicherheit und Spannungen, und das können wir absolut nicht gebrauchen. Es gibt hier nichts, was für Sie von Interesse ist. Wir brauchen Sie nicht. Ich habe hier alles unter Kontrolle.«

Bishop erwiderte seinen Blick mit ruhiger Entschlossenheit. »Dann helfen Sie mir, die Sache so schnell wie möglich zu klären, und ich bin sofort wieder weg.«

Reed schnaubte verächtlich, machte dann eine knappe Bewegung mit dem Kopf und deutete auf die Schleuse am anderen Ende des Hangars. »Folgen Sie mir, Detective. Ich bringe Sie zu meinem Büro. Dort erhalten Sie Zugang zu den Datenbanken und der gesamten Station. Aber seien Sie gewarnt: Sie werden hier keine Freunde finden, wenn Sie zu viele Fragen stellen.«

»Ich bin nicht hier, um Freunde zu finden«, erwiderte Bishop trocken und folgte Reed wortlos durch die Halle.

Während sie auf die massive Schleuse zugingen, betrachtete Bishop die kahlen, funktionalen Wände, die schweren Metallplatten, die überall sichtbar waren, und die schlichten, kantigen Strukturen, die keinerlei Anzeichen von Komfort boten. Alles war nüchtern und ohne jede Spur menschlicher Wärme. Tros war nicht mehr als eine kalte Maschine, geschaffen allein für den Zweck, Profite aus dem gefrorenen Gestein herauszupressen. Und mitten in diesem mechanischen Herz wartete nun eine Wahrheit, die man mit allen Mitteln verbarg – eine Wahrheit, die Bishop um jeden Preis herausfinden musste.

Die massive Schleuse schloss sich hinter ihnen mit einem dumpfen Grollen, und Bishop spürte, wie sich seine Nackenhaare instinktiv aufstellten. In diesem Moment hatte er endgültig das Gefühl, die Kontrolle an die Station abgegeben zu haben – und vor allem an Oliver Reed, dessen militärische Haltung und mürrischer Gesichtsausdruck wenig Gutes versprachen.

Vor ihnen erstreckte sich ein breiter, nüchterner Gang, der kaum mehr war als eine kalte Passage aus Stahl und Verbundstoffen. Reed marschierte voran, ohne ein weiteres Wort zu verlieren, und Bishop folgte ihm mit prüfendem Blick. Auf dem Weg begegneten sie vereinzelt Stationstechnikern und Arbeitern, die sie mit unverhohlen misstrauischen, fast feindseligen Blicken musterten. Bishop spürte die Anspannung regelrecht auf der Haut. Seine bloße Anwesenheit hier wirkte wie ein Störfaktor.

»Sieht ja so aus, als wären Ihre Leute nicht besonders begeistert, dass ich hier bin«, bemerkte Bishop mit einer Spur trockenen Humors.

Reed drehte sich nur halb um und antwortete knapp: »Sie sind misstrauisch gegenüber jedem, der von außen kommt. Besonders wenn er sich direkt in ihre Angelegenheiten einmischt.«

»Ist das Ihre Ansicht oder die Ihrer Crew?«, fragte Bishop beiläufig.

»Beides«, erwiderte Reed frostig, ohne den Schritt zu verlangsamen.

Bishop ließ das unkommentiert.

Der Gang verbreiterte sich plötzlich und führte in die imposante Haupthalle unter der riesigen gläsernen Kuppel. Bishop blieb kurz stehen und betrachtete den beeindruckenden Raum. Es fühlte sich an, als hätte er plötzlich das Herzstück einer Festung betreten. Über ihm spannte sich die gigantische Halbkugel aus verstärktem Polymerglas, die er bei seinem Anflug bereits gesehen hatte. Er ließ seinen Blick durch die Halle schweifen. Gut zwanzig Meter musste der Raum in das Eis reichen, und er verfügte über drei Ebenen, deren Rundgänge sich über ihm erstreckten. In der Mitte stand eine aus Metall gefertigte Skulptur. Sie zeigte einen nackten, athletischen Mann, der einen Arm zum Himmel streckte und den anderen einem großen Greifvogel zuwandte, der vor ihm auf dem Boden saß. Bishop ging näher zu dem aus roh behauenem Stein gefertigten Sockel der Statue und las den Text, der auf einer Tafel geschrieben stand.

Dies ist Ganymed, der Sohn des Königs Tros, Ahnherr der Trojaner, und der Himmelsvater Jupiter in seiner Adlergestalt vor Ganymeds Entführung ins Reich der Götter.

Er blickte hinauf, musterte die beiden Gestalten und schmunzelte. Irgendwie war es seltsam, ein solches Kunstwerk an solch einem Ort zu finden, doch wenn man die Bedeutung genauer betrachtete, ergab es Sinn. War es das, was Lunaris hier suchte? Einen Weg ins Reich der Götter? Er schüttelte den Kopf. Das war selbst für diesen Konzern zu weit hergeholt.

Reed stand wenige Schritte entfernt und unterhielt sich mit einem Sicherheitsmitarbeiter. Der Mann nickte und verschwand mit eiligen Schritten.

»Kommen Sie. Ich dachte, Sie haben es eilig«, sagte Reed.

Bishop nickte und ließ einen letzten Blick durch die runde Halle schweifen. Zahlreiche schwere Schotts waren kreisförmig um den Raum angeordnet, jedes mit einer Beschriftung versehen. Eines davon erregte sofort seine Aufmerksamkeit: ein massives Stahltor, auf dem lediglich SL-1 stand. Bishop spürte ein instinktives Unbehagen, als er die unauffällige, aber ungewöhnlich starke Verriegelung bemerkte.

»Was befindet sich hinter *SL-1*?«, fragte er betont beiläufig.

Reeds Gesicht verfinsterte sich. »Dieser Bereich geht Sie nichts an, Detective.«

»Das sagen Sie so einfach«, entgegnete Bishop scharf. »Aber vielleicht entscheide besser ich selbst, was mich etwas angeht.«

Reed blieb abrupt stehen und blickte ihn kalt an. »Verstehen Sie mich nicht falsch, aber der Bereich ist für Sie tabu. Das ist ein hochsensibler Sicherheitsbereich. Ende der Diskussion.«

Bishop erwiderte den Blick ruhig, doch innerlich schrillten sämtliche Alarmglocken. Gerade weil Reed so abweisend reagierte, war klar, dass dort etwas verborgen wurde, das der Konzern unbedingt geheim halten wollte. Er nahm sich vor, der Sache später nachzugehen. Jetzt musste er erst einmal kooperativ wirken, um nicht schon von Beginn an alle Türen vor sich zuschlagen zu sehen.

»Gut, dann zeigen Sie mir doch, wo die anderen Gänge hinführen«, sagte er nach einer kurzen Pause und deutete auf die restlichen Schotts.

Reed zögerte kurz, dann seufzte er genervt. »Dieses hier führt zu den Wohnquartieren, dem medizinischen Trakt und der Kantine«, erklärte er knapp und zeigte auf eine der Türen. »Dort drüben geht es in die technischen Bereiche: Kraftwerk, Lebenserhaltung, Kommunikation. Der Gang da hinten führt direkt zu den Schächten und Bohranlagen. Verwaltung und Sicherheit sind in diesem Gang untergebracht.« Er deutete auf einen breiten Korridor rechts neben SL-1.

Bishop nickte bedächtig. »Gut. Gibt es inzwischen Neuigkeiten zu Ben Harris?«

»Alles, was wir wissen, steht im Bericht«, entgegnete Reed, diesmal offener genervt.

Bishop ignorierte den Tonfall. »Ich möchte trotzdem so bald wie möglich mit seinen Kollegen Martinez und Bruckner sprechen. Die beiden waren immerhin am Unglücksort.«

»Das ist nicht nötig«, wiegelte Reed barsch ab und wandte sich wieder zum Gehen.

Bishop blieb demonstrativ stehen. »Ich glaube, das entscheide immer noch ich«, sagte er mit schneidender Schärfe. »Ich sage Ihnen ja auch nicht, wie Sie Ihre verdammte Station zu führen haben, also sagen Sie mir nicht, wie ich meinen Job erledigen soll.«

Reed musterte ihn für einen Moment wütend, dann knirschte er hörbar mit den Zähnen. »Hören Sie, Bishop, Sie sorgen hier ohnehin schon für genug Unruhe. Je schneller Sie fertig werden, desto besser für uns alle.«

Bishop ließ sich davon nicht beeindrucken. »Dann seien Sie doch einfach kooperativ. Das wäre für uns beide einfacher.«

Reed schüttelte resigniert den Kopf. Nach einer Weile lenkte er schließlich ein, wenn auch widerwillig. »In Ordnung. Sie bekommen Ihr Gespräch. Aber erwarten Sie keine Wunder. Beide stehen immer noch unter Schock.«

»Das Risiko nehme ich in Kauf«, erwiderte Bishop trocken und folgte Reed aus der Halle in den Verwaltungstrakt.

Auch hier spürte er die Blicke einiger Techniker und Wissenschaftler auf sich. Feindseligkeit lag darin, vielleicht auch Angst. Er war hier definitiv nicht willkommen, aber das kümmerte ihn nicht. Wenn diese Leute ihn so sehr fürchteten, bedeutete es, dass sie tatsächlich etwas zu verbergen hatten.

Nach einem kurzen Fußmarsch erreichten sie die Tür zum Sicherheitsbüro. Reed betätigte das Zugangspanel und die schwere Tür öffnete sich mit einem Zischen. Bishop folgte ihm hinein.

Das Büro war überraschend spartanisch eingerichtet: ein großer, wuchtiger Schreibtisch, mehrere Monitore, Wandtafeln mit Stationsplänen und Sicherheitsprotokollen. Der Raum wirkte funktional, schmucklos und kühl – genauso wie sein Besitzer.

Reed ließ sich schwer in seinen Bürostuhl fallen, während Bishop stehen blieb und die Arme vor der Brust verschränkte.

»Ich habe Ihnen alle relevanten Informationen längst geschickt«, sagte Reed. »Die Aussagen der beiden Kollegen sind auch in dem Bericht.«

Bishop schüttelte langsam den Kopf. »Ich vertraue Berichten nur, wenn ich sie selbst aufgenommen habe. Es ist mein Job, zwischen den Zeilen zu lesen. Ich will von Martinez und Bruckner persönlich hören, was passiert ist.«

Reed schwieg einen Moment. Bishop bemerkte deutlich, wie angespannt sein Gegenüber war. Nach einer gefühlten Ewigkeit schnaufte Reed leise. »Gut, ich organisiere Ihnen das Gespräch. Aber machen Sie es kurz und unkompliziert, Bishop. Ich habe hier genug Probleme.«

»Ich bin nicht hier, um Ihnen Ärger zu machen«, erwiderte Bishop ruhig, aber bestimmt. »Ich bin hier, um herauszufinden, was mit Ben Harris passiert ist. Je schneller ich Antworten bekomme, desto schneller bin ich wieder weg.«

Reed musterte ihn abschätzig, dann nickte er knapp. Bishop wusste genau, dass er gerade erst begonnen hatte, an der Oberfläche zu kratzen, und dass es noch deutlich tiefer gehen würde als diese harmlosen Reibereien. Innerlich bereitete er sich auf unangenehmere Enthüllungen vor – und auf die Tatsache, dass hier auf Ganymed nichts so war, wie es auf den ersten Blick schien.

Kaninchenbau

Sicherheitsbereich, Station Tros, Mond Ganymed

Bishop trat in den kleinen, fensterlosen Raum und musterte den Mann, der bereits am Tisch saß, schweigend und mit gesenktem Kopf. Die sterile Beleuchtung warf harte Schatten in das bleiche Gesicht von Lars Bruckner. Er wirkte angespannt, beinahe verängstigt, was Bishop sofort stutzig machte. Der bullige Mann mit dem muskulösen Oberkörper, den breiten Schultern und dem markanten Gesicht passte nicht zu der Ausstrahlung eines Menschen, der sich vor irgendetwas fürchtete – schon gar nicht vor einer simplen Befragung.

Bishop setzte sich ihm gegenüber, legte das Tablet mit seinen Notizen vor sich auf den Tisch und lehnte sich betont locker zurück. Er ließ einige Sekunden verstreichen, ehe er das Gespräch begann.

»Lars Bruckner, richtig?«, fragte er schließlich ruhig.

Bruckner blickte kurz auf, seine Augen flackerten unsicher, dann nickte er langsam. »Ja, das bin ich.«

»Gut«, sagte Bishop betont freundlich. »Erzählen Sie mir doch erst einmal, welche Aufgabe Sie hier in Tros haben.«

Bruckner schluckte hörbar, versuchte jedoch, ruhig zu wirken. »Ich bin Minentechniker. Bohrexperte. Ich bediene und überwache die hydraulischen Bohrsysteme und sorge dafür, dass wir an die Rohstoffe herankommen, ohne dass uns das verdammte Eis begräbt.«

Bishop nickte. »Wie lange haben Sie mit Ben Harris zusammengearbeitet?«

Der Mann schwieg einen Moment, schien zu überlegen. »Knapp vier Jahre. Ben war ein guter Mann. Zuverlässig. Wir konnten uns immer auf ihn verlassen.«

Bruckner entspannte sich etwas, offenbar erleichtert, zunächst über unverfängliche Dinge sprechen zu können. Das war gut. Bishop brauchte den Mann einigermaßen stabil, wenn er vernünftige Antworten bekommen wollte.

»Wie war Ihr Verhältnis zu Harris?«, hakte er ruhig nach.

»Gut, denke ich. Wir waren keine besten Freunde oder so, aber wir haben uns verstanden. Ben wusste, was er tat, und ich habe ihn dafür respektiert.«

Bishop nickte verständnisvoll und machte eine kurze Notiz. Dann änderte er seine Haltung, wurde etwas ernster.

»Gut, Mr. Bruckner. Erzählen Sie mir bitte genau, was an diesem Tag in Schacht 12B passiert ist.«

Sofort versteifte sich Bruckners Körperhaltung wieder. Seine Hände, die auf dem Tisch lagen, ballten sich zu Fäusten. Sein Blick flackerte, und Bishop bemerkte deutlich die Angst, die plötzlich in seine Augen zurückkehrte.

»Was genau wollen Sie wissen?«, murmelte er leise.

»Alles«, erwiderte Bishop. »Beginnen Sie damit, als Sie mit Harris und Martinez unten im Tunnel angekommen sind.«

Bruckner schluckte erneut, holte tief Luft und begann, mit zittriger Stimme zu sprechen. »Wir waren mit einem Buggy unterwegs, direkt zu der Stelle, die uns die Sensoren angezeigt hatten. Dort wurde eine magnetische Anomalie detektiert, in einem neuen Sektor, den wir für den Abbau zuerst untersuchen sollten. Unser Auftrag war, Proben zu entnehmen und zu sehen, was da unten los ist.«

Bishop nickte aufmunternd, als Bruckner stockte und offenbar mit sich kämpfte.

»Am Anfang lief alles nach Plan«, fuhr Bruckner schließlich fort, »doch dann haben wir die Felswand angebohrt, um in den dahinterliegenden Hohlraum zu kommen. Und da haben wir etwas gefunden. Etwas, das dort nicht hingehörte.«

Bishop lehnte sich nach vorne. »Was genau haben Sie gefunden?«

»Eine Art … Metall. Aber es sah seltsam aus, nicht wie etwas Natürliches. Eher wie etwas Künstliches, verstehen Sie, es hätte gar nicht da sein dürfen.« Bruckners Stimme wurde leiser, fast flüsternd. »Wir haben weitergebohrt. Irgendwann hat der Bohrer die Metallschicht durchbrochen und eine Höhle geöffnet. Wir entschlossen uns, hineinzugehen, um herauszufinden, was die magnetische Anomalie hervorruft.«

»Und was war in der Höhle?«, fragte Bishop aufmerksam.

Bruckner tippte nervös mit den Fingern auf den Tisch. Sein Blick wanderte zur Seite. Er vermied es, Bishop direkt anzusehen. »Ich weiß es nicht. Ich kann Ihnen nicht sagen, was wir da gefunden haben.«

»Können oder wollen Sie nicht?«

»Ich kenne Sie nicht und ich habe bereits zu Protokoll gegeben, was ich gesehen habe.«

»Ich bin nicht Ihr Feind, Bruckner, ich will Ihnen helfen. Sie wollen doch auch wissen, was mit Harris geschehen ist.«

»Harris ist bei einem Unfall gestorben, das steht doch im Bericht.«

Bishop spürte, dass der Mann ihm mehr erzählen wollte, sich aber aus irgendeinem Grund nicht traute. Ob es Angst war oder ob Reed ihm einen Maulkorb angelegt hatte, wusste er nicht. Aber er musste weiterbohren.

»Ja, ich kenne die Berichte, aber es gibt widersprüchliche Hinweise, die darauf hindeuten, dass es eben kein Unfall war.«

»Sie meinen also, dass er ermordet wurde? Wollen Sie mir noch unterstellen, dass ich oder Martinez ihn umgebracht haben?«

Bishop schüttelte den Kopf. »Nein, das glaube ich nicht, aber wenn Sie mir nicht erzählen, was dort passiert ist, wird der Mörder vielleicht ungestraft davonkommen. Das wollen Sie doch nicht, oder?«

Der hünenhafte Mann schien mit sich zu ringen. »Nein, das will ich nicht. Ich habe Ihnen schon mehr gesagt, als ich sollte.«

»Machen Sie sich keine Sorgen, Reed wird von diesem Gespräch nichts erfahren, es wird nur von mir aufgezeichnet und dient meiner Ermittlung. Sie müssen keine Konsequenzen befürchten, solange Sie mir die Wahrheit sagen.«

»Ich werde Ihnen erzählen, was ich gesehen habe, wenn Sie dafür garantieren können, dass Reed es nicht erfährt.«

»Das wird er nicht. Ich bin nur hier, um diesen Vorfall aufzuklären, und nicht, um den unschuldigen Mitarbeitern dieser Basis Schwierigkeiten zu bereiten.«

Der Mann nickte zufrieden. »Wir sind in die Höhle vorgedrungen. In der Mitte fanden wir eine Art Krater, in dem eine Art Objekt lag. Etwas Schwarzes, Unförmiges. Es sah … falsch aus. Nicht von hier, eindeutig fremd, jedenfalls glaube ich das, soweit ich das erkennen konnte.«

Bishop hielt inne, seine Gedanken rotierten. Also war an den Gerüchten tatsächlich etwas dran. Er ließ sich seine Überraschung jedoch nicht anmerken.

»Können Sie mir mehr über dieses Objekt erzählen, es etwas genauer beschreiben?«

Bruckner schüttelte langsam den Kopf. »Leider nein. Harris war am nächsten dran. Ehrlich gesagt, weiß ich nicht einmal, was ich da genau gesehen habe.«

»Hmm«, machte Bishop. Er hatte sich mehr erhofft, aber für den Moment musste es reichen. »Was geschah dann?«

Bruckner atmete schwer aus. »Dann wurde es merkwürdig. Ben … er sagte plötzlich, er hätte irgendwas gesehen. Ich konnte es nicht richtig verstehen, da die Funkverbindung von Interferenzen gestört wurde. Ich glaube, er sagte, er hätte einen Schatten oder so gesehen. Aber da war nichts. Martinez und ich, wir haben absolut nichts gesehen.«

»Und weiter?«, drängte Bishop sanft.

»Dann … ich weiß nicht genau«, sagte Bruckner stockend, fast gequält. »Ich erinnere mich, dass plötzlich der Boden bebte. Alles um uns herum fing an, zu wackeln. Eisbrocken fielen herunter. Ich wollte mich umdrehen, aber dann … dann war da plötzlich nichts mehr. Nur Dunkelheit.«

»Sie meinen, Sie wurden bewusstlos?«, fragte Bishop skeptisch.

Bruckner nickte langsam. »Ja. Ich weiß nicht wie oder warum, aber ich war plötzlich weg. Als ich wieder aufgewacht bin, lagen Martinez und ich auf dem Boden. Ben lag ein Stück weiter von uns entfernt, in der Nähe des Kraters. Als wir uns aufgerappelt hatten, sind wir zu ihm. Er hat sich nicht bewegt. Also checkten wir die Biowerte seines Armdisplays. Es zeigte keinen Puls mehr an. Er … er war tot.«

Bishop musterte Bruckner eindringlich. »Haben Sie oder Martinez gesehen, wie Harris gestorben ist?«

»Nein, das sagte ich doch gerade«, erwiderte Bruckner energisch, fast panisch. »Ich schwöre Ihnen, wir haben es nicht gesehen. Wir waren vorher schon bewusstlos.«

Bishop ließ die Aussage einen Moment sacken. Etwas stimmte hier nicht, das spürte er deutlich. »Was denken Sie, was dort unten geschehen ist?«

Bruckner sah ihn mit erschrockenen Augen an. »Ich weiß es nicht. Ich habe keine Ahnung, was da unten los war. Alles, was ich weiß, ist, dass wir nie in diese verdammte Höhle hätten gehen dürfen. Diese magnetische Anomalie, das Beben und vielleicht war da ein Schatten oder auch nicht. Ich weiß nicht mehr, was ich glauben soll.«

»Glauben Sie, dass das Artefakt, wenn wir es mal so nennen wollen, etwas mit Harris' Tod zu tun hat?«

Bruckner zögerte erneut, dann nickte er knapp. »Ja, verdammt noch mal. Da unten stimmt etwas nicht. Das Ding dort … Ich weiß nicht, wie ich es erklären soll. Aber ich glaube, es hat etwas mit uns gemacht. Dieses wunderschöne Licht und dieser seltsame Nebel in dem Krater, dass alles hätte es da nicht geben dürfen.«

Bishop notierte sich rasch einige Stichpunkte auf seinem Tablet und blickte dann wieder zu Bruckner. »Hat Reed mit Ihnen über das Artefakt gesprochen? Weiß er, was Sie dort unten gefunden haben?«

Bruckner schüttelte rasch den Kopf. »Er weiß, dass da etwas war, aber er hat uns nie direkt gefragt. Er wollte nur, dass wir die Klappe halten und bei der offiziellen Version bleiben. Aber das ist mir ehrlich gesagt egal. Egal, was das Ding ist, es ist gefährlich, und ich weiß nicht, warum Reed nicht direkt Alarm geschlagen hat.«

»Wie lautet die offizielle Version?«

»Dass Ben bei einem seismischen Ereignis ums Leben gekommen ist. Ein Unfall, so wie es im Bericht steht. Aber das ist Unsinn, und Reed weiß das.«

»Sie sind also der Meinung, dass es um etwas anderes geht und dass Reed zusammen mit Lunaris etwas vertuschen will?«

Bruckner lehnte sich auf die Tischplatte und senkte seine Stimme. »Ich habe keine Ahnung, was hier abgeht, aber ich weiß, dass Harris nicht durch ein seismisches Ereignis ums Leben gekommen ist. Das war kein normales Beben. Die kommen hier nämlich wirklich äußerst selten vor, und unsere Sensoren hätten uns gewarnt. Das war zu spontan, zu plötzlich, verstehen Sie? Dieses Ding in der Höhle hat irgendetwas mit uns gemacht, und das jagt mir eine Scheißangst ein.«

Bishop legte das Pad beiseite und musterte Bruckner erneut. »Gut, das reicht fürs Erste.«

Bruckner ließ erleichtert die Schultern ein wenig sinken. »Was wird jetzt passieren?«

»Ich werde weiterermitteln«, sagte Bishop ruhig und erhob sich. »Bis dahin bleiben Sie besser wachsam und verhalten sich unauffällig.«

Bruckner nickte ernst, während Bishop langsam zur Tür ging. Seine Gedanken kreisten bereits um die seltsamen Vorgänge tief unter dem Eis von Ganymed. Ein fremdartiges Artefakt, Schatten, unerklärliche Bewusstlosigkeit – und ein Mann, der ermordet worden war. Es war klar, dass er gerade erst begonnen hatte, die wahre Tiefe dieses Abgrunds zu begreifen.

Er trat hinaus in den kalten Korridor der Station. Noch während er die Tür hinter sich schloss, beschlich ihn das unbestimmte Gefühl, dass die Antworten, die er suchte, gefährlicher waren, als er je vermutet hatte.

Er durchquerte den schmalen Verbindungsgang und öffnete die nächste Tür, die ihn in einen beinahe identischen, ebenso sterilen Raum führte. Dort wartete Julia Martinez bereits auf ihn. Sie saß schweigend an dem kleinen Metalltisch, die Arme vor der Brust verschränkt und den Blick fest auf die Tischplatte gerichtet. Ihre Haltung signalisierte deutlich, dass sie nicht hier sein wollte.

»Julia Martinez?«, begann Bishop freundlich und setzte sich ihr gegenüber.

»Ja«, antwortete sie knapp, ohne ihn anzusehen. Ihre Stimme war kühl, fast abweisend, und Bishop wurde klar, dass es mit ihr nicht ganz so einfach laufen würde wie mit Bruckner.

Er ließ einige Sekunden verstreichen, bevor er weitersprach.

»Wie geht es Ihnen?«

Sie schnaubte und setzte ein schiefes Lächeln auf. »Small Talk? Sind Sie hier, um mich nach meinem Befinden zu fragen? Überspringen wir das doch einfach und kommen zum Wesentlichen.«

Okay, Martinez schien emotional gefasster zu sein als Bruckner und bevorzugte also die direkte Tour. Die konnte sie haben. Dennoch blieb er bei seiner Linie und versuchte, die Situation zunächst etwas aufzulockern.

»Also gut, dann beginnen wir direkt. Was genau ist Ihre Funktion hier auf Tros?«

»Technische Spezialistin für Sensorik und Analyse«, erwiderte sie mechanisch. Ihre Körperhaltung blieb angespannt, distanziert.

Bishop nickte langsam. »Wie lange haben Sie mit Ben Harris zusammengearbeitet?«

Martinez zögerte kurz, dann sagte sie knapp: »Drei Jahre.«

»Wie würden Sie Ihr Verhältnis zu Harris beschreiben?«

Sie zuckte mit den Schultern, vermied aber weiterhin seinen Blick. »Professionell.«

Bishop spürte, wie sie sich innerlich verschloss, und entschied, ihr etwas Zeit zu geben, bevor er weiterbohrte.

»Hören Sie, ich weiß, das alles ist für Sie nicht leicht«, sagte er behutsam. »Aber ich will nur verstehen, was passiert ist. Ich will keine Unschuldigen zu Schuldigen machen oder irgendjemandem unnötig auf die Nerven gehen.«

Martinez' Blick wanderte kurz zu ihm hoch. In ihren Augen stand deutliches Misstrauen, doch zum ersten Mal schien sie ihm wirklich zuzuhören.

Bishop erkannte seine Chance und fuhr fort: »Ich bin hier, weil es Dinge gibt, die nicht zusammenpassen. Die offizielle Version überzeugt niemanden wirklich – nicht mal Reed. Ich will die Wahrheit ans Licht bringen. Und ich bin sicher, dass Sie sie mir sagen können.«

Martinez schwieg einen Moment lang, offenbar innerlich hin- und hergerissen. Schließlich seufzte sie tief, und ihre Stimme verlor etwas von ihrer Härte. »Wir sind in den Tunnel gefahren, um eine ungewöhnliche magnetische Anomalie zu untersuchen. Beim Bohren stießen wir auf eine Höhle, und darin war … etwas.«

»Das schwarze Artefakt?«, fragte Bishop leise.

Sie nickte zögerlich. »Woher wissen Sie davon?«

»Sagen wir, ich bin gut in meinem Job.«

»Hat Bruckner Ihnen das gesagt? Dieser Idiot, wir sollten …« Sie verstummte und fing an, auf ihrer Unterlippe zu kauen.

»Sie deuten an, dass Ihnen jemand gesagt hat, dass Sie mir nicht erzählen dürfen, was in der Höhle vorgefallen ist?«

Ihre Augen wanderten für einen Moment ziellos durch den Raum, als suchte sie einen Fluchtweg aus dieser Situation.

»Ich kann mir vorstellen, dass das, was Sie in dieser Höhle erlebt haben, nicht einfach ist, aber ich brauche Ihre Hilfe, um das aufzuklären. Wenn es auch nur die kleinste Möglichkeit gibt, dass Harris ermordet wurde, dann muss ich das wissen, denn das bedeutet, dass hier ein Mörder herumläuft und es vielleicht weitere Opfer geben könnte.«

Sie richtete den Blick auf ihn. Seine Worte schienen ihre Wirkung nicht verfehlt zu haben. »Dieses Gespräch ist vertraulich, oder?«

»Ja, alles, was wir besprechen, ist nur für meine Ermittlungen bestimmt, und ich werde es nicht an Reed oder Lunaris weitergeben.«

»Gut! Ja, ich glaube, es war ein schwarzes Fragment, fremdartig, nicht natürlich. Die Sensoren spielten verrückt, die Messwerte sprengten die Skalen. Ben war ein paar Meter von uns entfernt, in der Nähe des Kraters. Ich habe gesehen, wie er sich an den Rand gekniet und versucht hat, es zu berühren, aber dann …« Sie brach abrupt ab und senkte den Blick wieder auf den Tisch. Ihre Hände zitterten kaum merklich.

»Was passierte dann?«, fragte Bishop sanft, aber bestimmt.

Martinez atmete tief durch und sprach schließlich weiter, ihre Stimme kaum mehr als ein Flüstern. »Plötzlich hatten wir Probleme mit der Funkverbindung, und die Lichter, die aus dem Krater kamen, wurden intensiver.« Sie machte eine Pause, vielleicht sollte es dramatisch sein oder sie hatte Schwierigkeiten, das Erlebte tatsächlich als reale Tatsache zu begreifen. »Ich … ich sah etwas. Eine Bewegung am Rand meines Sichtfeldes, wie ein Schatten. Erst dachte ich, ich hätte mich getäuscht. Doch dann kam das Beben. Ich wollte mich umdrehen, und plötzlich war da …« Sie verstummte erneut, ihre Schultern bebten.

Bishop gab ihr Zeit, wartete geduldig. »Was war da, Julia?«, hakte er schließlich nach.

Martinez sah ihn plötzlich direkt an, ihre dunklen Augen groß und voller Furcht. »Ich weiß es nicht. Aber es war nicht menschlich, glaube ich zumindest. Ich … ich habe es gespürt. Es war dort mit uns in der Höhle. Es war real.«

Bishop runzelte die Stirn und betrachtete die Frau skeptisch. »Sie meinen ernsthaft, dass etwas Nichtmenschliches in dieser Höhle war?«

»Ja, verdammt«, erwiderte sie mit überraschender Vehemenz. »Ich weiß, wie verrückt sich das anhört. Aber Sie haben nicht gesehen, was ich gesehen habe. Ich wurde bewusstlos. Als ich aufwachte, war Ben tot. Bruckner und ich, wir haben alles versucht, um ihn wiederzubeleben, aber es war zu spät.«

Bishop musterte Martinez eindringlich, prüfte jedes Wort auf Glaubwürdigkeit. Trotz der unglaublichen Geschichte wirkte sie vollkommen aufrichtig – und zutiefst verängstigt.

»Haben Sie Reed davon erzählt?«, fragte Bishop schließlich.

Sie schüttelte rasch den Kopf. »Nein. Er hat uns nicht zugehört. Es würde keine Rolle spielen, was wir gesehen haben, und wir sollten es besser vergessen. Er wollte nur, dass wir uns an die offizielle Version halten. Er sagte, es wäre besser für uns alle.«

»Okay. Warum haben Sie Ihrem Kollegen Bruckner gesagt, dass Sie diesen Schatten nicht gesehen haben? Zumindest hat er mir das gesagt.«

Sie ließ einen Finger auf der Tischplatte kreisen, ehe sie ihm in die Augen sah. »Glauben Sie mir denn, dass ich einen körperlosen Schatten gesehen habe?«

Bishop musste schmunzeln. Touché, damit hatte sie nicht ganz unrecht. Er kam nicht drumherum, dass sich das nicht gerade nach etwas anhörte, mit dem man hausieren gehen sollte.

Martinez begann, den Nagel des linken Zeigefingers zu bearbeiten. »Verdammt, ich habe nicht mal meinen eigenen Augen getraut.« Sie hielt inne und senkte den Blick. »Aber jetzt bin ich mir sicher, dass ich etwas gesehen habe.«

»Ich glaube Ihnen«, sagte er leise. »Glauben Sie, dass dieser Schatten für Harris' tot verantwortlich ist?«

In diesem Moment öffnete sich plötzlich die Tür zum Befragungsraum. Bishop drehte sich verärgert um. Er wollte das Arschloch bereits zurechtstutzen, das ihn mitten in der heißen Phase unterbrach und die gesamte Dynamik zerplatzen ließ, die er mühsam aufgebaut hatte, stutzte aber, als er Reed erkannte, der mit angespannter Miene eintrat.

»Bishop, ich muss Sie sprechen«, sagte er knapp. Sein Blick wanderte kurz zu Martinez. »Jetzt.«

Bishop nickte mit mahlenden Kiefern, erhob sich langsam und blickte noch einmal zu Martinez. »Danke. Wir sprechen später weiter.«

Sie sagte nichts, nickte nur kaum merklich, während Bishop mit Reed aus dem Raum trat. Der Sicherheitschef schloss die Tür und sah Bishop ernst an, fast schon warnend.

»Sie spielen hier ein gefährliches Spiel, Bishop«, sagte Reed leise, aber eindringlich. »Seien Sie vorsichtig, was für Fragen Sie hier stellen und welche Geschichten Sie glauben.«

Bishop erwiderte Reeds Blick ruhig und gelassen. »Ich spiele keine Spiele, Reed. Ich mache meine Arbeit. Und im Moment sieht es so aus, als würden einige Leute auf dieser Station mehr wissen, als sie zugeben wollen, und andere scheinen absichtlich zu versuchen, die Wahrheit zu verschleiern.«

Reed fixierte ihn. »Ich hoffe, Sie wissen, was Sie tun. Wenn Sie falsche Gerüchte oder Panik verbreiten, sind Sie hier schneller weg, als Sie glauben. Ich habe sehr gute Verbindungen und rate Ihnen, sich nicht mit mir anzulegen. Sie wollen mich nicht als Feind haben.«

Bishop lächelte trocken. »Keine Sorge. Ich werde nicht abreisen, ehe ich herausgefunden habe, was wirklich passiert ist. Ich würde nun gerne Ben Harris' Leiche sehen.«

Reed seufzte leise, schüttelte kaum merklich den Kopf und wandte sich wortlos ab. Bishop sah ihm hinterher, während er in Gedanken bereits begann, die neuen Informationen zu ordnen. Die Situation wurde mit jeder Minute komplizierter und gefährlicher.

Reed führte Bishop wortlos durch die sterilen Gänge des Sicherheitsbereichs. Das Schweigen zwischen ihnen war angespannt und eisig, doch Bishop kümmerte sich nicht darum. Seine Gedanken kreisten vielmehr um das Gespräch mit Martinez, ihre Behauptung, etwas Nichtmenschliches in der Höhle gesehen oder zumindest gespürt zu haben. Bruckner hatte zwar eine ähnliche Angst gezeigt, aber Martinez schien sich sicher zu sein, dass mehr dahintersteckte als bloße Einbildung. Bishop hatte schon viele Geschichten gehört, aber selten mit dieser Mischung aus Verzweiflung und Ehrlichkeit.

Sie bogen um eine Ecke, und Reed blieb abrupt vor einer schweren, mattgrauen Tür stehen. Ein kleines Touchpanel daneben blinkte rot, bis Reed mit seiner ID-Karte darüberstrich. Die Anzeige sprang auf Grün, begleitet von einem dumpfen Summen. Die Tür schob sich zischend zur Seite und gab den Blick auf einen schmalen Gang frei, dessen Ende in einer weiteren, noch robusteren Tür mündete.

»Hier entlang«, sagte Reed knapp und trat ein.

Bishop folgte ihm, betrachtete die massiven Stahlwände, die dicken Drucktüren und die auffällige Kälte, die hier unten herrschte. Offenbar befanden sie sich in einem Teil der Station, der nur selten aufgesucht wurde. Reed öffnete auch die letzte Tür, die leise auf ihren Schienen zur Seite glitt, und sofort schlug Bishop die kühle Luft des Leichenraums entgegen. Er musste die Nase rümpfen, als ihn der unverwechselbare Geruch des Todes empfing, der sich anscheinend hartnäckig in jeder Ritze eingenistet hatte.

Der Raum war klein, kaum größer als die Befragungsräume, doch seine Funktion war eindeutig: Ein schwerer

Metalltisch stand in der Mitte, bedeckt von einem weißen Laken, unter dem sich ein Körper abzeichnete. Reed trat beiseite und verschränkte die Arme vor der Brust. Über dem Tisch war eine schwenkbare OP-Leuchte installiert. An der linken Wand sah er quadratische Edelstahltüren, die mit einem Griff versehen waren. Sechs an der Zahl in zwei Reihen angeordnet. Das mussten die Kühlkammern für die Leichen sein. Offenbar wurde Harris' Körper gerade ein weiteres Mal untersucht, sonst hätte er ebenfalls in einem der Kühlschränke gelegen.

»Bitte sehr«, sagte Reed kalt. »Sehen Sie sich ihn genau an. Sie werden feststellen, dass er nicht ermordet wurde. Und danach, hoffe ich, verschwenden Sie nicht weiter unsere Zeit.«

Bishop ignorierte den provokanten Unterton in Reeds Stimme, trat näher an den Tisch heran und zog langsam das weiße Laken zurück. Ben Harris' Gesicht kam zum Vorschein, bleich und starr. Die Augen waren geschlossen, die Züge entspannt, als würde er schlafen. Bishop musterte den Mann aufmerksam und entdeckte keine äußerlichen Verletzungen – zumindest auf den ersten Blick.

Er zog das Laken weiter zurück und betrachtete sorgfältig den Halsbereich. Ein deutlich sichtbarer, tiefvioletter Bluterguss zog sich quer über den Nacken, genau dort, wo ihn laut Autopsiebericht der tödliche Schlag getroffen hatte.

»Hat Moreno den Todeszeitpunkt genau bestimmt?«, fragte Bishop, ohne sich umzudrehen.

»Natürlich«, erwiderte Reed. »Vor knapp zweiundsiebzig Stunden.«

Bishop nickte. Der Zeitpunkt passte zur offiziellen Chronologie. Er suchte die Leiche weiter nach Auffälligkeiten ab, tastete vorsichtig den Schädelbereich ab und überprüfte Harris' Hände, fand jedoch keine offensichtlichen Anzeichen eines Kampfes.

»Die beiden Zeugen, Martinez und Bruckner, haben versucht, ihn wiederzubeleben«, sagte Bishop und blickte zu Reed. »Gibt es dazu medizinische Aufzeichnungen?«

»Ja. Moreno hat bestätigt, dass sie Wiederbelebungsversuche durchgeführt haben. Allerdings vergeblich, wie Sie sehen.«

Bishop zog das Laken behutsam wieder hoch und verdeckte Harris' Gesicht. Er spürte Reeds bohrenden Blick in seinem Rücken, ließ sich aber nicht irritieren.

»Die Wunde am Nacken«, sagte er nachdenklich. »Wieso hat sein Helm ihn nicht geschützt?«

»Unglücklicher Winkel. Für die Arbeit in der Mine sind die Anzüge im Schulterbereich aus flexiblem Material. Das gibt dem Halterungsring des Helms ein bisschen Spiel. Harris war wahrscheinlich vornübergebeugt, als der Eisbrocken auf ihn gefallen ist. Der hat wohl genau den Halterungsring getroffen, und der hat die Verletzung verursacht.«

Bishop hob die Augenbrauen. »Ich bezweifle, dass ein herunterfallender Eisbrocken eine solche Verletzung verursachen kann.«

»Na, sagen Sie es schon: Sie glauben, die offizielle Version stimmt nicht?«, entgegnete Reed scharf. »Oder wollen Sie erst noch ein paar Schauergeschichten von hysterischen Technikern sammeln?«

Bishop drehte sich langsam zu ihm um und begegnete seinem zornigen Blick mit Ruhe. »Sagen wir einfach, ich ziehe in Betracht, dass die offizielle Version nicht die vollständige Wahrheit ist.«

Reeds Gesichtsausdruck verhärtete sich noch mehr. »Ich warne Sie, Bishop. Ich habe Ihnen bereits gesagt, was ich davon halte, wenn Sie hier Panik verbreiten.«

»Ich verbreite keine Panik«, erwiderte Bishop kühl, trat an ihm vorbei und öffnete die Tür zum Korridor. »Aber ich werde diesen Vorfall so lange untersuchen, bis ich die ganze Wahrheit kenne – nicht nur den Teil, der Lunaris am wenigsten schadet.«

Reed funkelte ihn wütend an, sagte jedoch nichts weiter.

»Ich bin hier fertig«, sagte Bishop und wandte sich dem Ausgang zu.

Reed folgte Bishop wortlos und brachte ihn zurück in den Hauptbereich. Erst als sie erneut in den zentralen Korridor einbogen, brach Reed schließlich das Schweigen.

»Ich weiß nicht, was Sie sich von dem Ganzen erhoffen«, sagte er scharf. »Aber ich garantiere Ihnen, dass Sie nichts finden werden, das Ihre Zeit hier rechtfertigt. Egal, was Sie glauben, hier aufdecken zu können, es wird niemand davon erfahren. Und Sie brauchen auch nicht darauf zu hoffen, dass Ihnen dafür jemand einen Orden verleiht.«

Bishop blieb stehen und blickte ihn ernst an. »Und ich garantiere Ihnen, dass ich herausfinden werde, was Sie oder Ihr Konzern hier zu verbergen haben. Etwas hat Ben Harris getötet, und ich glaube nicht an einfache Zufälle. Ich würde nun gerne mit Dr. Moreno sprechen. Dann können Sie sich wieder Ihrer Arbeit widmen. Nicht, dass hier nachher noch was passiert, das nicht in Ihrem Interesse liegt.«

Reed presste die Lippen zusammen, schien einen Moment lang etwas erwidern zu wollen, schwieg dann aber doch. Stattdessen deutete er wortlos auf den Gang, der zurück zum Verwaltungsbereich führte.

Bishop ging langsam weiter, während er innerlich bereits die nächsten Schritte plante. Er musste mit Dr. Moreno sprechen. Hoffentlich konnte sie ihm weitere Details zu den Verletzungen geben, die nicht im Bericht standen. Außerdem wollte er den Ort des Geschehens selbst untersuchen. Es gab keine andere Möglichkeit, der Wahrheit näherzukommen – und sei sie noch so unangenehm.

Reed nervte ihn langsam. Er schien alles für seinen Arbeitgeber zu tun, auch wenn Bishop das Gefühl nicht loswurde, dass dieser Mann einen inneren Kampf mit sich austrug. Vielleicht wusste er mehr und konnte die offizielle Version nun nicht mehr leugnen.

Reed bog erneut ab, blieb aber diesmal nach wenigen Schritten stehen und blickte Bishop mit einem sonderbaren Ausdruck an. »Die Krankenstation liegt dort.« Er deutete auf eine breite Tür am Ende des Korridors, über der ein rot leuchtendes Kreuz zu sehen war. »Noch eine Sache, Bishop«, sagte er plötzlich leise. »Seien Sie vorsichtig auf Ihrer Suche. Es könnte sein, dass Ihnen die Wahrheit nicht gefällt.«

Bishop hob die Augenbrauen. »Was genau meinen Sie damit? Wollen Sie mir drohen?«

Reed antwortete nicht, sondern schüttelte nur knapp den Kopf und entfernte sich in Richtung des Sicherheitsbüros. Bishop blieb für einen Moment stehen, betrachtete die breiten Schultern des Sicherheitschefs, bis er hinter einer Kurve verschwand.

Sein Instinkt sagte ihm deutlich, dass Reed mehr wusste, als er zugab. Das warnende Grummeln in seinem Magen, das ihn seit der Ankunft auf Ganymed begleitete, war nun stärker denn je.

»Verdammter Mistkerl«, murmelte Bishop, während er sich langsam auf den Weg zu Dr. Morenos medizinischer Station machte.

Er passierte einige Angestellte, bei denen es sich wahrscheinlich um medizinisches Personal handelte. Sie wichen seinen Blicken rasch aus, sobald er ihnen zu nahe kam. Eine vertraute Kälte ging von den Menschen aus – sie wussten genau, wer er war und warum er auf Tros war, und offensichtlich bedeutete seine Anwesenheit nichts Gutes.

Am Ende des langen Korridors erreichte er die Krankenstation. Die automatischen Türen öffneten sich mit einem kaum hörbaren Surren, und Bishop trat in einen angenehm warm beleuchteten, nahezu wohnlich wirkenden Empfangsbereich. Im Gegensatz zum Rest der Station war hier eine fast einladende Atmosphäre geschaffen worden: helles Licht, warme Farbtöne und sogar einige Pflanzen, die offensichtlich mühevoll am Leben gehalten wurden. Bishop hob überrascht die Augenbrauen. Ein derartiger Luxus war auf einer solch abgeschiedenen Bergbaukolonie ungewöhnlich und passte nicht hierher. Vielleicht gehörte das schon zum Genesungsprozess. Selbst ihm ging es gleich besser, nachdem sich die Türen hinter ihm geschlossen hatten und die kalte, düstere Welt dahinter aussperrten.

»Sie müssen Alan Bishop sein«, sagte eine freundliche Frauenstimme.

Bishop drehte sich um und sah in das Gesicht von Dr. Lisa Moreno. Sie stand an der Tür zu ihrem Büro und hielt ein Tablet in der Hand, ein herzliches Lächeln auf den Lippen.

»Ich wurde von Commander Aurelia informiert, dass Sie hier aufschlagen würden. Sie wollen bestimmt über die Autopsie von Ben Harris sprechen.«

Bishop musterte die Stationsärztin kurz, bevor er auf sie zuging und ihre Hand schüttelte. Moreno war eine attraktive, dunkelhaarige Frau Mitte vierzig, deren braune Augen ihm offen und neugierig begegneten. Unter ihrem weißen Arztkittel trug sie die typische blaue Uniform des medizinischen Personals.

»Richtig«, erwiderte Bishop. »Ich hoffe, ich störe Sie nicht bei Ihrer Arbeit.«

»Keine Sorge«, antwortete Moreno freundlich, »mein Job besteht zu einem Großteil darin, neugierigen Ermittlern wie Ihnen medizinische Fakten zu erklären.«

Ihre Stimme klang scherzhaft, aber Bishop erkannte darin zugleich Professionalität und Vorsicht.

»Bitte folgen Sie mir, ich habe schon alles vorbereitet.«

Sie führte ihn in den angrenzenden Untersuchungsraum, der mit moderner Medizintechnik vollgestopft war. Ein holografischer Bildschirm zeigte einige Grafiken und medizinische Daten, die Bishop sofort als die Befunde von Harris' Autopsie erkannte.

»Setzen Sie sich doch«, sagte Moreno und deutete auf einen Metallhocker vor dem Bildschirm.

Bishop ließ sich nieder und musterte die Grafiken skeptisch.

»Also«, begann Moreno sachlich und deutete auf eine detaillierte Darstellung von Harris' Schädel und Nackenregion. »Wie Sie sehen können, weist der Tote eine massive Kontusion am Übergang zwischen Schädelbasis und Halswirbelsäule auf.« Sie zog mit dem Finger eine Linie durch die holografische Projektion. »Die Verletzung wurde eindeutig durch einen starken, stumpfen Schlag verursacht.«

»Kann das nicht auch durch herabfallendes Eis oder Gestein passiert sein?«, fragte Bishop vorsichtig und beobachtete ihre Reaktion.

Moreno zögerte kurz, legte den Kopf schief und schien ihre Worte sorgfältig abzuwägen. »Theoretisch, ja«, erwiderte sie schließlich. »Es wäre durchaus möglich, dass ein herabfallender Eisblock so eine Verletzung verursacht. Allerdings«, sie zoomte näher an die Stelle heran und deutete auf eine vergrößerte Ansicht der Gewebe- und Knochenstruktur, »zeigt die genaue Analyse, dass die Kraft extrem präzise und lokalisiert auf die Wirbel aufgetroffen ist. Für gewöhnlich verursacht ein fallendes Objekt keine derart gezielte Verletzung. Es wäre wahrscheinlicher, wenn der Schlag mit einem Werkzeug oder einer stumpfen Waffe ausgeführt worden wäre.«

»Reed hat gesagt, dass etwas direkt auf den Halterungsring des Helms gefallen sein muss.«

»Oder jemand hat dagegengeschlagen.«

Er sah sie fragend an.

»Ein Eisbrocken müsste gleichzeitig sehr schmal und sehr schwer gewesen sein, um den Ring an der richtigen Stelle mit ausreichender Kraft zu treffen. Vor allem bei der Schwerkraft auf Ganymed.« Sie zuckte mit den Schultern. »Ist es möglich? Ja, sicher. Aber für wahrscheinlich halte ich es nicht.«

Bishop runzelte die Stirn und nickte langsam. »Gibt es Anzeichen dafür, dass Harris versucht hat, sich zu verteidigen?«

»Nein«, antwortete Moreno nachdrücklich und schüttelte den Kopf. »Keine Abwehrverletzungen, keine Blutergüsse, nichts an den Händen oder Armen. Was auch immer passiert ist, es geschah blitzschnell, völlig überraschend für ihn. Natürlich hätte sein Schutzanzug vieles abgewehrt, dennoch gäbe es bei einem Kampf Spuren.«

Bishop verschränkte nachdenklich die Arme und lehnte sich zurück. »Also könnte es durchaus Mord gewesen sein.«

Moreno seufzte tief und sah ihn für einen Moment prüfend an. »Es könnte Mord gewesen sein. Das Problem ist nur: Wir haben keine weiteren Indizien, keine Fingerabdrücke, keine DNA-Spuren, absolut nichts außer dieser Verletzung.«

Bishop betrachtete Moreno eindringlich. »Glauben Sie an die offizielle Erklärung, dass es ein Unfall war?«

Ein Schatten legte sich über ihr sonst so offenes Gesicht. Für einen Moment schien sie ihre Antwort sorgfältig abzuwägen. »Ich bin Wissenschaftlerin, Mister Bishop«, antwortete sie schließlich mit ruhiger Stimme. »Ich glaube an Fakten,

Daten und Beweise. Und rein objektiv betrachtet deuten die für mich auf alles hin, aber sicher nicht auf einen tragischen Unfall.« Ihre dunklen Augen fixierten ihn. »Aber das muss fürs Erste unter uns bleiben, verstehen Sie? Ich erzähle Ihnen das, da Sie kein Angestellter eines Konzerns und ebenso wie ich unabhängig sind. Mir geht es hier um die Wahrheit, und Sie erwecken den Eindruck, dass Sie an der Wahrheit interessiert sind.«

Bishop zog eine Augenbraue hoch. »Was meinen Sie damit?«

Sie wandte den Blick ab, betrachtete stattdessen konzentriert die holografische Projektion. »Ich meine, dass ich in meiner Karriere schon oft Unfallopfer gesehen habe. Diese Verletzung fühlt sich falsch an – zu gezielt, zu präzise.« Sie blickte ihn wieder an, und diesmal sah er deutlich das Unbehagen in ihren Augen. »Ich habe meine Bedenken geäußert, aber man sagte mir, ich solle mich an die Fakten halten. Natürlich könnte man die Verletzungen auch anders interpretieren, wenn man es wollte.«

»Man sagte Ihnen?«, fragte Bishop skeptisch. »Wollen Sie mir erklären, jemand hat Druck auf Sie ausgeübt, obwohl sie eine unabhängige Medizinerin sind?«

Moreno schüttelte rasch den Kopf und hob beschwichtigend die Hand. »Nein, nicht direkt. Aber ich bekam sehr deutlich zu verstehen, dass es hier nicht um Spekulationen oder Vermutungen geht, sondern darum, einen störungsfreien Betrieb zu gewährleisten.«

Bishop nickte langsam, während seine Gedanken bereits wieder bei Reed und dem Lunaris-Konzern waren. »Und was ist mit der Bewusstlosigkeit von Martinez und Bruckner? Haben Sie dafür eine Erklärung?«

»Keine überzeugende«, erwiderte Moreno ehrlich. »Ich habe beide untersucht. Keine Kopfverletzungen, keine Spuren von toxischen Substanzen. Aus medizinischer Sicht waren sie vollkommen gesund.«

Bishop entfuhr ein leiser Fluch und er rieb sich die Schläfen. »Und dennoch waren beide zur gleichen Zeit bewusstlos und erinnern sich an nichts.«

Moreno nickte bedächtig. »Ich verstehe Ihre Zweifel, Detective Bishop. Mir geht es ähnlich. Aber ohne handfeste Beweise bleiben es leider Spekulationen.«

»Gibt es etwas, das Sie in Ihrem Bericht nicht erwähnt haben, weil es nicht im Interesse des Konzerns liegt?« Bishop suchte den Augenkontakt.

Sie erwiderte ihn einen Moment lang, ehe sie sich umdrehte und einen Bluttest aufrief. »Ich habe verschiedene Tests durchgeführt, sowohl bei Harris als auch bei Martinez und Bruckner. Alle drei wiesen erhöhte Werte der Neurotransmitter Acetylcholin und Dopamin auf. Das sind Botenstoffe, die unter anderem für die visuelle Wahrnehmung benötigt werden.«

»Sie meinen, dieser erhöhte Wert ist dafür verantwortlich, dass Harris von einem unerklärlichen Schatten erzählt hat?«

Sie drehte sich auf ihrem Stuhl zu ihm. »Ja, vielleicht. Aber gleichzeitig habe ich festgestellt, dass der Serotoninspiegel bei allen dreien extrem niedrig war, was in Kombination mit einer erhöhten Ausschüttung von Noradrenalin auf eine extreme Stress- oder Angstsituation hindeutet.«

»Hmm«, machte Bishop, und rieb sich das Kinn. »Oder beides. Ich meine, auch Martinez hat diesen Schatten gesehen. Möglich ist natürlich, dass das alles eine Folge von Stress war. In dieser Situation hatte sie sicher Angst davor, zu sterben.«

»Möglicherweise. Aber nun verstehen Sie, dass ich mich nicht hundertprozentig auf einen Unfall festlegen kann. Für mich sieht es so aus, als hätte irgendetwas dafür gesorgt, dass der Hormonhaushalt der drei verrückt gespielt hat. Vielleicht hat das sogar zu der Ohnmacht von Martinez und Bruckner geführt. Was Ben Harris' Tod letztendlich verursacht hat, das müssen Sie herausfinden.«

Bishop erhob sich langsam von seinem Hocker und wandte sich zu ihr um. »Danke, Dr. Moreno. Sie haben mir wirklich geholfen.«

Moreno lächelte schwach und schüttelte ihm erneut die Hand. »Sie brauchen sich keine Sorgen zu machen, unser Gespräch bleibt vertraulich. Passen Sie auf sich auf, Detective Bishop. Diese Station ist klein, und Gerüchte verbreiten sich schnell. Behalten Sie das im Hinterkopf.«

Bishop lächelte trocken zurück. »Ich bin nicht hier, um gemocht zu werden. Ich will nur die Wahrheit.«

Moreno betrachtete ihn aufmerksam. »Das glaube ich Ihnen sogar. Aber manchmal ist die Wahrheit das Gefährlichste von allem.«

»Da haben Sie vermutlich recht«, erwiderte Bishop nachdenklich.

Dr. Moreno wollte gerade noch etwas sagen, als ihr Funkgerät plötzlich laut knackte und eine nervöse Stimme durch die kleine Krankenstation hallte.

»Dr. Moreno, hier spricht Techniker Kimura aus dem Serverraum. Wir haben hier einen Notfall, einen Schwerverletzten.«

Moreno eilte sofort zur Kommunikationsanlage, die in einem kleinen Kasten an der Wand angebracht war. »Was genau ist passiert?«

»Einer unserer Kollegen hat eine schwere Kopfverletzung. Er blutet stark. Kommen Sie schnell!«, erklang die panische Antwort.

»Ich bin unterwegs«, sagte Moreno knapp und wandte sich zu Bishop um. Ihre entspannte, freundliche Miene war schlagartig verschwunden und hatte einem Ausdruck professioneller Entschlossenheit Platz gemacht. »Sie sollten mitkommen«, sagte sie mit ernstem Blick, während sie eilig einen medizinischen Notfallkoffer vom Schrank nahm.

»Absolut«, erwiderte Bishop, ohne lange zu überlegen, und folgte ihr hastig, als sie bereits die Krankenstation verließ.

Moreno lief schnellen Schrittes durch die Gänge der Station, Bishop dicht hinter ihr. Sie passierten einige verwirrte Crewmitglieder, die ihnen neugierig hinterherblickten, während sie durch die kühlen Korridore eilten. Bishops Gedanken rasten. Ein weiterer Notfall, ausgerechnet jetzt? Das konnte kein Zufall sein.

Sie erreichten die zentrale Halle unter der gewaltigen transparenten Kuppel. Das diffuse Licht Jupiters tauchte die Umgebung in ein unheimliches Zwielicht, während sie zügig an den großen Drucktüren vorbeiliefen, darunter auch an der mysteriösen Tür mit der Aufschrift *SL-1*, die Bishop bereits bei seiner Ankunft aufgefallen war. Doch diesmal blieb keine Zeit für Spekulationen. Moreno bog scharf nach rechts ab und führte ihn direkt zur Techniksektion.

»Hier entlang«, rief sie atemlos, während sie durch eine offene Doppeltür lief, die mit der Aufschrift *TECHNIK* in großen, gelben Lettern gekennzeichnet war. Sie kamen an mehreren Türen vorbei, hinter denen Bishop Büros und technische Labore erkennen konnte. Moreno führte ihn zielstrebig durch den Hauptkorridor, bis sie einen weiteren Raum erreichten, dessen Tür bereits weit offen stand.

Der Raum dahinter war weitläufiger und vollständig von weiß lackierten Serverschränken dominiert, ordentlich in Reihen angeordnet. LED-Leuchten blinkten rhythmisch auf den Displays, und das konstante Summen der Lüftungsanlagen erzeugte eine bedrückende Atmosphäre. In der Mitte des Raums standen bereits zwei junge Techniker, deren Gesichter blass und verstört wirkten. Neben ihnen stand Oliver Reed, die Arme vor der Brust verschränkt, seine Miene wirkte finster.

»Hier drüben!«, rief einer der Techniker mit zitternder Stimme, als Moreno und Bishop den Raum betraten. Er zeigte auf eine Stelle am Boden, verdeckt durch die Technikschränke.

Moreno eilte sofort dorthin, ließ sich neben dem reglosen Körper eines Mannes nieder und begann umgehend mit der Untersuchung. Bishop blieb etwas zurück, beobachtete die Szene aufmerksam. Blut quoll aus einer klaffenden Platzwunde am Kopf des Mannes und hatte bereits eine dunkle Pfütze gebildet. Was bedeutete, dass der Mann noch nicht lange dort lag, sonst wäre das Blut bereits geronnen.

»Was ist passiert?«, fragte Moreno knapp, während sie routiniert den Puls und die Pupillenreaktionen des Opfers prüfte.

»Wir wissen es nicht genau«, antwortete Reed anstelle der Techniker. Seine Stimme klang ruhig und beherrscht, aber Bishop konnte die unterschwellige Anspannung darin hören. »Er wurde so gefunden, vor etwa zehn Minuten.«

Moreno ließ kurz ihre Hände sinken, dann schüttelte sie mit finsterer Miene den Kopf. »Kein Puls. Ich werde ihm Adrenalin verabreichen.« Sie zog eilig eine Spritze aus ihrem Notfallkoffer, setzte sie präzise an und injizierte ihm die klare Flüssigkeit. Dann begann sie sofort mit der Reanimation, stemmte sich entschlossen mit beiden Händen auf den Brustkorb des Mannes. »Komm schon, verdammt«, murmelte sie angespannt, während sie im Rhythmus der Druckmassage atmete.

Bishop trat langsam näher und beobachtete Morenos Bemühungen. Dabei fiel ihm das aufgestickte Namensschild an der Brusttasche des Overalls auf. Der Mann hieß Clark und trug weder Uhr noch Schmuck. Ebenso konnte er keine Wölbungen an den Taschen erkennen, was darauf schließen ließ, dass er keine Wertsachen bei sich hatte. Vielleicht weil er einfach keine bei der Arbeit brauchte. Oder sie waren ihm entwendet worden. Ein Detail, das noch wichtig werden konnte.

Sekunden vergingen, die sich wie Stunden anfühlten, doch der Mann blieb reglos liegen. Moreno ließ schließlich erschöpft von ihm ab, atmete tief durch und senkte resigniert den Kopf.

»Er ist tot«, stellte sie knapp fest. Ihre Stimme klang enttäuscht und frustriert zugleich.

Reeds Gesichtsausdruck wurde noch härter. Der Sicherheitschef wirkte ruhig, aber seine Augen waren kalt und berechnend.

»Verdammt«, flüsterte einer der Techniker sichtlich schockiert.

»Niemand verlässt diesen Bereich, bis ich das Gegenteil sage«, befahl Reed energisch. »Sie«, er zeigte auf die beiden Techniker. »Ich will innerhalb einer Stunde sämtliches Videomaterial aus diesem Raum und den Zugangskorridoren auf meinem Rechner haben. Zudem möchte ich alles über Clark wissen, vor allem, woran er in den letzten Stunden und Tagen gearbeitet hat.«

»Jawohl, Sir«, erwiderte einer der Männer und beide verschwanden hastig zwischen den Serverschränken.

Reed blickte Bishop direkt in die Augen, eine Mischung aus Zorn und bitterer Genugtuung auf seinem Gesicht. »Nun, Bishop«, sagte er mit schneidender Stimme, »jetzt haben Sie endlich Ihren herbeigesehnten Mord.«

Bishop erwiderte Reeds Blick ruhig, ohne eine Miene zu verziehen. Er wusste genau, was Reed mit diesem Satz bezwecken wollte, aber er ließ sich nicht provozieren.

»Sie meinen, dass es nun einen zweiten gibt«, sagte er trocken, den Blick fest auf den Toten gerichtet. »Scheint, als würde die Situation hier immer komplizierter werden. Wir wollen Ben Harris' mysteriösen Tod nicht so schnell vergessen.«

Reed schwieg einen Augenblick, seine Kiefer mahlten sichtbar, während er offensichtlich darum bemüht war, seine Beherrschung zu wahren. »Vorsicht, Bishop«, antwortete er schließlich kalt. »Ich rate Ihnen dringend, nicht noch mehr Öl ins Feuer zu gießen.«

»Ein wenig Wärme ist an diesem gottverlassenen Ort nicht verkehrt.« Ohne zu Reed zu blicken, sprach Bishop weiter. »Haben Sie so etwas wie ein Spurensicherungsteam hier?«

Ein missbilligendes Lachen entwich Reed. »Was genau glauben Sie, wo sie hier sind? Natürlich gibt es das hier nicht. Ich schlage vor, dass Sie sich die Details besser einprägen, bevor sie verschwinden. Denn Ihrer Meinung nach haben wir hier ja nichts Besseres zu tun, als Beweise für Straftaten zu verschleiern.«

Bishop setzte ein schiefes Lächeln auf, zog seinen Kommunikator aus der Jackentasche und versuchte, alles abzufotografieren, was er für wichtig hielt. Moreno schaute ihm geduldig zu. Sie schien darauf zu warten, dass er seine Arbeit beendete.

Als Bishop fertig war, nickte er ihr zu, und sie entfaltete eine Decke und legte sie respektvoll über die Leiche. Ihre Miene war düster und erschöpft.

»Ich werde ihn auf die Krankenstation bringen lassen und eine gründliche Untersuchung durchführen.«

Bishop nickte, dankbar für ihre Besonnenheit. »Tun Sie das, Dr. Moreno«, sagte er leise. »Wir müssen wissen, was genau hier vorgefallen ist.«

Reed trat näher und blickte Bishop eindringlich an, seine Stimme kaum mehr als ein drohendes Flüstern. »Jetzt haben

Sie Ihren Mord und Ihre Leiche auf Ihrem Tisch. Ich hoffe, Sie sind zufrieden.«

»Zufriedenheit ist nicht das Wort, das mir einfällt, Reed«, erwiderte Bishop entschlossen. »Aber Sie haben recht. Es gibt einiges zu klären.«

Unter Verdacht

Serverraum, Techniksektion, Station Tros, Mond Ganymed

Bishop blickte auf die Stelle, an der Dr. Moreno soeben noch versucht hatte, einen weiteren Tod zu verhindern. Nun lag dort nur noch die silbrige Notfalldecke, die den leblosen Körper des Mannes vollständig bedeckte, während zwei Techniker bereits einen medizinischen Transportwagen heranrollten, um ihn in die Krankenstation zu bringen.

Bishop atmete langsam durch, während sein Blick über den kalten, weißen Boden glitt. Das Blut bildete eine dunkle Lache, die inzwischen zähflüssig und beinahe schwarz wirkte. Reed hatte recht – dies war tatsächlich ein Mord. Doch es fehlten entscheidende Teile dieses makabren Puzzles.

Er trat vorsichtig einen Schritt zurück und ließ seinen Blick erneut schweifen. Der Serverraum war kalt, steril und perfekt aufgeräumt wie fast alles auf dieser gottverdammten Station. Reihe an Reihe standen die glänzenden Serverschränke da, in denen leise surrende Kühlventilatoren arbeiteten. Das monotone Brummen war beinahe beruhigend, und doch vermittelte es Bishop ein Gefühl der Isolation und Einsamkeit. Ein idealer

Ort, um unbeobachtet einen Mord zu begehen. Andererseits hatte Reed klargemacht, dass es Videomaterial gab. Das passte nicht ins Bild.

Bishop ging langsam zwischen den Reihen der Schränke hindurch. Seine Schritte waren leise und bedacht, sein Blick konzentriert auf jedes Detail gerichtet. Er spürte die kühle Luft, die von oben herabströmte, roch die Mischung aus Kunststoff, Metall und einem Hauch von Ozon, den die elektronische Infrastruktur verbreitete. Doch es war nichts Ungewöhnliches zu sehen. Keine umgestoßenen Gegenstände, keine Kampfspuren, keine Blutspritzer auf den Wänden, abgesehen von der Blutlache direkt unter der Leiche.

»Verdammt«, murmelte er frustriert, während er sich neben den Körper hockte und genauer hinsah.

Die Verletzung des Mannes war schwer gewesen, ein einzelner heftiger Schlag auf den Kopf. Doch wie konnte eine solche Wunde entstehen, ohne dass eine Waffe oder zumindest ein Gegenstand zurückblieb? Kein Hammer, kein Werkzeug, kein Metallrohr, keine improvisierte Tatwaffe. Der Boden war glatt und sauber, lediglich eine kleine, kaum sichtbare Schleifspur war zu erkennen, vermutlich verursacht durch Morenos verzweifelte Reanimationsversuche. Nichts, was ihm weiterhalf.

Bishop erhob sich wieder und trat einige Schritte zur Seite, um eine bessere Perspektive zu gewinnen. Die beiden Techniker standen nervös im Hintergrund und vermieden es, ihn direkt anzusehen. Er entschied, sie vorerst nicht weiter zu befragen – die Männer wirkten ohnehin bereits zutiefst verstört. Reed würde sich ihrer sicherlich bald annehmen, auf seine eigene, nicht besonders angenehme Weise.

Langsam ließ er seinen Blick über die Decke schweifen. Auch hier fand sich nichts Auffälliges. Keine verbogene Verkleidung, keine beschädigten oder herunterhängenden Kabel, kein Blut. Der Raum war makellos, beinahe schon zu sauber für das, was hier passiert war.

»Bishop«, erklang plötzlich Reeds Stimme hinter ihm.

Bishop drehte sich nicht sofort um, sondern blieb mit dem Rücken zu ihm stehen.

»Keine Spuren«, sagte er ruhig. »Keine Kampfspuren, keine Waffe, nichts, was darauf hindeutet, dass hier jemand brutal erschlagen wurde.«

Reed trat langsam näher und stellte sich neben ihn. Sein Gesichtsausdruck wirkte angespannt, die Kiefermuskeln zuckten kaum merklich. »Was genau wollen Sie damit andeuten?«

Bishop seufzte leise und deutete vage auf die Stelle, an der Körper gelegen hatte. »Dieser Mann hatte eine klaffende Kopfverletzung, aber hier liegt nichts herum, womit man ihm diese Verletzung zugefügt haben könnte. Was bedeutet, der Täter hat die Waffe mitgenommen.«

»Glauben Sie, dass ich das nicht weiß?«, erwiderte Reed knapp. Sein Tonfall war eisig.

Bishop schüttelte den Kopf und blickte Reed direkt in die Augen. »Wie wäre es, wenn wir mal ehrlich miteinander sind, Reed? Haben Sie das Videomaterial?«

Reed verzog die Lippen, und ein zynisches Lächeln erschien auf seinem Gesicht. »Die Techniker kümmern sich darum. Glauben Sie mir, ich bin genauso neugierig wie Sie. Bis dahin müssen wir mit dem auskommen, was wir hier vorfinden.«

Bishop nickte, wandte sich dann aber abrupt ab, ohne auf Reeds Aussage einzugehen. Er wusste, dass er nichts weiter erreichen würde, solange Reed nicht bereit war, mit offenen Karten zu spielen. Er musste abwarten, was das Videomaterial ergab, bevor er überhaupt entscheiden konnte, welche Richtung seine Ermittlungen nehmen würden.

Er trat noch einmal näher an die Serverschränke heran und ließ die Hand langsam über eine der glatten Oberflächen gleiten. Keine sichtbaren Fingerabdrücke, keine Kratzer, nichts. Frustriert ballte er kurz die Faust und entspannte sie wieder, atmete tief ein und aus.

»Ich muss nachdenken«, sagte er schließlich knapp, während er langsam zur Tür ging.

Reed erwiderte nichts, sah ihm nur schweigend hinterher.

Bishop verließ den Serverraum und trat hinaus auf den leeren Korridor der Techniksektion. Der Gang wirkte beinahe unnatürlich ruhig nach dem hektischen Chaos der letzten Minuten. Bishop lehnte sich kurz an eine der kalten Metallwände und massierte sich müde die Schläfen.

Keine Spuren, keine Waffe, kein klares Motiv. Worum zum Teufel ging es hier? Ging es wirklich um ein außerirdisches Artefakt? Warum waren dann zwei Männer ermordet worden? Befand sich jemand in der Station, der nicht hier sein sollte? Tros wirkte immer mehr wie ein Abgrund, dessen Boden er nicht einmal erahnen konnte. Bishop seufzte erneut tief, schloss kurz die Augen und sammelte sich. Langsam breitete sich die Anspannung in seinen Muskeln aus. Er war müde, frustriert und zunehmend wütend über die Richtung, die dieser Fall nahm. Ohne Spuren, ohne Hinweise würde das Ganze nur ein Stochern im Nebel bleiben, und dafür war er nicht hier. Doch seine Zeit auf Tros sah zunehmend wie eine endlose Spirale aus Geheimnissen und Toten aus.

»Bishop«, unterbrach Reed plötzlich seine Gedanken. Der Sicherheitschef trat mit finsterem Blick aus dem Serverraum, während im Hintergrund noch zwei Techniker schweigend arbeiteten. »Ich werde sämtliche Mitarbeiter auffordern, sich unverzüglich in ihre Quartiere zurückzuziehen. Der Betrieb wird gemäß Sicherheitsprotokoll für sechs Stunden eingestellt, bis wir alle Informationen ausgewertet haben. Sobald ich Näheres weiß, melde ich mich bei Ihnen.«

Bishop nickte knapp. Er musste sich eingestehen, dass er diesen Zug nicht hatte kommen sehen. War da etwa ein Anflug von Mitarbeit von Reeds Seite zu erkennen? Er wusste es nicht, aber in diesem Fall, war er mit ihm einer Meinung.

»Gut. Stellen Sie sicher, dass jeder Einzelne weiß, dass er für weitere Befragungen zur Verfügung stehen muss.«

Reed lächelte zynisch. »Natürlich, Detective Bishop.« Er tippte sich hinter seine Ohrmuschel. »An alle Mitarbeiter: Hier spricht Reed. Aufgrund des aktuellen Zwischenfalls begeben sich alle unverzüglich in ihre Quartiere. Der reguläre Betrieb wird für sechs Stunden eingestellt. Sichern Sie alle Arbeiten und Maschinen, bevor Sie Ihren Arbeitsplatz verlassen. Weitere Informationen folgen.«

Bishop musterte den Mann, der sich für einen Moment, fahrig durch die kurzen Haare fuhr, ehe er ihn anblickte.

»Und, was haben Sie jetzt vor?«

»Ich will zur Höhle, in der Harris gestorben ist«, erklärte er sachlich. »Am besten mit Martinez und Bruckner.«

Reed zog skeptisch die Augenbrauen zusammen, als hätte Bishop ihm gerade einen Witz erzählt. Schließlich seufzte er und nickte.

»Wenn es sein muss«, murrte er und tippte sich erneut hinter sein Ohr. »Reed an Martinez und Bruckner. Bishop will zur Höhle im Abschnitt 12B und wünscht sich, dass Sie beide ihn begleiten.« Reed zog genervt eine Augenbraue hoch. »Was soll das heißen, Sie können nicht?« Nach einem Augenblick schüttelte der Mann verständnislos den Kopf. »Bruckner sagt, dass er nicht zur Höhle zurückkann.«

Bishop verzog das Gesicht, entschied jedoch, den Mann nicht zu zwingen. »Was ist mit Martinez?«, fragte er stattdessen.

»Martinez, melden Sie sich!« Reed schwieg, schien etwas ungeduldig auf die Antwort zu warten. »Gut, dann schicke ich ihn zur Hauptschleuse.«

Bishop atmete erleichtert durch.

»Martinez wird Sie begleiten.«

»Danke.«

»Sie sollten vorsichtig sein, Bishop«, sagte Reed noch einmal, ehe er sich endgültig abwandte. »Die Höhle hat bereits einen Toten gefordert. Hoffen wir, dass es dabei bleibt. Sie sollten sich vorher einen Schutzanzug anziehen.«

»Danke für die Warnung. Machen Sie sich keine Umstände, ich finde den Weg allein«, erwiderte Bishop trocken und ging los in Richtung der großen Halle.

Er eilte die Korridore entlang, erreichte, wenig später die Haupthalle und betrat den schmalen Vorbereitungsraum, der direkt seitlich in der Schleuse zur Mine lag. Sofort bemerkte er die drückende Stille, die hier herrschte. Der Raum war kahl und funktional eingerichtet. Lediglich ein paar Metallspinde standen an einer Wand. Ein dezentes, blaues Leuchtband an der Decke sorgte für spärliches Licht.

Bishop trat zum ersten Spind, zog ihn auf und nahm einen dicken, isolierten Schutzanzug heraus. Er fühlte sich schwer und sperrig an, erinnerte ihn aber auch daran, dass ihn dort im Eis Temperaturen erwarteten, die ein Mensch ohne Schutz nicht ertragen konnte. Die Kälte würde innerhalb von Sekunden tödlich sein. Langsam schlüpfte er in den dick gepolsterten Overall, schloss sorgsam jeden Verschluss und jede Naht. Die Wärmeisolierung war dick und verhinderte jede flüssige Bewegung, aber Bishop wusste, dass er lieber eingeschränkt als tot war. Schließlich setzte er den massiven Helm auf, überprüfte kurz den Sauerstoffvorrat, aktivierte das Display in seinem Sichtfeld und führte den Systemcheck durch.

»Atmosphärendruck stabil«, verkündete die nüchterne Stimme des Anzugsystems in seinem Ohr. »Sauerstoffversorgung aktiv. Wärmeregulierung online.«

»Danke für die Info«, murmelte Bishop trocken und schritt mit schweren Stiefeln zur Druckschleuse.

Er aktivierte den Schalter neben dem Schott, worauf sich die massive Tür langsam öffnete und ihn mit einem mechanischen Summen in die Schleusenkammer entließ. Hinter ihm schloss sich die Tür mit einem dumpfen Dröhnen. Es dauerte nur wenige Sekunden, dann leuchtete eine Anzeige über ihm grün auf, begleitet von einem weiteren akustischen Signal.

»Druckausgleich abgeschlossen«, erklang erneut die künstliche Stimme. »Sie können die Schleuse jetzt verlassen.«

Bishop atmete einmal tief durch und trat langsam zum äußeren Schott. Die Tür glitt schwerfällig auf, und ein eisiger Hauch zog sofort über seinen Anzug hinweg. Die Temperaturanzeige auf seinem Helmdisplay sprang auf -148 Grad Celsius. Er unterdrückte ein Frösteln und trat hinaus in die dämmrige Kälte des Minentunnels.

Direkt vor ihm wartete bereits Martinez, ebenfalls in ihrem Schutzanzug. Sie stand neben einem robusten Buggy, der seitlich in einer in das Eis gehauenen Parktasche stand. Vor Bishop erstreckte sich ein breiter Tunnel, der von kleinen Lampen an beiden Seiten erhellt wurde, die in regelmäßigen Abständen an den Wänden installiert waren. Gut zehn Meter breit und vier oder fünf Meter hoch führte er leicht abfallend in einer lang gezogenen Kurve in die Tiefe.

»Bereit, Detective?«, fragte sie über den Funk, ihre Stimme klang nüchtern und professionell.

Bishop nickte knapp. »Bereit wie nie. Fahren wir.«

Martinez blickte ihn ernst und müde an. Ihr Gesicht war blass, aber entschlossen. »Je schneller wir das hinter uns bringen, desto besser.«

Sie stiegen in den schweren Buggy. Bishop setzte sich neben Martinez, die sofort die Steuerung aktivierte. Sie rangierte aus der Parklücke, beschleunigte das Gefährt und fuhr es die vereiste Piste hinab.

Die Fahrt durch die verwinkelten und zunehmend engen Schächte verlief schweigend. Selbst als Martinez den Buggy in einen größeren Lastenaufzug steuerte, der sie in die Tiefen des Mondes brachte, tat sie es ohne Erklärung. Unten ging es weiter durch die Tunnel, die sich nur in ihrer Beleuchtung von denen weiter oben unterschieden. Düsterer war es hier. Bishop bemerkte, wie Martinez immer wieder kurz zu ihm hinübersah, doch sie sagte nichts. Offenbar war es auch für sie nicht leicht, an den Ort zurückzukehren, wo Ben Harris sein Leben verloren hatte. Der Buggy holperte über eine Unebenheit im vereisten Tunnel, und Bishop hielt sich am Rahmen fest, während er hinaus auf die bläulich schimmernden Eiswände starrte. Mit jedem Meter, den sie zurücklegten, verstärkte sich das beklemmende Gefühl in seiner Brust. Er konnte sich mittlerweile ziemlich gut vorstellen, wie es sein musste, hier unten unter Tonnen von Eis und Gestein gefangen zu sein – und womöglich noch mit etwas, das nicht in diese Welt gehörte.

Nach mehreren Minuten erreichten sie den äußeren Rand des Abschnitts 12B. Martinez stoppte das Fahrzeug behutsam und blickte Bishop an. »Von hier aus gehen wir zu Fuß.«

Er nickte knapp, stieg aus dem Buggy und folgte ihr zu dem schmalen Durchgang, der zur Höhle führte.

»Hier sind wir«, sagte sie schließlich und deutete auf die mit Absperrungen gesicherte Stelle vor ihnen.

Das Licht der Schulterlampen fiel auf den schroffen Eingang, hinter dem er einen hell erleuchteten Raum sah. Bishop blickte schweigend in die Öffnung und verspürte plötzlich eine seltsame, fast unerklärliche Anspannung. Er war nicht abergläubisch – das erlaubte ihm sein Beruf nicht –, aber dieser Ort hatte etwas Bedrohliches, etwas, das ihn innehalten ließ. Er sah zu Martinez, deren Gesicht im fahlen Licht angestrengt und wachsam wirkte.

»Sind Sie sicher, dass Sie da hineinwollen?«, fragte sie leise.

Bishop atmete tief durch, richtete sich auf und zog die Schultern zurück. »Ich bin sicher«, erwiderte er entschlossen. »Ich will endlich wissen, was hier wirklich passiert ist.«

Mit diesen Worten trat er entschlossen auf den Höhleneingang zu, während Martinez nach kurzem Zögern folgte. Vorsichtig trat er durch die Öffnung. Es war ein seltsames Gefühl, keine Umgebungsgeräusche zu hören, lediglich seinen Atem und das dumpfe Knautschen zu vernehmen, das sein Anzug produzierte – als wäre man in einem VR-Horrorspiel gefangen, bei dem der Ton ausgestellt war.

Die Höhle war größer, als er zunächst vermutet hatte, und erinnerte ihn sofort an das Innere einer uralten Gletscherhöhle. Überall standen kräftige Scheinwerfer, deren grelles Licht an den kristallinen Wänden reflektierte und die eisigen Formationen in gespenstische Schatten tauchte.

Sein Blick wanderte unruhig umher und blieb schließlich an einer auffälligen Vertiefung in der Mitte des Raums hängen. Sofort bemerkte er die parallel verlaufenden Spuren von schweren Fahrzeugreifen, die vom Eingang der Höhle bis dorthin führten. Bishop runzelte die Stirn. Etwas war hier entfernt worden – etwas Großes und Schweres.

Noch ehe er weiter darüber nachdenken konnte, bemerkte er eine weibliche Gestalt, die ihm den Rücken zugewandt hatte und konzentriert auf das Loch blickte. Jedenfalls vermutete er aufgrund der schmalen Figur der Person, dass es sich um eine Frau handelte. Mehr konnte er unter dem Schutzanzug nicht erkennen.

»Entschuldigung«, begann Bishop vorsichtig. »Aber wer sind Sie und was zur Hölle tun Sie hier? Alle Mitarbeiter sollten sich in ihren Quartieren einfinden.«

Die Person drehte sich langsam zu ihm um, und als das Licht der Scheinwerfer ihr Gesicht beleuchtete, stockte ihm für einen Moment der Atem. Seine Finger krampften sich unwillkürlich zusammen.

»Hallo, Alan«, sagte sie ruhig, beinahe gleichgültig, doch ihr Blick war aufmerksam, abwartend. Sie wirkte genauso unbeeindruckt wie damals, bevor sie sein Leben auf den Kopf gestellt hatte.

Bishop brauchte einen Moment, um sich wieder zu fangen. »Elena«, presste er zwischen den Zähnen hervor. Die Kälte, die er verspürte, hatte plötzlich nichts mehr mit der Temperatur in der Höhle zu tun. »Was zur Hölle machst du hier?«

Elena trat näher, ein leichtes Lächeln auf den Lippen. Ihre graublauen Augen musterten ihn abschätzend. »Ich bin die interne Sonderermittlerin von Lunaris. Der Konzern hat mich geschickt, um die Vorfälle hier aufzuklären.«

Bishop lachte bitter auf. »Natürlich bist du das, bei deinen Verbindungen.« Er schüttelte den Kopf. »Die haben ausgerechnet dich geschickt, um für Klarheit zu sorgen? Das muss ein schlechter Scherz sein.«

»Warum überrascht dich das so?«, fragte sie kühl. »Immerhin machst du hier auch deine Arbeit. Wenn Moreno nicht so überempfindlich reagiert und ihren Bericht unklar formuliert hätte, wärst du gar nicht hergekommen.«

Bishop starrte sie fassungslos an. »Unklar formuliert? Da oben liegt ein toter Minenarbeiter, Elena, und jetzt gibt es eine zweite Leiche. Erklär mir verdammt noch mal, was hier los ist und was du damit zu tun hast!«

Ihre Augen verengten sich leicht. »Ich weiß nicht, wovon du redest«, erwiderte sie ruhig, aber kühl. »Ich mache nur meinen Job. Lunaris wollte sicherstellen, dass hier keine internen Probleme entstehen. Zudem bin ich hier, um diese Höhle zu untersuchen.« Sie machte eine Pause, vielleicht um ihren Worten etwas Gewicht zu verleihen. »Alan, glaube mir, es gibt hier nichts, was Lunaris verschleiern will. Genau aus diesem Grunde haben sie mich geschickt, um sicherzustellen, dass in dieser Höhle nichts existiert, was den Betrieb und die Menschen auf dieser Basis gefährden könnte. Ich weiß wirklich nicht, wovon du redest.«

Er schnaubte verächtlich. »Du weißt nicht, wovon ich rede? Natürlich nicht. Du hast mich schon immer belogen, und nein, ich glaube dir nicht. Das tue ich schon lange nicht mehr. Du hast mich hintergangen und dann bist du einfach verschwunden. Nicht ein einziges Lebenszeichen habe ich von dir erhalten. Ich dachte, du wärst mit diesem Borrello durchgebrannt. Oder du wärst tot.«

Elena hielt seinem Blick stand, ihre Miene undurchdringlich. »Wie du siehst, bin ich nicht tot. Zumindest nicht im physischen Sinn. Vielleicht bin ich das für dich, aber nicht für Lunaris. Und ich habe eine Aufgabe zu erledigen.«

»Genau wie ich«, erwiderte Bishop scharf. »Also komm mir nicht in die Quere. Ich werde herausfinden, was hier gefunden wurde.«

Schlagartig änderte sich ihr Ausdruck, wurde weicher, fast versöhnlich. »Alan, wir müssen uns doch nicht gegenseitig im

Weg stehen. Wir könnten zusammenarbeiten. Das hier betrifft uns beide.«

Bishop betrachtete sie skeptisch und schüttelte langsam den Kopf. »Du erwartest ernsthaft, dass ich dir vertraue? Du bist genauso berechnend wie damals. Ich habe ehrlich gesagt keine Ahnung, wer du eigentlich bist. Du hast mich nie wirklich geliebt. Du tust nur das, was für dich am besten ist.«

Elena seufzte leise. »Dann mach dir eben dein eigenes Bild, Alan. Ich zwinge dich nicht, mir zu vertrauen. Aber eventuell könnten wir beide voneinander profitieren.«

Bishop trat einen Schritt näher und blickte ihr direkt in die Augen. »Sag mir, was hier in der Höhle gefunden wurde. Wo ist es, und was hat Lunaris damit vor?«

Sie wich seinem Blick aus und schüttelte langsam den Kopf. »Darüber kann ich nicht sprechen.«

Bishop fixierte sie skeptisch. »Du kannst nicht oder du willst nicht?«

Elena hob leicht die Augenbrauen und begegnete seinem Blick erneut, diesmal fester. »Beides.«

Er schnaubte verächtlich und trat einen Schritt zurück, ließ den Blick noch einmal durch die Höhle schweifen, betrachtete erneut die schweren Reifenspuren und die Vertiefung, die unmissverständlich darauf hindeuteten, dass hier etwas Großes entfernt worden war.

»Dann erklär mir wenigstens eines«, forderte er. »Haben diese beiden Todesfälle etwas mit dem zu tun, was hier gefunden wurde?«

Elena hielt seinem Blick stand und schüttelte entschieden den Kopf. »Nein, Alan. Was auch immer du glaubst, was Lunaris hier gefunden hat, es hat nichts mit den beiden Todesfällen zu tun.«

Bishop ließ ihre Worte einen Moment auf sich wirken, spürte, wie er erneut misstrauisch wurde. Es lag in ihrer Natur, nicht alles zu verraten – er glaubte ihr nicht, und vertrauen konnte er ihr erst recht nicht. Eigentlich war die Ehe mit ihr der Grund gewesen, warum er überhaupt niemandem mehr getraut hatte. Irgendetwas ging hier vor. Vielleicht sagte sie die Wahrheit, zumindest teilweise, um ihn in Sicherheit zu wiegen, und er musste herausfinden, was wahr und was eine Lüge war.

»Du willst mir also nicht sagen, was für ein Ding hier gefunden wurde. Aber ich habe zwei Leichen, und alles begann hier. Weshalb bist du hier? Ich habe nicht das Gefühl, dass dich die Toten interessieren. Dabei wurdest du meines Wissens zur Aufklärung des Todesfalls von Ben Harris hergeschickt, oder nicht?«

Elena lächelte bitter und trat näher. »Alan, hör mir gut zu: Ich darf dir nicht mehr sagen als nötig. Aber ich verspreche dir: Was wir hier gefunden haben, betrifft nur den Konzern. Es ist wissenschaftlich relevant, ja, aber es hat nichts mit Mord zu tun. Die Morde sind ein anderes Problem. Wenn du wirklich herausfinden willst, wer dafür verantwortlich ist, bin ich bereit, dir dabei zu helfen.«

Er betrachtete sie mit schmalen Augen, suchte nach einer Lüge in ihrem Blick, doch sie schien es ernst zu meinen. Trotzdem traute er ihr nicht. Wie hätte er das auch gekonnt?

»Ich werde mir selbst ein Bild machen«, erwiderte er schließlich. »Und ich schwöre dir, Elena, wenn ich herausfinde, dass du mich auch diesmal belügst, werde ich dafür sorgen, dass du und Lunaris den Preis dafür zahlen.«

Sie nickte ruhig, ohne eine Emotion zu zeigen. »Tu, was du tun musst, Alan. Aber pass auf dich auf. Diese Sache könnte komplizierter sein, als du denkst.«

Mit diesen Worten drehte sie sich um und ging zurück zu ihrer Ausrüstung, die am Kraterrand in der Mitte der Höhle aufgebaut war. Sein Instinkt sagte ihm, dass Elena nur einen Teil der Wahrheit preisgegeben hatte. Doch es war ihm gleichgültig. Wenn sie ihm im Weg stand, würde er sie zur Seite schieben – selbst wenn das bedeutete, erneut mit seiner eigenen Vergangenheit konfrontiert zu werden.

»Bishop«, hörte er Reeds Stimme plötzlich über Funk. »Kommen Sie unverzüglich ins Sicherheitsbüro. Es gibt Neuigkeiten. Ich glaube, wir haben da etwas, das Sie interessieren wird.«

Bishop warf Martinez einen knappen Blick zu, der nichts Gutes verhieß, ehe er knapp erwiderte: »Wir sind unterwegs.«

»Na dann, lasst uns mal los«, sagte Elena und stapfte an ihm vorbei. Offenbar hatte sie den Funkspruch ebenfalls gehört.

Die Rückfahrt verlief schweigend. Bishop hatte sich an die dick gepolsterte Rückenlehne des Buggys gelehnt, während Martinez das Fahrzeug zügig durch die verwinkelten Tunnel zurück zur Schleuse manövrierte. Ihre Mienen sprachen Bände. Keiner sagte ein Wort, zu bedrückend war das, was Bishop in der Höhle erfahren hatte. Zu viele offene Fragen standen unausgesprochen zwischen ihnen. Warum musste er in dieser eisigen Hölle ausgerechnet auf seine Ex-Frau treffen? Oder war das der perfekte Ort für ein Wiedersehen? Er schmunzelte bei dem Gedanken.

Als sie endlich den Zugang zur Schleuse erreichten, lenkte Martinez den Buggy auf seinen Parkplatz und stoppte das Fahrzeug mit einem kurzen Ruck.

Bishop erreichte gemeinsam mit Martinez und Elena die Druckschleuse und streifte den schweren Schutzanzug ab. Die Bewegungsfreiheit, die er sofort zurückgewann, tat gut. Hastig verstaute er den Anzug im Spind, zog seine Jacke zurecht und wollte gerade die Tür des Spindes schließen, als ihm eine kleine, schwarze Fläche mit seltsamen Verschlüssen an dem Anzug auffiel. Er strich darüber. Offenbar konnte man dort irgendeinen Ausrüstungsgegenstand anbringen. Ehe er sich ein genaueres Bild machen konnte, hörte er Martinez' Stimme hinter sich.

»Kommen Sie?«

»Komme schon«, erwiderte er hastig und schloss den Spind.

Eilig folgte er den beiden Frauen aus dem Raum, und gemeinsam gingen sie durch den Verbindungsgang in Richtung Sicherheitsbüro. Seine Neugierde trieb ihn voran, und er überholte die beiden. Martinez folgte dicht hinter ihm, während Elena mit kühler Gelassenheit einige Schritte Abstand hielt, als ginge sie der Vorfall nichts an.

Wenige Minuten später betraten sie gemeinsam Reeds Büro. Der Sicherheitschef stand bereits neben einem großen Monitor, seine Gesichtszüge versteinert und angespannt. Neben ihm warteten zwei weitere Techniker, deren Mimik ebenfalls kaum weniger angespannt wirkte.

»Setzen Sie sich«, forderte Reed sie knapp auf, während er die Wiedergabe startete, ohne auf eine Reaktion zu warten. »Da haben Sie Ihren Mörder, Bishop«, knurrte er.

Bishop fixierte den Bildschirm und betrachtete aufmerksam das Videomaterial. Die Aufnahme zeigte den ermordeten Techniker Clark, der konzentriert an einer geöffneten Wartungsklappe arbeitete. Alles wirkte normal, bis plötzlich eine weitere Gestalt im Bild auftauchte – ein Mann, dessen Gesicht halb im Schatten lag und der sich dem Opfer mit bedachten Schritten von hinten näherte.

»Sehen Sie genau hin«, kommentierte Reed unnötigerweise. »Dieser Mistkerl wusste genau, was er da getan hat.«

Bishop sagte nichts, sondern ließ die Aufnahme stillschweigend auf sich wirken. Die Gestalt hob den Arm, in der Hand einen hammerartigen Gegenstand. Er schlich sich näher, seine Bewegungen wirkten präzise und kontrolliert. Im letzten Moment schien der Techniker etwas zu spüren. Er wirbelte herum, der Ausdruck in seinem Gesicht verwandelte sich schlagartig von konzentriert in erschrocken – dann traf ihn der brutale Schlag direkt an der Stirn. Sofort sank er zu Boden und blieb reglos liegen.

Ein Moment drückender Stille breitete sich im Büro aus, während alle Anwesenden auf den Bildschirm starrten. Bishop presste die Lippen aufeinander, spürte das Gewicht des Moments schwer auf seinen Schultern lasten.

»Spielen Sie es noch mal«, verlangte er konzentriert.

Reed nickte knapp, spulte die Aufnahme zurück und ließ sie erneut ablaufen. Bishop beobachtete jeden winzigen Schritt, jede Bewegung, jeden Schatten. Dann deutete er auf den Bildschirm. »Stopp, genau hier.«

Das Bild fror ein. Bishop trat näher heran und betrachtete das halb abgewandte Gesicht des Täters. »Wer ist das?«

Reed seufzte und aktivierte das Gesichtserkennungssystem. Innerhalb weniger Sekunden erschien ein kleiner Infokasten neben der schemenhaften Gestalt, inklusive Namen und Bild eines Angestellten.

»Janos Larsson«, erklärte Reed knapp. »Softwareingenieur. Er arbeitet erst seit wenigen Monaten hier. Nichts Auffälliges steht in seiner Akte, das wurde eingehend vom Konzern geprüft.«

Bishop betrachtete das Profilfoto. Ein unscheinbarer Mann Ende dreißig mit schmalem Gesicht und kurzem Bart. Sein Ausdruck war neutral, fast freundlich. Nichts deutete auf einen Killer hin.

»Erkennen Sie ihn?«, fragte Reed und blickte fragend zu Martinez, die sofort den Kopf schüttelte.

»Kaum gesehen«, sagte sie angespannt. »Er arbeitet meist im Technikbereich. Wir hatten nur wenige Berührungspunkte.«

Bishop ließ seinen Blick zu Elena schweifen, die ruhig und mit einem leichten Stirnrunzeln den Bildschirm musterte. Als sie seinen Blick bemerkte, schüttelte sie ebenfalls den Kopf. »Nein, mir ist er ebenfalls nicht bekannt.«

Bishop wandte sich wieder zu Reed. »Wo ist Larsson jetzt?«

»Wir wissen es nicht«, erwiderte Reed mit verkniffener Miene. »Aber wir finden ihn. Mein Team durchkämmt bereits die Station. Er kann nirgendwohin.«

Bishop sah ihn skeptisch an. »Wissen Sie, warum er Clark getötet hat?«

Reed schüttelte grimmig den Kopf. »Noch nicht. Vielleicht ein persönlicher Konflikt, vielleicht hatte er Zugang zu etwas, das er nicht hätte sehen dürfen.«

»Und was könnte das sein?«, fragte Bishop nachdrücklich.

Reed schwieg kurz, dann schüttelte er den Kopf. »Keine Ahnung. Aber ich garantiere Ihnen, dass wir es herausfinden werden.«

Bishop atmete tief durch. »Ich will Larsson sprechen, sobald Sie ihn gefunden haben.«

Reed musterte ihn mit kaltem Blick. »Zunächst werde ich ihn verhören. Danach bekommen Sie Ihre Gelegenheit.«

»Nein«, sagte Bishop sofort. »Das akzeptiere ich nicht. Wir werden ihn gemeinsam verhören, Reed. Sie werden mir keine Informationen vorenthalten.«

Reed wollte protestieren, doch Bishop ließ ihn gar nicht erst zu Wort kommen.

»Wenn Sie weiterhin meine Ermittlungen sabotieren, werde ich umgehend ein ganzes Ermittlerteam von der Erde hierherbringen lassen. Und glauben Sie mir, die stellen diese Station auf den Kopf. Ich bezweifle stark, dass Ihr Arbeitgeber großes Interesse daran hätte.«

Reeds Augen verengten sich zu schmalen Schlitzen. Eine Sekunde lang schien er abzuwägen, dann nickte er schließlich knapp. »In Ordnung. Sobald Larsson in Gewahrsam ist, informieren wir Sie. Wir verhören ihn gemeinsam.«

Bishop lächelte grimmig. »Gute Entscheidung.«

Reed wandte sich mit eisigem Schweigen ab und aktivierte erneut sein Funkgerät. »An alle Teams, wir brauchen Larsson, schnellstmöglich, und zwar lebend.«

Bishop ließ den Blick erneut über die Anwesenden gleiten. Martinez schien von der Situation überfordert, während Elena ihn nur aufmerksam und ruhig musterte.

»Larsson ist nicht der Einzige, der hier etwas zu verbergen hat«, murmelte Bishop bitter, während er auf das Bild des Softwareingenieurs starrte. »Aber wenigstens wissen wir jetzt, womit wir es zu tun haben.«

Vielleicht hatte Elena recht damit gehabt, dass das, was auch immer in der Mine gefunden worden war, nichts mit den Morden zu tun hatte. Er hatte einen Verdächtigen, festgehalten auf Video. Er hatte die zweite Tat mit eigenen Augen gesehen. Zweifelsfrei war der Techniker ermordet worden, und zwar von einem anderen Menschen. Aber war dieser Mann auch für den ersten Mord verantwortlich und, was noch wichtiger war, warum hatte er es getan? Ging es hier um die Sabotage der Anlage, um Profit oder um etwas ganz anderes, von dem er noch nichts wusste?

Bishop rieb sich die Schläfen, als ihm ein Gedanke kam, und er ärgerte sich, dass ihm das nicht schon viel früher eingefallen war. Er lehnte sich nach vorne und fixierte den Bildschirm. »Gibt es eine Logdatei, wer sich aktuell auf der Basis befindet?«

Reed blickte ihn durchdringend an. »Worauf wollen Sie hinaus?«

»Liegt das nicht auf der Hand? Er will wissen, ob sich jemand Fremdes in der Station befindet«, antwortete Elena an Bishops statt.

Bishop blickte zu Reed auf, der mit verschränkten Armen neben ihm stand. Sein Gesicht sah aus, als hätte er auf eine Zitrone gebissen. »Ich weiß, was das bedeuten solle. Es bedeutet, dass der Detective mir unterstellt, dass ich nicht mitbekommen würde, wenn sich hier eine fremde Person aufhielte.«

Bishop erwiderte seinen Blick, ohne eine Emotion zu zeigen. »Können Sie das mit Sicherheit ausschließen?«

Reeds Kiefer begannen, zu mahlen. Er schien mit sich zu ringen, ob er explodieren oder zuerst einen Datencheck vorziehen sollte. Dann nickte er dem Techniker neben Bishop zu. Der tippte einige Befehle in die Tastatur, woraufhin sich auf dem Monitor mehrere Datenfenster aktualisierten.

»Laut diesen Logdateien sind aktuell 122 Personen registriert, 120 Mitarbeiter und unsere beiden Gäste, Sie, Detective Bishop, und Sonderermittlerin Elena Torres.«

Bishop rieb sich das Kinn. »Und es ist ausgeschlossen, dass sich jemand in der Kolonie aufhält, ohne in diesen Logdateien aufzutauchen?«

»Ja, das ist es. Wir haben hier KI-basierte Sicherheitssysteme mit Gesichtserkennung. Es ist nicht möglich, verstehen Sie? Und jetzt hören Sie auf, irgendwas heraufzubeschwören. Ich bin der Sicherheitschef hier. Wenn sich hier jemand befinden würde, der nicht hierhergehört, dann wüsste ich es als Erster«, polterte Reed.

Bishop lehnte sich zurück. »Und dennoch gibt es zwei Leichen und einen frei herumlaufenden Mitarbeiter, der mindestens für einen Mord verantwortlich ist, ohne dass sie wissen, wo er ist.«

Reeds Gesichtsfarbe wechselte schlagartig von Blassgrau zu Rot, als wäre er ein Dampfkessel, dessen Drucklimit erreicht war und der kurz vorm Bersten stand. Es war Bishop egal. Genau aus diesem Grunde war er hier, um den Leuten auf die Füße zu treten, um das herauszufinden, was sie zu verheimlichen versuchten.

Reed stützte sich mit einer Hand auf der Arbeitsplatte ab und senkte den Kopf, sodass er Bishop sehr nah kam. So nah, dass er dessen eigenartigen Mief von schlechtem Aftershave und Mundgeruch wahrnahm.

»Sie fangen langsam an, mich zu nerven. Nicht nur Sie wissen, wie man seinen Job zu erledigen hat. Mir ist es egal, wer Sie sind und wie gut Ihr Ruf ist. Hier habe ich das Sagen, und es liegt in meiner Verantwortung, diese Basis zu schützen, vor inneren wie äußeren Bedrohungen. Sie sollten sehen, dass Sie nicht mein Feind werden, denn auch ich kann unangenehm werden.«

Martinez räusperte sich. »Ähm, Sir, vielleicht ist es keine schlechte Idee, wenn ich unserem Gast die Kantine zeige und anschließend sein Quartier. Ich kann mir vorstellen, dass Detective Bishop nach seiner Reise und den letzten Stunden großen Hunger hat und sich etwas entspannen will, bis wir unseren Verdächtigen haben.«

Reed richtete sich auf, wandte sich ab und massierte sich die Handknöchel. »Ja, tun Sie das, dann kann ich meine Arbeit machen.«

Bishop erhob sich und streckte ihm die Hand entgegen. »Danke, dass Sie sich so kooperativ zeigen. Ich bin mir sicher, dass unsere Vereinbarung bezüglich des Verhörs noch steht?«

Reed ignorierte seine Hand und auch Bishop per se. Stattdessen ging er um den Schreibtisch zu einem kleinen Schrank und öffnete ihn.

Bishop hatte verstanden und ließ zufrieden die Hand sinken. Er hatte den Mann genau dort, wo er ihn haben wollte. Wer sauer war, machte früher oder später Fehler, und dies war nicht Bishops erste Begegnung mit einem machtversessenen Konzernangestellten, der bereits zu lange das getan hatte, was er wollte. Vielleicht hatte er etwas zu verbergen, oder er war einfach nur machthungrig und hoffte, dass er einen besseren Job ergattern konnte, wenn er diese Krise so schnell wie möglich im Interesse des Konzerns bewältigte.

Bishop klopfte dem Techniker auf die Schulter, murmelte ein »Danke« und drehte sich zur Tür. Elena würdigte er absichtlich keines Blickes. Er musste sich erst klar darüber werden, welche Rolle sie in diesem Stück spielte. Schweigend folgte er Martinez nach draußen.

»Sie verstehen es offenbar, Menschen so lange auf die Nerven zu gehen, bis sie Sie verabscheuen.«

Er lächelte. Das war eine treffende Feststellung. »Das bringt der Job mit sich.«

Martinez führte ihn zurück durch die große Halle und steuerte auf das offen stehende Schott zum Wohnbereich der Basis zu. Sicherheitspersonal hatte sich nicht nur hier positioniert, sie waren auch zwei kleinen patrouillierenden Teams mit schweren Waffen begegnet, die sie angehalten und gefragt hatten, weshalb sie sich außerhalb ihrer Quartiere befanden. Auch wenn Bishop offenkundig kein Mitglied des Basispersonals war und die Sicherheitsleute dies wissen mussten, wollten sie wohl auf Nummer sicher gehen. Da sie ohnehin auf dem Weg zur Kantine waren, ließen die Männer und Frauen sie nach einem kurzen Austausch weitergehen.

»Reed ist kein schlechter Mensch, auch wenn er oft den Boss heraushängen lässt«, erklärte Martinez.

Bishop blickte die junge Frau an, die neben ihm ging. »Ist er das nicht?«

»Ja, wenn es um die Sicherheit der Station geht, aber Dr. Moreno hat mindestens genauso viel zu sagen. Sie ist nicht nur die leitende Wissenschaftsoffizierin hier, sondern hat auch das letzte Wort, wenn es um die Gesundheit der Crew geht. Das schmeckt Reed nicht, da sie ihn in gewissen Sicherheitsfragen überstimmen darf.«

»Verstehe. Wenn die Gesundheit der Besatzung in Gefahr ist wie zum Beispiel durch einen frei herumlaufenden Mörder, hat ihre Stimme also mehr Gewicht, was vermutlich auch die einzige Erklärung dafür ist, dass der Bericht von ihr so zur UN gelangt ist, wie sie in formuliert hat.«

Martinez erwiderte nichts. Es schien, als würde sie etwas beschäftigen, das sie nicht auszusprechen wagte.

Mittlerweile hatten sie bereits mehrere Kreuzungen passiert, die zu den Quartieren führten. Der Gang brachte sie zu den Aufenthaltsräumen, die in der Nähe der Nahrungsversorgung lagen, wie ihnen auf die Wand gemalte Informationen und Pfeile verrieten.

»Ich habe das Gefühl, dass Reed nicht der Einzige ist, der nicht alles preisgeben will, was ihn beschäftigt.«

Sie warf ihm einen Blick zu. Offenbar fühlte sie sich ertappt, nickte schließlich und deutete den Flur hinunter. »Am Ende des Korridors liegt der Essensbereich, aber aufgrund der Ausgangssperre müssen wir leider auf die Automaten zurückgreifen. Dort vorne ist ein kleiner Raum, da finden Sie etwas, das ihren Hunger und Durst stillen wird.«

Bishop griff nach ihrem Arm, sanft und mit Bedacht. Er wollte sie nicht verschrecken, sondern ihr Vertrauen gewinnen. »Kommen Sie, was ist los? Ich bin hier, um Ihnen zu helfen.« Er ließ ihren Arm wieder los, als sie stehen geblieben war und ihn anschaute. »Das, was ich ihnen bei unserer ersten Begegnung vor ein paar Stunden gesagt habe, habe ich ernst gemeint.«

Sie senkte den Blick. »Ich glaube Ihnen, aber so leicht ist es nicht. Ich weiß nicht, was ich von dem Ganzen halten soll. Zuerst finden wir dieses Ding in der Höhle, dann ist Harris tot, und nun ist auch noch dieser Techniker erschlagen worden.«

Dass sie sich nicht mehr an den Namen des Mannes erinnern konnte, war kein Zeichen von Desinteresse, eher das Gegenteil. Er spürte, wie sehr die Situation sie mitnahm. Möglicherweise hatte sie Angst vor dem, was noch passieren konnte.

»Ich möchte Ihnen helfen, wirklich, aber ich weiß nicht, wie. Seit dem Vorfall bin ich nicht mehr dieselbe. Ich habe Albträume. Nacht für Nacht laufen die Ereignisse wieder und wieder in meinem Kopf ab.« Ihre Augen wurden feucht, vielleicht aus Wut über das, was mit ihr geschah, oder wegen der Hilflosigkeit, in der sie sich befand.

»Es ist okay, ich verstehe das. Sie haben mir schon sehr geholfen und sie werden mir noch hilfreich sein, da bin ich mir sicher. Jetzt sollten wir was essen gehen.«

»Einen Moment noch.« Dieses Mal war sie es, die nach Bishops Arm gegriffen hatte. Sie trat etwas näher heran und senkte die Stimme. »Sie sollten noch einmal mit Dr. Moreno sprechen. Wenn Sie wirklich wissen wollen, was hier geschieht, dann kann Sie Ihnen helfen. Sie hat die höchste Sicherheitsfreigabe für alle Bereiche.«

Bishop überlegte einen Moment. Er hatte ohnehin vor gehabt, mit der Ärztin zu sprechen, allein schon wegen der Autopsie, aber dieser Aspekt rückte das Ganze in ein neues

Licht. In ihrer Position war es nur logisch, dass sie die höchste Sicherheitsfreigabe hatte. Hoffentlich konnte sie ihm helfen, etwas Licht ins Dunkel zu bringen, vor allem in Bezug auf ein Motiv, denn das war genauso wichtig, wie den Täter zu finden. Vielleicht hatte es etwas mit Sektion SL-1 zu tun.

»Sollen wir uns etwas zu essen holen?«, fragte Bishop aufmunternd und schenkte Martinez ein warmes Lächeln.

Isoliert

Bishops Apartment, Habitatsektion, Station Tros, Mond Ganymed

Guten Morgen, Detective Bishop. Bitte wachen Sie auf.« Bishop hechtete hinter den Busch am Rande des Gartens, gerade noch rechtzeitig. Neugierig betrachtete er die schattenhafte Gestalt, die gerade aus der Eingangstür des Hauses gekommen war. Einer der Zweige des Fliederbuschs bohrte sich schmerzhaft in seine Brust. Warum hatte er dieses Mistding auch so sprießen lassen? In der Hocke bemühte er sich, einen Schritt nach rechts zu machen, ohne das Gleichgewicht zu verlieren. Es gelang ihm.

Der Mann ging gerade die drei Stufen des Eingangsbereichs hinunter und betrat den gepflasterten Weg, der durch den Vorgarten führte. Brennende Wut durchfuhr Bishop, als er jetzt erst im Schein des Mondes das Gesicht des Mannes erkannte. Giovanni Borrello, ein Vorstandsmitglied der Lunaris Industrial Group. Bishop kannte ihn von Fotos und aus Berichten im Netz. Borrello war gerade dabei, ein neues Projekt bei Lunaris ins Leben zu rufen, das darauf abzielte, durch verschiedene Tauschgeschäfte und Investitionen die Himmelskörper, auf denen der Konzern Kolonien betrieb, zum

Eigentum von Lunaris zu machen. Das hatte eine große Welle der Empörung, einen regelrechten Shitstorm ausgelöst. Daher war der Mann gerade überall in den Medien präsent.

Dass die Lampe neben der Eingangstür nicht funktionierte, registrierte Bishop in diesem Moment nicht. Für ihn war nur wichtig, dass sich seine Frau Elena offenbar hinter seinem Rücken mit diesem schmierigen Typen traf. Es ging nicht darum, dass er von Lunaris war. Okay, vielleicht auch, aber sein hauptsächliches Problem war, dass sie ihn offenkundig betrog und er es nicht einmal bemerkt hatte. Er überlegte fieberhaft, ob er sich auf den Kerl stürzen und ihm die Abreibung seines Lebens verpassen sollte.

Der Mann hatte den Gehweg erreicht und entsperrte lässig mit der Hand in seinem Jackett seinen ziemlich teuer wirkenden Sportwagen. Bevor Bishop überhaupt zu einem Entschluss hätte kommen können, war Borrello eingestiegen und hatte den Motor gestartet. Er schien keinen Wert auf Heimlichkeit zu legen. Stattdessen ließ er den Motor einmal aufheulen und brauste davon. Wie ein Häufchen Elend blieb Bishop hinter dem Busch hocken, ein Schlappschwanz, dem man gerade gehörig in die Eier getreten hatte. Als er zum Haus blickte, bemerkte er, wie sich der Vorhang bewegte. Elenas Gesicht tauchte auf. Er konnte deutlich ihre zerwühlten Haare erkennen. Offenbar hatte dieses Arschloch es seiner Frau ordentlich besorgt.

»Detective Bishop, bitte wachen Sie auf. Sie haben Besuch.«

Schon wieder diese Stimme. War das sein beknacktes neues Handy? Er wusste, dass dieses Modell die neuste Version einer interaktiven KI-Software besaß. Aber warum wollte es, dass er aufwachte?

Unvermittelt drang eine pfeifende Melodie an sein Ohr, die ihn unwillkürlich zusammenzucken ließ. Er riss die Augen auf und brauchte einen Augenblick, um festzustellen, dass er auf dem Bett seines Quartiers lag. Offenbar war er gestern, nachdem er mit Martinez ein paar Automatensnacks gegessen hatte, direkt ins Bett gegangen. Er hatte sich nicht mal ausgezogen. Selbst die Schuhe trug er noch. Langsam wie nach einer durchzechten Nacht richtete er sich auf und versuchte krampfhaft, die Erinnerungen an den Moment vor elf Jahren zu verdrängen, ihn wieder möglichst tief in der hintersten Ecke seines Gedächtnisses zu vergraben. Er hatte schon sehr lange nicht mehr daran gedacht. Das Wiedersehen mit seiner Ex-Frau musste die Mauern, die er sorgsam und mit viel Mühe um alles hochgezogen hatte, was mit ihr zu tun hatte, zum Bröckeln gebracht haben. Er atmete tief durch.

»Sehr schön, Sie sind wach. Es wartet Besuch vor Ihrer Tür, und offenbar ist es dringend.«

»Wer spricht da?«, fragte er und rieb sich das Gesicht.

Das Licht im Raum wurde heller, und Bishop erkannte auf dem an der Wand neben der Tür eingelassenen Pad einen lächelnden Smiley. »Ich bin Keil, die stationsinterne KI.«

»Aha«, erwiderte Bishop und schwang die Beine aus dem Bett. Verflucht, er musste nicht mal fünf Stunden geschlafen haben.

»Soll ich Lars Bruckner hereinlassen?«, fragte der zu gut gelaunte KI-Kopf.

»Was will er?«

»Das kann ich Ihnen nicht sagen. Soll ich nachfragen?«

»Nein, lass ihn rein.«

Wie er diese künstlichen Intelligenzen hasste. Sie alle hatten eine Art an sich, die ihn schnell reizte. Vielleicht war das Absicht, oder die KIs dieses Sonnensystems hatten den perfiden Plan, die Menschen so lange zu nerven, bis sie irre wurden.

Die Tür öffnete sich mit einem Zischen und der hünenhafte Mann stürmte herein. Bruckner wirkte aufgeregt.

»Detective, es tut mir leid, Sie zu wecken, aber Sie müssen mitkommen«, begann er ohne Umschweife, als er Bishop auf seinem Bett sitzen sah. »Schnell!«

Bishop erhob sich, streckte den Rücken durch und musterte den Mann. »Was ist denn los?«

»Larsson! Wir haben ihn. Kommen Sie! Mister Reed ist gerade bei ihm und redet mit ihm.«

»Dieses verfluchte Arschloch«, entfuhr es Bishop.

So viel zu ihrer Absprache, dass Reed mit dem Verhör auf Bishop wartete. Jetzt hieß es, sich zu beeilen, bevor Reed Larsson so bearbeitet hatte, dass er dichtmachte.

»Okay, bringen Sie mich zu ihm.«

Bruckner nickte, machte auf dem Absatz kehrt und stürmte hinaus. Bishop folgte ihm. Adrenalin schoss durch seinen Kreislauf. Möglicherweise war dies ein Wendepunkt in diesem Fall. Bisher war Larsson der einzige Verdächtige und die einzige Quelle, die ihm möglicherweise verraten konnte, worum es hier ging.

Bruckner verlor keine Zeit und wartete nicht auf Bishop. Verdammt, dieser Typ war echt schnell unterwegs, obwohl er ein fleischgewordenes Muskelpaket war. An der letzten Kreuzung, bevor sie die große Halle erreichten, stieß er mit einem schmächtigen, bebrillten Mann zusammen, den es förmlich von den Füßen riss, als er gegen Bruckner knallte. Mit einem ächzenden »Hey!« krachte er gegen die Wand und sank zu Boden.

Bruckner blieb einen Augenblick stehen. Offenbar musste er verarbeiten, was gerade geschehen war. Es war wie ein Zusammenstoß eines voll beladenen Zugs mit einem Auto. Bishop holte rasch auf, stürmte an Bruckner vorbei, der mitten auf der Kreuzung stand und wirkte, als würde er rebooten.

»Alles okay?«, fragte Bishop den Mann, dessen Brille ihm schief auf der Nase hing.

Er griff danach und setzte sie sich auf, ehe er Bishop in die Augen blickte. »Alles okay«, keuchte er.

Im nächsten Moment sprang der Typ, dessen Namensschild auf der Brust ihn als Landgraf auswies, auf die Beine, stieß Bishop beiseite und stürzte sich mit einem Satz auf Bruckner.

Bishop verlor das Gleichgewicht, konnte sich aber gerade noch abfangen. Als er sich umdrehte, sah er, wie Landgraf ausholte und Bruckner mit voller Wucht die Faust gegen das Kinn schlug. Bruckner taumelte zwei Schritte zurück. Ehe er seine Arme zur Verteidigung hochbekam, setzte Landgraf zu einem weiteren Schlag an.

Bishop hechtete auf die Beine und stürzte sich auf den Mann, der wie von Sinnen schien. Er bekam seine Arme zu greifen und zwang den Mann in die Knie, indem er ihm mit seinem eigenen Bein von hinten in die Kniekehlen stieß.

»Hören Sie auf! Was ist denn mit Ihnen los? Beruhigen Sie sich!« Bishop bemühte sich, den Mann in Schach zu halten.

Der schien nicht daran zu denken, sondern wand sich wie ein glitschiger Aal und machte es Bishop nicht leicht, ihn unter Kontrolle zu halten. Zum Glück war das nicht seine erste Begegnung mit einem widerspenstigen Widersacher. Die Kunst war in solchen Situationen, den Gegner so lange festzuhalten, bis ihm die Puste ausging.

»Du mieses Arschloch!«, fluchte Bruckner, der nur einen Meter von ihnen entfernt seine blutige Nase hielt.

Mindestens ein Dutzend Schaulustige hatte sich von dem Geschrei anlocken lassen, versammelte sich in den angrenzenden Gängen und schaute gespannt dem Spektakel zu. Als wären sie auf dem Pausenhof. Fehlte nur noch, dass sie die

Streithähne anfeuerten und das Ganze filmten. Zum Glück tauchte Dr. Moreno auf und drängte sich zwischen den Schaulustigen hindurch.

»Was ist denn hier los?«, fragte sie entsetzt, als sie Bruckners blutende Nase sah.

»Ich weiß es nicht. Er will sich nicht beruhigen«, presste Bishop hervor.

Der schmächtige Landgraf war für seine Statur ziemlich stark, oder Bishop war mit den Jahren schwach geworden.

Moreno zögerte nicht lange, holte einen kleinen, silbernen Kolben aus ihrer Kitteltasche und injizierte dem tobenden Landgraf etwas in den Hals. »Das wird ihn hoffentlich etwas abkühlen.«

Nur wenig später wurde der Widerstand des Mannes schwächer, bis er schließlich in sich zusammensackte.

»Sie haben immer Beruhigungsmittel bei sich?«

Sie lächelte, als sie den Kopf des Mannes auffing und sanft auf dem Boden ablegte. »Nein, ich war auf dem Weg zu Reed. Der bat mich, welches mitzubringen, falls Larsson Schwierigkeiten macht.«

»Ich glaube, er hat mir die Nase gebrochen«, jammerte Bruckner.

»Ich bin auch auf dem Weg dorthin.«

Sie nickte Bishop zu. »Ich weiß. Ich werde allerdings nachkommen müssen. Zuerst werde ich mir Bruckner ansehen.« Sie sah auf und schien jemanden zu suchen. Als sie einen Mann und eine Frau in der Uniform des Sicherheitspersonals in der Menge erblickte, winkte sie die beiden heran. »Bringen Sie ihn bitte in sein Quartier und sorgen Sie dafür, dass er so lange dortbleibt, bis ich zu ihm komme.«

»Jawohl, Ma'am«, bestätigten die beiden gehorsam und griffen sich den mittlerweile tief schlafenden Landgraf, zogen ihn schwerfällig in eine sitzende Position und trugen ihn zwischen sich in Richtung der Quartiere.

»Kommen Sie, folgen Sie mir zur Krankenstation«, sagte Moreno an Bruckner gewandt und führte ihn behutsam durch die Menge.

»Reed ist in dem Raum, wo wir uns zum ersten Mal gesehen haben.« Bruckner hörte sich an wie eine Ente, weil er sich die Nase zuhielt.

Bishop stand auf und richtete sich die Hose, ehe er sich umblickte. Wie ein verletztes Tier, das von einem Rudel Hyänen umringt war, fühlte er sich, als er die Blicke der Umstehenden bemerkte. Es war keine Freundlichkeit in ihren Gesichtern zu erkennen, nur eine Mischung aus Abneigung und Wut.

»Sie können jetzt alle wieder an Ihre Arbeit gehen, die Show ist vorbei«, rief er und versuchte, sich so groß wie möglich zu machen.

»Das ist nur Ihretwegen passiert«, hörte er jemanden rufen.

»Wir brauchen Sie nicht«, sagte eine Frau irgendwo hinten in der Menge.

»Verschwinden Sie!«, rief jemand anderes.

»Dreckiger Bulle!«

Unbehagen erfasste ihn. Die Menge machte ihm keine Angst, es war vielmehr der Umstand, dass hier offenbar etwas geschah, das er nicht kontrollieren konnte, und das hasste er.

Er beschloss, die Bühne zu verlassen, setzte seinen Weg fort und drängte sich durch die Reihen der Menschen, die zwischen dem letzten Stück Gang zur großen Halle und ihm standen. Als er die Leute hinter sich gelassen hatte, atmete er innerlich auf und eilte zur Sicherheitssektion. Der kleine Raum, in dem er mit Bruckner gesprochen hatte, lag nicht weit entfernt von Reeds Büro. Als er die schwarze Tür erreichte, dachte er nicht daran, zu klopfen, sondern tippte auf das neben dem Rahmen installierte Pad. Die Tür fuhr augenblicklich auf und Bishop trat ein.

Reed saß Larsson an dem Metalltisch gegenüber. Beide musterten ihn mit demselben überraschten Blick. Bishop kam näher, ohne Reed Beachtung zu schenken, und sah stattdessen direkt auf den gefesselten Larsson. Er erkannte ihn von den Überwachungsaufnahmen. Es war definitiv Janos Larsson. Das Gesicht des Mannes war schmal, blass, eingefallen wie bei jemandem, der seit Tagen nicht geschlafen hatte. Seine Hände lagen auf der Metallplatte, umgeben von den stählernen Handschellen, die zusätzlich mit einer Kette durch eine Tischhalterung geführt waren. Das leise Klirren, wenn sich seine Finger bewegten, durchbrach die Stille des Raums wie ein tickender Timer.

Hinter ihm standen zwei bewaffnete Männer des Lunaris-Sicherheitsteams. Breit gebaut, mit schusssicheren Panzerplatten an Brust, Armen und Beinen ausgestattet, behielten sie den Verdächtigen mit ausdrucksloser Miene im Blick. Bishop ignorierte auch sie.

Er musste sich dieses Mal wirklich beherrschen, Reed seinen Frust darüber, dass er ihn nicht direkt informiert hatte, nicht lautstark ins Gesicht zu brüllen. Stattdessen würgte er die Wut runter. Es brachte nichts. Wenn er hier weiterkommen wollte, brauchte er die Gunst des Sicherheitschefs.

»Wie freundlich von Ihnen, mit der Befragung zu warten«, sagte Bishop und betonte es absichtlich sarkastisch, während er sich langsam neben Reed auf den freien Stuhl setzte. Diese Bemerkung konnte er sich einfach nicht verkneifen. Seine Stimme war ruhig, doch der Unterton war nicht zu überhören.

Reed verzog keine Miene, als wäre er ein Lotusblatt, an dem jeglicher Regen abperlte. »Bisher hat er kein einziges verdammtes Wort gesagt. Er sitzt einfach nur da und starrt die Tischplatte an. Also haben Sie nichts verpasst.«

Bishop hob eine Braue, nickte mit gespielter Zufriedenheit und lehnte sich zurück. »Dann ist ja noch alles offen.«

Er ließ seinen Blick durch den Raum wandern. Die Wände waren aus blankem Verbundstahl, karg, funktional, abweisend. In der oberen Ecke, hinter Reeds linker Schulter, entdeckte er eine Kamera, die offenbar eingeschaltet war, was ihm ein rotes LED-Lämpchen verriet.

»Nur damit Sie es wissen, Mr. Larsson«, begann Bishop nun mit deutlich formellerer Stimme, »Sie werden derzeit videografisch erfasst. Ich bin verpflichtet, Sie über Ihre Rechte zu informieren nach Maßgabe des Internationalen Sicherheitsprotokolls der Vereinten Nationen und der Internationalen Raumfahrtagentur der Erde.«

Reed stöhnte hörbar. »Ernsthaft, Bishop?«

Bishop ignorierte ihn. »Sie haben das Recht, zu schweigen. Alles, was Sie sagen, kann im Rahmen eines UN-Verfahrens gegen Sie verwendet werden. Sie haben außerdem das Recht auf medizinische Versorgung und rechtlichen Beistand. Dieser wird auf Wunsch über das zentrale Rechtshilfebüro der ISA bereitgestellt.«

Larsson regte sich nicht, starrte noch immer auf den Tisch – stur, fast meditativ.

Reed stand auf, schob seinen Stuhl zurück, das metallische Kratzen hallte unangenehm durch den Raum. »Machen Sie, was Sie wollen, er gehört Ihnen. Ich habe noch etwas Wichtigeres zu tun, als Selbstgespräche zu führen. Wenn er in einer Stunde nicht spricht, werde ich ihn an die SpaceCorps übergeben, dann ist er deren Problem. Mal sehen, ob er dann immer noch nicht reden will«, knurrte er und verließ den Raum. Die Tür schloss sich mit einem dumpfen Zischen.

Die SpaceCorps waren eine Einheit im Dienste der Regierung. Die Abteilung gehörte zum Nachrichtendienst, und immer häufiger hörte man von deren zweifelhaften Methoden. Längst war es ein offenes Geheimnis, dass sie ähnliche Praktiken anwendeten wie vergangene Geheimdienste der einstigen Nationen. Natürlich nicht offiziell – das internationale Abkommen der Weltregierung verbot jegliche Folter und menschenrechtswidrige Gewalt ausdrücklich. Doch die Realität sah anders aus. Bishop wusste, dass Larsson bei ihnen wenig Gnade erwarten konnte.

Bishop wartete einige Sekunden. Erst als er sicher war, dass Reed nicht zurückkam, wandte er sich dem Gefangenen wieder zu. »Sie kennen mich nicht, Mr. Larsson. Ich bin kein Konzernbulle. Ich arbeite für die Sicherheitskommission der Vereinten Nationen. Und ich bin hier, weil zwei Menschen gestorben sind. Einer davon offenbar durch Ihre Hand.«

Larsson zeigte keine Reaktion.

Bishop holte tief Luft und senkte die Stimme. »Ich bin nicht hier, um Sie fertigzumachen. Ich bin hier, weil ich Antworten brauche. Und wollen Sie nicht auch wissen, was zur Hölle da eigentlich passiert ist?«

Larssons Finger bewegten sich leicht, ein kaum sichtbares Zittern. Dann sprach er flüsternd, so leise, dass Bishop sich vorlehnen musste, um es zu verstehen.

»Ich weiß es nicht«, murmelte der Mann, ohne aufzusehen.

Bishop wartete einen Moment in der Hoffnung, dass da noch etwas kommen würde. Schließlich versuchte er eine andere Strategie. Offenbar stand der Mann selbst unter Schock. Mit einem Ablenkungsversuch konnte er die Knoten im Gehirn des Mannes vielleicht entzerren.

»Was ist Ihre Funktion in der Station?«

»Hauptsächlich kümmere ich mich um die Systemtechnik und Netzwerkstruktur. Ich betreue die Frame-Cluster und Datenrückführungen im Hauptserver. Zudem pflege ich die Sicherheitsalgorithmen, Subroutinen und Back-up-Systeme«, zählte Larsson mit monotoner Stimme auf, als würde er aus einem Lebenslauf zitieren.

»Was haben Sie am Tag der Tat gemacht?«

Er kratzte sich den Handrücken, während er sich zu erinnern versuchte. »Ich war im Clusterraum C-3 eingeteilt. Wir haben eine neue Frame-Einheit vorbereitet, die mit dem letzten Frachter gekommen ist. Außerdem habe ich neue Speicherarrays mit doppelter Redundanz installiert. Ich habe das Upgrade eingeleitet und wollte die Netzwerkkonfiguration mit dem internen Protokoll der Kommunikationsschnittstellen abgleichen.«

»Und dann?«

Larsson hob langsam den Kopf. Die Schatten unter seinen Augen waren tief, seine Haut fahl. Er sah aus, als würde er gleich zusammenklappen.

»Dann kam dieser Schmerz in meinem Kopf. Wie … wie eine vibrierende Welle. Erst war es nur Druck, dann … dann war es, als würde jemand mein Gehirn auswringen. Ich hab versucht, weiterzuarbeiten, aber … es wurde schlimmer. Ich … ich weiß nicht, was danach passiert ist.«

Bishop beobachtete ihn genau. Wenn der Mann log, war er verdammt gut.

»Und das Nächste, woran Sie sich erinnern?«

»Ich bin aufgewacht. In einem Wartungsschacht. Es war feucht. Irgendwo in der Nähe des südlichen Kühlkreislaufs, das wusste ich, weil die Tunnel beschriftet sind, damit man sich nicht verirrt. Ich wusste nicht, wie ich dort hingekommen bin. Ich wusste nicht mal, welchen Tag wir hatten.«

»Waren Sie allein?«

»Ja.«

»Haben Sie Blut an sich bemerkt? Verletzungen oder Beschädigungen an Ihrer Kleidung?«

Larsson schüttelte langsam den Kopf. »Nur … Dreck. Und der Schmerz. Der war immer noch da. Wie ein Echo. Als ich dann nach draußen in den Verbindungstunnel geklettert bin, hat mich eine der Patrouillen gefunden und mich festgenommen.«

Entweder spielte Larsson ein sehr riskantes Spiel, oder jemand hatte mit ihm gespielt. Dieser Mann vor ihm verhielt sich nicht wie ein Psychopath, geschweige denn wie ein Mörder, und das war seltsam. Er hatte nicht einmal erwähnt, dass er unschuldig sei. Normalerweise war das der erste Satz nach »Was wollen Sie von mir?«. Beides hatte er nicht gesagt. Er schien sich wirklich nicht daran zu erinnern, was er getan hatte. Aber wieso? Oder wollte er sich nicht erinnern?

»Und Sie wissen nicht, wie Sie an den Tatort gekommen sind? Oder was Sie getan haben?«

»Nein.« Der Blick des Mannes war jetzt klarer, weniger leer. Dafür schien sich etwas anderes in seine Stimme zu schleichen. Etwas wie … Angst.

Bishop nickte langsam. »Gut, dann werden wir das jetzt ganz genau rekonstruieren. Schritt für Schritt.« Er beugte sich vor. »Aber Sie müssen mir vertrauen. Wenn Sie mir etwas verschweigen, kann ich Ihnen nicht helfen, und Reed wird sich keine Mühe geben, Sie davonkommen zu lassen. Er wird alles daransetzen, Sie hängen zu sehen. Verstehen Sie? Er wird Ihnen auch das Ableben von Ben Harris in die Stiefel schieben wollen. Das wäre Ihr Todesurteil. Sie haben jetzt die Möglichkeit, mir dabei zu helfen, herauszufinden, was hier vorgeht.«

Larsson antwortete nicht, aber sein Blick verriet, dass etwas in ihm zu arbeiten begann.

»Versuchen Sie, sich zu erinnern«, sagte Bishop ruhig. »Irgendetwas. Ein Detail. Vielleicht auch nur ein Gefühl. Ich weiß, es ist schwer.«

Larsson schloss die Augen. Seine Stirn zog sich in Falten, als würde er tief in etwas Dunkles greifen wollen, das ihm ständig entglitt.

»Es ist alles irgendwie verschwommen«, murmelte er schließlich. »Wie wenn man aus einem Traum aufwacht und versucht, ihn festzuhalten … aber je mehr man sich anstrengt, desto mehr zerfällt er.«

Bishop nickte kaum sichtbar. Er griff den nächsten logischen Punkt auf. »Okay. Wir sollten erst etwas anderes klären. Kannten Sie den Mann, den Sie umgebracht haben? Ich meine persönlich?«

Larsson atmete durch, dann öffnete er langsam die Augen. »Ich … kannte ihn nicht gut. Wir haben uns manchmal in der Kantine gesehen. Sein Name war … äh … Otis, glaube ich. Otis Clark oder so. Er gehörte zum IT-Support, soweit ich weiß.«

»Wussten Sie, woran er gearbeitet hat?«

Larsson schüttelte den Kopf. »Nein. Wir hatten keine Schnittstellen, zumindest keine direkten. Ich weiß nur, dass er oft in den Tiefensegmenten des Datenclusters unterwegs war. Er war so ein Typ, der sich in der Arbeit vergräbt. Hat nicht viel gesagt. Ich auch nicht. Wir haben uns gegrüßt, manchmal gab es auch ein wenig Small Talk, also nichts Bewegendes oder mit Substanz.«

Bishop sah ihn schweigend an. Sie waren zwei Männer, die nicht auffielen. Einer war nun tot und der andere hatte keine Erinnerung daran, dass er ihn ermordet hatte. Eine Konstellation, die ihm so noch nicht begegnet war, und das beunruhigte ihn, da Larsson offenbar kein Motiv hatte. Oder gab es eins und Bishop hatte etwas übersehen?

»Wo waren Sie«, fragte Bishop, »bevor Sie in den Clusterraum C-3 gegangen sind?«

Larsson wirkte überrascht über die Frage. Er brauchte einen Moment. »In Sektion SL-1. Ich wurde dort hinbeordert, weil ein Terminal falsche Werte ausspuckte.«

»SL-1?«, wiederholte Bishop und richtete sich ein wenig auf. »Was genau war das Problem?«

»Die Datenverarbeitung war gestört. In einem Techniklabor schienen die Sensoren nicht mehr richtig zu arbeiten. Sie empfingen falsche Daten von der Software. Es war, als hätte jemand die Paketstruktur durcheinandergebracht. Fragmentierte Einträge, redundante Muster, aber … es gab keine sichtbare Ursache. Ich dachte erst an eine fehlerhafte Software, aber mir ist nicht klar, wie das hätte geschehen können. Es war, als würde etwas absichtlich, die Architektur stören.«

»Könnte es Sabotage gewesen sein?«

Larsson blickte ihn überrascht an. »Sie meinen, ob jemand absichtlich die Software der Sensoren manipuliert hat?«

Bishop nickte.

»Nein, dafür gab es keine Anzeichen. Dann hätte ich Rückstände der fremden Software gefunden. Außerdem, warum sollte jemand Analysesensoren in einem Techniklabor sabotieren?«

»Ich weiß es nicht. Haben Sie Zugang zur gesamten Sektion SL-1?«, fragte Bishop spitz.

»Zu den wichtigsten technischen Anlagen und Bereichen ja. Seit dem letzten Quartal. Ich bin freigegeben für tiefenstrukturierte Systempflege. Dort laufen viele Subsysteme zusammen, und manchmal braucht es jemanden mit Zugriff, um die Knoten neu zu initialisieren.«

Bishop notierte auch das. »Was befindet sich in Sektion SL-1 genau?«

Larsson zögerte. »Ich weiß es nicht. Nicht wirklich. Der Zugang ist beschränkt. Ich arbeite nur an einem Teilsegment. Und … ich darf darüber nicht sprechen.«

Bishop sah auf. »Wer hat Ihnen das gesagt? Reed?«

Larsson schüttelte den Kopf. »Nein. Das ist eine Vorgabe von Lunaris. Steht sogar im Arbeitsvertrag.«

Bishop runzelte die Stirn. »Hatten Sie diese Kopfschmerzen schon in Sektion SL-1?«, fragte er vorsichtig.

Larsson überlegte. »Nicht so wie später. Es war … ein Stechen. Hinter der Stirn. Nicht schlimm. Ich dachte, es liegt am Licht oder an der Müdigkeit. Ich arbeite viel, schlafe wenig. Hier unten ist das normal.«

»Aber in C-3 wurde es schlimmer?«

»Viel schlimmer. Da war es, als würde mir jemand ein glühendes Eisen durchs Hirn ziehen. Ich weiß noch, dass ich auf den Bildschirm starrte, als plötzlich … dieser Schmerz kam. Und dann … nichts mehr.«

Bishop atmete ruhig durch. »Hatten Sie solche Kopfschmerzen schon einmal? Vor diesem Tag?«

Larsson überlegte, schüttelte dann den Kopf. »Nicht in der Intensität. Klar, Kopfschmerzen hat jeder mal. Aber das … das war anders.«

»Können Sie sich einen Grund vorstellen, aus dem Sie jemanden töten würden?«

Larsson schien sich zu verkrampfen. Seine Schultern spannten sich und er presste die Lippen zusammen. »Was soll das heißen?«

»Ich will wissen, ob es einen Auslöser geben könnte. Streit, Feindschaft, Druck. Etwas Persönliches. Einen Grund, aus dem jemand durchdrehen könnte.«

Larsson schüttelte heftig den Kopf. »Nein. Ich bin nicht der Typ, der sich schlägt. Wenn's Ärger gibt, geh ich weg. Ich hab nie … Ich meine, ich hab mich noch nie geprügelt. Ich hab keine Ahnung, wie das passiert ist. Ich weiß nicht mal, warum ich in der Nähe war. Ich … ich wollte ihn nicht umbringen.«

Bishop beobachtete Larsson aufmerksam. Der Mann wirkte ehrlich. Überfordert, sogar erschrocken darüber, wozu sein Körper offenbar in der Lage war, ohne dass er es verstand. Oder es war eine verdammt gute Show.

Larsson schwieg nun, atmete schwer und blickte wieder auf den Tisch. Bishop ließ ihm die Zeit. Er wusste aus Erfahrung, dass Schweigen manchmal mehr brachte als weitere Fragen.

»Wenn Ihnen noch etwas einfällt«, sagte er schließlich ruhig, »egal wie unbedeutend es scheint, sagen Sie es mir. Es könnte wichtig sein.«

Larsson nickte knapp. »Aber … ich weiß nicht, ob da noch was ist.«

Die Tür öffnete sich lautlos, doch Bishop bemerkte sofort die Bewegung aus dem Augenwinkel. Dr. Moreno trat ein, ruhig und gefasst wie immer. Ihre Schultern waren leicht nach vorn geneigt, als hätte sie unterwegs noch in einen Bericht geblickt, den sie geistig nicht ganz abgeschlossen hatte. In der einen Hand hielt sie ein kleines, tragbares Gerät, das leise piepte.

»Doktor«, sagte Bishop und richtete sich auf. »Wie geht's Bruckner?«

Sie sah ihn an und nickte knapp. »Der wird es überleben, seine Nase ist nicht gebrochen. Die Schwellung ist zurückgegangen, und die Wirkung des Sedativs hat gut gegriffen. Ich habe ihn zur Beobachtung auf der Station gelassen, aber morgen wird er wieder einsatzbereit sein.«

»Gut«, murmelte Bishop.

Moreno wandte sich nun Larsson zu, der bei ihrem Anblick sichtlich unruhig wurde. Seine Hände zuckten leicht in den Handschellen, als wollte er sich vergewissern, dass sie noch immer fest um seine Handgelenke lagen – eine ständige Erinnerung daran, dass er nicht mehr frei war. Die Ärztin trat näher an den Tisch, legte ihr Gerät auf der glatten Oberfläche ab und tippte auf die Oberseite, woraufhin ein Display aufleuchtete.

»Mr. Larsson«, sagte sie sanft, aber bestimmt. »Ich muss Ihnen Blut abnehmen.«

Larsson starrte sie an, ohne eine Miene zu verziehen. »Wozu?«, fragte er tonlos.

»Um herauszufinden, ob etwas Ihren Zustand beeinflusst haben könnte. Toxine, Medikamente, endogene Anomalien – alles, was neurologische Effekte auslösen kann. Ich brauche ein umfassendes Blutbild.«

Larsson schüttelte den Kopf, fast abwehrend. »Ich hab nichts genommen. Keine Drogen. Verdammt, ich trinke nicht einmal Kaffee.«

Moreno blieb ruhig, ließ sich nicht aus der Fassung bringen. »Es geht nicht darum, ob Sie bewusst etwas genommen haben. Es geht darum, zu verstehen, was mit Ihnen geschehen ist. Wir reden hier nicht über Schuld oder Unschuld. Aber wenn es auch nur die geringste Möglichkeit gibt, dass Sie den Mann nicht in vollem Bewusstsein angegriffen haben, dann haben Sie ein Recht darauf, dass wir das untersuchen.«

Larsson reckte das Kinn etwas nach oben. Seine Kiefermuskeln spannten sich an. Dann nickte er langsam. »Also gut.«

Moreno zog einen Stuhl heran, setzte sich Larsson gegenüber und rollte den Ärmel seines Overalls mit geübten Griffen hoch. Ihre Bewegungen waren routiniert, fast beruhigend in ihrer Präzision. Ein feines Surren begleitete den Moment, in dem die Nadel schmerzlos in Larssons Arm glitt. Er zuckte kaum. Die Ampulle füllte sich rasch mit dunkelroter Flüssigkeit, und Moreno verschloss sie sorgfältig. Dann wiederholte sie den Vorgang und befüllt eine zweite.

Bishop hatte sich inzwischen zurückgelehnt und beobachtete die Prozedur schweigend. In seinem Inneren kreisten bereits die nächsten Fragen, mögliche Richtungen seiner Ermittlung taten sich auf. Waren es tatsächlich Kopfschmerzen, die Larsson außer Kontrolle gebracht hatten? Oder steckte noch mehr dahinter – etwas, das tiefer lag, in seinem Blut, in der Station selbst oder in all den Dingen, die Reed so krampfhaft zu vertuschen versuchte?

Moreno trat schließlich zurück und verstaute die Röhrchen sorgfältig in einer gepolsterten Kassette. »Ich werde mich sofort an die Analyse machen und Ihnen Bescheid geben, sobald ich Ergebnisse habe.«

Bishop nickte. »Danke. Ich hoffe, Sie finden etwas. Irgendwas.«

Moreno erwiderte nichts weiter, sondern wandte sich wortlos zur Tür.

Bishop sah wieder zu Larsson hinüber, der inzwischen erneut den Blick auf die Tischplatte gerichtet hatte – schweigend, erschöpft und vielleicht auch erleichtert, dass das Verhör für den Moment vorbei war.

Bishop stand auf und streckte kurz den Rücken. »Das war's fürs Erste«, sagte er schließlich. »Ich bin fertig mit ihm.«

Die beiden bewaffneten Sicherheitskräfte traten wortlos nach vorn. Einer löste die Tischfessel mit einem schnellen Griff, der andere packte Larsson bestimmt unter den Arm.

»Bringen Sie ihn in die Zelle«, befahl Bishop knapp und wandte sich noch einmal direkt an Larsson. »Ich bitte Sie inständig, keinen Widerstand zu leisten. Das würde Ihre Lage nur verkomplizieren und Reed zusätzlich in die Karten spielen.«

Larsson nickte Bishop schwach zu und ließ sich widerstandslos abführen. Er wirkte wie ein gebrochener Mann, der alles verloren hatte. Was nun mit ihm geschah, wusste Bishop nicht genau, doch für den Moment blieb Larsson sein einziger Verdächtiger – und die Beweise waren nicht zu ignorieren. Auch wenn es derzeit so schien, als hätte er keinerlei Motiv für die Tat gehabt, bedeutete das nicht, dass es keines gab.

Als Larsson schließlich durch die Tür verschwunden war, blieb Bishop noch einen Moment allein im Raum stehen. Die Leere war beinahe greifbar. Nur das monotone Summen der Klimaanlage erinnerte daran, dass die Station lebte.

Er entschied sich, als Nächstes mit Reed zu sprechen. Auch wenn der ihn mit dem voreiligen Verhör hintergangen hatte, so hatte er Bishop dennoch holen lassen. Vielleicht lag darin tatsächlich ein Hauch von Wohlwollen – zumindest wollte Bishop glauben, dass sich hinter der kernigen, oft rücksichtslosen Fassade des Sicherheitschefs noch so etwas wie Menschlichkeit verbarg. Mit diesem Gedanken verließ Bishop den Raum und machte sich auf den Weg zu Reeds Büro, das nur wenige Schritte entfernt hinter der nächsten Ecke lag.

Als er vor der geschlossenen Tür stand, klopfte er kurz und trat ohne weiteres Zögern ein. Reed saß hinter seinem schweren Schreibtisch, dessen glatte Oberfläche bis auf ein Terminal und eine dampfende Tasse Kaffee leer war. Der Sicherheitschef blickte von seinem Monitor auf, als Bishop eintrat, und verzog die Lippen zu einer mürrischen Grimasse.

»Bishop«, murmelte er wenig erfreut. »Setzen Sie sich.«

Bishop ignorierte den Tonfall und ließ sich wortlos auf dem einzigen freien Stuhl gegenüber nieder. »Ich habe mit Larsson gesprochen«, begann er ohne Umschweife.

Reed lehnte sich zurück und musterte Bishop aus schmalen Augen, während er sich die Schläfen rieb. »Und?«

»Er hat geredet, doch erhoffen Sie sich nicht zu viel«, erklärte Bishop ruhig. »Er erinnert sich an nichts. Nicht daran, was passiert ist, und erst recht nicht daran, warum er es getan hat.«

Reed schnaubte abfällig und schüttelte ungläubig den Kopf. »Natürlich tut er das nicht. Würde ich an seiner Stelle auch behaupten. Der Mann hat mindestens einen Menschen auf dem Gewissen. Wir haben es auf Video, verdammt noch mal.«

»Ja«, erwiderte Bishop betont gelassen, »aber auch Sie wissen, dass Menschen unter extremen Bedingungen zu Handlungen fähig sind, an die sie sich später nicht mehr erinnern können. Das ist nichts Neues, Reed.«

Der Sicherheitschef blies hörbar genervt Luft aus und fixierte Bishop. »Sie glauben diesen Mist doch nicht wirklich, oder? Es ist mir egal, ob er sich erinnert oder nicht. Er hat es getan, und das ist unwiderlegbar.«

Bishop zuckte mit den Schultern. »Es gibt keinen Grund, Larsson vorschnell zum kaltblütigen Killer zu erklären. Dazu gehört mehr als nur ein kurzer Moment, Reed. Mord ist nicht so simpel, wie es aussieht.«

Reed beugte sich vor, seine Stimme wurde etwas schärfer. »Hören Sie, Bishop, es wäre für alle Beteiligten hier das Beste, wenn wir diesen Fall schnell abschließen könnten. Die Stimmung kippt langsam. Ihre Anwesenheit sorgt bereits jetzt für unnötige Unruhe unter den Kolonisten. Einige wirken inzwischen regelrecht gereizt.«

»Das ist mir aufgefallen«, erwiderte Bishop trocken und erinnerte sich an die angespannte Atmosphäre in der Menge nach dem Zwischenfall mit Landgraf. »Vorhin gab es eine

Prügelei zwischen Bruckner und einem Techniker namens Landgraf. Haben Sie davon gehört?«

Reed nickte langsam, aber sichtlich desinteressiert. »Davon habe ich gehört. Ein kleiner Streit, nichts weiter. Keine große Sache.«

»Ein kleiner Streit?«, wiederholte Bishop skeptisch. »Dieser Landgraf hat sich aufgeführt, als wäre er völlig außer Kontrolle. Das sah mir nach mehr aus als nur nach einer harmlosen Meinungsverschiedenheit.«

Reed winkte ab. »Die Nerven liegen eben blank. So etwas kommt vor, wenn die Leute zu lange isoliert sind. Machen Sie daraus keine Verschwörung.«

Bishop biss sich auf die Zunge, um nicht sofort zu widersprechen. Er ahnte, dass Reed keinerlei Interesse an einer Diskussion darüber hatte, was wirklich hinter dem Vorfall steckte, und entschied sich stattdessen für einen Themenwechsel.

»Wo wir gerade beim Thema geringes Interesse sind«, begann Bishop betont beiläufig, »wo ist eigentlich Elena Torres?«

Reed blickte überrascht auf. Für einen Sekundenbruchteil war seine Irritation deutlich sichtbar. Dann fasste er sich wieder. »Torres? Was wollen Sie von ihr?«

»Ich finde es merkwürdig«, erklärte Bishop ruhig, aber eindringlich, »dass die interne Sonderermittlerin von Lunaris bisher nicht das geringste Interesse daran gezeigt hat, mit Larsson zu sprechen. Sie ist hier, um die Vorfälle zu untersuchen, oder nicht?«

Reed seufzte, lehnte sich zurück und verschränkte demonstrativ die Arme vor der Brust. »Torres hat derzeit etwas anderes zu tun.«

Bishop hob eine Augenbraue. »Etwas anderes? Was könnte wichtiger sein, als den Hauptverdächtigen in zwei Mordfällen zu befragen?«

Reeds Gesichtszüge wurden schlagartig härter. »Das, Bishop, sind konzerninterne Angelegenheiten, die Sie absolut nichts angehen. Und ich empfehle Ihnen dringend, Ihre Nase nicht zu tief in Dinge zu stecken, die für Sie tabu sind. Und um das klarzustellen, bisher gibt es einen Mordfall und einen Unfall mit Todesfolge. Also verbreiten sie hier keine Fake News.«

Bishop betrachtete Reed einen Moment schweigend und überlegte, ob er nachsetzen sollte, entschied sich dann aber dafür, den Mann nicht weiter zu reizen. »Verstehe«, murmelte er schließlich. »Ich nehme an, dass Sie mich auf dem Laufenden halten werden, falls Torres doch noch Interesse an einer Befragung zeigen sollte.«

Reed lächelte schief. Etwas Eiskaltes lag in seiner Miene. »Selbstverständlich.«

Bishop erhob sich langsam, und für einen Moment blickten sich die beiden Männer stumm in die Augen. Die Atmosphäre im Raum schien zu knistern, als würden zwei Welten aufeinandertreffen, die in keiner Weise zueinanderpassten.

»Sie sollten jetzt erst mal etwas essen gehen«, schlug Reed schließlich versöhnlicher vor. »Die Kantine hat wieder geöffnet. Nutzen Sie die Gelegenheit, sich etwas zu entspannen. Es könnte Ihre letzte Gelegenheit dafür sein.«

Bishop betrachtete den Mann misstrauisch, aber Reed wirkte ernst, nicht, als wollte er ihn bewusst hinters Licht führen. Vielleicht wollte der Sicherheitschef ihn tatsächlich für eine Weile aus dem Verkehr ziehen, um seine eigenen Dinge zu regeln. Letztendlich spielte es keine Rolle. Bishop wusste, dass er momentan ohnehin nichts weiter aus Reed herausbekommen würde.

»Guter Vorschlag«, erwiderte er schließlich knapp. »Wir sehen uns später.«

Reed nickte langsam, wandte seinen Blick aber bereits wieder dem Bildschirm zu. »Vielleicht.«

Bishop drehte sich wortlos um und verließ das Büro. Als sich die Tür hinter ihm schloss, atmete er tief durch und spürte die Anspannung, die wie ein schwerer, unsichtbarer Mantel auf ihm lag. Reed wusste eindeutig mehr, als er zugeben wollte – und Elena Torres war tief in etwas verstrickt, das für Lunaris offenbar wichtiger war als zwei tote Mitarbeiter. Das gefiel Bishop ganz und gar nicht.

Er wandte sich nach links in Richtung Kantine, obwohl sein Gefühl ihm sagte, dass er dort keine Antworten finden würde. Aber möglicherweise hatte Reed ja recht – ein Moment Ruhe und eine Kleinigkeit zu essen konnten tatsächlich nicht schaden. Außerdem hatte er gerade keine bessere Idee, was er tun sollte, bis Moreno mit den Ergebnissen der Blutuntersuchung fertig war.

Der Weg zur Kantine fühlte sich seltsam schwer und einsam an, aber er ging ihn dennoch entschlossen. Seine Gedanken jedoch blieben bei Reed, Torres und Larsson und bei all den Geheimnissen, die diese Station offenbar noch immer vor ihm verbarg.

Gefährliche Erkenntnisse

Kantine, Habitatsektion, Station Tros, Mond Ganymed

Bishop ging langsam den hell ausgeleuchteten Korridor entlang, während er versuchte, seine Gedanken zu sortieren. Doch selbst das gelang ihm nur schwer; zu dicht drängten sich die ungeklärten Fragen, deren Antworten Reed ihm geradezu trotzig verweigert hatte.

Als er die große Halle betrat, verlangsamte er unwillkürlich seinen Schritt. Durch die riesige, transparente Kuppel konnte Bishop den klaren, dunklen Himmel Ganymeds sehen, eine fast surreale Kulisse aus kaltem Eis und schwarzem Himmel, an dem Jupiter majestätisch und gleichgültig hing. Direkt vor diesem gigantischen Hintergrund tauchte plötzlich die kantige Silhouette eines Raumschiffs auf, das sich zielgerichtet der Station näherte.

Bishop blieb stehen und beobachtete für einen Moment fasziniert das schwerfällig wirkende Manöver des Frachtschiffs, dessen Positionslichter träge durch die Dunkelheit blinkten. Die Fähre glitt langsam und kontrolliert über die riesige Kuppel hinweg und verschwand schließlich aus seinem Sichtfeld in Richtung Landedeck. Bishop fragte sich unwillkürlich, wer wohl an Bord war – und was man außer Personal und Nachschub noch so alles heimlich in eine Station wie diese bringen konnte.

Er schob den Gedanken beiseite, schüttelte den Kopf und setzte seinen Weg fort. Die massiven Schotts zur Habitatsektion öffneten sich vor ihm, und er betrat den Korridor, der zur Kantine führte. Dabei bemerkte er, wie die ihm entgegenkommenden Mitarbeiter ihren Blick auf den Boden richteten oder sich abwandten, sobald sie ihn erkannten. Einige schienen nicht schnell genug aus seinem Sichtfeld verschwinden zu können. Er konnte es ihnen kaum verdenken; wer mochte schon gerne Schnüffler, die im Dreck anderer Leute wühlten?

Die Kantine der Kolonie war offenbar bei ihrer Errichtung mit der modernsten Technik des 22. Jahrhunderts ausgestattet worden. Jetzt wirkte alles ein wenig alt, vernachlässigt und abgegriffen. Eine der großen, über der Essensausgabe montierten Leuchtanzeigen, die wahrscheinlich einst stolz die neusten Gerichte angepriesen hatte, flackerte unregelmäßig und zeigte nur noch kryptische Schriftfragmente.

Bishop beschloss, seine Mahlzeit an einem der digitalen Bestellterminals an der Wand auszuwählen. Der Bildschirm flimmerte kurz auf, bevor das Auswahlmenü erschien. Nachdem er sich etwas zu essen und ein Getränk ausgesucht hatte, blinkte eine Nummer auf dem Bildschirm auf.

»Danke für Ihre Bestellung. Ihre Nummer lautet: 27«, informierte ihn eine emotionslose Computerstimme.

»Sehr freundlich«, murmelte Bishop ironisch und wandte sich der Theke zu, hinter der zwei gelangweilt wirkende Mitarbeiter wortlos die Speisen zubereiteten. Offenbar war es billiger, Menschen für diese Arbeit abzustellen als einen der autonomen Hilfsroboter, die es bereits seit längerer Zeit gab. Oder die Menschen waren einfach wartungsärmer.

Während er darauf wartete, dass seine Nummer auf dem großen Display erschien – und hoffte, dass niemand der Küchencrew auf dumme Gedanken kam und in sein Essen spuckte –, blickte er sich in der Kantine um. Mehrere Dutzend Tische verteilten sich in dem weitläufigen Raum, an denen das Personal der Station seine Mahlzeiten einnahm. Er spürte die misstrauischen, teilweise abweisenden Blicke, die ihm zugeworfen wurden. Man tuschelte leise, einige Gesichter wandten sich demonstrativ ab, sobald er ihren Blick erwiderte. Bishop ignorierte es, so gut es ging; er hatte sich längst daran gewöhnt, als Eindringling betrachtet zu werden.

Doch plötzlich entdeckte er unter all den feindseligen Mienen ein vertrautes, freundliches Gesicht. Martinez saß zusammen mit Bruckner an einem der hinteren Tische und winkte ihm lächelnd zu. Als auf dem Display endlich seine Nummer erschien, nahm er sein Tablett entgegen und ging langsam zu den beiden hinüber.

»Schön, dass Sie noch Gesellschaft für einen Außenseiter übrig haben«, begrüßte er sie trocken, während er sich setzte.

Bruckner sah mit seinem dicken Verband um die Nase recht lädiert aus und hatte sichtlich Mühe, sein Essen ordentlich zu sich zu nehmen.

Bishop musterte ihn amüsiert. »Wie geht's der Nase?«

Bruckner grunzte missmutig. »Dr. Moreno sagt, morgen wäre alles wieder in Ordnung. Ich wünschte nur, ich hätte diesem Mistkerl Landgraf eine reinhauen können, bevor Sie ihn festgesetzt haben.«

Bishop nickte verständnisvoll. »Keine Sorge, der ist fürs Erste kaltgestellt. Ich bezweifle, dass er noch mal Ärger machen wird.«

Martinez sah Bishop an, ihre Miene plötzlich etwas neugieriger als zuvor. »Darf ich Ihnen eine Frage stellen, Detective?«

Bishop nahm einen Bissen – es schmeckte überraschend akzeptabel – und nickte langsam. »Nur zu.«

Sie zögerte einen Moment, ehe sie fortfuhr. »Was genau läuft eigentlich zwischen Ihnen und Elena Torres? Ich meine, mir ist klar, dass Sie sich kennen, aber da scheint mehr dahinterzustecken.«

Bishop ließ die Gabel sinken und seufzte tief. Kurz überlegte er, ob er das Thema einfach abwürgen sollte, entschied sich dann jedoch dagegen. Irgendwie hatte Martinez ein Recht darauf, zu erfahren, mit wem sie es hier zu tun hatte.

»Elena und ich waren verheiratet«, sagte er schließlich leise, während seine Augen auf den Teller gerichtet blieben. »Es ist lange her, elf Jahre, um genau zu sein.«

Martinez wirkte überrascht, sagte jedoch nichts, und Bruckner hielt ebenfalls inne und lauschte aufmerksam.

»Wir waren damals noch auf der Erde stationiert. Ich war Ermittler und sie arbeitete für die Lunaris Industrial Group. Eine klassische Konzernkarriere. Es hat eine Weile funktioniert – jedenfalls dachte ich das. Doch irgendwann begann sie, mir Dinge zu verheimlichen. Geschäftsreisen, nächtliche Anrufe, Ausreden. Ich dachte zuerst an einfache Unzufriedenheit, dass sie einfach etwas Abwechslung in ihrem Alltag haben wollte, aber es war … komplizierter.«

»Komplizierter?«, fragte Martinez vorsichtig nach.

Bishop nickte und hob den Blick, um sie anzusehen. »Sie hat sich auf ein Verhältnis mit einem Vorstandsmitglied eingelassen – Giovanni Borrello, einer dieser skrupellosen Konzerntypen. Ich weiß bis heute nicht, ob sie das aus Berechnung oder wirklich wegen ihrer Gefühle getan hat. Wahrscheinlich eine Mischung aus beidem.«

Martinez nickte langsam. »Deshalb also der Groll.«

Bishop schmunzelte bitter. »Groll ist noch nett formuliert. Ich kam eines Nachts unerwartet nach Hause und sah, wie dieser Typ aus meinem Haus spaziert kam und danach in seinem teuren Sportwagen wegfuhr. Ich habe sie erst einige Zeit später darauf angesprochen, nachdem ich die beiden eine Woche drauf erneut zusammen gesehen hatte, beim Mittagessen in so einem teuren Schuppen. Sie hat es nicht einmal abgestritten. Im Grunde hat sie nichts dazu gesagt. Am nächsten Tag, als ich von einem schwierigen Tatort eines Serienmörders nach Hause kam, war sie weg. Sie hatte das Nötigste zusammengepackt und war verschwunden. Ich habe sie nie wiedergesehen. Noch nicht mal zum Scheidungstermin ist sie persönlich erschienen. Danach habe ich mich nach Ceres versetzen lassen, um einen Neuanfang zu wagen, wie man so schön sagt. Tja, und dann treffe ich sie ausgerechnet hier wieder. Aber das ist wohl Schicksal oder so ähnlich.«

Bruckner ließ leise Luft aus seiner Lunge entweichen, es klang fast wie ein Pfeifen. »Verdammt, das tut mir leid, Bishop.«

Er winkte ab. »Schon in Ordnung. Die Sache ist elf Jahre her, und es wäre falsch, zu behaupten, ich hätte nicht längst damit abgeschlossen.«

»Haben Sie das wirklich?«, fragte Martinez mit sanfter Stimme.

Bishop blickte sie eine Sekunde lang schweigend an, dann nahm er einen großen Schluck von seinem Getränk und zuckte mit den Schultern. »Ich dachte es zumindest, bis ich hierhergekommen bin. Ich hatte sie so tief begraben, dass ich fast schon vergessen hatte, wie sie aussieht – und plötzlich steht sie hier vor mir und gibt mir Rätsel auf. Ich weiß nicht, was sie hier wirklich tut, und das gefällt mir ganz und gar nicht.«

Martinez sah ihn verständnisvoll an und schwieg eine Weile. Schließlich sagte sie vorsichtig: »Vielleicht ist es an der Zeit, auch diese offenen Fragen zu klären.«

Bishop nickte langsam und nachdenklich. »Vielleicht haben Sie recht«, erwiderte er, während er wieder zu essen begann. »Aber eins nach dem anderen. Ich habe hier noch andere Rätsel zu lösen, bevor ich mir meine persönlichen Dämonen vorknöpfen kann.«

Er blickte in Richtung des Eingangs zur Kantine und bemerkte, dass gerade neue Mitarbeiter hereinkamen. Ein ungutes Gefühl breitete sich in ihm aus, doch er schob es beiseite. Er hatte genug andere Sorgen, und es war wohl besser, sie eine nach der anderen anzugehen.

Bishop hatte kaum einen weiteren Bissen herunterbekommen, als er seine beiden Tischgenossen nachdenklich ansah und schließlich das Thema wechselte. »Sagen Sie mal, wie sind Sie zwei eigentlich hier gelandet? Ich meine, Ganymed ist nicht gerade der Ort, an dem man unbedingt freiwillig seine Zeit verbringen möchte.«

Martinez hob den Blick und lächelte leicht. Es war kein fröhliches Lächeln, eher ein müdes. »Na ja, bei mir war es die klassische Story. Ich war vorher auf der Erde stationiert, eine kleine Einheit spezialisiert auf Katastrophenschutz. Ich bin eine technische Spezialistin für Sensorik und Analyse im Bereich von Tiefen- und Plattentektonik. Aber ich kenne mich auch mit Geologiestrukturen aus und allem, was damit zu tun hat. Aber irgendwann ist einem die Heimat zu eng, und Lunaris suchte Personal. Sie zahlen gut, und ich dachte mir, etwas Abenteuer kann nicht schaden.«

Bishop sah sie fragend an. »Hat es sich denn gelohnt?«

Sie zuckte mit den Schultern. »Wenn ich ehrlich bin, hab ich mir mehr davon erhofft als eisige Höhlen und tote

Kollegen.« Ihre Stimme klang bitterer, als sie es wohl selbst beabsichtigt hatte.

Bishop nickte verständnisvoll und wandte sich zu Bruckner. »Und Sie?«

Der hünenhafte Mann wirkte leicht verlegen und kratzte sich vorsichtig neben seinem Verband an der Wange. »Ich war früher in den Asteroidenminen tätig. Hauptsächlich Bergung und Rettung. Mein Team hat Leute aus eingestürzten Schächten oder defekten Stationen gezogen. Ich bin ausgebildeter Minentechniker und so etwas wie Bohrexperte. Eigentlich hatte ich genug davon, ständig um mein Leben zu fürchten, aber dann hat Lunaris mir eine Stelle hier angeboten – mehr Geld, bessere Arbeitszeiten, hieß es. Klang gut.«

Bishop schnaubte leise. »Und bereuen Sie Ihre Entscheidung mittlerweile?«

Bruckner grinste schief. »Wenn man von gebrochenen Nasen und Irren absieht, die einen plötzlich angreifen, ist es hier gar nicht so übel.«

Bishop lächelte trocken. Die beiden tauten langsam auf und vertrauten ihm allmählich. Dann fiel ihm plötzlich wieder die Fähre ein, die er bei seinem Weg durch die Kuppel gesehen hatte. Er setzte sich aufrechter hin und sah die beiden prüfend an.

»Wo wir gerade über unangenehme Überraschungen sprechen: Ich habe vorhin gesehen, dass eine Fähre angedockt hat. Wissen Sie zufällig, wer da gekommen ist?«

Martinez nickte sofort. »Ja, das haben wir auch mitbekommen. Angeblich weitere Sicherheitskräfte von Lunaris.«

Bishop hob überrascht die Augenbrauen. »Weitere Sicherheitskräfte? Wozu denn das? Larsson sitzt doch bereits in seiner Zelle. Wieso schickt Lunaris noch mehr Personal hierher?«

Dieses Mal antwortete Bruckner. »Na ja, das ist quasi der Ablauf des ganz normalen Protokolls, sobald ein Code Alpha ausgelöst wurde.«

Bishop runzelte die Stirn. »Code Alpha? Was bedeutet das genau?«

Martinez senkte die Stimme, als könnte jemand ihre Unterhaltung belauschen. »Ein Code Alpha wird bei massiven Sicherheitsverstößen ausgerufen. Reed ist in solchen Fällen verpflichtet, zusätzliche Sicherheitskräfte anzufordern, um alle sensiblen Sektionen abzusichern.«

Bishop wurde schlagartig hellhörig. »Sensible Sektionen? Sie meinen so etwas wie SL-1?«

Martinez und Bruckner tauschten einen nervösen Blick. Schließlich nickte Martinez langsam. »Ja, genau solche Sektionen.«

»Wissen Sie denn, was genau sich in SL-1 befindet?«, fragte Bishop, ohne den Blick von Martinez abzuwenden.

Bruckner schüttelte entschieden den Kopf. »Keine Ahnung, Bishop. Wir haben nicht die entsprechende Sicherheitsfreigabe.«

Martinez nickte. »Uns wurde gesagt, dort seien Forschungsanlagen – irgendwelche speziellen Laboratorien oder experimentelle Technik. Aber was genau … keine Ahnung.«

Bishop dachte nach, dann setzte er zu einer Frage an, deren Antwort ihn brennend interessierte. »Glauben Sie, dass das, was Sie in der Höhle gefunden haben, dort aufbewahrt wird?«

Wieder herrschte für einige Sekunden angespannte Stille zwischen den beiden Lunaris-Mitarbeitern.

Martinez räusperte sich, ihr Blick wich nervös zur Seite aus. »Wir … wissen es nicht.«

Bishop spürte, dass sie ihm etwas verschwiegen, doch er wusste, dass es jetzt wenig Sinn hatte, weiter Druck auf sie auszuüben. Beide hatten ihm bereits mehr erzählt, als er eigentlich erwarten durfte. Er hatte genug gehört, um zu schlussfolgern, dass SL-1 der Schlüssel zu allem war, was hier geschah.

Schließlich seufzte er, wischte sich den Mund mit einer Serviette ab und erhob sich langsam von seinem Platz. »Danke für Ihre Offenheit. Ich denke, ich brauche jetzt etwas Zeit, um die neuen Informationen zu sortieren.«

Martinez lächelte verständnisvoll, während Bruckner ihm freundlich zunickte.

»Passen Sie auf sich auf, Bishop«, sagte Martinez, als Bishop sein Tablett nahm.

»Das habe ich vor«, erwiderte er und schenkte ihr ein knappes Lächeln, ehe er sich abwandte und langsam aus der Kantine ging. In seinen Gedanken formten sich bereits Pläne, wie er an die Informationen kommen konnte, die Reed und Lunaris offensichtlich nicht preisgeben wollten.

Doch zunächst musste er zurück in sein Quartier. Es war Zeit, seine Gedanken zu ordnen und herauszufinden, wie er in Sektion SL-1 gelangen konnte, ohne dass Reed oder Elena Wind davon bekamen. Denn eines war ihm inzwischen vollkommen klar: Wenn er die Wahrheit erfahren wollte, dann führte kein Weg daran vorbei, genau dorthin vorzudringen, wo man ihn am wenigsten haben wollte.

Als Bishop sein Quartier betrat, empfing ihn die beinahe bedrückende Stille des kleinen Raums. Nur das leise Brummen der Lüftung verriet, dass hier noch Leben existierte. Er fuhr sich mit der Hand müde über das Gesicht, ließ sich langsam auf die Bettkante sinken und spürte, wie die Anspannung der letzten Stunden endlich von ihm abfiel. Es war Zeit, Ordnung in das Chaos seiner Gedanken zu bringen und einen ersten Bericht zu verfassen – für Timmons, der vermutlich bereits ungeduldig in seinem Büro auf der Ceres-Station wartete.

Bishop griff nach seinem Tablet, zog es näher zu sich heran und aktivierte die Eingabefunktion. Für einen Moment überlegte er, wie er den Bericht formulieren sollte. Schließlich begann er, zu schreiben, sachlich, nüchtern und genau so, wie Timmons es gewohnt war.

Bericht: Ermittlungen auf Station Tros, Ganymed
An: Chief Inspector Timmons, Sicherheitsbüro,
Ceres-Station

Die Situation auf Tros gestaltet sich komplizierter als zunächst vermutet. Zwei Todesfälle sind bislang bestätigt, darunter der Mord an dem Techniker Otis Clark, der nach einem Videobeweis von Techniker Janos Larsson umgebracht wurde, der sich an die Tat allerdings nicht erinnern kann oder will. Larsson ist derzeit in Haft, behauptet aber glaubwürdig, dass er keinerlei Kontrolle über sein Handeln hatte und starke neurologische Störungen verspürte. Eine medizinische Untersuchung wurde von Dr. Lisa Moreno eingeleitet. Ergebnisse hierzu stehen noch aus.

Sicherheitschef Reed bemüht sich auffallend stark, die Vorfälle als Einzelfälle darzustellen. Jedoch zeigt die Bevölkerung der Kolonie erste Anzeichen von Unruhe. Ich bin skeptisch, ob Larsson wirklich allein verantwortlich ist oder ob hinter den Kulissen noch mehr geschieht. Reed scheint bestimmte Informationen bewusst zurückzuhalten, insbesondere über die sogenannte Sektion SL-1. Es könnte sich um ein geheimes Forschungslabor oder eine ähnliche Einrichtung handeln, die besonders geschützt wird. Es besteht zudem die Möglichkeit, dass diese Sektion in Verbindung mit einem Artefakt steht, das in der Höhle gefunden wurde, in der Harris verunglückt ist. Beim derzeitigen Stand meiner Ermittlungen kann ich leider nicht genau sagen, um welche Art von Artefakt es sich handelt. Laut den Aussagen der beiden Minenarbeiter Martinez und Bruckner, die zusammen mit Harris in der Höhle waren, sind dort seltsame Dinge geschehen. Sie berichteten von Stimmen, die sie hörten, und von einem Schatten, der sich, kurz bevor sie ohnmächtig wurden, in der Höhle befunden haben soll. Eventuell gibt es eine weitere, bisher nicht identifizierte Person hier in Tros. Die andere Möglichkeit ist, dass dieses Artefakt in irgendeiner Form Einfluss auf das menschliche Gehirn hat. Das wäre eine Erklärung für die akustische und visuelle Anomalie. Bisher habe ich leider keine Spur oder weitere Informationen über dieses Objekt zusammentragen können. Für mich steht fest, dass zu diesem Zeitpunkt in der Höhle etwas Seltsames geschehen ist und dass eventuell bereits an diesem Objekt geforscht wird. Zu erwähnen wäre auch, dass mir eine deutliche Veränderung der geistigen Gesundheit bei einigen Mitarbeitern aufgefallen ist. Ob es eine Verbindung zu den möglichen Experimenten gibt, kann ich nicht sagen, doch ist auffällig, dass der von Larsson begangene Mord ebenfalls seltsam ist und nicht wie die Tat eines Killers aussieht.

Sonderermittlerin Elena Torres von Lunaris ermittelt ebenfalls vor Ort, verhält sich aber eigenartig distanziert und scheint anderen Angelegenheiten Priorität einzuräumen. Ihr Verhalten könnte auf ein internes Problem des Konzerns hinweisen, das möglicherweise nicht direkt mit den Todesfällen zusammenhängt.

Ich werde weiter nach Hinweisen suchen, vor allem hinsichtlich der Aktivitäten in Sektion SL-1 und der Bedeutung des Artefakts aus der Mine. Weitere Berichte folgen.

Alan Bishop, Station Tros, Ganymed

Er las den Bericht noch einmal sorgfältig durch, nickte zufrieden und sandte ihn mit einem kurzen Tippen an Timmons ab. Seine Pflicht war fürs Erste erledigt.

Danach nahm er sich erneut die Daten vor, die ihm Commander Aurelia auf der Orbitalstation zur Verfügung gestellt hatte. Bishop aktivierte die holografische Karte der Station, auf der sämtliche Bereiche detailliert abgebildet waren. Mit einer Bewegung seiner Finger zoomte er langsam in den Grundriss hinein, suchte akribisch nach einem Zugang oder einem Hinweis auf die Sektion SL-1. Doch egal wie lange er suchte, egal wie viele Male er die Karte drehte und wendete, SL-1 blieb ein mysteriöser, weißer Fleck – eine Lücke, die offenbar absichtlich hinterlassen worden war. Bishop fluchte in Gedanken. Wieder eine Sackgasse.

Gerade wollte er das Pad entmutigt zur Seite legen, als sein Blick an etwas hängen blieb, das er bisher übersehen hatte. Er vergrößerte die Ansicht der unterirdischen Ebenen der Station und betrachtete aufmerksam die holografische Struktur. In der Tiefe, weit unterhalb der bewohnten Bereiche und unmittelbar neben den Minentunneln, zeichneten sich einige dunkle, kaum erkennbare Schattierungen ab. Zunächst dachte er an Fehler in der Darstellung, doch bei genauerem Hinsehen wirkte es, als ob dort verborgene Strukturen im Eis lägen – gerade tief genug, um unauffällig zu bleiben, aber trotzdem deutlich genug, um sein Misstrauen zu wecken.

Bishop runzelte die Stirn und fuhr mit den Fingern langsam über die holografische Projektion. Er versuchte herauszufinden, ob es sich nur um natürliche Formationen handelte oder künstliche Strukturen. Ernüchtert musste er feststellen, dass sich aus der Darstellung allein keine eindeutige Schlussfolgerung ziehen ließ. Vielleicht war es wirklich nur das komplexe Muster des Eispanzers, in dem die Minenschächte verliefen. Trotzdem blieb ein ungutes Gefühl zurück – eine Ahnung, dass er etwas Wichtiges gefunden hatte, auch wenn er es im Moment nicht erklären konnte.

Er legte das Pad schließlich doch beiseite und gähnte tief. Müdigkeit überkam ihn mit einer plötzlichen, unerwarteten Wucht. Sein Körper erinnerte ihn unmissverständlich daran, dass er dringend Ruhe brauchte, um wieder klar denken zu können.

Langsam erhob er sich von der Bettkante, streifte seine Kleidung ab und ließ sie achtlos zu Boden fallen. Er schob sich ins Bett und fühlte sich für einen Moment erleichtert, als sein Rücken die Matratze berührte. Das Bett war nicht besonders bequem, aber es war besser als nichts, und mehr konnte er in diesem Moment nicht erwarten.

»Keil, Licht aus«, sagte er mit erschöpfter Stimme.

Die freundliche Stimme der Quartier-KI antwortete augenblicklich: »Gute Nacht, Detective Bishop. Schlafen Sie gut.«

Im nächsten Moment senkte sich Dunkelheit über ihn. Bishop starrte noch kurz an die Decke, auf der er die Konturen der Station schemenhaft zu erkennen glaubte, bevor seine Lider schwer wurden und er sich endlich in die beruhigende Schwärze des Schlafs sinken ließ.

Seine letzten Gedanken kreisten um die mysteriösen Schatten in der Tiefe des Eises. Wenn er aufwachte, würde er einen

Weg finden müssen, diesen Fleck auf der Karte auszuleuchten und zu enthüllen, welche Geheimnisse Tros verbarg.

Wenige Stunden später, Bishops Quartier, Station Tros, Mond Ganymed

Bishop öffnete abrupt die Augen, blinzelte verwirrt und starrte für einen Moment orientierungslos in die Dunkelheit seines Quartiers. Er brauchte einige Sekunden, um sich daran zu erinnern, wo er war. Station Tros. Ganymed. Nicht auf Ceres, nicht in seinem heruntergekommenen Apartment, sondern mitten im Eis einer verdammten Bergbaukolonie. Ein flüchtiger Blick auf das Display neben seinem Bett zeigte ihm, dass es gerade einmal kurz nach 23 Uhr war. Das Gefühl von Zeit hatte er bereits kurz nach seiner Ankunft auf Ceres verloren. Außerdem spielte es im All sowieso keine Rolle. Das Leben auf der Raumstation fand rund um die Uhr statt.

Hier war es ein wenig anders. Es gab eine Nachtruhe, damit es nicht zu Unfällen in der Mine durch Müdigkeit kam. In der Ruhephase wirkte Tros beinah wie eine verlassene Kolonie unter dem Eis.

Innerlich fluchte er, drehte sich auf die Seite und versuchte, wieder einzuschlafen, doch nach einigen Minuten gab er es auf. Sein Verstand war hellwach, und an Schlaf war nicht mehr zu denken.

Verdammt, dachte er, *ich habe die Autopsie völlig vergessen.* Moreno hatte sicher bereits Ergebnisse, die er dringend brauchte, um Klarheit in diesen Fall zu bringen. Und Klarheit konnte er momentan gut gebrauchen.

Bishop richtete sich langsam auf, schwang die Beine über die Bettkante und zog sich widerwillig an. »Keil, Licht an. Gedimmt«, murmelte er leise. Die KI reagierte sofort und tauchte den Raum in gedämpftes, warmes Licht. Hastig zog Bishop Hose, Jacke und Stiefel über und verließ das Quartier, leise, aber bestimmt.

Der Korridor lag verlassen und still vor ihm, erhellt nur von wenigen schwach leuchtenden Lichtleisten. Die Luft war kühl und steril – der allgegenwärtige Geruch nach Ozon und Desinfektionsmitteln erfüllte seine Nase. Er passierte den nächsten Gang in Richtung der großen Halle, seine Schritte hallten unnatürlich laut von den Wänden wider. Bishop fühlte sich unwohl, als wäre er ein Eindringling, der sich unerlaubt in fremdem Gebiet bewegte. Aber die Station schlief nie wirklich, und er hoffte, dass Moreno trotz der späten Stunde noch wach war.

Als er gerade eine Kreuzung passieren wollte, hörte er plötzlich eine gedämpfte Stimme. Bishop hielt abrupt inne und lauschte konzentriert. Es war eine Frauenstimme, leise und bestimmt. Trotz des Flüsterns erkannte er sie sofort.

Elena.

Instinktiv presste er sich an die Wand und lauschte. Die Tür zu einem kleinen Besprechungsraum stand seltsamerweise offen. Entweder fühlte sie sich zu sicher oder es gab einen anderen Grund, warum dieses offenbar vertrauliche Gespräche mit geöffneter Tür geführt wurde. Bishop war nah genug, um Bruchstücke aufzuschnappen. Da er die Stimme der anderen Person nicht hören konnte, vermutete er, dass sie mit jemandem über Funk sprach. Aber mit wem? Es konnte niemand sein, der außerhalb des Jupitersystems war. Sprach sie mit jemandem hier in Tros? Aber warum dann über Funk? Oder hatte sie eine Verbindung zur Orbitalstation? War es Commander Aurelia? Angespannt lauschte er.

»Ja, es wurde tatsächlich gefunden«, sagte Elena. Ihre Stimme klang angespannt, aber kontrolliert. »Nein, das steht außer

Frage, es muss sofort mit den anderen Objekten gesichert werden. Sorgen Sie dafür, dass der Transport zur Basis auf dem Mars ungehindert durchgeführt werden kann.« Sie schwieg kurz, als lauschte sie einer Antwort, die Bishop nicht hören konnte. »Gut. Informieren Sie die Zentrale. Aber alle weiteren Gespräche darüber laufen ausschließlich über Stufe 4. Ich habe mit den anderen Stationen gesprochen, die anderen Fragmente werden ebenfalls für den Transport vorbereitet. Ich denke, in achtundvierzig Stunden sollte der Start erfolgen.« Wieder eine kurze Pause. »Ich weiß, dass wir hinter dem Zeitplan liegen. Es sind ein paar Schwierigkeiten aufgetreten, die nicht eingeplant waren.« Pause. »Nein, er weiß nichts. Ich habe das unter Kontrolle und werde mich gegebenenfalls selbst um ihn kümmern. Vertrauen Sie mir, er wird tun, was ich will.«

Bishop atmete flach, versuchte, sich keinen Millimeter zu bewegen. Von wem sprach Sie? Meinte Elena etwa ihn? Wollte sie sich um ihn kümmern, weil er dem Geheimnis von Tros näherkam? Aber was hatten die anderen Stationen damit zu tun? Dass die anderen drei großen Monde gemeint waren, auf denen Lunaris ebenfalls Forschungs- und Bergbaukolonien unterhielt, war für ihn klar. Aber worum ging es hier? Hatte man dort ebenfalls Artefakte gefunden?

Er hätte gerne mehr gehört, doch er wusste, dass er nicht riskieren durfte, entdeckt zu werden. Er beschloss, sich leise zu entfernen. Als er sich umwandte, streifte einer der Messingknöpfe am Ärmel seiner Lederjacke das Metall der Wandverkleidung. Für einen Moment erklang ein unangenehmes Kratzen.

Elenas Stimme verstummte abrupt, sie schien zu lauschen und beendete schließlich hastig das Gespräch. Bishop hörte, wie sie etwas auf den Tisch legte. Im nächsten Moment vernahm er leise Schritte, die sich der Tür näherten. Er wich rasch zurück, eilte zur nächsten Kreuzung und schob sich um die Ecke des Gangs.

»Bishop? Was zum Teufel treiben Sie hier mitten in der Nacht?«

Bishops Herz setzte für einen Schlag aus, als er in das finstere Gesicht von Oliver Reed blickte, dem er praktisch in die Arme gelaufen war. Reed trug einen dunklen Overall und wirkte noch mürrischer als gewöhnlich, offenbar ungehalten über die unerwartete Begegnung.

»Reed«, sagte Bishop trocken, »ich wollte gerade zur Krankenstation.«

Reeds Blick blieb skeptisch und kühl. »Es ist mitten in der Nacht, Bishop. Ich mag es nicht, wenn Leute zur Bettruhe durch die Gänge schleichen. Besonders dann nicht, wenn wir hier möglicherweise einen Saboteur herumlaufen haben.«

»Einen Saboteur?«, fragte Bishop.

»Die Probleme in der Datenverarbeitung, die Larsson untersuchen sollte. Ich habe mir die Aufnahmen von ihrem Verhör angesehen.«

»Aber Sie glauben doch nicht, dass ich das bin, oder?«

»So, wie Sie hier herumschleichen …«

Bishop hob die Hände, als wollte er signalisieren, dass er keine Bedrohung darstellte. »Ich schleiche nicht. Ich gehe ganz normal. Wenn Sie wollen, können Sie mich begleiten«, erwiderte er ruhig, während er versuchte, keine Regung zu zeigen, die seine Nervosität verraten konnte.

Reed verschränkte die Arme vor der Brust und musterte ihn aufmerksam, während er offenbar überlegte, ob er Bishop glauben konnte oder wollte. Schließlich schnaubte er kurz. »Schon gut. Sehen Sie zu, dass Sie schnellstmöglich zur Krankenstation und dann zurück in Ihr Quartier kommen. Ich will keine weiteren Zwischenfälle, verstanden?«

»Natürlich«, antwortete Bishop mit leicht sarkastischem Unterton. »Ich bemühe mich, keine Aufmerksamkeit zu erregen.«

Reed gab ein undefinierbares Brummen von sich, warf ihm einen letzten misstrauischen Blick zu und wandte sich ab, während er den Gang in Richtung zentraler Kuppel entlang ging.

Bishop wartete einen Moment, bis Reed außer Sichtweite war, warf noch einen kurzen Blick zurück zu der Tür, hinter der er Elena belauscht hatte, und stellte fest, dass sie nun geschlossen war. Zufrieden, dass er seine Ex nirgendwo erblicken konnte, setzte er seinen Weg zur Krankenstation fort. Seine Gedanken überschlugen sich, während er den Vorfall in seinem Kopf durchging.

»Was zum Teufel treibt ihr hier wirklich?«

Irgendetwas Großes war im Gange, größer, als er angenommen hatte. Und es hatte offenbar mit dem Artefakt zu tun, das Ben Harris sein Leben gekostet hatte. Bishop spürte, wie sich sein Puls beschleunigte. Er hatte sich in seinen früheren Fällen immer auf seinen Instinkt verlassen können – und sein Instinkt sagte ihm unmissverständlich, dass es höchste Zeit war, die Geheimnisse dieser Station ans Licht zu bringen, bevor noch mehr Menschen zu Schaden kamen.

Mit entschlossenen Schritten setzte er seinen Weg fort, um von Moreno endlich Antworten zu erhalten. Antworten, die Reed und Elena ihm offenbar nicht geben wollten. Antworten, die dafür sorgten, dass er endlich verstand, was auf dieser verdammten Kolonie wirklich geschah.

Eilig durchquerte er die große Halle und erklärte dem Sicherheitspersonal, das vor dem Schott zum Sicherheits- und Verwaltungstrakt positioniert war, sein Anliegen. Nach einer kurzen Rückfrage über Funk bei Reed durfte er passieren.

Ohne weitere Unterbrechungen erreichte er wenig später die Krankenstation.

Bishop trat leise in den noch hell erleuchteten Empfangsbereich und blinzelte gegen das grelle Kunstlicht an, das seine müden Augen blendete. Hinter dem Tresen war, wie er erwartet hatte, niemand zu sehen. Er beschloss, den kurzen Gang hinter dem Empfangsbereich zu Morenos Büro zu nehmen. Die Tür stand glücklicherweise offen, und er vernahm Geräusche von innen. Dr. Moreno war tatsächlich noch da. Sie saß an ihrem Tisch, über ein medizinisches Display gebeugt, während sie konzentriert Daten auswertete.

»Doktor?«, fragte er vorsichtig.

Moreno zuckte zusammen, blickte erschrocken auf und hielt sich mit einer Hand den Brustkorb. »Himmel, Bishop!«, rief sie atemlos. »Haben Sie noch nie was von Anklopfen gehört?«

»Entschuldigung«, murmelte er rasch. »Die Tür stand offen. Ich hatte gehofft, dass Sie noch hier sind.«

Moreno atmete tief durch und entspannte sich langsam. Ein erschöpftes Lächeln erschien auf ihrem Gesicht. »Schon gut, ich war einfach völlig in die Arbeit vertieft.«

Bishop trat näher und warf einen neugierigen Blick auf das Display, das eine Reihe komplexer Diagramme und Werte zeigte. »Es ist mitten in der Nacht«, sagte er vorsichtig. »Wieso schlafen Sie nicht?«

Moreno seufzte, rieb sich kurz die Augen und lehnte sich zurück. »Das könnte ich Sie genauso fragen, Detective.«

Bishop zuckte mit den Schultern und ließ sich auf einem der freien Stühle gegenüber nieder. »Ich konnte nicht schlafen. Mir ging plötzlich auf, dass ich völlig vergessen hatte, Sie nach den Ergebnissen der Autopsie zu fragen. Und da ich ohnehin wach war, dachte ich …«

Moreno nickte verständnisvoll. »Ging mir ähnlich«, sagte sie. »Nachdem ich heute die Autopsie von Otis Clark durchgeführt hatte, wollte ich unbedingt noch die Ergebnisse mit den Blutproben vergleichen, die ich von Larsson genommen habe.«

Bishop richtete sich auf, sein Interesse war geweckt. »Dann komme ich ja genau richtig«, sagte er ernst. »Was haben Sie gefunden?«

Moreno warf ihm einen bedeutungsvollen Blick zu, der keine Zweifel ließ, dass sie auf etwas gestoßen war. Sie beugte sich erneut vor und aktivierte einen zweiten Bildschirm neben sich, auf dem sofort ein detaillierter medizinischer Bericht erschien.

»Das ist der vollständige Autopsiebericht von Clark«, erklärte sie ruhig und deutete auf die Zahlenwerte. »Sie sehen hier die Blutwerte, genauer gesagt die Konzentrationen der Neurotransmitter. Serotonin, Noradrenalin, Dopamin – alle liegen signifikant außerhalb der Normalwerte.«

Bishop runzelte die Stirn, während er die Daten betrachtete. »Das klingt verdammt vertraut«, sagte er langsam.

»Ganz genau«, bestätigte Moreno ernst. »Ben Harris hatte praktisch identische Werte. Und jetzt raten Sie mal, was ich bei Larssons Blutprobe gefunden habe.«

Bishop atmete tief durch und sah sie direkt an. »Die gleichen Werte?«

Sie nickte ernst. »Fast exakt die gleichen. Larssons Werte sind zwar aktuell etwas weniger auffällig, aber immer noch ungewöhnlich. Es ist kein Zweifel mehr möglich: Wir haben es hier nicht mit einem Zufall zu tun.«

Bishop ließ diese Information einen Moment sacken. Die Zusammenhänge, die sich vor ihm aufzutun begannen, waren beunruhigend klar. »Was könnte diese Anomalie hervorrufen?«, fragte er schließlich. »Kann das künstlich erzeugt werden?«

Moreno überlegte kurz und schüttelte dann den Kopf. »Es wäre theoretisch möglich, durch spezielle Medikamente oder Drogen, aber diese Substanzen würden deutliche Spuren hinterlassen. Das ist hier nicht der Fall. Bisher konnte ich keinerlei Hinweise auf toxische oder pharmakologische Einflüsse finden. Alles deutet darauf hin, dass diese neurochemischen Veränderungen irgendwie anders ausgelöst wurden.«

In Bishops Magen breitete sich ein ungutes Gefühl aus. »Gibt es denn natürliche Ursachen für solche Werte?«

Moreno zuckte mit den Schultern. »Extreme psychische Belastung, außergewöhnlicher Stress, traumatische Ereignisse – aber nicht in diesem Ausmaß. Das hier ist extrem. Etwas in dieser Station oder in der Umgebung muss einen direkten Einfluss auf die Gehirnchemie der Betroffenen nehmen.«

»Einen Einfluss, der Menschen aggressiv oder sogar gewalttätig macht«, ergänzte Bishop nachdenklich.

»Genau«, bestätigte Moreno leise. »Wir haben einen Mann, der offenbar einen Kollegen getötet hat, und zwei Tote, die beide extrem erhöhte Neurotransmitterwerte aufweisen. Ich denke nicht, dass das ein Zufall sein kann.«

Bishop lehnte sich schwerfällig zurück und rieb sich die Schläfen. »Was auch immer das verursacht, muss mit SL-1 oder diesem verdammten Artefakt zusammenhängen, das sie aus der Höhle geholt haben.«

Moreno hob eine Augenbraue und blickte ihn fragend an. »Artefakt?«

Bishop zögerte kurz, überlegte, wie viel er Moreno preisgeben sollte, entschied sich dann aber doch für Offenheit. »Lunaris hat etwas in einer Höhle unter der Station gefunden«, sagte er ernst. »Etwas, das anscheinend so brisant ist, dass sie es geheim halten und schnellstmöglich zum Mars schaffen wollen.«

Moreno blickte alarmiert auf. »Sind Sie sich sicher?«

»Absolut«, antwortete Bishop ruhig. »Ich habe Torres zufällig belauscht. Es ging ganz klar um ein Objekt, das sofort gesichert und von Ganymed weggebracht werden muss.«

Moreno atmete schwer aus, ihre Finger spielten unruhig mit dem Rand ihres medizinischen Pads. »Wenn das wahr ist, könnten wir es hier mit einer Gefahr zu tun haben, von der wir bislang nicht mal etwas geahnt haben.«

Bishop nickte ernst. »Die Frage ist nur, was genau dieses Artefakt ist und was es mit den Menschen hier anstellt.«

»Und ob es einen Zusammenhang mit dem Mordfall gibt«, ergänzte Moreno nachdenklich.

»Ich fürchte, genau darauf läuft es hinaus«, erwiderte Bishop ernst und richtete sich langsam auf. »Doktor, ich danke Ihnen. Halten Sie mich bitte auf dem Laufenden, wenn Sie noch irgendetwas finden.«

Moreno nickte entschlossen. »Natürlich, Alan. Und Sie passen bitte auf sich auf.«

Bishop schenkte ihr ein knappes Lächeln, ehe er sich abwandte. Sein Herz schlug schneller, während seine Gedanken bereits zu rasen begannen. Das, was sie hier gefunden hatten, war größer und gefährlicher als ein bloßer Mordfall. Er war sich nun absolut sicher, dass alles, was in den letzten Tagen geschehen war, untrennbar miteinander verbunden war. Jetzt musste er nur noch herausfinden, wie.

Bishop zögerte einen Moment, bevor er das Büro verließ, blieb stehen und drehte sich dann doch noch einmal zu Moreno um, die ihn überrascht ansah.

»Warten Sie«, sagte er entschlossen und ging mit energischen Schritten zurück zum Tisch. »Da ist noch etwas anderes.«

Moreno legte das medizinische Pad aus der Hand. »Was meinen Sie?«

Er atmete tief durch. »Mir ist aufgefallen, dass sich die Leute hier seltsam verhalten. Nicht nur Larsson. Landgraf hat Bruckner völlig grundlos angegriffen. Er war außer sich – wie von Sinnen. Dabei hatte es zuvor überhaupt keine Konflikte zwischen ihnen gegeben, die ein solches Verhalten gerechtfertigt hätten. Bruckner hat Landgraf unabsichtlich angerempelt. Es war harmlos, und Landgraf hatte sich auch nicht verletzt oder so.«

Moreno nickte langsam und strich sich beiläufig eine Haarsträhne hinter das Ohr. »Ich weiß. Das ist mir auch aufgefallen. Ich hatte heute bereits zwei Mitarbeiter hier, die über plötzliche Aggressionsanfälle und Kopfschmerzen geklagt haben. Und vor zwei Tagen gab es einen Streit im Wartungsbereich, bei dem beinahe jemand verletzt wurde.«

Bishop fuhr sich nachdenklich über das Kinn. »Das kann kein Zufall sein. Irgendetwas geht hier vor sich, und ich glaube, es hat mit diesem Artefakt zu tun.«

Moreno sah ihn ernst an. »Sie meinen, dass das Objekt aus der Höhle möglicherweise Einfluss auf die Gehirnchemie aller Menschen hier hat?«

»Es würde zumindest einiges erklären«, antwortete Bishop nachdenklich. »Aber ich fürchte, es steckt noch mehr dahinter. Was ist mit dieser verdammten Sektion SL-1? Warum ist sie hermetisch abgeriegelt?«

Moreno wich seinem Blick kurz aus, ehe sie langsam seufzte. »Ich habe auch schon darüber nachgedacht. Diese Geheimhaltung ist ungewöhnlich, selbst für Lunaris. Normalerweise kenne ich alle sensiblen Bereiche dieser Station, aber SL-1 wurde von Anfang an gesondert behandelt. Selbst ich habe nur begrenzten Zugang.«

Seine Stimme wurde eindringlich. »Irgendetwas muss es dort geben. Reed tut, als gäbe es nichts, aber ich habe inzwischen das Gefühl, dass er ein ganz eigenes Spiel spielt.«

Moreno zögerte kurz, dann nickte sie. »Mir geht es ähnlich«, gab sie schließlich zu. »Reed war in letzter Zeit extrem verschlossen und auf Geheimhaltung bedacht. Ich habe mehrfach versucht, mit ihm über den Fall Harris zu sprechen, aber er blockt jeden Versuch ab. Fast so, als wollte er verhindern, dass ich zu tief in der Sache grabe.«

Bishop richtete sich entschlossen auf und beugte sich vor. »Es muss doch irgendwelche Aufzeichnungen geben – Protokolle, Datenbanken, Überwachungsmaterial. Der Konzern betreibt einen enormen Aufwand, um etwas zu verschleiern. Und vergessen Sie nicht die vier Forschungsfrachter, die Lunaris angeblich niemals gestartet hat. Reed behauptet steif und fest, dass es diese Schiffe gar nicht gibt, dabei haben sie kurz hintereinander Ceres verlassen und Kurs auf die Galileischen Monde genommen.«

Moreno starrte ihn an, ihr Blick schwankte zwischen Überraschung und Sorge. »Vier Frachter?«, fragte sie schließlich. »Davon weiß ich nichts.«

»Niemand scheint davon zu wissen«, erwiderte Bishop bitter. »Aber es gab genügend Hinweise darauf, und Reed lügt mir diesbezüglich mitten ins Gesicht. Dazu kommen jetzt Larssons Blutwerte, die exakt zu Harris und Clark passen. Ich brauche Gewissheit, was hier wirklich los ist, und ich denke, SL-1 ist der Schlüssel.«

Moreno nickte langsam, während sie nachdenklich auf ihre Hände sah, die auf dem Tisch ruhten. Bishop spürte, wie sie mit sich rang. Er sagte nichts, gab ihr Zeit, bis sie schließlich tief Luft holte und ihm wieder in die Augen sah.

»In Ordnung«, sagte sie entschlossen. »Ich werde Ihnen helfen. Wenn hier wirklich etwas vertuscht wird, dann haben wir keine andere Wahl, als es aufzudecken. Ich werde versuchen, Zugriff auf die Labore und sicherheitsrelevanten Protokolle aus SL-1 zu bekommen. Normalerweise stehen die unter Reeds Kontrolle. Aber ich bin die leitende medizinische Offizierin. Wenn es eine Gefahr geben sollte, die das Leben der Kolonisten bedroht, muss ich das herausfinden.«

Bishop atmete erleichtert auf und schenkte ihr ein dankbares, aber dennoch vorsichtiges Lächeln. »Sie gehen ein großes Risiko ein. Reed wird alles andere als begeistert sein.«

»Das Risiko ist es mir wert«, erwiderte Moreno entschieden. »Es geht hier schließlich um Menschenleben. Und wenn Reed tatsächlich etwas verheimlicht, dann ist er es, der sich erklären muss, nicht ich.«

Da hatte sie recht. Wenn der Konzern hier wirklich vehement versuchte, in den Besitz eines Gegenstands zu kommen, der die Gehirnstruktur eines Menschen beeinflussen konnte, konnte das sogar eine Gefahr für die Menschen auf der Erde bedeuten. Wenn es sich dabei um Technologie handelte, dann war sie mit Sicherheit extrem fortschrittlich. Vielleicht war es sogar eine Art Waffe.

Vergessene Geheimnisse

Krankenstation, Station Tros, Mond Ganymed

»Wie wollen Sie vorgehen? Ich meine, es wird doch bestimmt Sicherheitsmaßnahmen geben, die einen unerlaubten Zugriff auf so sensible Daten aufzeichnen und melden.«

»Natürlich gibt es solche Algorithmen, aber ich werde meine Sicherheitsfreigabe nutzen, um ins System zu kommen. Reed wird dann zwar wissen, dass ich es war und wonach ich gesucht habe, aber das ist mir offen gesagt egal. Wenn es eine Bedrohung gibt, muss ich es wissen.« Dr. Moreno verstummte und blickte Bishop tief in die Augen. Mit einem Mal lag etwas in ihrem Blick, das Bishop als Reue interpretierte. »Ich war nicht ganz ehrlich zu Ihnen, und ich finde, dass ich es sein sollte. Ich glaube Ihnen, dass Sie nur an der Wahrheit interessiert sind und uns helfen wollen, sie ans Licht zu bringen.«

»Worauf wollen Sie hinaus?«

»Nun, die Frachter, von denen Sie gesprochen haben. Ich weiß, dass einer von ihnen hier ist. Es ist die Apophis. Sie ist vor gut drei Tagen hier gelandet, direkt im Hangar von SL-1. Der wird sonst nie benutzt.«

Bishop schluckte. »Sie wussten es?«

Sie senkte den Blick. »Es tut mir leid, es unterliegt der höchsten Geheimhaltung. Verstehen Sie, ich darf Ihnen das gar nicht erzählen, ich bin dazu verpflichtet, es zu verschweigen.«

»Also haben Sie mich die ganze Zeit belogen?« Bishop schmunzelte, es war nichts Neues für ihn, dass man ihn belog. Einmal mehr wurde sein Grundsatz Realität: Jeder Mensch log, es lag in seiner Natur.

»Nein, nicht direkt. Ich weiß nichts von einem Artefakt oder was genau in Sektion SL-1 geschieht. Dort arbeitet eigenständiges Personal von Lunaris. Nur Reed weiß, was da vor sich geht. Es gibt dort experimentelle Hochsicherheitslabore, aber ich habe wirklich keine Kenntnis darüber, was dort erforscht wird, das müssen Sie mir glauben. Ich versuche seit dem Vorfall mit Harris, herauszufinden, was hier vor sich geht. Deswegen habe ich ohne Reeds Einverständnis den Bericht an Ihren Boss geschickt. Verstehen Sie, ich brauche Sie und ich verspreche Ihnen, dass das die Wahrheit ist. Ich setze hier meine Karriere aufs Spiel. Wenn Sie diesen Fall aufklären wollen, brauchen Sie mich, und ich brauche Sie. Mir wäre es also lieb, wenn wir zusammenarbeiten.«

Lange Sekunden vergingen, in denen er sie musterte und versuchte, in ihrer Mimik zu lesen, ob sie die Wahrheit sagte. Eindeutig konnte er es nicht herausfinden, aber Fakt war, dass sie vielleicht die einzige Person hier war, die ihm wirklich helfen konnte, und das musste er nutzen.

»Ich glaube Ihnen«, sagte er, auch wenn er gemischte Gefühle hatte. »Es ist also tatsächlich wahr, dass es diese Frachter gibt und dass Lunaris etwas gefunden hat, das sie von hier fortschaffen wollen. Und offenbar ist meine Ex-Frau nur aus diesem Grunde hier.«

»Ex-Frau?«

»Elena Torres, die Sonderermittlerin. Wir waren mal verheiratet, aber das ist lange her.«

»Okay, ich verstehe. Ein sensibles Thema«, sagte sie schmunzelnd und wandte sich ihrem Computer zu.

Bishop ging um den Schreibtisch herum und stellte sich neben Sie, während Moreno die Sicherheitsfreigabe eintippte. Ihre Finger bewegten sich rasch über die virtuelle Tastatur, und auf dem Display erschienen unzählige Ordner. Bishop verschränkte die Arme, während Moreno konzentriert arbeitete.

»Dann werden wir mal sehen, ob ich Dateien finde, die mit Ihrer Ex-Frau zu tun haben. Mal sehen, was sie so geöffnet, bearbeitet oder gespeichert hat.«

»Das können Sie?«

»Na ja, irgendwelche Vorteile muss es ja haben, leitende Medizinerin zu sein.«

Nach einem kurzen Moment des Schweigens öffnete sich schließlich ein unscheinbarer Ordner. »Hier ist etwas. Es wurde mit einer ID-Signatur angelegt, die ich nicht kenne: FergusFour.«

»Das ist sie. Fergus ist der Name unseres Sohnes.«

»Sie haben einen Sohn?«, fragte Moreno überrascht.

»Hatte. Er hat vier Minuten gelebt«, antwortete Bishop tonlos und deutete auf den Bildschirm. »Bitte öffnen Sie den Ordner.«

Sie wandte ihren Blick von ihm ab und fixierte wieder den Monitor. Mit dem Finger tippte sie den Ordner an. Eine Sammlung von Dokumenten erschien, den Daten nach zu urteilen mehrere Jahrzehnte alt. Sie alle waren Teil eines Projekts mit dem geheimnisvollen Titel *Projekt Göttertraum.*

Bishop zog skeptisch eine Augenbraue hoch. »Göttertraum? Was soll das denn sein?«

»Ich habe keine Ahnung«, gestand Moreno und scrollte weiter durch die Dokumente. »Laut den Logdateien ist das Projekt bereits seit vier Jahrzehnten stillgelegt, aber diese Daten hier wurden erst vor Kurzem hinzugefügt.«

Moreno öffnete die spezifischen Dokumente nacheinander, sodass sie den Bildschirm ausfüllten. Bishop beugte sich noch etwas näher heran und begann, die Inhalte zu überfliegen. Auf dem Bildschirm erschienen Bilder, Messwerte, Berichte, Analysen und Texte über Objekte, die laut den neuen Informationen auf Ganymed und auf den anderen Galileischen Monden gefunden worden waren.

»Hier steht etwas über Europa, Io und Callisto«, stellte Moreno fest und deutete auf die Zeilen. »Lunaris wusste offenbar schon seit einiger Zeit von ähnlichen Artefakten, bevor sie dieses hier auf Ganymed gefunden haben.«

Bishop kniff die Augen zusammen. »Aber warum verschweigen sie das alles? Und warum tauchen die Daten gerade jetzt hier in der Datenbank auf?«

»Vielleicht ist es kein Zufall«, antwortete Moreno nachdenklich. »Möglicherweise haben sie das Projekt ursprünglich eingestellt und erst jetzt wieder aktiviert. Irgendetwas hat sich geändert.«

Bishop runzelte die Stirn. »Was ist mit diesen vier Frachtern, die sie plötzlich in Richtung der Monde entsandt haben? Wenn sie nur von einem Artefakt sprechen, wozu dann diese massiven Expeditionen? Gibt es doch noch mehr Objekte und Sie wollen auch die zum Mars bringen?«

Moreno schüttelte den Kopf. »Keine Ahnung, wirklich. Ich weiß nur, dass einer dieser Frachter hier gelandet ist. Aber sehen wir weiter, vielleicht finden wir ja etwas, das uns darauf eine Antwort gibt.«

Sie öffnete einen weiteren Ordner mit dem Namen *Genesis*. Dieses Mal war der Inhalt noch überraschender: detaillierte Dokumentationen über ein außerirdisches Raumschiff, das offenbar vor Jahrzehnten auf dem Mars entdeckt worden war.

Bishop stieß einen leisen Pfiff aus. »Verdammt. Das wird ja immer besser. Ein außerirdisches Raumschiff auf dem Mars? Das ist doch verrückt.«

»Und doch scheint Lunaris seit Jahrzehnten darüber Bescheid zu wissen«, ergänzte Moreno ruhig. »Es sieht aus, als hätten sie das Raumschiff eingehend untersucht. Sehen Sie sich das an.«

Bishop las aufmerksam die Zeilen und betrachtete schematische Darstellungen, Pläne und sogar einzelne Artefakte, die offenbar an Bord gefunden worden waren. Alles war akribisch dokumentiert.

»Hmm, hier steht nicht drin, ob sie wissen, von wem das Raumschiff erbaut wurde oder warum es im Sonnensystem war.«

Moreno rieb sich das Kinn. »Ich denke, sie haben keine Möglichkeit gehabt, die internen Systeme zu starten oder auszulesen. Hier steht, die Aliens hätten die Artefakte vor Jahrtausenden hinterlassen.«

Bishop richtete sich auf und trat nachdenklich einen Schritt zurück. »Also haben wir es hier mit einer ganzen Reihe von Artefakten einer unbekannten außerirdischen Spezies zu tun, die Lunaris seit Jahrzehnten kennt, aber geheim hält. Und jetzt sind plötzlich vier Frachter unterwegs, um etwas auf allen vier Galileischen Monden zu sichern. Warum machen sie so ein Geheimnis daraus, wenn es um wissenschaftliche Entdeckungen geht?«

»Vielleicht«, begann Moreno langsam, »ist das Problem genau das Gegenteil. Vielleicht geht es gar nicht um reine

Forschung. Vielleicht haben sie etwas gefunden, das gefährlicher ist, als wir uns vorstellen können.«

Bishop verschränkte wieder die Arme und dachte nach. »Göttertraum«, murmelte er kopfschüttelnd. »Ein verdammt seltsamer Name. Klingt eher wie ein verdrehter Kult als nach einem wissenschaftlichen Projekt.«

Moreno sah ihn ernst an. »Genau das meine ich. Vielleicht haben sie etwas entdeckt, das eine Wirkung auf den Verstand der Menschen hat. Sie selbst haben doch gesagt, dass sich die Leute hier zunehmend aggressiv und irrational verhalten.«

Bishop nickte düster. »Und es passt zu den Werten von Larsson, Clark und Harris.«

Moreno nickte bedächtig. »Wir müssen mehr herausfinden. Diese Dateien sind unvollständig. Wir brauchen vollständige Informationen. Zumindest wissen wir jetzt, dass es hier um eine außerirdische Technologie geht, und ich bin mir sicher, dass die für den Konzern einen immensen Wert darstellt.«

Bishop atmete tief durch. »Dann gibt es wohl nur noch eine Möglichkeit: Wir müssen in Sektion SL-1.«

»Das wird nicht einfach. Reed hat die Sicherheitskräfte verstärken lassen. Ohne triftigen Grund ist man da noch nie reingekommen, aber nun benötigt man eine offizielle Zugangsberechtigung mit der höchsten Sicherheitsstufe, nur um das Hauptschott zu passieren. Lunaris hat diesen Bereich unter gesonderte Führung gestellt, und ich bin mir sicher, dass die Sicherheitsbeauftragte nun die eigentliche Kontrolle über diesen Bereich hat.«

Bishop lächelte müde. »Dann finden wir eben einen anderen Weg. Irgendwie komme ich da rein.«

»Ich weiß nicht so recht, aber das alles ist sehr seltsam. Torres taucht hier in geheimer Mission auf und interessiert sich nicht für die Toten oder die Besatzung von Tros. So als würde sie bereits wissen, was hier vor sich geht. Das könnte der Grund sein, warum sie das, was in der Höhle gefunden wurde, sichern soll. Deswegen hat sie diese ganzen Dateien angelegt.«

»Was meinen Sie?«

»Ich meine, dass das hier zu einfach ist, so als wollte sie, dass wir das hier finden.«

»Sie glauben, das ist ein Ablenkungsmanöver?« Bishop richtete sich auf und rieb sich das Kinn. »Das würde zu ihr passen. Aber warum dieser Aufwand? Ich meine, wenn sie hier etwas gefunden haben, vielleicht sogar etwas, das nicht von Menschen stammt, warum schaffen Sie es nicht einfach still und heimlich weg?«

»Das liegt doch auf der Hand«, sagte Moreno und blickte zu ihm auf. »Weil Harris gestorben ist und ich diesen Bericht geschickt habe. Dadurch ist ein geheimer Abtransport nicht mehr möglich.«

»Hm«, machte er. Da war etwas dran. »Also warten sie darauf, dass Gras über die Sache wächst.«

Er erinnerte sich an Elenas Worte. Sie sei auf nicht eingeplante Schwierigkeiten gestoßen, sie werde sich darum kümmern. Hatte sie damit ihn gemeint? War er das Problem, das unvorhersehbare Hindernis, das beseitigt werden musste?

»Zumindest erklärt das Reeds abweisende Art und dass er möchte, dass ich so schnell wie möglich verschwinde.«

»Ja, vielleicht. Wenn das alles wahr ist, dann stecken wir hier wirklich in ernsten Schwierigkeiten, denn dass hier Menschen sterben, könnte im Interesse des Konzerns liegen. Wenn sie dieses Artefakt in Sektion SL-1 aufbewahren und untersuchen, könnten die Vorkommnisse eine direkte Folge der Forschung sein. Möglicherweise haben sie es aktiviert und studieren nun die Folgen, ohne zu wissen, wie sie es wieder deaktivieren können.«

»Fuck! Das entwickelt sich nicht, wie ich gehofft habe. Ich finde immer mehr Frage und zu wenige Antworten.«

Bishop ballte die Faust, als ihm die Erinnerung scharf und klar wieder in den Kopf schoss: die schwarze Einlassung am linken Brustteil seines Schutzanzugs, kaum größer als eine Handfläche, mit zwei flachen Verschlüssen. Er hatte sie in der Schleuse gesehen, als sie aus der Mine zurückgekommen waren. Damals war ihm nur aufgefallen, dass dort etwas befestigt werden konnte.

»Doc«, sagte er, ohne den Blick vom Datenstrom zu nehmen, »an den Schutzanzügen der Bergleute ist an der linken Brustseite eine glatte, schwarze Platte mit Verschlüssen angebracht. Sind das Halterungen für Kameras?«

Moreno sah von den Werten auf. »Ja, das ist die Befestigung für die Brustkameras. Dort unten gibt es nur die Möglichkeit, Funksignale zu übertragen. Daher werden alle Einsätze aufgenommen, damit die Arbeiten später protokolliert und für die Statistiken analysiert werden können. Warum fragen Sie?«

»Dann existieren Aufnahmen von dem Tag, als Harris mit seinem Team in der Mine war«, stellte Bishop fest.

»Wenn niemand gegen das Protokoll verstoßen hat, ja. Verdammt, wie konnte ich das nur vergessen?« Sie stand auf und griff nach ihrem Pad. »Gehen wir in die Schleuse. Wenn die Halterung benutzt wurde, finde ich im Suit-Log die Modul-ID. Über die ID finde ich die Dateiablage.«

Ohne ein weiteres Wort zu sagen, verließen sie die Krankenstation und eilten zur großen Halle. Zu ihrem Glück nahmen die dort positionierten Sicherheitskräfte wenig Notiz von ihnen. Ungehindert betraten sie die breite Schleuse, hinter der es zur Mine ging. Moreno öffnete die angrenzende Tür zum

Vorbereitungsraum und ließ Bishop eintreten, bevor sie ihm folgte.

Der Vorbereitungsraum an der Schleuse lag still da, nur das Trocknungssystem in den Schränken summte leise. Moreno ging zielstrebig zu einem der Spinde am Ende des Raums.

»Das hier war Harris' Spind. Moment, ich entsperre ihn.« Sie legte ihren Daumen auf ein kleines Feld oberhalb des Griffs.

Wenn Harris' Anzug noch dort war, dann hatten sie Glück, dass hier jemand den Fehler gemacht und vergessen hatte, alle Beweise zu vernichten.

»Dann wollen wir mal sehen.« Bishop atmete innerlich auf, als er den schweren Anzug sah. Er zog ihn ein Stück aus dem Spind, drehte ihn so, dass das Licht der Deckenleiste über die linke Brust strich. Die Platte lag bündig im Gewebe, an der Fuge sah man einen feinen, dunklen Abrieb.

»Und Sie können mit Bestimmtheit sagen, dass es keine Möglichkeit gibt, diese Versiegelung zu umgehen?«

Sie blickte ihn an und schwieg einen Moment, ehe sie den Kopf schief legte. »Ich weiß es nicht. Vielleicht, aber das würde einen Eingriff in die Systemsicherheit bedeuten, also würde Reed es wissen.«

Bishop nickte zufrieden. Moreno wandte sich dem Anzug zu, klappte die kleine Serviceklappe am Kragen auf, hielt ihr Pad an die Kontaktfläche und ließ die Diagnostik laufen.

»Peripherieport H-1: zuletzt verbundenes Gerät: CAM-Lunaris/Seriennummer …« Sie hielt inne. »Die Seriennummer ist nicht lesbar. Das Feld wurde überschrieben.«

»Absicht?«

»So sieht es aus.« Sie tippte eine andere Maske an. »Zeitstempel der letzten Kopplung ist vorhanden. Der Anzug selbst protokolliert das auf einem getrennten Speicher. Letzte

Kopplung an dem Tag, an dem Harris gestorben ist, fünfundfünfzig Minuten nach Rückkehr in die Schleuse. Danach wurde die Kamera entkoppelt. Normalerweise müsste jetzt im Speicher eine Datei mit derselben Kennung sein.« Konzentriert studierte sie die Daten auf dem Display. »Ich bin mir ganz sicher, dass die Kamera nicht mehr da war, als ich den Anzug für meinen Bericht untersucht habe. Ich habe mir nichts dabei gedacht, da ich vermutet habe, dass sie zum Auslesen abgeholt wurde.«

»Gibt es noch eine Möglichkeit, herauszufinden, ob eine Datei existiert?«, fragte Bishop.

»Das Verzeichnis, das die einzelnen Festplatten der Geräte scannt. Es liest die Seriennummern aus und registriert, wo die enthaltenen Daten gespeichert werden.«

»Können Sie von hier aus darauf zugreifen?«

Sie schüttelte den Kopf. »Nein, dazu muss ich wieder an meinen Rechner. Nur von dort komme ich in die Kernsysteme.«

»Dann sollten wir schleunigst dieses Verzeichnis untersuchen«, beschloss Bishop, schob den Anzug zurück in den Spind und schloss die Tür. Ohne dass Moreno ihren Daumen erneut auflegen musste, leuchtete die rechteckige Fläche oberhalb des Griffs für einen Moment rot auf, ehe sie wieder schwarz wurde.

Eilig verließen sie die Schleuse, nahmen den Gang zur Verwaltungsebene und setzten sich in Morenos Büro an ihr Terminal. Moreno authentifizierte sich mit ihrer medizinischen Freigabe, rief die interne Datenbank auf, öffnete das entsprechende Verzeichnis und gab in der Suchmaske den Zeitstempel ein. Filter, Protokollpfade, Spiegelserver. Auf dem Display liefen Trefferlisten durch, die sich sofort wieder leerten.

»Nichts«, sagte sie nach einigen Minuten. »Kein Eintrag unter dem erwarteten Pfad, keine Schattenkopie, keine unvollständige Datei. Ich prüfe die Back-ups.« Sie wechselte in die Sicherungsübersicht. »Auch dort nichts. Das ist ungewöhnlich. Selbst bei einer beschädigten Datei hätte ich eine fehlerhafte Indexzeile.«

Bishop verschränkte die Arme. »Entweder hat jemand das Material entnommen, bevor es gespiegelt wurde, oder die Kamera wurde direkt nach dem Einsatz ausgelesen, ohne den normalen Weg über die Stationsdatenbank.«

»Beides setzt Zugriff auf die Sicherheitsablage voraus«, erwiderte Moreno ruhig. »Und dafür ist Reed zuständig.«

Bishop kam ein beunruhigender Gedanke. »Wer überwacht die Back-ups? Können Sie das sehen?«

»Moment«, sagte sie und gab einige Befehle ein. »Hier, die Back-ups der Kameradaten überwacht und pflegt von … Verdammt ich werd verrückt, es ist …«

»Otis Clark«, beendete Bishop ihren Satz. »Das ist vielleicht der Grund, warum er sterben musste.«

»Wenn das stimmt, dann sollten wir noch einmal mit Larsson sprechen.«

»Das sollten wir. Larsson läuft uns aber nicht weg. Zuerst werden wir mit Reed reden, denn er muss davon wissen, schließlich geschieht hier nichts, ohne dass er es bemerkt.«

Bishop war sich dieses Mal sicher, dass er endlich auf der richtigen Spur war. Es kribbelt in seinem Magen. Möglicherweise war das der erste wirkliche Lichtblick in dieser endlos wirkenden Finsternis aus Geheimnissen.

Reeds Büro lag nicht weit von der Krankenstation entfernt. Der Flur vor dem Sicherheitsbüro war schwach besetzt; zwei Wachleute registrierten sie, sagten aber nichts, als Moreno klopfte und die Tür sich nach Reeds knappem »Herein« öffnete.

Reed hob nicht einmal den Blick, als sie eintraten. Er saß hinter seinem makellos aufgeräumten Schreibtisch, die

Ellbogen aufgestützt, die Fingerkuppen aneinandergelegt, als hätte er die ganze Zeit nur auf genau diesen Moment gewartet. Auf dem Wandbildschirm hinter ihm war die Stationstopologie geöffnet: Gänge, Schleusen, Sektoren – ein Netz aus Linien und Knotenpunkten, das er mit einem Wisch zur Seite schob, kaum dass sich die Tür hinter Bishop und Dr. Moreno schloss.

»Bishop. Doktor.« Seine Stimme klang unaufgeregt, beinahe gelangweilt. »Sie machen doch nicht zu so später Stunde noch einen Spaziergang?«

Bishop blieb stehen, nur zwei Schritte vom Tisch entfernt. Moreno stellte sich neben ihn, das Pad noch in der Hand. Sie wirkte äußerlich ruhig, aber Bishop sah, wie sie mit dem Daumen unbewusst an der Gehäusekante entlangstrich.

»Nicht mal im Entferntesten«, sagte Bishop. »Wir haben eine Frage zu einer Brustkamera.«

Reed blinzelte. »Wie bitte?«

»Harris' Anzug«, sagte Bishop knapp. »An der linken Brust ist eine schwarze Aufnahmeplatte, an der wir Abrieb an der Fuge gefunden haben. Ihr eigenes Protokoll sagt, dass die Module nach jedem Einsatz gespiegelt werden. In der Datenbank fehlt jede Spur vom Inhalt dieser Kamera. Keine Datei, keine Schattenkopie, nicht einmal ein fehlerhafter Indexeintrag. Und das Suit-Log wurde manipuliert, die Seriennummer des Geräts wurde überschrieben.«

Moreno hob das Pad, ohne es einzuschalten. »Der Anzug hat eine Kopplung protokolliert, fünfundfünfzig Minuten bevor Harris durch den Personeneingang zur Mine hinuntergefahren ist. Nach drei Stunden wurde eine Entkopplung registriert. Der erwartete Datensatz ist in den Datenbanken nicht auffindbar, obwohl es Videomaterial von fast vier Stunden geben müsste. So etwas verschwindet nicht zufällig.«

Reed lehnte sich zurück und setzte eine Miene auf, die wohl Gelassenheit signalisieren sollte. »Sie haben die Anzugdiagnostik befragt. Gratuliere. Und jetzt? Wollen Sie daraus eine Verschwörung basteln?«

»Ich will wissen, wo die Aufnahmen sind«, erwiderte Bishop. »Wenn die Kamera nach Protokoll lief, hat sie festgehalten, was in der Höhle passiert ist. Es gibt mittlerweile zwei tote Männer, Harris und Clark. Und einen Verdächtigen, der behauptet, ihm wäre eine Lücke ins Gedächtnis gebrannt worden. Also, wo ist das Material? Denn was auch immer in dieser Höhle gefunden wurde, hängt damit zusammen, und ich muss Sie nicht daran erinnern, dass, wenn Sie sich weigern, ich Sie festnehmen kann, weil Sie meine Ermittlungen sabotieren. Sie sind die einzige Person, die über alle Daten und Vorgänge Bescheid weiß.«

Reed kratzte sich beiläufig an der Schläfe. »Festnehmen?« Er lachte auf. »Versuchen Sie es, dann werden Sie sehen, wie schnell Sie dieser verdammte Mond in den Abgrund reißen wird.« Er schnaubte verächtlich. »Es gibt kein Material. Ich hätte es gesehen. Alles, was über sicherheitsrelevante Kanäle läuft, landet auf meinem Tisch, das ist richtig. Und ich sage Ihnen, es gab keine Aufzeichnungen.«

»Interessant«, erwiderte Bishop. »Denn wenn es wirklich nichts gäbe, hätten Sie weder Grund noch Bedarf, die Seriennummer im Log zu überschreiben.«

»Ich habe gar nichts überschrieben. Sie sollten aufpassen, was Sie sagen. Das, was Sie da andeuten, ist Verleumdung, und dafür kann ich Sie anzeigen. Machen Sie Ihre Arbeit gründlicher, bevor Sie mir solche Dinge unterstellen!«

»Dann frage ich Sie, wer könnte es denn sonst gewesen sein?« Bishop hob die Hand und deutete auf den Bildschirm.

»Könnte ja auch jemand sein, der unter Ihrem Radar fliegt. In beiden Fällen ist das Ihr Ressort.«

Ein Muskel in Reeds Wange zuckte. »Sie laufen ja richtig heiß, Bishop. Sagen Sie mir konkret, was Sie mir unterstellen.«

»Gar nichts, was ich nicht belegen kann«, sagte Bishop. »Deshalb frage ich: Wo ist die Kamera? Wer hat sie entnommen? Und warum hat die Back-up-Routine unter Aufsicht von Otis Clark keinerlei Spur hinterlassen?«

Bei dem Namen zuckte Reeds Blick unwillkürlich zur Tür, als würde dort jemand stehen. »Otis ist tot. Er ist tot, weil Larsson … weil Larsson den Verstand verloren und ihn mit einem Werkzeug erschlagen hat. Das haben Sie selbst gesehen.«

»Ja das habe ich, weil es glücklicherweise eine Aufnahme davon gab«, erwiderte Bishop ruhig. »Ich habe nicht gesehen, warum er das getan hat. Und ich habe auch nicht gesehen, dass er wusste, was er tat. Er behauptet, ein Schmerz habe ihm das Hirn gekocht. Dr. Moreno hat Blutwerte, die zu einer erzwungenen Überstimulation passen. Harris, Clark und Larsson, drei Menschen mit ungewöhnlichen Neurotransmitterwerten. Und ich sage Ihnen noch etwas: Clark wurde ermordet, weil er wusste, was auf der Aufnahme von Harris' Kamera zu sehen war. Vielleicht hat er die Dateien manipuliert und später plagte ihn sein Gewissen. Vielleicht musste er sterben, damit er nichts ausplaudert.«

Moreno trat einen halben Schritt vor. »Serotonin, Dopamin, Noradrenalin – alle weit außerhalb des Normbereichs. So gleichmäßig, dass ein Zufall unwahrscheinlich ist. Wenn wir die Aufnahmen aus der Höhle hätten, könnte ich den Verlauf abgleichen. Möglicherweise sehen wir Trigger, Lichtwechsel, Fremdfelder oder irgendetwas, das Rückschluss darauf gibt, was das ausgelöst hat.«

»Lichtwechsel? Fremdfelder?« Reed lachte kurz auf. »Bitte? Wir sind eine Bergbaustation und keine Geisterbahn. Was Sie haben, sind zwei Leichen und einen Software-Ingenieur, der einen Aussetzer hatte. Tragisch, ja. Verdächtig? Nein. Larsson hat Clark getötet, Punkt. Das, was Sie mir hier erzählen, ist absurd. Ich glaube, Sie versuchen krampfhaft, etwas zu finden, das nicht existiert. Es gab in der Höhle nichts, das das, wovon Sie beide da sprechen, hätte auslösen können.«

»Und Harris?« Bishop wandte den Blick keinen Millimeter von Reeds Gesicht ab. »War das auch ein Aussetzer?«

»Harris ist bei einem seismischen Ereignis ums Leben gekommen.« Reed sprach, als läse er aus einem Lehrbuch vor. »Ein Unfall. Die Autopsie sagt stumpfe Gewalteinwirkung, womöglich verursacht durch herabfallendes Material. Doktor?«

Moreno antwortete nicht sofort. »Möglich ist nicht gleich wahrscheinlich.«

»Möglich reicht mir«, entgegnete Reed. »Ich habe hier einen Minenbetrieb aufrechtzuerhalten.«

»Das heißt nicht, dass Sie Beweise verschwinden lassen können«, erwiderte Bishop. »Wir kommen um die Kamera nicht herum. Wir wissen, dass Harris eine getragen hat. Warum versuchen Sie, das zu leugnen?«

Reed stand nun ebenfalls auf. »Sie sind hier Gast. Ich trage die Verantwortung für diese Station und ihr Personal, und ich werde nicht jeder Verschwörung oder absurden Theorie nachgehen, nur weil Sie ein Bauchgefühl haben.« Er deutete auf die Tür. »Die Diskussion ist beendet. Entweder glauben Sie mir, dass es keine Aufzeichnungen gibt, oder Sie lassen es. Es ist mir gleich. Und nun verschwinden Sie.«

Bishop spürte, wie ihm der alte, trockene Zorn in den Nacken kroch, der meistens dann kam, wenn jemand mit Macht versuchte, ihn für dumm zu verkaufen. Er zwang sich, ruhig zu bleiben.

»Sie beenden gar nichts, solange hier Menschen sterben.«

»Ich beende diese Unterhaltung«, stellte Reed klar, und seine Stimme bekam einen Tonfall, der nicht laut sein musste, um Wirkung zu haben. »Und ich sage Ihnen noch einmal klar und deutlich: Es gibt keine Aufnahmen aus der Höhle, die Sie nicht kennen dürften. Es gibt keine verschwundene Kamera. Und es gibt keine Vertuschung.«

Moreno hob das Kinn. »Dann erlauben Sie eine letzte, einfache Frage. Wer hat Zugriff auf die Sicherheitsablage der Anzugmodule?«

»Ich«, sagte Reed. »Und die von mir autorisierten Techniker. Clark gehörte dazu.« Er machte eine kurze Pause. »Und nein, bevor Sie fragen: Larsson gehörte nicht dazu.«

Bishop schob die Hände in die Taschen, nur damit sie etwas zu tun hatten. »Wenn ich jetzt in Clarks Arbeitsbereich gehe und seine Wartungsprotokolle einsehe – in Ihrer Begleitung –, finde ich dann eine Lücke?«

»Sie finden, was Sie immer finden, wenn jemand plötzlich stirbt«, sagte Reed. »Halbfertige Einträge, verschobene Routinen. Keine Verschwörung. Nur Chaos.«

»Chaos, das jemand nutzen konnte, um Material zu entfernen.«

»Bishop, hören Sie: Es gefällt mir nicht, dass Clark tot ist. Er war zuverlässig. Und es gefällt mir nicht, dass Sie jeden Stein umdrehen, als läge darunter eine Schlange. Aber Larsson hat zugeschlagen. Punkt.«

Moreno schob leise Luft durch die Zähne. »Und Harris?«

»Harris«, sagte Reed, ohne zu zögern, »war zur falschen Zeit am falschen Ort. Ende.«

»Ich habe im Protokoll gelesen, dass Harris' Schichtleiter Franz Ernst, sich nach dem Vorfall in der Höhle zur Raumstation Jetta im inneren Gürtel hat versetzen lassen. Ich habe mir erst nichts dabei gedacht, weil es mir unwichtig erschien, aber jetzt frage ich mich: Ist das auch nur so ein Zufall?«

Reeds Mund verzog sich zu einem bösartigen Grinsen. Er schüttelte langsam den Kopf. »Sie sind wirklich wie ein Bluthund, nicht wahr? Kein besonders schlauer, aber Sie lassen nicht locker, wenn Sie mal Blut gerochen haben. Nur passen Sie auf, dass Sie sich nicht in etwas verbeißen, das ihnen nicht schmeckt.«

War das schon wieder eine subtile Drohung?

»Harris' Tod hat Ernst ziemlich mitgenommen. Er war völlig neben sich. Da habe ich mit der Konzernleitung gesprochen und ihn mit der nächsten Fähre losgeschickt. Das ist alles.«

Bishop trat einen Schritt näher an den Schreibtisch heran. »Seltsam, dass er sich nicht einmal von Dr. Moreno untersuchen hat lassen, finden Sie nicht auch? Sie macht auf mich den Eindruck, dass sie etwas von ihrem Fach versteht.«

Reed hob die Hand und ließ seinen Zeigefinger auf und abschwingen. »Sehen Sie, und wieder irren Sie sich. Die gute Frau Doktor hier ist Allgemeinmedizinerin, aber Ernst wollte zu einem Experten. Außerdem hat er mich darum gebeten, es diskret zu behandeln. Er wollte so schnell wie möglich von hier verschwinden.«

»Was Ihnen natürlich sehr ungelegen kam, an dem Tag gleich zwei Mitarbeiter zu verlieren und zwei weitere fürs Erste außer Gefecht gesetzt zu sehen.«

Reed schwieg. Offenbar hatte er sich entschlossen, die Taktik zu ändern und sich nicht weiter provozieren zu lassen. Der Sicherheitschef wirkte, als wüsste er genau, was er tat. Er war ein vorsichtiger Mann.

Dann senkte er plötzlich den Blick, wischte mit dem Daumen eine unsichtbare Staubspur von der Tischkante und seufzte leise – ein Ton, der nicht zu seiner Fassade passte. »Noch etwas«, sagte er, als hätte er die Worte lange im Mund hin- und hergewendet. »Bevor Sie mir wieder erzählen, was ich alles blockiere.« Er tippte einen Befehl ein. Auf dem Bildschirm flammte ein Posteingang auf, der aber sofort wieder verschwand. »Es ist eine Nachricht von der Orbitalstation eingegangen, mit der höchsten Dringlichkeitsstufe. Commander Aurelia hat sie uns weitergeleitet. Sie kommt direkt von Ceres. Ich habe sie an Ihr Apartment durchgestellt.«

Bishop und Moreno wechselten einen Blick. Reed bemerkte es: Das war Absicht. Ein Knochen, den Reed ihnen hinwarf. Oder eine Warnung.

»Worum geht es?«, fragte Bishop.

Reed zuckte mit den Schultern. »Ich lese die Post meiner Gäste nicht.« Er deutete wieder auf die Tür. »Jetzt gehen Sie und lassen mich meine Arbeit machen. Wir haben hier viel nachzuholen.«

»Vielen Dank für Ihre Kooperation«, sagte Bishop und versuchte, den sarkastischen Ton, der ihm auf der Zunge brannte, zu unterdrücken.

Ein müdes, fast echtes Lächeln huschte über Reeds Gesicht und verschwand sofort wieder. »Gute Nacht, Detective Bishop. Doktor.«

Bishop wandte sich ab, auch wenn er Reed gerne noch zur Apophis befragt hätte, denn in diesem Punkt hatte er ihn ebenfalls angelogen. Und Bishop glaubte Moreno. Sie hatte sich sein Vertrauen mittlerweile erarbeitet. Er schluckte die unausgesprochene Frage hinunter und ging zur Tür.

Der Flur vor dem Büro war still. Zwei Sicherheitsleute standen an der Kreuzung, die Hände hinter dem Rücken verschränkt, der Blick neutral, aber nicht freundlich. Bishop und Moreno passierten sie schweigend.

Erst als sie in den Quergang auf der anderen Seite der großen Halle zur Habitatsektion einbogen, sagte Moreno: »Er lügt, und das auch noch, ohne einen Funken Reue zu zeigen. Das ist nicht mehr der Reed, den ich kenne.«

»Was meinen Sie damit?«

»Ich meine alles, was in den letzten Stunden passiert ist. Dass er sich so querstellt, sich so unkooperativ zeigt, dass er so auf Konfrontation geht, das ist untypisch für ihn. Er lügt mir mitten ins Gesicht, das meine ich.«

»Ich habe auch registriert, dass er unter Druck steht, aber wenn Sie mir sagen, dass sein Verhalten untypisch ist, dann gibt es dafür eventuell einen Grund. Und ja, er lügt uns an.«

»Und er weiß, dass wir wissen, dass er lügt.«

»Da gebe ich Ihnen ebenfalls recht.«

Sie gingen weiter. Das Summen der Lüfter kam ihm lauter vor als sonst. Bishop merkte, dass er die Kiefer so fest zusammenpresste, dass es in den Schläfen pochte. Er zwang die Muskeln zur Ruhe.

»Warum der Hinweis auf die Nachricht?«, fragte Moreno.

»Vielleicht kann er es nicht verhindern«, sagte Bishop. »Vielleicht ist er klug genug, mir die Hand zu reichen. Oder er will mich in mein Apartment schicken, weg aus seinem Bereich.«

»Oder beides.« Moreno sah ihn kurz an. »Sie glauben ihm kein Wort.«

»Nicht einmal die Satzzeichen kaufe ich ihm ab«, sagte Bishop trocken.

Irgendwo tief in der Station vibrierte etwas, eine Pumpe oder eine Drosselklappe. Bishop mochte dieses Geräusch nicht. Er mochte die ganze Station nicht – als wäre sie darauf ausgelegt, Dinge zu verschlucken und dann so zu tun, als wären sie nie da gewesen.

»Die Kamera«, sagte Moreno nach einer Weile. »Wenn es die Aufnahmen gibt und sie nicht in der Datenbank liegen, dann sind sie entweder lokal gesichert – also im Modul – oder sie wurden in einen separaten Sicherheitsbereich gespiegelt.«

»SL-1«, sagte Bishop.

Moreno nickte. »Möglich ist auch, dass jemand anderes die Kamera hat und Reed selbst an den Inhalt nicht mehr herankommt. Ich denke da an …«

»… Torres«, beendete Bishop ihren Satz, ohne die Stimme zu heben.

Der Gang zu Bishops Apartment war menschenleer. Bishop spürte die Müdigkeit, die ihn schmerzlich an die wenigen Stunden Schlaf erinnerte. Aber seine Gedanken waren hellwach und scharfkantig wie zerbrochenes Glas.

Vor seiner Tür blieb er stehen und ließ Moreno zuerst eintreten, eher er ihr folgte. Der Raum lag im Dunkeln, nur die Grundbeleuchtung unter der Deckenleiste glomm.

»Keil, Licht, gedimmt«, sagte er.

Die Quartier-KI meldete sich mit freundlicher Stimme. »Guten Abend, Dr. Moreno und Detective Bishop. Möchten Sie, dass ich Musik zum Kuscheln spiele? Wie wäre es mit Smooth Jazz?«

»Haha, sehr witzig«, erwiderte er und warf dem grün leuchtenden Smiley einen finsteren Blick zu, was Moreno offensichtlich belustigte. Die KI hatte Humor, das musste er dem Ding lassen.

Die Tür schloss sich und die Lichtleisten nahmen etwas an Intensität zu. Bishop ging zum Wandterminal und tippte den Bildschirm einmal an, der daraufhin aufleuchtete. Er zeigte im Hintergrund das Symbol der Station Tros, über dem das

Zeichen für eine eingegangene Prioritätsnachricht in einem fordernden Rhythmus mittig auf dem Display blinkte.

Bishop legte den Daumen auf das Authentifikationsfeld am unteren Bildschirmrand und wartete, bis das System ihn erkannte. Der Bildschirm wurde schwarz, dann erschien das Wappen der UN-Sicherheitsabteilung, gefolgt von der kantigen Silhouette eines Mannes, den Bishop zu gut kannte. Timmons sah müde aus. Die Augen lagen tiefer als sonst, der Bartschatten wirkte ungepflegt.

»Bishop«, begann er ohne Begrüßung, »ich habe Ihren Bericht gelesen. Und ich sage es Ihnen offen: Ich mache mir große Sorgen. Nicht nur wegen Harris oder dem Mord an Clark, sondern wegen allem, was auf Ganymed vor sich geht. Das hier zieht Kreise, und zwar schneller, als mir lieb ist.«

Er beugte sich etwas näher zur Kamera, senkte die Stimme, als könnte jemand mithören.

»Auf Ceres ist es zu einem Aufstand gekommen. Mitglieder des Schwarzen Vakuums haben mehrere Lunaris-Mitarbeiter angegriffen. Es gab einen regelrechten Straßenkampf, der nur mit massiver Gewalt durch die Sicherheitskräfte niedergeschlagen werden konnte. Vier Tote und sechsundzwanzig Verletzte.«

Bishop spürte, wie sich seine Hände langsam zu Fäusten ballten.

Timmons fuhr fort: »Die Präsidentin der UN ist alarmiert. Sie fürchtet, dass sich dieser Konflikt weiter ausbreitet – bis zur Erde. Die Stimmung kippt. Es gibt dort inzwischen offenen Widerstand gegen die Präsenz von Lunaris. Die Gerüchte reißen nicht ab: angebliche Menschenversuche im Jupitersystem, Pläne, die Ressourcen des Sonnensystems noch aggressiver auszubeuten. Aber der Auslöser für den Aufstand waren Berichte, die im Hypernet aufgetaucht sind. Mehrere voneinander unabhängige Quellen behaupten, Lunaris habe ein fremdes Raumschiff gefunden und Zugriff auf außerirdische Technologie.«

Das Bild zuckte kurz, Timmons' Gesicht wurde für einen Moment vom Rauschen verschluckt.

»Die Menschen in den Kolonien sind bereit, zu kämpfen, Bishop. Sie wollen diese Konzerne stoppen, bevor es zu spät ist. Und wenn das weiter eskaliert, dann reden wir nicht mehr über vereinzelte Ausschreitungen, sondern über einen Bürgerkrieg im All, der im schlimmsten Fall auch die Erde erreichen wird.«

Er atmete schwer aus und sah direkt in die Kamera.

»Einer der Toten bei dem Aufstand war Travis Finn. Ihr alter Weggefährte Collins hat mich gebeten, Ihnen das persönlich mitzuteilen. Falls er ein Freund von Ihnen war, möchte ich Ihnen mein Beileid aussprechen. Dennoch bitte ich Sie, fokussiert zu bleiben. Ich brauche Sie konzentriert. Sie müssen diesen Fall so schnell wie möglich abschließen, egal was dort vor sich geht. Das Schwarze Vakuum stachelt immer mehr Leute an, und ich weiß nicht, wie lange ich die Lage noch unter Kontrolle halten kann. Es gibt bereits erste Hinweise, dass mehrere Mitglieder des SVs nur darauf warten, dass Lunaris mit Schiffen vom Jupiter startet. Sie wollen sie offenbar auf dem Weg nach Ceres abfangen und entern. Dadurch würden sie die Streitkräfte der Erde aktivieren, und es würde zum ersten ernsthaften interplanetaren Konflikt kommen. Wenn auch nur ein Funken Wahrheit in diesen Gerüchten steckt, dann bringen Sie diese Mistkerle von Lunaris zu Fall.« Er nickte knapp. »Alles Gute, Bishop.« Dann brach die Verbindung ab, und der Bildschirm wurde schwarz.

Bishop starrte noch einen Moment auf die dunkle Fläche. Neben sich hörte er Morenos leisen Atem, spürte die angespannte Ruhe im Raum.

»Travis«, sagte er schließlich. Es war kein Ausruf, eher ein stilles Festhalten an einem Namen.

Moreno trat näher. »War er ein enger Freund?«

Bishop schüttelte langsam den Kopf. »Nein. Aber … er war jemand, auf den ich zählen konnte. Ein Informant, ein guter Mensch, der am falschen Ort geboren wurde. Und er wusste zu viel, genau wie Clark, also hat man ihn beseitigt.« Er verschränkte die Arme. »Das war kein Zufall. Harris, Clark und jetzt Travis. Da räumt jemand auf, und zwar systematisch, ohne Spuren zu hinterlassen.«

In Morenos Blick lag kein Widerspruch. »Die Berichte, von denen Timmons gesprochen hat …«

»… sind genau die, die Elena in der Datenbank hinterlegt hat«, beendete Bishop den Satz.

Sie wechselten einen Blick. Es hing mehr in der Luft als nur der Name.

»Warum?«, fragte Moreno leise. »Warum sollte sie Informationen streuen, die einen Aufstand auslösen?«

Bishop antwortete nicht sofort. Stattdessen ging er zum kleinen Wandregal, zog eine versiegelte Wasserflasche heraus und öffnete sie. Das Plastik knackte leise. Er trank einen Schluck, als bräuchte er die Bewegung, um Zeit zu gewinnen.

»Vielleicht will sie, dass Lunaris unter Druck gerät. Wahrscheinlich hat sie ihre eigenen Gründe. Oder sie will, dass jemand glaubt, sie hätte diese Gründe.«

»Oder sie spielt ein doppeltes Spiel«, sagte Moreno.

Bishop nickte knapp. »Das Problem ist: Wenn das stimmt, dann steckt sie bis zum Hals drin. Und wenn sie drinsteckt, dann kann es sein, dass sie schon längst nicht mehr frei agieren kann.«

Er ging zurück zum Terminal, legte die Hand auf die Lehne des Stuhls, ohne sich zu setzen. »Timmons will Ergebnisse, und zwar schnell. Wenn das hier wirklich ein Bürgerkrieg wird, dann werden unsere Erkenntnisse nur der Funke im Pulverfass sein.«

Moreno trat neben ihn. »Und trotzdem müssen wir weitermachen. Die verschwundenen Kameraaufnahmen, Sektor SL-1, die Morde, Ernsts Versetzung und Larsson, es hängt alles zusammen.«

Bishop blickte sie an. »Ich weiß, und ich werde nicht schlau aus dem Ganzen. Warum geschieht das alles? Was kann so wertvoll sein, dass es notwendig ist, Intrigen zu schüren, die einen handfesten Bürgerkrieg und Morde rechtfertigen?«

Eine Weile standen sie schweigend im Halbdunkel des Apartments. Dann griff Bishop nach seiner Jacke. Er fühlte, wie sein Körper vor Anspannung beinahe vibrierte.

»Gut«, sagte er ruhig. »Dann sollten wir versuchen, herauszufinden, was Elena vorhat. Und ich werde noch einmal mit Larsson sprechen. Vielleicht weiß er ja etwas über die Aufnahmen.«

Moreno nickt ihm entschlossen zu.

Bishop verließ nach ihr sein Apartment, doch dieses Mal tat er es mit einer klaren Richtung. Er hatte eine Verbündete gefunden, die er dringend benötigte. Der Nebel, der über diesem Fall lag, lichtete sich langsam. Doch was er darunter entdecken würde, machte ihm schon jetzt Sorgen.

Die Stille von Tros

Korridor vor Bishops Apartment, Station Tros, Mond Ganymed

Noch ehe Bishop das dumpfe Klacken der sich schließenden Tür hinter sich richtig wahrnahm, erlosch plötzlich die Deckenbeleuchtung im Korridor. Für den Bruchteil einer Sekunde war alles in dichte Schwärze getaucht. Bishop hielt in der Bewegung inne. Nur einen Herzschlag lang glaubte er, das Brummen der Lebenserhaltung, das übliche Summen und Rauschen der Lüftungsanlagen, zu vernehmen, dann verstummte auch das und alles um sie herum wurde still. Wenige Sekunden später hörte er in der Ferne aufgebrachte Stimmen, Schritte, ein dumpfes Dröhnen – dann sprangen die Notsysteme an. Kleine, blassrote Lampen tauchten den Gang in ein gespenstisches Zwielicht.

Moreno sog neben ihm flach die Luft ein. »Das kann kein Zufall sein«, murmelte sie, während ihre Silhouette im unsteten Schein der Notbeleuchtung eine Sekunde lang wie eingefroren wirkte.

Bishop spürte augenblicklich den vertrauten Schub aus Adrenalin und Intuition, den er in all den Jahren als Ermittler auf Ceres zu ignorieren gelernt hatte, wenn er ihn nicht gebrauchen konnte – und ihn zuzulassen, wenn es sein musste. Jetzt musste es sein. Sein Verstand sprang in den Alarmmodus: Notstrom, reduzierte Systeme, das Hauptnetz der Station war ausgefallen. Keine Kameras, keine automatischen Schleusen, viele Alarme funktionierten wahrscheinlich nicht mehr, eventuell war auch die Kommunikation tot. Das bedeutete, dass nicht nur die interne Verbindung lahmgelegt war, sondern auch jegliche Verbindung zur Orbitalstation und darüber hinaus. In diesem Fall wären sie auf sich gestellt, was ein perfektes Umfeld für die Vorgänge hier in der Basis darstellte.

»Das kann nichts Gutes bedeuten. Ist das schon mal passiert?«

Sie schüttelte den Kopf. »Nicht in meinen zehn Dienstjahren hier. Der Fusionsreaktor der Station ist sehr zuverlässig und kann nicht einfach so ausfallen. Es scheint beinahe so, als wäre der Hauptrechner der Station abgestützt, über den alle relevanten Systeme laufen.«

»Was ist mit den Sicherungsprotokollen?«, fragte er leise.

Moreno schüttelte den Kopf. »Die laufen auf einer separaten Notversorgung, aber alles, was nicht Lebenserhaltung ist, wird jetzt nach und nach abgeschaltet, damit danach der Hauptrechner wieder hochgefahren werden kann. Aber ich befürchte in Anbetracht der Vorkommnisse, dass dies hier mit Absicht geschehen ist.«

»Scheiße, verdammte«, fluchte Bishop. »Genau dieser Gedanke ist mir auch gekommen. Das muss gezielte Sabotage sein.«

»Und je nachdem, wie viel Vorlauf der Saboteur hatte, hat er vermutlich gezielt die Sicherheit ausgehebelt.«

In diesem Moment durchfuhr es Bishop, als wäre er von einem elektrischen Schlag getroffen worden. Er zog Moreno am Arm. »Larsson«, sagte er nur, und in ihren Augen zuckte es. Beide hatten im selben Moment den Gedanken: Wer auch immer für den Shutdown verantwortlich war, wollte im Schutz der Dunkelheit etwas oder jemanden erledigen. Und es lag nahe, dass der Mann, der als Letzter gesehen haben konnte, was in der Höhle passiert war, als Nächster auf der Liste des Mörders stand.

Sie setzten sich in Bewegung, liefen den Gang hinunter, passierten die große Halle, in der sich Sicherheitsleute in Gruppen aufteilten. Bishop und Moreno schenkten ihnen wenig Beachtung, genauso wie dem übrigen Stationspersonal, das sie passierten. Sie hatten keine Zeit, sich aufhalten zu lassen, und eilten hinüber zur Sicherheitssektion. Die Notbeleuchtung malte verzerrte Schatten auf die Wände. Das einzige Geräusch waren ihre schnellen Schritte auf dem harten Bodenbelag. An zwei Kreuzungen kamen sie an den gespenstisch wirkenden, jetzt funktionslosen Displays der Stationsanzeigen vorbei, auf denen nur das rote Symbol für eine Störung blinkte.

Sie erreichten die Hauptschleuse zum Gefängnistrakt – ein massives, jetzt halb entriegeltes Schott, das bei Notbetrieb automatisch geöffnet blieb, um Fluchtwege nicht zu blockieren. Moreno war schneller als Bishop, schob sich mit erstaunlicher Präzession und Schnelligkeit hindurch.

Im Innern war es noch dunkler. Selbst die Notleuchten wirkten, als hätten sie Angst, zu viel preiszugeben. Zwei Sicherheitsleute, beide in dunkelblauen Overalls, standen nervös am Zugang zu den Zellen. Ein bulliger Typ mit rasiertem Schädel blickte unsicher zwischen ihnen und dem Inneren der Zellen hin und her. Der andere, ein jüngerer Mann mit eingefallenen Wangen und einem zitternden Lichtstab in der Hand, schien den Ernst der Lage noch nicht richtig begriffen zu haben.

»Was ist hier los?«, fuhr Bishop sie an und blickte auf das Namenschild des bulligen Typs, das ihn als Kasper identifizierte.

Kaspar presste die Lippen zusammen. »Wir hatten einen kompletten Systemausfall. Im Überwachungsbüro sind sämtliche Anzeigen schwarz geworden. Ich musste rausfinden, ob wir ein Leck in der Stromversorgung haben, also hab ich nach der Steuerung und den Leitungen hier gesehen. Das hat kaum fünf Minuten gedauert …«

Bishop ließ ihn nicht ausreden, sondern schob sich an ihm vorbei zur einzigen besetzten Zelle. Die Tür stand einen Spalt offen, gerade so breit, dass sich eine sehr schlanke Person hindurchschieben konnte. Er hielt inne, spürte einen bitteren Kloß im Hals. Moreno war direkt hinter ihm. In der einen Hand trug sie ihr Medpad, die andere Hand presste sie sich vor den Mund, als müsste sie ihn daran hindern, einen Schrei des Entsetzens auszustoßen.

Larsson lag auf der Pritsche, der Körper verrenkt, das Gesicht halb von Schatten verdeckt. Bishop erkannte sofort, dass hier nichts mehr zu retten war – der Mann war tot, und er musste es schon einige Minuten sein.

»Können wir diese Tür weiter öffnen?« Bishop blickte die beiden Sicherheitsmänner fragend an.

»Ohne Strom nicht«, erwiderte der hagere Mann, dessen Namensschild ihn als Tscherny auswies.

»Dann helfen Sie mir, sie aufzudrücken«, forderte Bishop und legte beide Hände an die Kante der Tür.

Die beiden Männer machten die Hände frei und halfen ihm. Es gelang ihnen, die Tür weit genug aufzuziehen, um problemlos in die Zelle zu gelangen. Moreno schob sich augenblicklich an Bishop vorbei und trat an Larssons Seite, beugte sich über den reglosen Körper und scannte hastig mit dem Pad.

»Kein Puls«, murmelte sie, obwohl es längst offensichtlich war, dass der Mann tot war. Doch auch sie hatte sich an Vorschriften zu halten, und Bishop wusste, dass jemand erst tot war, wenn ein Mediziner den Körper für tot erklärt hatte.

Vorsichtig hob sie Larssons Kopf an und drehte ihn etwas ins Licht. Ein dunkler, beinahe unsichtbarer Fleck zog sich quer über seine Stirn – ein Bluterguss, vielleicht eine Prellung, vielleicht mehr. Bishop suchte mit geübtem Blick nach weiteren Verletzungen, drehte vorsichtig die Hände des Toten. Unter den Fingernägeln winzige Reste von Haut oder Stoff – anscheinend hatte Larsson noch gekämpft. Die Augen halb geöffnet, im Blick eine Mischung aus Schock und Leere. Kein Blut, kein offener Bruch, aber die Haltung des Halses war seltsam verdreht, als hätte man ihm das Genick gebrochen oder ihm einen gezielten Schlag versetzt.

Moreno richtete sich wieder auf.

»Todeszeitpunkt?«, fragte Bishop knapp.

Sie zögerte, prüfte Werte auf dem Pad, das via Nahsensorik noch eine Resttemperatur des Körpers messen konnte. »Um die zehn Minuten. Eher weniger. Er war schon tot, als wir losgelaufen sind.«

Bishop schloss die Augen einen Moment. Zu spät. Verdammt! Sie waren zu spät gekommen. Ein Gefühl der Ohnmacht mischte sich mit der Wut auf die beiden Wachen, die jetzt unsicher am Zellenzugang standen.

»Sie haben nichts gesehen?«, fragte Bishop mit eiskalter Stimme, ohne die Männer anzusehen.

Der Jüngere, Tscherny, hob beschwichtigend die Hände. »Wir waren im Überwachungsraum. Die Monitore waren ausgefallen. Es gab einen Alarm aus der Techniksektion. Kaspar ist nach den Sicherungen schauen gegangen und ich hab versucht, die Kommunikation wiederherzustellen, um Reed zu erreichen. Niemand hat auf den Funk reagiert. Dann kam die Notbeleuchtung und ich bin zurück …«

Bishop unterbrach ihn und drehte sich mit einem Ruck zu den beiden um. »Also war in den letzten zehn Minuten niemand bei Larsson? Keiner von Ihnen? Sie haben nicht mal einen Kontrollgang gemacht?«

Kaspar zuckte mit den Schultern, sein Schädel glänzte im kalten Licht. »Nein, Sir. Die Tür war ja verschlossen. Ich habe mir auch keine Gedanken darüber gemacht. Was soll schon passieren?«

»Was soll passieren?«, wiederholte Bishop schneidend. »Der wichtigste Zeuge, der Einzige, der vielleicht wusste, was hier wirklich läuft, und Sie lassen ihn ohne Aufsicht, während die Systeme abschmieren?«

Moreno trat einen Schritt nach vorn, die Stimme ruhig, aber fest. »Wir brauchen die Logdaten der Schleuse und die Notrufprotokolle aus dem letzten Zyklus.«

Kaspar wollte etwas erwidern, da hörten sie im Gang Schritte – ein anderer Offizier, ein junger Techniker, keuchte: »Chief Reed ist unterwegs. Aber der Funk ist immer noch tot. Die Hauptsysteme fahren noch nicht wieder hoch.«

Bishop achtete nicht auf die Männer. Er hatte sich längst wieder der Leiche zugewandt, kniete neben Larsson, untersuchte die Pritsche, die Wände, den Boden. Keine Kratzspuren, kein abgebrochener Fingernagel, nichts, das auf einen offenen Kampf hinwies. Kein Werkzeug, kein improvisierter Gegenstand. Es sah aus, als hätte der Tod einfach wortlos, fast elegant zugeschlagen und die Zelle wieder verlassen. Dass es sich bei dem Täter um jemanden handeln musste, der die Systeme der Station genau kannte, war für ihn bereits klar. Um das Hauptsystem einer solchen Anlage gezielt zu sabotieren und es genau so zu timen, dass man genug Zeit hatte, hierherzukommen, einen Menschen zu ermorden und anschließend ungesehen wieder zu verschwinden, brauchte es einiges an Können und Wissen. Abgesehen davon hatten sie es mit einem eiskalten Geist zu tun.

Er trat an die Innenseite der Zellentür, leuchtete mit seiner kleinen Taschenlampe entlang der Kanten. »Nun, derjenige, der hierfür verantwortlich ist, wusste genau, was er tat. Wir können wohl davon ausgehen, dass dieser Sabotageakt einzig dem Mord an Larsson gedient hat.«

Moreno blätterte durch die letzten Logeinträge auf ihrem Pad. »Kein Alarm, keine Fremdzugriffe. Die Protokolle enden einfach – dann kommt der Ausfall.«

Bishop stand auf. »Wir haben es hier mit einem eiskalten Killer zu tun, der zudem offenbar über Insider-Informationen verfügt und technisch versiert ist.«

»Glauben Sie, dass es jemand vom Stationspersonal ist?«

Bishop schenkte Moreno einen flüchtigen Blick. »Das ist für mich die einzige logische Schlussfolgerung, wer sollte es sonst sein?«

Kaspar trat unruhig von einem Fuß auf den anderen. »Soll ich Chief Reed nach Unterstützung fragen?«

Bishop winkte unwirsch ab. »Sagen Sie ihm, er soll ein Technikteam direkt in die Überwachungszentrale schicken. Wir brauchen sofort alle Logs der letzten Stunde.« Er wandte sich ab und ließ den Blick über den Toten gleiten. »Glauben Sie mir, der Täter hat diesen Sektor längst verlassen. Am Ende sind wir auf unserem Weg an ihm oder ihr vorbeigelaufen.«

Moreno trat an seine Seite. Ihr Blick war kühl, aber in ihren Augen lag etwas, das Bishop gut kannte: Erschöpfung gepaart mit der Ahnung, dass sie mitten in einen Strudel geraten waren, der sie in ein schwarzes Loch der menschlichen Seele reißen konnte.

»Es ist wirklich sehr seltsam, dass es hier absolut keine Spuren gibt. Wenn wir doch nur ein Spurensicherungsteam hierherrufen könnten. Diese Abgeschnittenheit ist wirklich beängstigend.«

»Wir sind nicht nur abgeschnitten, wir werden systematisch isoliert. Einer nach dem anderen. Harris, Clark, Larsson. Der Täter hat einen Plan, und wir sind die Nächsten, die ihm im Weg stehen. Ich kapiere es einfach nicht. Es kann nicht nur Lunaris sein, die hier ihre Finger im Spiel haben.« Er machte eine Pause. »Was ich auch nicht verstehe: Warum hat man Bruckner und Martinez bewusstlos in der Höhle zurückgelassen und nur Harris getötet? Dieses Rätsel bereitet mir schon längere Zeit Kopfschmerzen.«

Moreno nickte. »Das kann ich nicht beantworten, aber die Frage ist mir ebenfalls gekommen. Wer auch immer das hier war, hatte Zugang zu den internen Systemen. Das kann kein einfacher Minenmitarbeiter gewesen sein, dafür sind entsprechende Freigaben nötig und zudem ein umfangreiches Wissen über alle Systeme.«

Bishop sah zum Eingang des Trakts. »Dann bleibt uns nicht mehr viel Zeit. Larsson war nicht nur ein Bauernopfer. Es wird Zeit, dass wir den König aus dem Spiel nehmen, bevor wir selbst im nächsten Zug mattgesetzt werden. Das kann ich nicht zulassen. Wir müssen dem Täter einen Schritt voraus sein, denn wir dürfen dieses Spiel nicht verlieren.«

Der Geruch von Ozon und Schweiß hing schwer in der Luft. Die beiden Sicherheitsleute versuchten, sich so unsichtbar wie möglich zu machen. Ihre Blicke flackerten nervös zwischen Bishop, der Leiche und dem Korridor hin und her.

Die unverwechselbar schweren Schritte auf dem Betonboden kündigten Reed an. Er kam schnell um die Ecke, der Overall leicht zerknittert, das Gesicht angespannt und fahl im

Schein der Notbeleuchtung. Er wirkte noch erschöpfter als sonst.

»Was ist passiert?«, fragte er.

Bishop ließ ihn keinen Moment aus den Augen. »Larsson ist tot. Ermordet in seiner Zelle. Und wir wissen beide, dass das kein Unfall war.«

Reed sog scharf die Luft ein, trat an die offene Tür und starrte für eine Sekunde auf die verdrehte Gestalt. »Tot? Wie? Wann?«

»Es muss vor knapp zwanzig Minuten passiert sein. In dem Moment, als der Strom gekappt wurde beziehungsweise die Hauptsystem herunterfuhren, was darauf schließen lässt, dass jemand den Hauptcomputer sabotiert hat. In dem darauffolgenden Chaos war Larsson allein. Da die beiden Sicherheitsleute da drüben nicht den Gedanken hatten, dass ihm etwas geschehen könnte, und sich darum gekümmert haben, zu verstehen, was passiert ist. Jetzt ist er tot. Faktisch gab es keinen Alarm, keine Kameras, einfach nichts, das wir nutzen können, um diese Scheiße hier aufzuklären.« Bishop schob seinen Zorn in jede Silbe.

Reed fixierte ihn und reckte ihm das Kinn entgegen. »Wollen Sie mir etwa unterstellen, dass ich meine Leute schlampen lasse?«

Bishop wich keinen Millimeter zurück. »Ich unterstelle gar nichts. Ich habe Augen im Kopf und kann eins und eins zusammenzählen. Wieder stirbt jemand, der im Zentrum der Ermittlungen steht. Jemand, der für die anderen gefährlich werden könnte. Wie praktisch, dass jedes Mal, wenn wir einen Schritt weiterkommen, die entsprechenden Beweise und Zeugen sterben oder verschwinden.«

Für einen Moment schwieg Reed, als suchte er nach einer Erwiderung, aber offenbarer fand er keine. Stattdessen ließ er den Blick über Moreno, die beiden Wachen und Bishop gleiten, als würde er nach einer Lücke suchen, durch die er entkommen konnte.

»Sie sind ein Ermittler, Bishop«, knurrte er dann leise. »Aber hier draußen gibt es andere Regeln. Ich habe schon genug Ärger mit der Zentrale, seit Sie hier sind. Ich rate Ihnen, den Mund nicht zu voll zu nehmen. Ich unterschlage keine Beweise und mein Personal ist mit Sicherheit nicht inkompetent. Ich habe genug mit der Chefetage zu tun, da muss ich mir Ihr Geschwätz nicht auch noch anhören. Tun Sie Ihren Job und verschwinden Sie dann wieder.«

»Das ist mir scheißegal!«, fuhr Bishop ihn an. Die beiden Wachen wichen unbewusst einen Schritt zurück. »Ich will wissen, wo Elena Torres ist. Sie ist die leitende Ermittlerin von Lunaris. Warum ist sie nie da, wenn hier Menschen sterben? Warum taucht sie immer nur dann auf, wenn es um geheime Protokolle und verschwundene Daten geht? Was ist ihr Auftrag, Reed? Reden Sie endlich! Ich will wissen, was hier gespielt wird. Es ist mir wirklich völlig egal, was Ihre Vorgesetzten wollen. Verstehen Sie? Sobald die Kommunikation wieder läuft, werde ich einen Bericht an die UN schicken und Unterstützung anfordern. Dann wird hier jeder Stein umgedreht und ich werde dafür sorgen, dass Sie einen Job als Nachtwächter auf der Gateway bekommen.«

Reed ballte die Fäuste. Ein Muskel zuckte in seinem Kiefer. »Ich habe keine Ahnung, wo Torres jetzt ist. Sie hält sich an ihre eigenen Regeln, sie setzt mich über nichts in Kenntnis. Sie ist …« Er hielt inne, als hätte er den Faden verloren, dann fuhr er sich fahrig durch die kurzen Haare. »Sie ist in dieser verdammten Sektion SL-1. Ich weiß nicht, was sie da unten treibt. Sie hat die Kontrolle über die Sektion mit höchster

Priorität von ganz oben übernommen. Ich habe keine Ahnung, was dort vor sich geht.«

»Das glauben Sie doch selbst nicht«, gab Bishop zurück. »Sie kennen jede Person, jeden Raum, jedes verdammte Protokoll dieser Station. Sie haben die Liste der Zutrittsberechtigungen und erzählen mir, dass Sie nicht wissen, was Torres dort treibt? Sie wissen, dass die Apophis und auch das Objekt, das Harris und sein Team gefunden haben, dort sind. Sie haben es doch selbst dort hinbringen lassen. Sie lügen, und das haben Sie von Anfang an. Ich verstehe nur nicht, weshalb.«

Reed schlug mit der Faust gegen die Wand, sodass eine der Wachen zusammenzuckte. »Ich weiß es nicht, verdammt! Torres ist mit den neu angekommenen Forschern von Lunaris direkt in der Sektion gelandet und hat alles hermetisch abgeriegelt. Sie hat sogar die Zugangscodes geändert. Lunaris will, dass ich das Tagesgeschäft fortführe und die Klappe halte, wenn es um SL-1 geht. Fragen Sie irgendwen hier, alle machen seit dem Vorfall in der Mine einen Bogen um diese Sektion.«

Bishop beobachtete ihn aufmerksam. Der Mann stand unter Druck, mehr noch als üblich. In seinem Gesicht lag für einen Moment eine flüchtige Spur von Angst, die er nicht unter Kontrolle bekam. Die Art von Angst, die einem alten Hund ins Gesicht geschrieben steht, wenn er weiß, dass er geschlagen werden soll, aber nicht versteht, warum.

Moreno trat jetzt näher, die Stimme kühl und sachlich. »Haben Sie Zugriff auf das System, Chief? Wir müssen Timmons informieren. Die Kommunikationskanäle sind tot.«

Reed schüttelte den Kopf. »Die Hauptsysteme sind komplett ausgefallen. Kein Funk, keine internen Nachrichten, einfach nichts. Ich habe schon vor zwanzig Minuten ein Technikerteam runtergeschickt. Solange sie den Fehler nicht gefunden haben, ist niemand auf der Station zu erreichen und auch niemand draußen. Wir sind blind und taub.«

»Wie lange dauert das?«, wollte Bishop wissen.

»Kann ich nicht sagen. Hängt davon ab, ob es ein Hardware-Schaden ist oder ob jemand im System war. Wenn's absichtlich war, dauert's länger. Vielleicht eine Stunde, vielleicht drei, vielleicht einen Tag.«

Bishop warf Reed einen tödlichen Blick zu. »Wenn Sie mich belügen, werden Sie es bereuen. Es sterben Menschen, und an Ihren Händen klebt bereits Blut, weil Sie dabei helfen, meine Ermittlungen zu sabotieren.«

»Ich habe nichts mehr zu verlieren«, erwiderte Reed bitter. »Sehen Sie sich um, Bishop. Wer hier aufräumt, spielt in einer ganz anderen Liga als ich.«

Bishop verstand in diesem Moment, dass Reed sich eingestand, dass er längst die Kontrolle über die Situation verloren hatte. Für einen Moment war nichts zu hören. Bishop beugte sich ein wenig näher an Reed heran, die Stimme nur noch ein drohendes Knurren. »Wenn ich rausfinde, dass Sie mir auch nur ein Detail verschweigen, dann sind Sie der Nächste, der in der Leichenhalle landet. Und diesmal wird es niemand als Unfall oder Sabotage ausgeben können.«

Ein kaltes Lächeln zuckte um Reeds Mundwinkel. »Tun Sie, was Sie tun müssen, Bishop. Aber unterschätzen Sie nicht, wie tief der Dreck reicht, in dem wir hier alle stecken.«

Bishop trat zurück. Die beiden Wachen sahen ihn an, als würden sie einen Befehl erwarten, aber er ignorierte sie und wandte sich an Moreno. »Wir suchen Elena. Reed, Sie bleiben hier. Sichern Sie den Tatort. Wenn noch einer von meinen Zeugen stirbt, sind Sie fällig.«

Moreno folgte Bishop, doch bevor sie den Korridor verließen, drehte sich Bishop noch einmal um.

»Eines noch: Haben Sie Elena in letzter Zeit mit jemandem gesehen, den ich kennen sollte?«

Reed wich dem Blick aus, aber sein Schweigen sprach Bände. »Manchmal redet sie mit Leuten von außerhalb. Technikern, Leuten von der Orbitalstation. Ich weiß nicht, wer es war. Aber immer nur über verschlüsselte Kanäle, und das bereits seit Tagen.«

Bishop nickte. »Falls Sie doch etwas erfahren, schicken Sie mir jemanden. Wenn das hier noch zu retten ist, dann nur, wenn wir zusammenarbeiten.«

Für einen Moment herrschte zwischen ihnen eine Stille, die nur das Summen der Notbeleuchtung störte. Dann löste sich Bishop und marschierte los, die Faust so fest geballt, dass die Knöchel weiß wurden.

Hinter sich hörte er, wie Reed einen Fluch ausstieß, so leise, dass er kaum über das Brummen der Station hinauskam.

Das hier wird nicht mehr besser, dachte Bishop.

Und doch war Aufgeben keine Option.

Bishop spürte noch das Grollen des letzten Gesprächs mit Reed im Nacken, als er und Moreno den Korridor hinter sich ließen. Die Notbeleuchtung warf fahle Schatten an die Wände, die Luft roch nach heiß gelaufener Elektrik. Seine Schritte beschleunigten sich fast von selbst. Der Drang, Elena endlich zu stellen, wurde mit jedem Meter größer. Vielleicht war es die Erschöpfung, vielleicht der Stau aus Wut, Angst und ungelösten Rätseln – er fühlte sich getrieben wie damals in den endlosen Nächten auf Ceres, wenn eine Ermittlung kurz davor war, ihm zu entgleiten.

Sie kamen an die Kreuzung zur großen Halle, wo sich der zentrale Korridor der Station aufspannte wie ein erstarrtes Spinnennetz.

»Ich werde zur Krankenstation gehen und sehen, was Larssons Werte mir noch verraten.«

Bishop nickte ihr zu und sah ihr einen Moment hinterher, als sie quer durch die Halle eilte und in dem Korridor verschwand, der zur Krankenstation führte. Wie lange er dort stand, wusste er nicht. Fieberhaft versuchte er, aus dem Haufen aus Indizien und Hinweisen etwas Brauchbares herauszufiltern. Aber was noch wichtiger war, er musste sich überlegen, wie er zu seiner Ex-Frau gelangen konnte. Die kleine Gruppe von Sicherheitsleuten vor dem Zugangsportal der gesperrten Sektion musterte ihn bereits argwöhnisch.

Unvermittelt riss ihn ein Geräusch aus seinen Gedanken. Ein dumpfer Schlag hallte durch die Halle. Im Dämmerlicht erkannte er eine einzelne Gestalt, die durch die Metalltür gekommen war, die in eine der beiden Torhälften eingelassen war. Das Gesicht halb im Schatten, halb im matten Schein der Deckenbeleuchtung. Es war Elena. Sie trug den offiziellen Overall von Lunaris, der wie eine zweite Haut wirkte und ihr jede Anonymität nahm. Ohne Notiz von ihm zu nehmen, marschierte sie durch die Halle.

Tja, manchmal muss man auch einfach mal Glück haben, dachte er triumphierend.

Er folgte ihr mit schnellen Schritten. Die Kuppel, die alles überspannte, war jetzt nur von Notlicht durchzogen; Jupiter stand wie ein wachendes Auge am Himmel. Direkt darunter ragte die überlebensgroße Statue von Ganymed aus dem Boden – eine absurde Heldengeste aus Bronze und kaltem Stahl, jetzt nur noch eine Projektionsfläche für die Schatten der Nacht.

Elena passierte die Statue, blieb stehen, als hätte sie Bishops Präsenz gespürt, noch bevor er sie ansprach. Für einen Moment standen sie sich schweigend gegenüber auf diesem fremden Boden, der nie wirklich jemandem gehört hatte. Bishop merkte, dass seine Hände zu Fäusten geballt waren.

Es brauchte keine Höflichkeiten mehr. »Elena.«

Sie nickte, das Gesicht ausdruckslos, die Stimme sachlich. »Was willst du?«

Er spürte, wie sich alles in ihm spannte, aber er zwang sich zur Ruhe. »Ich will wissen, was du in SL-1 zu suchen hast. Ich will wissen, was du da unten treibst. Und ich will endlich Antworten, Elena. Nicht nur als Ermittler, sondern als jemand, der langsam genug davon hat, im Dunkeln herumzustochern. Hier sterben Menschen, verflucht. Ich will wissen, was hier vor sich geht und was Lunaris so Wichtiges erforscht, dass es anscheinend vollkommen egal ist, dass nebenbei bereits drei Menschen tot sind.«

Sie lächelte kalt. »Du bist wie immer dramatisch, Alan. Ich tue nur meine Arbeit. Nichts, was dich kümmern müsste.«

Er trat einen Schritt näher, spürte das Rauschen von Adrenalin in seinen Ohren. »Du bist keine Forscherin, Wissenschaftlerin oder Technikerin. Du bist die Sonderermittlerin von Lunaris, und es sollte auch dein Job sein, herauszufinden, warum hier Menschen ermordet werden. Aber du scheinst kein Interesse an der Untersuchung zu haben, kein Interesse an Harris, Clark, nicht mal jetzt an Larsson. Was läuft hier wirklich? Du bist doch nicht umsonst hier. Du hast noch nie etwas ohne Grund getan. Du kennst die Akten, die verschlüsselten Berichte. Ich weiß, was du getan hast, und jetzt will ich wissen, was hier los ist. Das meine ich ernst. Ich will in diese Sektion.«

Elena verschränkte die Arme, ihr Blick wurde schärfer. »Du solltest nicht alles glauben, was dir ein drogensüchtiger Informant erzählt. Oder was Reed dir vorsetzt. Du bist hier als Gast, Alan, nichts weiter. Ich schlage vor, du gehst mit deiner Frau Doktor Ermittler spielen und lässt mich meine Arbeit machen, die dich, nebenbei bemerkt, überhaupt nichts angeht.«

»Ich weiß, dass das Artefakt aus der Mine jetzt in SL-1 ist. Und ich weiß auch, dass die Apophis hier auf der Station liegt. Vier Frachter, vier Monde, vier Artefakte. Lunaris rüstet sich für irgendwas, und du bist das Bindeglied zwischen allem. Also hör auf, mir ins Gesicht zu lügen, und sag mir, was die wirklich wollen.«

Ein feines Zucken lief durch ihre Miene. Für einen Moment lag da ein Hauch von Unsicherheit in ihrem Blick, dann schüttelte sie kaum merklich den Kopf, als wollte sie eine unangenehme Erinnerung abschütteln.

»Du glaubst, du hast den großen Zusammenhang erkannt? Reed hat dir die Wahrheit gesagt: Es gibt hier kein dunkles Geheimnis. Du wirst nichts finden, was deiner Verschwörungstheorie gerecht wird. Und ich werde nicht zulassen, dass du dem Konzern schadest – nicht jetzt und auch nicht später.«

Bishop lachte bitter auf. »Weißt du, was das Schlimmste an dir ist? Dass du immer noch glaubst, du könntest mich wie einen Idioten behandeln. Du willst mich benutzen, um deine Spuren zu verwischen, und glaubst, ich merke es nicht.«

Sie trat an ihn heran. Ihre Stimme war plötzlich kälter als alles, was Bishop bisher von ihr gehört hatte. »Wenn du wirklich wissen willst, wie tief der Kaninchenbau geht, solltest du besser aufpassen, wem du vertraust. Nicht jeder, der dir lächelnd die Hand reicht, will dich am Leben lassen. Nicht jeder, der eine Konzernuniform trägt, ist der Mensch, für den du ihn hältst.«

Sie ließ ihn einfach stehen. Ihre Schritte hallten auf dem blanken Boden wider. Kein Blick zurück, kein Wort mehr, das für Bishop bestimmt gewesen wäre.

Er stand einen Moment lang wie versteinert da, während sie aus seinem Sichtfeld verschwand. Sein Herz schlug so laut, dass er nichts anderes hörte. Was wollte sie ihm damit sagen? War in ihren letzten Worten ein versteckter Hinweis, oder fing er allmählich an, in allem etwas zu sehen?

Unvermittelt tauchte Martinez auf. Ihr Gesicht war blass, als hätte sie gerade den Leibhaftigen gesehen. Ihre Augen wanderten unruhig zwischen ihm und dem Zugang zum Habitattrakt hin und her, als hätte sie mehr von dem Streit mitbekommen, als ihr lieb war.

»Das klang … ziemlich ernst«, sagte sie vorsichtig und trat einen halben Schritt näher. »Was ist da los, Bishop? Worum geht es hier wirklich?«

Er musterte sie einen Moment, wägte ab, ob er ihr sagen sollte, wovon er längst überzeugt war. Warum nicht, sie war ohnehin längst zu tief involviert.

»Es geht um mehr als ein paar Morde, so hart das klingt. Harris, Clark und jetzt Larsson … das alles geschieht nicht nur aus purem Zufall. Jemand zieht im Hintergrund die Fäden. Jemand, der bereit ist, jeden zu beseitigen, der zu viel weiß oder im Weg steht.«

Martinez wich erschrocken zurück. »Sie meinen, wir …«

Bishop nickte. »Sie und Bruckner, Sie beide sind Zeugen dessen gewesen, was Lunaris hier so krampfhaft unter Verschluss halten will. Vielleicht stehen Sie nun ebenfalls auf der Liste. Wir wissen beide, dass Larsson Clark getötet hat. Aber glauben Sie ernsthaft, dass das einfach so passiert ist? Jemand oder etwas hat Larsson manipuliert. Und jetzt ist auch er tot.«

»Etwas?«

Bishop nickte mechanisch.

Martinez presste die Lippen zusammen. Auf einmal wirkte sie noch kleiner in ihrer Uniform. »Aber … wir waren doch bewusstlos. Wir haben nichts gesehen, Bishop. Das wissen die doch auch.«

»Hoffen wir, dass das reicht«, erwiderte er düster. »Wo ist Bruckner?«

Martinez fasste sich schnell. »Er hat sich in die Techniksektion abgesetzt. Er wollte helfen, die Systeme zu überprüfen und die Ursache für den Shutdown zu finden. Reed ist auch gerade dort hingegangen. Es gab irgendein Problem mit der Energieversorgung, was die Funktion des Reaktors stark beeinträchtigt hat. Wahrscheinlich ist das eine Folge vom Absturz des Hauptkerns.«

Bishop nickte. »Okay. Ich glaube, wir sind kurz vor dem großen Showdown. Sie bleiben ab jetzt in meiner Nähe, Martinez. Ich will kein weiteres Risiko eingehen, klar?«

Sie nickte. Ein Anflug von Trotz schwang in ihrer Stimme mit. »Wenn Sie das für richtig halten. Was ist mit Reed? Sie glauben doch nicht, dass …«

»Ich weiß nicht mehr, was ich glauben soll«, unterbrach Bishop sie. Seine Stimme klang härter, als er es beabsichtigt hatte. »Aber ich weiß, dass Reed nicht mehr alles kontrolliert. Vielleicht ist er auch nur ein Bauer auf dem Spielfeld und steht genauso auf der Abschussliste wie wir.«

Sie setzten sich rasch in Bewegung. Die langen Gänge der Station waren von unruhigem Licht erfüllt, das Summen der Notstromversorgung wirkte wie das Ticken einer Zeitbombe. Hinter jeder Ecke konnte eine neue Gefahr lauern, schließlich lief hier irgendwo ein Saboteur herum, dessen Gewissen so kalt und leblos schien wie die Hölle aus Eis, die sie umgab.

Als sie die Techniksektion erreichten, schlug ihnen ein scharfer Geruch nach verbranntem Verbundmaterial und heißem Metall entgegen. Anscheinend musste es irgendwo zu einem Kabelbrand oder einer anderen Art von Feuer gekommen sein. Zwei Techniker arbeiteten nervös an einem geöffneten Schaltschrank, achteten aber kaum auf die Neuankömmlinge.

Bishop versuchte fieberhaft, Elenas Worte richtig einzuordnen, als er zusammen mit Martinez durch den weiten Korridor der Techniksektion lief. Das Licht flackerte sporadisch auf. Offenbar kämpften die Notaggregate damit, den Strom durch die alternden Leitungen zu pressen. Dabei wurde alles in einen schwankenden Wechsel aus mattem Weiß und rostigem Orange getaucht.

Bishop spürte Martinez' Blick auf sich, während sie schweigend einige Meter hinter ihm herlief, als ob sie fürchtete, sein dünner Geduldsfaden könnte jeden Moment reißen. Tatsächlich war sein Kopf ein einziges Durcheinander aus Fragen, Verdächtigungen und einem dumpfen, fast körperlichen Zorn. Die Kälte des Eismondes schien ihm bis in die Knochen zu kriechen, und das Klackern ihrer Schritte auf dem Betonboden hallte nach wie ein unbarmherziger Rhythmus, der ihn antrieb.

Sie erreichten den Verbindungsgang zur inneren Techniksektion. Das Licht war hier noch schwächer, die Rohre an den Wänden zeigten feuchte, fleckige Stellen, als hätte jemand irgendwo das Kühlmittel nicht abgedreht. Bishop blieb kurz stehen, stützte sich mit der Hand an der Wand ab, atmete einmal tief durch und versuchte, sich zu sammeln.

Nun setzte er alles auf eine Karte. Es war ohnehin egal, wie viel sie wusste, er hatte sich in diesem Moment festgelegt, dass Martinez einer seiner sehr wenigen Freunde war. »Die Aufnahmen von Harris' Bodycam sind nicht auffindbar, und mein Instinkt sagt mir, dass Ihre so wie die von Bruckner ebenfalls nicht auffindbar sein werden. Außerdem wurde Ihr Schichtleiter Franz Ernst nach Reeds Aussage auf eigenen Wunsch unmittelbar nach dem Vorfall in der Mine versetzt.

Verstehen Sie? Das, was Sie und das Team in der Höhle gefunden haben, ist der Grund für all das. Nur darum geht es. Dafür ignoriert Lunaris die Todesfälle und alles andere. In diesem Moment befindet sich im Hangar in der Sektion SL-1 ein Forschungsschiff von Lunaris. Die Apophis soll das Objekt von hier vermutlich zuerst zum Mars bringen und anschließend wahrscheinlich zur Erde. Verstehen Sie, was ich Ihnen damit sage? Offenbar wurden hier und auf den anderen großen Monden im System Objekte einer außerirdischen Spezies gefunden. Eine Technologie, die vielleicht einen Bürgerkrieg auslösen könnte. Das ist es, was hier vor sich geht, und wir müssen verhindern, dass dieses Objekt Ganymed verlässt.«

Martinez' Augen wurden groß. »Scheiße! Also sind die Gerüchte wahr? Dass es eine außerirdische Technologie ist, die wir in der Mine gefunden haben?«

»Offenbar, aber das spielt keine Rolle, solange hier ein Killer herumläuft. Wir müssen Bruckner finden. Danach müssen Sie beide mir helfen, in den gesperrten Bereich zu gelangen.«

Sie nickte entschlossen, schien das alles ziemlich schnell zu verarbeiten. Entweder wusste sie bereits mehr, als sie zugab, oder sie hatte das ganze Ausmaß noch nicht wirklich verstanden. Wie dem auch war, sie mussten sich beeilen. Die Zeit lief ihm davon.

Martinez schwieg, während sie weiterliefen, und Bishop hörte, wie sie leise die Luft einsog, als wollte sie einen Kommentar runterschlucken.

Ein dumpfer Laut drang aus der Richtung des Wartungsraums, und Bishop beschleunigte unwillkürlich seine Schritte. Wenige Sekunden später hörte er Stimmen, offenbar stritten sich irgendwo ein paar Techniker. Etwas Metallischen klirrte, dann ertönte ein durchdringendes Hupen. Das musste von einer Maschine kommen, die vielleicht gerade dabei war, ihren Dienst einzustellen. Bishop wusste, dass dieser Bereich groß war und es Dutzende Räume, Hallen und Gänge gab, was dazu beitrug, dass sie bisher nur auf sehr wenig Personal getroffen waren. Sein Ziel war der Hauptmaschinenraum. Auch wenn Reed anscheinend vermutete, dass es ein Softwareproblem war, drängte ihn sein Bauchgefühl dazu, sich diesen Raum genauer anzuschauen. Möglicherweise hatte er Glück und Bruckner hatte denselben Instinkt wie er.

Sie erreichten den Vorraum der Maschinensektion, in der die Lebenserhaltung und die meisten Leitungen zusammenliefen. Ein flackerndes Panel an der Wand blinkte und zeigte eine Fehlermeldung an. In roter Schrift auf einem schwarzen Hintergrund konnte Bishop im Vorbeilaufen lesen, was dort geschrieben stand: *Kritische Störung: Zugang nur für autorisiertes Personal.*

Im Halbdunkel des Raums, zwischen Kabelsträngen, dicken Röhren und einem Technikschrank, lehnte Reed an der Wand. Sein Gesicht war von Schweiß und Blut verschmiert, die Uniform an Bauch und Brust dunkel gefärbt, seine Augen geschlossen, als hätte er sich längst in eine andere Welt verabschiedet. Nur das angestrengte Heben und Senken seiner Brust verriet, dass er noch lebte.

»Verdammt«, stieß Bishop hervor und drängte sich an Martinez vorbei. »Schnell, holen Sie Dr. Moreno! Sofort!«

Martinez zögerte keine Sekunde, drehte sich auf dem Absatz um und rannte zurück in Richtung des Korridors. Bishop kniete sich neben Reed, der langsam die Augen öffnete und versuchte, sich aufzurichten.

»Lassen Sie das«, murmelte Bishop und drückte ihn vorsichtig zurück an die Wand. »Wer hat das getan? Haben Sie den Täter gesehen?«

Reed schüttelte kaum merklich den Kopf, ein gequältes Lächeln zuckte um seine Mundwinkel. »Nein … war … zu schnell. Ein Schatten. Plötzlich war er da. Ich hab … nichts gesehen, Bishop.«

Das Blut sickerte zwischen seinen Fingern hindurch. Reed keuchte und presste die Hand auf eine tiefe Wunde am Bauch. Für einen Moment glaubte Bishop, der Mann würde das Bewusstsein verlieren, aber Reed blinzelte, zwang sich, zu sprechen.

»Bishop … hören Sie zu. Ich muss Ihnen was sagen. Ich … hab Scheiße gebaut, okay? Das hier, alles … war nicht so geplant. Ich wurde …« Ein Husten unterbrach ihn, roter Schaum trat aus seinem Mundwinkel. »Ich wurde erpresst.«

Bishop spürte, wie die Anspannung seinen Brustkorb zuschnürte. »Von wem? Wer steckt dahinter?«

Reed drehte den Kopf, als wollte er die Schatten an der Decke verscheuchen. Seine Stimme wurde schwächer, aber die Worte drangen klar durch den Lärm an Bishops Ohr. »Lunaris und höher …« Er sog zittrig Luft ein, krallte sich mit der Hand in Bishops Jacke. »Die wollen das Artefakt. Torres … die Leute auf der Erde, im Konzern, in der Regierung. Torres ist … sie ist nicht mehr die, die Sie kennen. Sie … sie hat ihre eigenen Befehle. Und sie wird alles tun, um das Ding … zu sichern. Sie hat mich erpresst.«

Reed zog schwerfällig seinen linken Fuß zu sich heran und begann, mit der rechten Hand die Sohle zu bearbeiten. Offenbar wollte er den hinteren Absatz entfernen.

Bishop versuchte, professionell zu bleiben. Er hatte keine Zeit, sich darum zu kümmern, was er tat. Er brauchte Informationen von Reed, solange es noch ging. »Was meinen Sie mit höher?«

»Ich weiß es nicht genau, aber es gibt im Stab der Präsidentin eine Gruppe von Menschen, die Bescheid wissen. Und die wollen nicht, dass jemand … dass irgendwer … das hier verhindert. Sie sind nur ein Stein … auf dem Weg, Bishop. Wie ich …«

Bishop schluckte, kämpfte mit dem Impuls, Reed zu schütteln, um ihn wachzuhalten. »Reed, hören Sie mir zu. Was ist mit Elena? Hat sie …«

Reed schloss die Augen, ein Zittern lief durch seinen Körper. »Sie hat den Befehl. Sie ist die Hand … für das, was … was kommen soll. Harris … war im Weg. Clark … zu neugierig. Larsson … hat zu viel gesehen.« Er griff nach Bishops Hand und legte einen kleinen Chip hinein. »Nehmen Sie das.« Er schluckte, und ein Gurgeln entfuhr seiner Kehle. »Meine ID, Techniklabor KL-23. Dort ist ein Terminal, auf dem Larsson Daten für mich gesammelt hat. Finden Sie Ganymed.«

Ein Blutfaden lief langsam aus Reeds Mundwinkel. Innerlich fluchte Bishop. Wo zum Teufel blieb Moreno? Er versuchte, den Mann wachzuhalten, indem er seine Wange tätschelte, erst leicht, dann fester. Reed kam wieder zu sich und blickte ihn aus trüben Augen an. Bishop spürte, dass dieser Mann bereits an die Pforte zur Hölle klopfte.

»Es gibt … einen Tunnel in der alten Mine. Auf meinem Terminal finden sie die Pläne.« Die letzten Worte wurden von einem rasseln in seiner Stimme begleitet. »Ich … ich wollte nur … ich wollte nur überleben …«

Sein Griff lockerte sich. Die Luft im Raum wurde dünner, als Bishop begriff, dass Reed den Kampf aufgab.

»Es gibt … Dinge, die Sie nicht wissen.«

Ein letzter, heiserer Atemzug, dann fiel sein Kopf zur Seite und sein Körper erschlaffte.

Bishop verharrte einige Sekunden reglos. Das Rauschen in seinen Ohren übertönte alles. Die Techniksektion lag still da, das Licht zuckte über Reeds Leiche, zog hässliche Schatten an die Wand. Ein Sirenenton aus der Ferne, vielleicht das Signal, dass jemand in der Zentrale den Notfall erkannt hatte – oder nur ein weiteres Geräusch in dieser sterbenden Station, die ihre Geheimnisse mit sich in die Finsternis nahm.

Langsam wie unter Wasser erhob Bishop sich, wischte sich mechanisch das Blut von den Händen und sah sich um. Auch hier gab es keine sichtbaren Spuren. Keine offensichtliche Waffe, keine Kampfspuren. Nur Reeds Leiche, das Flimmern der Notleuchten und die flackernden Monitore im Hintergrund. Es war, als würde er ein Phantom jagen.

Wenig später stürmte Martinez mit Dr. Moreno an ihrer Seite in den Raum. Moreno warf einen Blick auf Reed und schüttelte den Kopf.

»Reed«, sagte sie tonlos.

Bishop nickte, trat einen Schritt zurück und stützte sich an der Wand ab. Für einen Moment ließ er sich fallen, erlaubte sich, ein gewisses Maß an Emotionen zuzulassen, die seinen Geist mit Wut, Verzweiflung und Erschöpfung fluteten. Dann sammelte er sich wieder.

Er sah Moreno und Martinez an. »Wir sind auf uns allein gestellt. Reed war Teil davon, aber nicht der Kopf. Jetzt wird's erst richtig gefährlich.«

Moreno presste die Lippen zusammen. »Wollen wir den Sicherheitsdienst rufen?«

Bishop schüttelte den Kopf. »Vergessen Sie's. Wir können niemandem mehr trauen. Jetzt zählt nur noch, was wir selbst herausfinden.« Er atmete tief durch, das Blut an seinen

Händen klebte wie eine unliebsame Erinnerung an die Vergänglichkeit des Lebens. »Kommen Sie«, sagte er heiser. »Wir haben noch Arbeit vor uns. Wir müssen Bruckner finden, und das schnell.«

Am Rande des Wahnsinns

Techniksektion, Station Tros, Mond Ganymed

Der Tod hing noch an Bishops Fingern, warm und klebrig wie hartnäckiges Öl. Das Blut trocknete in den Falten seiner Handflächen, als hätte die Station ihm einen Stempel aufgedrückt. Moreno wischte stumm die rote Spur von ihrem Ärmel. Das Notlicht warf rostige Bänder über den Boden.

Er zwang sich zur Ruhe, auch wenn die Situation ihm allmählich zu surreal erschien, als steckte er mitten in einem Fiebertraum. Morenos Gesicht war selbst in dem düsteren Licht aschfahl, dennoch wirkte sie gefasst. Sie hob den Blick von der Leiche und musterte Bishop, während Martinez unruhig in der Nähe des Eingangs auf- und ablief.

Irgendwo hier war Bruckner, und irgendwer lauerte noch in diesen Schatten. Ein Mörder, der nicht nur skrupellos, sondern technisch versiert war und wusste, wie man Spuren verwischte. Aber warum war er hier? Hatte Elena jemanden mitgebracht, der für sie die Drecksarbeit erledigte? Andererseits ergab es keinen Sinn, die Station zu sabotieren. Oder war das alles nur ein Ablenkungsmanöver? Und von welchen höheren Instanzen hatte Reed gesprochen? Hatte er die UN gemeint? Aber wieso schickte die UN Bishop hierher, wenn sie selbst in die Machenschaften auf Ganymed verstrickt war? Gab es doch noch etwas, das er nicht wusste oder einfach nicht sah?

Natürlich war es möglich, dass man Reed falsche Informationen hatte zukommen lassen, um auch ihn zu täuschen. Aber wäre es nicht einfacher gewesen, wenn die UN Bishop einfach aus dem Spiel gelassen hätte? Oder war das das Ergebnis von internen Machtkämpfen innerhalb der Regierung? Vielleicht hoffte irgendjemand, dass er hier etwas aufdecken konnte, das gewisse Leute zu Fall brachte.

Martinez war die Erste, die die Fassung wiederfand. »Bruckner wollte zum Hauptkern in der Nähe des Reaktors. Er kennt den Maschinenraum besser als jeder andere. Wenn er mitbekommen hat, was passiert ist, hält er sich bestimmt dort auf.«

Bishop nickte. »Stimmt. Die Hauptenergieversorgung stammt aus einem Fusionsreaktor, richtig?«

Martinez blieb stehen und starrte ihn an. Offenbar hatte sie zu diesem Zeitpunkt nicht mit einer solchen Frage gerechnet. »Ja, aber was spielt das für eine Rolle?«

»Und wie werden die Notstromaggregate betrieben?«

»Mit Wasserstoff, den wir direkt in der Mine abbauen«, antwortete Moreno, die sich in diesem Augenblick aus der Hocke erhob. »Tros verfügt über mehrere große Tanks, in denen wir den Brennstoff lagern. Der Vorrat reicht für drei bis vier Tage. In diesem Zeitraum sollte das Personal entweder zur Raumstation evakuiert werden oder der Fehler behoben sein. Das ist auch der Grund, warum nur so wenige Systeme funktionieren.«

»Dann gehe ich davon aus, dass der Saboteur und Mörder genau wusste, wie er das Hauptsystem so manipuliert, dass er unbemerkt einen Fusionsreaktor runterfahren kann. Ich habe keine Ahnung von diesen Dingen, aber eines weiß ich zumindest: Diese Reaktoren werden von Huntington Industries gebaut. Und das wiederum lässt mich darauf schließen, dass diese Person entweder mal für diesen Konzern gearbeitet hat oder es noch tut. Dann hätten wir es hier mit Industriespionage zu tun.«

»Es kann keine Industriespionage sein. Wir haben die Register gecheckt. Es befindet sich hier niemand, der nicht hierhergehört. Ohne interne Hilfe kommt hier niemand rein«, erklärte Moreno.

»Das alles ist doch jetzt nicht von Belang. Wir sollten endlich los und Lars suchen«, forderte Martinez ungeduldig.

»Es ist doch von Belang, denn wenn jemand in der Basis ist, der nicht zum Stationspersonal gehört, gibt es unter der Besatzung einen Maulwurf, und das bedeutet, dass wir es hier mit mehr Gegnern zu tun haben, als wir zunächst angenommen haben«, erklärte Bishop. »Außerdem glaube ich nicht mehr, dass Bruckner in Gefahr ist. Mir wird gerade einiges klar. Bei diesem Sabotageakt ging es lediglich darum, Unruhe zu stiften und die Sicherheitssysteme auszuschalten. Wenn ich damit richtigliege, wurde Reed getötet, weil die Person von ihm Informationen haben wollte. Zum Beispiel dies hier.« Er hielt den Chip hoch, den er von Reed erhalten hatte.

»Was ist das?«, fragte Moreno.

»Das ist sein ID-Chip. Ich bin mir sicher, dass darauf noch mehr Informationen sind.«

»Schön. Das erklärt, weshalb Reed ermordet wurde. Aber was ist dann mit Larsson?«, fragte Martinez angriffslustig.

»Ganz einfach, es ist, wie wir es vermuten: Er wusste zu viel. Er ist für die Back-up-Systeme zuständig, und unser Spion wollte wohl verhindern, dass die Informationen, die er haben will, weitere Kreise ziehen. Larsson muss die Aufnahmen aus der Höhle gesehen haben oder er wusste, dass es sie gab. Tote schweigen besser als die Lebenden.«

»Und was schlagen Sie jetzt vor?«, fragte Moreno.

»Die zentrale Lebenserhaltung, die Hauptaggregate, alle neuralgischen Systeme müssen an einem Punkt zusammenlaufen. Wenn ich eine Anlage sabotieren möchte, dann würde ich es genau dort tun, und ich denke, dass Bruckner das ebenfalls weiß und genau dort ist. Auch wenn ich nicht mehr glaube, dass Martinez und Bruckner in Gefahr sind, sollten wir kein Risiko eingehen.« Seine Stimme klang kratziger als sonst, härter, als würde der Geruch nach verbranntem Isoliermaterial und heiß gelaufenen Leitungen seine Stimmbänder reizen.

»Können wir dann jetzt los? Ich bin nicht gerne in der Nähe des Todes«, sagte Martinez und verließ als Erste den Raum.

Für den Moment blieb Reed dort in seinem einsamen Grab allein zurück. Auch wenn das nicht die normale Vorgehensweise war, hatte Bishop in diesem Augenblick andere Prioritäten. *Finden Sie Ganymed.* Das hatte Reed zu ihm gesagt – nur einer der vielen Gedanken, die ihm durch den Schädel jagten.

Sie machten sich auf den Weg, Martinez vorneweg, gefolgt von Bishop und Moreno. Die Technikgänge der Station waren ein Labyrinth aus Korridoren und weiten Wartungsstollen, vorbei an unzähligen Rohrsträngen, Filtermodulen und Serverschränken, die im Zwielicht wie die Rücken metallener Insekten aussahen. Der Boden war an manchen Stellen noch feucht von geplatzten Rohren oder Kühlmittellecks, die einen süßlich-scharfen Geruch verbreiteten.

Mehrfach begegneten sie Technikern, die konzentriert an ihren Konsolen standen oder hektisch durch die Gänge eilten. Niemand wollte in diesen Momenten irgendetwas erklären – alle waren auf sich selbst gestellt und versuchten, das Schlimmste abzuwenden, denn wenn auch die

Notstromaggregate irgendwann ihre Arbeit einstellten, wären sie alle wirklich am Arsch. Dann würde es keine Heizung mehr geben, keine lebenserhaltenden Systeme. Jeder Einzelne von ihnen würde elendig ersticken, falls er nicht dem Kältetod zum Opfer fiel, der nur wenige Minuten nach dem Ausfall der Heizsysteme seinen Rundgang durch die Tros-Station führen und alle verlorenen Seelen einsammeln würde, die ihm in die eisigen Finger gelangten.

Die Sektion SL-1 wäre dann der einzige Ort, an dem sie überleben konnten, denn dieser sensible Bereich, der nun unter der alleinigen Kontrolle von Elena und den Sicherheitskräften von Lunaris stand, musste über einen eigenen kleinen Reaktor als Back-up verfügen, um den Betrieb dort aufrechtzuerhalten. Aber Bishop war sich sicher, dass niemand dort die restlichen Kolonisten hineinlassen würde. Sie waren schon jetzt in ihrer eigenen Kolonie zu Aussätzigen erklärt worden, die der Konzern eventuell sogar schon als Kollateralschaden einstufte, notwendige Opfer, um das große Ganze zu sichern, was auch immer das war.

Bishop war es recht, dass ihn niemand nach seinem blutverschmierten Ärmel fragte. Angst vor dem, was in naher Zukunft geschehen konnte, lag wie ein Fieber über der Station, eine Infektion, die sich langsam im Organismus der Mine ausbreitete und drohte, alles zu vernichten.

»Warum haben sie ausgerechnet Reed rekrutiert? Ist er nicht ein zu großer Risikofaktor?«, fragte Moreno leise, während sie an einer Gruppe beschäftigter Hilfskräfte vorbeiliefen, die um einen ausgefallenen Schaltschrank standen.

»Ein Risiko vielleicht, aber um eine so groß angelegte Aktion durchzuführen, ist es besser, du kontrollierst den Kopf der Schlange, damit sie dich nicht beißt. Möglicherweise ist die Tatsache, dass wir hier noch einen unbekannten Saboteur und Maulwurf haben, der einzige Grund dafür, dass wir noch eine Chance haben, das aufzuhalten. Denn durch die Ereignisse scheint es Elena nicht möglich gewesen zu sein, ihre Pläne schneller auszuführen. So paradox es klingt, aber dadurch haben wir Zeit gewonnen. Das Chaos spielt uns in die Karten.«

»Dort vorne hinter dem breiten Schott ist es. In dem Raum dahinter laufen alle wichtigen Systeme zusammen«, raunte Martinez, die ein paar Schritte vorauslief.

Sie marschierten auf ein halb geöffnetes Schott zu, hinter dem ein Gang im Halbdunkel lag. Nacheinander schoben sie sich hindurch und traten in einen Gang. Die Decke war hier niedrig, Kabelstränge und Rohre zogen sich wie Adern an den Wänden entlang. Der Zugangskorridor mündete in einem Kontrollraum, dessen gegenüberliegende Wand aus Scheiben und einer mittig eingelassenen gläsernen Tür bestand. Bishops Blick fiel auf ein paar geborstene Monitore und dahinter auf eine Steuerzentrale voller verlassener Stühle und Kontrollterminals. Jemand hatte hier Werkzeuge auf dem Boden verstreut oder in der Eile fallen lassen. Hinter der Glasfront konnte Bishop eine größere Halle erkennen, die aus drei verschiedenen Plattformen bestand. Alles wirkte schemenhaft und sah aus wie eine Szene aus einem Comic. Das rote Licht tauchte den Raum in ein unheilvolles, düsteres Licht, und Bishop hatte schlagartig das Gefühl, als würde er gleich einen neuen Abschnitt eines Science-Fiction-Horror-Games betreten, in dem eine blutrünstige Kreatur nur darauf wartete, ihn zu zerfleischen. Das Herzstück des Raums war ein riesiger, fast fünf Meter hoher und zehn Meter langer Generator, zu dem unzählige Leitungen führten. Wie Nabelschnüre hingen sie von der Decke zur Umspannanlage hinab. Durch vier dickere Rohre gelangte der Wasserstoff zu den Brennstoffzellen.

Martinez tippte Bishop an die Schulter. »Ich kenne einen schnelleren Weg direkt in den sekundären Maschinenraum. Ein Wartungsschacht hinter den Wasserrückkühlern des Fusionsreaktors. Da kommt man direkt hinunter zur Steuerung der Notaggregate.«

Bishop nickte dankbar. »Klingt gut.«

Martinez führte sie durch die Glastür über eine metallene Gangway zu einem schmalen Seitengang. Sie mussten sich ducken, um sich an den Rohrleitungen nicht die Köpfe zu stoßen. Sie passierten drei Kreuzungen, überquerten einen engen Metallsteg, der über ein tiefes Reservoir führte, in dem das Kühlwasser der Hauptaggregate zirkulierte. Das Licht brach sich an den glatten Flächen, warf flirrende Muster an die Wände. Überall erklang ein leises Summen, ein elektrisches Knistern, das Bishop an das Gefühl erinnerte, das man hatte, wenn man zu lange zu wenig Schlaf bekam und der Körper sich gegen den eigenen Willen wehrte.

Schließlich standen sie vor einer dicken Stahltür mit manueller Notverriegelung. Bishop zog den Hebel zur Seite. Drinnen war es wärmer, die Luft noch stickiger, durchsetzt von Maschinenöl und Ozon. In dem kleinen Raum, in dem einige Ventile in die Wand verbaut waren, gab es eine Sprossenleiter, die durch eine Aussparung im Boden in die Tiefe führte.

»Ich werde als Erstes gehen. Wir müssen bis ganz hinunter. Und halten Sie sich gut fest. Da geht es zwanzig Meter runter.«

Martinez legte beide Hände an die ersten Metallsprossen, während sie sprach, und begann mit ihrem Abstieg. Bishop folgte ihr und Moreno stieg als Letzte hinab.

Bereits auf halben Weg vernahm er aufgebrachte Stimmen, einen metallischen Knall, als hätte etwas Hartes gegen ein Blech geschlagen. Doch er konnte nichts sehen. Martinez musste ebenfalls eine Ahnung haben, was dort unten geschah, denn sie kletterte schneller. Auch Bishop beeilte sich und erreichte wenig später den Grund. Er brauchte eine Sekunde, um einzuordnen, was sich vor seine Augen abspielte.

Bruckner hatte den Rücken gegen einen Schaltschrank gepresst. Schweiß stand ihm auf der Stirn, die Uniform zerfetzt. Zwei Männer, die Bishop nicht kannte, hatten ihn am Kragen gepackt. Einer schlug mit der Faust auf Bruckners Rippen ein, der andere zog an seinem Bein, versuchte, ihn zu Boden zu reißen, was nicht so leicht war bei Bruckners hünenhafter Statur.

Bishop zögerte keinen Moment. »Zurück! Sofort!«, brüllte er und zog die Pistole, zielte direkt auf den Kopf des Schlägers. »Letzte Warnung!«

Doch die Männer ignorierten ihn, ihre Gesichter waren von Hass verzerrt. Bishop gab einen Warnschuss ab – der Knall war so laut, dass selbst Martinez erschrocken zurückzuckte. Funken rieselten von einer Leitung an der Decke. Doch die beiden Techniker zuckten nicht einmal. Sie kämpften weiter, schlugen auf Bruckner ein, als wären sie von Tollwut befallen.

Bishop steckte die Waffe weg und stürzte sich nach vorne. Einen der Männer riss er an der Schulter herum, warf ihn gegen einen Wartungskasten, versuchte, seine Arme zu fassen. Der Kerl war stark, viel stärker, als Bishop erwartet hatte – seine Bewegungen waren unkoordiniert, aber brutal.

»Martinez, schnappen Sie sich den anderen!«, keuchte er.

Sie reagierte sofort, warf sich auf den zweiten Mann, versuchte, seine Hände zu fixieren. Der Kerl schlug blindlings, traf sie am Kiefer, aber sie hielt ihn weiterhin fest.

Bishop bekam einen Ellbogen ins Gesicht, schmeckte Blut. Moreno wollte helfen, griff in den Kampf ein, packte den Gegner am Overall. Der Ruck brachte Bishop aus dem Gleichgewicht. Der Mann nutzte die Gelegenheit, griff an Bishops rechte Seite und bekam die Pistole zu fassen.

»Scheiße!«, knurrte Bishop und griff nach der Waffe.

Doch der Mann hatte sie bereits in der Hand. Sie rangen um den Lauf, die Finger ineinander verkrallt, die Augen des Angreifers weit aufgerissen. Der Ausdruck im Gesicht des Mannes ließ Bishop einen Wimpernschlag lang erschaudern. Er schien dem Wahnsinn verfallen zu sein. Das, was Bishop im Blick des Mannes sah, war Kälte, Hass und jegliches Fehlen von dem, was man als Präsenz einer menschlichen Seele bezeichnen konnte.

Der Mann schaffte es, seinen Finger auf den Abzug zu legen. Für den Bruchteil einer Sekunde wurde Bishop von einem gleißenden Blitz geblendet. Der Schuss krachte wie Donner durch den hohen Raum.

Bishops Augen huschten zu dem zweiten Techniker, der keine drei Meter von ihm entfernt mit Martinez kämpfte. Er taumelte und ließ von ihr ab. Ein dunkler Fleck breitete sich auf seiner Brust aus. Dann kippte er gegen eine Leitung, riss ein Werkzeug mit sich und sackte reglos zusammen.

Eine Sekunde lang erstarrte alles. Martinez schaute fassungslos auf den Mann hinab, Moreno hielt den Atem an, Bruckner keuchte mit blutiger Lippe.

Bishop reagierte instinktiv. Er rammte seinem Kontrahenten das Knie in die Rippen, drehte ihm brutal den Arm auf den Rücken und presste ihn mit aller Wucht auf den Boden.

»Da, zwischen den Werkzeugen. Nehmen Sie die Rohrschelle und fixieren Sie seine Hände«, brüllte Bishop.

Der Mann unter ihm wand sich wie ein glitschiger Aal, aber Bishop dachte nicht daran, die Fixierung zu lockern.

Moreno fand eine metallene Rohrschelle und legte sie dem Mann um beide Hände. Bishop drückte den Schnappverschluss zu. Ein helles Knattern erklang und die Fessel schloss sich. Der Mann wand sich, keuchte, biss Bishop fast in die

Hand. Sein Blick war glasig, abwesend, als wäre er gar nicht mehr richtig da.

Bishop schob sich von ihm runter, atmete schwer, das Blut pochte in seinen Ohren. Bruckner hustete und hielt sich die Rippen.

»Lars!«, rief Martinez, kniete sich neben ihn, prüfte rasch die Atmung, dann blickte sie Bishop an. »Er hat einiges abbekommen.«

»Mir fehlt nichts, ich brauche nur einen Moment«, keuchte Bruckner.

Moreno kniete sich zu dem gefesselten Techniker, warf einen kurzen Blick in seine Pupillen, die viel zu weit, viel zu dunkel waren. »Das ist nicht normal. Der Mann steht völlig neben sich.«

Bishop hockte sich hin und beugte sich dicht an das Gesicht des Gefangenen. »Was haben Sie genommen? Wer hat Sie geschickt? Was zum Teufel läuft hier?«

Der Mann schüttelte nur den Kopf, Speichel tropfte ihm aus dem Mund. »Licht … Stimmen … Sie sind überall, überall … Wir sollten das Ding bewachen … sollten … ich weiß nicht … es ist falsch, alles ist falsch!«

Seine Worte kippten ins Unverständliche. Er fing an, zu schluchzen, zu schreien, schlug mit dem Kopf gegen den Boden, als wäre er von Panik und Schmerz zerfressen.

Es dauerte keine drei Minuten, nachdem der Schuss verhallt war, bis sich leiser Tumult in der Halle ausbreitete. Zunächst waren es nur Stimmen, gedämpft und zögerlich, dann hastige Schritte, die irgendwo hinter den schweren Metalltüren der Wartungskorridore widerhallten. Für einen Moment stand Bishop einfach nur da, schwer atmend, das Gesicht noch immer von einer salzigen Schweißschicht überzogen und den Blick starr auf den reglos daliegenden Techniker geheftet, als könnte er so verhindern, dass die Gespenster des Todes endgültig Besitz von diesem Ort ergriffen.

Moreno hatte sich an Bruckners Seite gekniet, überprüfte mit ruhiger, fast klinischer Gelassenheit seine Wunden, während Martinez nervös in der Nähe der Eingangsschleuse auf- und ablief, als würde sie am liebsten verschwinden – oder auch nur schreien.

Doch es gab keinen Raum für Panik, nicht mehr, und ganz sicher nicht jetzt. Auf der Station, das wurde Bishop schlagartig klar, gab es etwas, das Menschen beeinflussen konnte, und das war der Grund für alles, was hier geschah. Die ganze Sache war bereits so weit außer Kontrolle geraten, dass Bishop beinahe so etwas wie ein höhnisches Lachen unterdrücken musste. Es war, als hätte jemand einen schlechten Krimi auf halbem Weg in einen paranoiden Psychothriller verwandelt.

Der Tumult wurde lauter. Zwei Techniker kamen durch die Seitentür hereingestürmt, beide mit schmutzigen Overallärmeln. Einer hielt ein altes Werkzeug in der Hand wie eine primitive Waffe, als müsste er sich verteidigen. Gleich dahinter tauchten zwei Sicherheitsleute auf – dunkelblaue Uniformen, bullige Körper, die Gesichter von einer Mischung aus Anspannung und Fassungslosigkeit gezeichnet. Einer, ein Mann mit kantigem Kiefer und dunklem Bartschatten, hatte die Hand schon an der Pistole. Vorsichtshalber trat er einen Schritt nach vorne, während sein Kollege die Szene mit misstrauisch zusammengekniffenen Augen taxierte.

»Was zum …«, begann der Erste, aber Bishop hob bereits die Hände, zeigte ihnen wortlos die blutverschmierten Finger, als würde das die Situation irgendwie erklären.

Für einen Moment hing alles in der Luft – der Schock, der Geruch nach verbrannter Elektronik, das ferne Summen der Notaggregate und irgendwo im Hintergrund das Jammern eines alten Lüfters, der mit dem plötzlichen Stromausfall sichtlich überfordert war.

»Wer hat hier geschossen?«, presste der Bärtige hervor.

Bishop zwang sich zu einer ruhigen Antwort, auch wenn seine Nerven noch immer wie unter Strom standen. »Der Mann dort auf dem Boden, während eines Kampfes mit mir. Es war ein Unfall. Bei dem Gerangel um die Waffe hat sich ein Schuss gelöst und den anderen tödlich verletzt.«

Moreno, die sich inzwischen wieder aufgerichtet hatte, deutete mit einer knappen Geste auf Bruckner, der schwer atmend an der Wand lehnte, das Gesicht bleich, aber entschlossen. »Soweit ich das hier feststellen kann, hat Mr. Bruckner keine inneren Verletzungen. Er sollte trotzdem auf der Krankenstation beobachtet werden, aber …« Sie stockte kurz, warf Bishop einen Blick zu. »Er weigert sich, sich dort hinbringen zu lassen.«

Bruckner winkte ab, zuckte mit den Schultern, als wollte er mit einem einzigen Ruck alles abschütteln, was gerade passiert war. »Mir geht's gut. Das war nur ein Treffer an der Rippe, nichts gebrochen. Ich bleib hier, Bishop. Wir haben keine Zeit dafür. Es ist nur ein Kratzer. Ich muss Ihnen helfen. Und solange es keine Energie gibt, kann man auf der Krankenstation eh nichts für mich tun.«

Die Sicherheitsleute sahen sich an, offenbar unsicher, wie sie mit der Situation umgehen sollten. Bishop nutzte das kurze Zögern, um sich an den festgesetzten Techniker zu wenden, der noch immer mit glasigem Blick am Boden saß, wild atmend und mit leicht schwankendem Oberkörper, als hätte man sein Rückgrat in Gummi verwandelt. Moreno kniete sich vor ihn, hielt ihm das MedPad vor die Stirn, beobachtete die viel zu weiten Pupillen, die Bewegungen seiner Lider, das hektische Zucken der Finger.

»Ich will ihn erst untersuchen, bevor er eingesperrt wird. Sonst haben wir bald noch eine Leiche. Was auch immer mit ihm passiert, ich muss das analysieren. Vielleicht erhalten wir so Aufschluss über die Wirkung auf den menschlichen Organismus.«

Bishop nickte, auch wenn er wusste, dass sie damit wieder Zeit verloren, die sie eigentlich nicht hatten. Gleichzeitig wandte er sich an den bärtigen Sicherheitsmann, dessen Namensschild ihn als Dietrich auswies. »Kennen Sie einen von den beiden?«

Dietrich schüttelte den Kopf, musterte den toten Techniker auf dem Boden, dann den Gefangenen, den Moreno untersuchte. »Das sind keine von unserer Stammcrew. Ich meine … Moment, doch, die sind letzte Woche mit dem Zusatzpersonal von Lunaris hier eingetroffen. Für das Projekt in SL-1. Aber was sie hier in der Techniksektion verloren haben, ist mir ein Rätsel.«

Ein zweiter Sicherheitsmann, jünger und sichtbar verunsichert, trat näher. »Chief Reed … also, seine Leiche wurde gefunden. Wir haben Alarm geschlagen, sobald wir Schüsse gehört haben. Die Zentrale ist im Ausnahmezustand.«

»Es gibt einen Mörder an Bord, der nicht zum Stammpersonal zählt. Höchste Vorsicht, verstanden? Wir haben es mit jemandem zu tun, der Zugang zu kritischen Systemen hat und nicht zögert, Gewalt anzuwenden.«

Dietrich sah ihn prüfend an. »Soll ich Verstärkung holen? Die ganze Station ist auf den Beinen.«

Bishop schüttelte entschieden den Kopf, sah für einen Moment auf seine Hand, die immer noch leicht zitterte – vermutlich wegen des Adrenalins oder auch bloß wegen der Erschöpfung. »Nein. Zu viel Bewegung bringt jetzt nur noch mehr Chaos. Riegeln Sie den Korridor ab, melden Sie jede Bewegung. Und lassen Sie Reeds Leiche und den Toten zur Krankenstation bringen. Moreno, Sie kümmern sich darum?«

Moreno nickte knapp. »Ich will beide sofort auf der Krankenstation sehen, ebenso den Gefangenen. Ich brauche eine Blutprobe. Vielleicht gibt es Hinweise auf Drogen, Toxine, irgendetwas, das erklärt, warum die Männer durchgedreht sind.«

Bishop, der unterdessen den Chip, den Reed ihm übergeben hatte, fest in der Faust hielt, warf einen langen Blick auf Martinez und Bruckner, die noch immer sichtlich unter Schock standen, aber keinen Zweifel daran ließen, dass sie bereit waren, weiterzumachen. In Martinez' Augen lag eine Mischung aus Trotz und Erschöpfung, und als sie ihn einen Moment länger ansah, erkannte er dieses kleine, unscheinbare Leuchten von Hoffnung, das selbst in all dem Wahnsinn nicht völlig ausgelöscht worden war.

»Martinez und Bruckner, Sie begleiten mich. Wir gehen jetzt in Reeds Büro«, sagte Bishop leise, aber mit Nachdruck. »Sie, Dietrich, kümmern sich hier um alles und halten weiterhin die Reparaturen aufrecht. Wir brauchen wieder Energie.«

Dietrich nickte, schien dankbar, eine Aufgabe zu haben, die wenigstens halbwegs logisch erschien. »Ich schicke zwei Leute mit Ihnen, die draußen aufpassen. Falls noch jemand auftaucht.«

Bishop warf einen letzten Blick auf die Leiche des toten Technikers, dessen Gesicht im roten Licht unheimlich friedlich wirkte – als hätte er im Tod endlich das gefunden, was ihm das Leben im All nie hatte geben können.

Moreno, die inzwischen die wichtigsten Vitalwerte des Gefangenen überprüft und notiert hatte, erhob sich und wischte sich mit dem Handrücken eine Haarsträhne aus der Stirn. »Er kann transportiert werden. Ich schicke ihn rüber auf die Krankenstation. Seid vorsichtig.«

»Ich bin vorsichtig«, sagte Bishop, obwohl er selbst wusste, wie wenig Kontrolle er tatsächlich noch über die Situation hatte.

Es blieb keine Zeit mehr für Zweifel oder Selbstmitleid. Wenn sie jetzt zögerten, dann würden sie nie erfahren, was wirklich in SL-1 vor sich ging. Und irgendwann, das wusste Bishop so sicher wie den eigenen Namen, würde die Station sie alle verschlucken wie so viele Geheimnisse vor ihnen.

Sie verließen die Maschinenhalle – Bishop, Martinez und Bruckner voran, flankiert von zwei stummen Sicherheitsleuten. Während sie die letzten Meter zu Reeds Büro zurücklegten, spürte Bishop, wie der kalte Hauch des Eises hinter jeder Tür lauerte. Tros war längst mehr geworden als nur eine Station am Rand des Systems – sie war ein lebendes, atmendes Rätsel, das seine Opfer nicht mehr gehen ließ.

Die Tür zu Reeds Büro schloss sich geräuschvoll hinter ihnen. Offenbar funktionierten wieder einige Nebensysteme, was Bishop hoffen ließ, dass auch Reeds Terminal über Strom verfügte. Das leise, endgültige Klicken des Schließmechanismus wirkte wie das Herunterklappen eines Sargdeckels, eine letzte Trennung von allem, was draußen noch an Leben und Bewegung existierte. Die beiden Sicherheitsleute waren auf dem Korridor geblieben und dort in eine seltsame Starre gefallen, als hätten sie längst selbst begriffen, dass die Kontrolle über diese Station vor Stunden verloren gegangen war. Draußen flackerte das Notlicht; drinnen wurde es mit jedem Schritt, den Bishop weiter in den Raum trat, stiller, schwerer, kälter.

Der Geruch hier war anders als draußen. Kühler, strenger. Alles in diesem Büro schien in einer Vergangenheit eingefroren, in der es noch geregelte Abläufe, Schichtpläne und ein Minimum an Berechenbarkeit gegeben hatte. Jetzt, mit Reeds Tod, war nichts mehr von dem übrig. Bishop hatte das Gefühl, als hinge in jedem Winkel eine Art unsichtbare Erwartung. Oder war es nur seine Erschöpfung, die ihm den Verstand zu vernebeln drohte?

Er blieb stehen, beobachtete für einen Moment, wie Bruckner mit einem leisen Stöhnen auf den nächstbesten Besucherstuhl sank. Es klang nach Erleichterung und Verzweiflung zugleich. Martinez hingegen blieb am Türrahmen stehen. Ihre Hände tasteten nervös an der Naht ihres Overalls entlang, als würde sie auf einen unsichtbaren Einschuss warten. Bishop selbst widerstand der Versuchung, sich in Reeds Chefsessel fallen zu lassen. Ein Teil von ihm wollte einfach abwarten, ob die Welt nicht doch noch innehielt, ob der ganze Spuk nicht mit einem schlechten Traum enden würde. Aber irgendetwas in ihm – der alte Instinkt, der auf Ceres gereift war wie ein vernarbtes, aber lebenswichtiges Stück Muskel – zwang ihn zum Handeln.

Er umrundete den Schreibtisch, der wie immer makellos aufgeräumt war. Kein Stift, der fehl am Platz lag, keine Notizen, keine dieser herumliegenden Pads, auf denen sich Hinweise oder Geheimnisse angesammelt hatten. Das Einzige, das jetzt zählte, war der Terminal in der Ecke: Stand-by-Licht, bereit, jeden Befehl entgegenzunehmen.

Bishop holte Reeds ID-Chip aus der Tasche – das Blut darauf war schon stumpf, die Kälte der Station hatte es in eine Kruste verwandelt. Notdürftig rieb er es ab. Als er den Chip einsetzte, erklang das Summen des Lesegeräts, das kurz über den Kontakt glitt. Er hielt für einen Moment den Atem an. War das alles hier wirklich noch ein Ermittlungsjob oder schon längst eine Flucht vor einer Realität, die niemand mehr kontrollierte?

»Was suchen wir eigentlich genau?«, fragte Martinez. Sie klang müde, fahrig, der Tonfall zu hoch, als würde sie ihre eigene Angst bekämpfen wollen, indem sie sie benannte. Währenddessen hatte sie sich an den Aktenschrank gemacht. Ihre Finger glitten über alte Kartons, Mappen, die schon vergilbt waren vom jahrelangen Vergessen.

Bishop rieb sich die Hände, um das getrocknete Blut abzubekommen, das längst eine zweite Haut gebildet hatte, doch es war zwecklos. Also ließ er es, wie es war, setzte sich auf den Stuhl vor dem Terminal und begann, sich durch die Daten des Chips zu wühlen.

»Wir suchen einen alten Fluchtweg, irgendetwas, das nicht mehr im System steht. Reed hat Anspielungen gemacht, dass es einen nicht mehr verzeichneten Zugang zu der Sektion gibt. Wenn ich ihn richtig verstanden habe, hat er alte Aufzeichnungen von der ersten Station hier.«

Er klickte sich durch das Archiv, ließ die Jahre vorbeiflimmern: 2140, 2125, 2103 … Nichts. Dann klickte er ein Verzeichnis an, das mit 2087 getaggt war. Bishop runzelte die Stirn, fragte sich, ob es sich lohnen würde, jeden einzelnen Anhang zu öffnen. Es mussten mittlerweile mehrere Minuten vergangen sein, und er spürte, wie seine Augen durch das künstliche Licht des Bildschirms träge wurden. Er hatte sich gerade durch die alten Berichte des Jahres gearbeitet, als er endlich auf das stieß, wonach er gesucht hatte. In diesem Jahr war eine Inspektion der bis dahin erschlossenen Stollen gemacht worden, um alles für den anstehenden Ausbau der Station vorzubereiten. Er hatte mehrere Pläne der alten Basis gefunden, die in verschiedene Abschnitte eingeteilt waren. Damals war die Mine noch deutlich kleiner gewesen.

Bruckners Profil tauchte neben ihm auf. »Ja, laus mich doch, das sind wirklich Pläne der alten Schächte. Wartungstrakte,

Belüftungstunnel und Notausgänge. Ich weiß, dass damals alles redundanter, weniger automatisiert war. Ich habe mal auf einer Station im Gürtel gearbeitet, die auf einem ähnlichen Stand war wie diese.« Er deutete auf einen Tunnel, der mit einem fast senkrechten Schacht verbunden war. »Das ist ein Belüftungskanal, den man auch als Fluchtweg genutzt hat. Dort gibt es einen kleinen Personenaufzug. Auf der Station, auf der ich gearbeitet habe, hat das Ding auch noch nach vier Jahrzehnten funktioniert. Das weiß ich, weil ich einen solchen Schacht mal mit einem kleinen Team wiedergefunden habe. Die haben das Ding nur mit einer Platte verschlossen. Vielleicht gibt es hier auch so ein Relikt.«

Martinez, die inzwischen einige Ordner auf dem Schreibtisch verteilt hatte, trat mit einer alten Bauakte an Bishop heran. »Hier, das könnte passen.« Sie schlug den Ordner auf, zeigte auf einen eingeklebten Bergbauplan. Bishop verglich die Linien, suchte nach der dicken, durchgehenden Spur, die im System als Belüftungsschacht eingetragen war. Er fand ihn, und tatsächlich verlief er von einem alten Stollen senkrecht bis unter die heutige isolierte Sektion.

»Sieh dir das an«, murmelte er und fuhr mit dem Zeigefinger die Linie ab. »Der Schacht. In den heutigen Plänen ist der nicht mehr verzeichnet, da ist alles dicht. Aber hier läuft er bis unter SL-1. Wenn wir Glück haben, ist das unser Einstieg.«

Martinez atmete hörbar aus, Bruckner zog die Schultern hoch. Und doch – Bishop spürte es genau – die Erleichterung war nicht echt, sie war nur ein weiteres Aufblitzen in einer Spirale aus Angst und Misstrauen. Er musterte die Linien des Plans, als könnte er im Schraffur- und Schattenmuster einen Hinweis darauf entdecken, ob der Weg sicher war oder ob auch dieser Versuch in einer Sackgasse enden würde.

Weshalb es noch zu dieser Zeit solche Dokumente auch in Papierform gab, war ein Rätsel, das er gerne unbeantwortet lassen wollte. In Anbetracht der langsamen Entwicklung der Ämter und deren Bürokratie war es wohl einfach nur der Inkompetenz der älteren Generationen geschuldet, dass es so etwas selbst in dieser Zeit noch gab.

Unvermittelt öffnete sich die Tür und ein Techniker – Bishop glaubte, er hieß Raikov – stürmte keuchend herein. Sein Blick irrte zwischen ihnen hin und her, als wäre er sich nicht sicher, ob er im richtigen Raum war.

»Was ist los?«, fragte Bishop überrascht.

»Was ist hier los?« Der Mann rang nach Luft.

Bishop stand auf und ging um den Schreibtisch auf den Mann zu. »Ich ermittle. Also, was ist passiert?«, wiederholte er.

»Dr. Moreno … Sie ist verschwunden.« Raikov suchte nach Worten, rang um Fassung. »Ich habe zwei Verletzte mit ihr zur Krankenstation gebracht und dann diesen verrückten Techniker in eine Zelle befördert. Ich weiß nicht, was passiert ist, aber ich war nur eine Viertelstunde weg. Als ich zurückkam in die Krankenstation, war überall Blut. Ich kann nicht sagen, ob es von ihr stammt. Niemand hat sie gesehen. Ein Stuhl war umgeworfen und OP-Besteck lag auf dem Boden.«

Martinez fluchte leise. Für einen Moment schien der ganze Raum zu schrumpfen.

»Sie ist jetzt die ranghöchste zivile Offizierin. Nach Reed gibt es keinen mehr über ihr, der Lunaris im Weg steht, außer uns. Wenn sie jemanden aus dem Weg räumen wollten, dann war das der perfekte Zeitpunkt.« Bishop merkte, wie seine Stimme rauer wurde, als hätte er sich an seinem alten Zynismus verschluckt.

»Sie muss in SL-1 sein«, warf Martinez ein. »Die wissen, dass sie gefährlich werden kann. Oder sie brauchen sie als

Druckmittel, falls das Artefakt nicht ohne Aufsehen abtransportiert werden kann.«

Bruckner kam um den Schreibtisch herum. »Was, wenn sie sie …«

Bishop schnitt ihm das Wort ab. »Wir gehen da runter. Über den alten Schacht. Wenn wir nicht jetzt handeln, gibt es bald niemanden mehr, der irgendwas verhindern kann. Reed hat uns den Weg gezeigt – jetzt gibt's keine Ausreden mehr. Soll mich doch der Teufel holen! Es ist Zeit, die Deckung zu verlassen und in ein paar Ärsche zu treten.«

Für einen Moment war es still. Bishop blickte auf die alten Pläne, sah in den Linien mehr als nur Striche auf Papier. Er sah einen letzten Ausweg, eine Chance, ein Stück Kontrolle zurückzugewinnen, bevor alles unter dem Eis des Mondes verschwand.

Er streckte die Schultern durch. »Packen wir's. Martinez, wir brauchen Ausrüstung, und Sie kennen sich da unten vermutlich am besten aus. Bruckner, jetzt sind Ihre Muskeln gefragt. Falls was schiefgeht, brauche ich Sie als Nachhut. Wir werden diesen Sektor erst wieder verlassen, wenn wir Moreno gefunden haben und wissen, was hier zum Teufel vor sich geht.«

Neue Wege

Wenige Minuten später, Verwaltungssektion, Station Tros, Mond Ganymed

Als sie das Büro verließen, schauten die beiden Sicherheitsmänner Bishop an, als erwarteten sie Befehle, die ihnen Klarheit darüber verschaffen würden, was jetzt eigentlich noch ihre Aufgabe war. Bishop blieb stehen und ließ den Blick einen Moment auf den Männern ruhen.

»Ihre Unterstützung ist ab jetzt nicht mehr nötig«, sagte er ruhig, aber bestimmt. »Ab sofort kümmern Sie sich ausschließlich um die Krankenstation. Sichern Sie den Bereich, lassen Sie niemanden rein oder raus. Das ist jetzt ein offizieller Tatort. Beantworten Sie keine Fragen zu den Vorgängen und, was noch wichtiger ist, schicken Sie ein paar Männer zur Unterstützung zum Zellentrakt. Der Gefangene muss streng bewacht werden. Falls Sie einen Sanitäter finden, schicken Sie den ebenfalls dorthin und lassen ihn die Vitalwerte des Mannes überwachen.«

Die Männer wechselten einen nervösen Blick, dann nickten sie synchron, fast wie Maschinen, die sich nach Jahren der Routine endlich wieder an einen klaren Befehl klammern konnten. Ohne weitere Worte entfernten sie sich.

Kaum waren sie außer Sichtweite, zog Bishop Martinez und Bruckner ein Stück zur Seite, bis sie im Schatten einer Versorgungsnische standen.

»Wir brauchen Schutzausrüstung. Jemand eine Idee, wie wir da unbemerkt drankommen?«

Martinez, die sich beiläufig das Haar hinter das Ohr strich, nickte. »Im alten Umkleideraum beim Seiteneingang zur Mine liegen immer Ersatzanzüge bereit. Die werden zwar nicht mehr oft benutzt, aber sie werden regelmäßig für den Ernstfall geprüft. Ich kenne die Techniker, die da Dienst schieben. Das sind zuverlässige Leute.«

Bruckner verzog das Gesicht zu einem müden Grinsen. »Wenn's drauf ankommt, weiß Martinez immer, wo der Schlüssel zum Schuppen liegt.«

Bishop zwang sich zu einem Lächeln, das wohl mehr nach Zähneblecken aussah. »Dann los. Wir schleichen uns da unten rein und hoffen, dass uns niemand sieht. Vielleicht sind wir Morenos einzige Hoffnung. Wenn uns jemand anspricht, sind wir im Auftrag der Technik unterwegs.«

Sie machten sich auf den Weg, jeder Schritt begleitet vom Bewusstsein, dass ein Fehler, eine falsche Bewegung hier alles beenden konnte. Die Korridore waren gespenstisch leer; an den Wänden blinkten Störungsanzeigen, das Notlicht flackerte, und in der Ferne war irgendwo das monotone Hämmern einer Pumpe zu hören. Oder war es doch nur sein Puls? Bishop hatte den Eindruck, dass selbst das künstliche Licht kälter geworden war, als würde die Station ihnen den Weg in die Dunkelheit erleichtern wollen.

Unweit der zentralen Kuppelhalle verbarg ein schmales Schott einen langen, leicht abfallenden Korridor. Ungesehen schlüpften sie hinein und eilten den Tunnel entlang, bis sie an ein weiteres Schott gelangten. Bruckner öffnete es über die manuelle Verriegelung und lugte vorsichtig in den kreuzenden Korridor, der still und verlassen dalag. Hastig folgten sie Martinez. Vor der schweren Stahltür zum Umkleideraum blieb sie stehen und öffnete den Verriegelungsgriff. Mit einem leichten Ruck glitt die Tür einen Spaltbreit auf und ließ sich mit leichtem Kraftaufwand zur Seite drücken. Martinez drängte sich als Erste hinein, Bishop und Bruckner folgten.

Bishop fand sich in einem kleinen, funktional eingerichteten Raum wieder. An den Wänden waren Spinde aufgestellt, es gab ein Waschbecken mit einem Spiegel, Sitzbänke in der Mitte und darüber ein Flaschenzugsystem mit mehreren Ketten. An den Haken hingen sechs Bergbauanzüge: schwere, graue EVA-Modelle mit Keramikplatten an Schultern und Ellbogen, dicken Stahlkappen an den Stiefeln und einem Exoskelett am Rücken. Jeder Anzug hatte eine Seriennummer, darunter war das verblasste Lunaris-Logo zu sehen.

Bishop ließ die Hände langsam über einen der Anzüge gleiten, spürte das kalte, widerstandsfähige Material. »Dann schnappt euch jeder eines dieser Dinger, und dann brechen wir auf.«

Das Umziehen war für Martinez und Bruckner Routine. Gekonnt schlüpften sie in ihre Anzüge. Bishop hingegen hatte Schwierigkeiten, die störrischen Komponenten überzustreifen. Zuerst der Unteranzug, dann die erste Schicht, die alles an Ort und Stelle presste, als würde sie versuchen, das Zittern seiner Hände zu unterdrücken. Dann der klobige EVA-Anzug, das mühsame Einklinken der Dichtungsringe, das Anpassen der Helmverriegelung, der Check der Sauerstoffkartuschen. Er kontrollierte jede Anzeige zweimal, prüfte CO_2-Filter, Energielevel und den Funk am Halsring.

Martinez half Bruckner mit den Verschlüssen an den Stiefeln; ihre Bewegungen waren schnell und präzise. Bruckner schwieg die ganze Zeit. Bishop beobachtete ihn aus dem Augenwinkel.

Als sie fertig waren, klopfte Bishop gegen seinen Helm, das dumpfe Echo hallte in seinem Kopf nach. »Letzter Check – Sauerstoff? Funk? Lampen?«

Martinez streckte den Daumen hoch. »Alles grün. Ich höre Sie einwandfrei, System-KI meldet: Alle Werte sind auf Go. Ich übernehme die Navigation im alten Schacht, sobald wir drin sind.«

Bruckner nickte, nestelte nervös an der Dichtung seines Handschuhs. »Batterien und Ersatzfilter dabei. Ich habe keine Lust, da unten zu ersticken.«

Sie verließen den Umkleideraum und passierten den Gang, der zum seitlichen Schacht führte. Der Weg war kurz, aber Bishop kam es vor wie eine Ewigkeit. Ihre Schritte hallten dumpf, ihre Bewegungen wurden von den schweren Anzügen gebremst. Vor der Druckschleuse zum Mineneingang blieb Bishop stehen und aktivierte das Terminal. Ein rotes Warnsymbol blinkte, dann begann das Zischen der Luftabsaugung, das Bishop immer an den Anfang einer Operation erinnerte, von der niemand sagen konnte, wie sie enden würde.

»Seid ihr so weit?«, fragte er, und die eigenen Worte klangen fremd, fast entrückt in der Isolation des EVA-Anzugs.

»Denke schon«, gab Martinez zurück.

»Ich hasse es, dass ich wieder da runter muss«, raunte Bruckner.

»Reiß dich zusammen«, forderte Martinez und boxte ihn gegen die Schulter.

Die Schleuse öffnete sich mit einem verzerrten Krachen. Bishop spürte das Vibrieren durch die Sohlen seiner Stiefel, dumpf und endlos, begleitet von einem feinen Prickeln in der Magengrube. Im Schein ihrer Helmlampen breitete sich vor ihnen der Eingang zur Mine aus – ein gedrungener, schwarzer Schacht, dessen Wände von einem dünnen Reiffilm überzogen waren. In der Kälte war die extrem dünne Atmosphäre glasklar, aber zugleich von einer Rohheit erfüllt, die selbst durch die dicke Panzerung des EVA-Anzugs drang.

Es war still, so still, dass man das eigene Atmen durch den Filter hörte. Bishop spürte das Knacken in seinen Ohren, als sich der Druck leicht veränderte.

Gemeinsam traten sie durch die Öffnung, hinab auf das Gitterrostpodest, das den eigentlichen Einstieg in die Tiefe markierte. Unter ihren Stiefeln knackte der Raureif. Für einen Moment hielt Bishop inne und ließ seinen Lichtkegel schweifen. Das Eis an den Wänden war von alten Kratzspuren und Markierungen durchzogen. Stellenweise liefen feine Rinnsale gefrorener Sole wie Adern in das Dunkel. Ein paar Meter entfernt hingen noch die Überreste einer alten Markierungsbarke – das Licht war tot.

»Die Hauptschächte sind weiter vorn, aber für uns geht es erst mal links in den Versorgungsstollen«, erklärte Martinez, die die Karte auf ihr Pad geladen hatte. »Wenn wir uns an die alte Förderstrecke halten, kommen wir zum Wartungslift. Der bringt uns mindestens zweihundert Meter tiefer. Danach wird's knifflig.«

Bishop nickte, auch wenn sie es nicht sehen konnten. »Laufen die Aufzüge hier überhaupt noch, wenn die Hauptenergie abgeschaltet ist?«

»Solange der Notakku noch Saft hat. Jeder Aufzug hat einen Energiespeicher, damit niemand in einem Förderkorb stecken bleiben kann. Ein, zwei Fahrten, kann man mit einer Ladung schon durchführen.«

Die Vorstellung, in diesem verdammten Eispalast Hunderte von Metern in die Tiefe zu steigen, ließ Bishop einen

Moment den Atem anhalten. Die alten Geschichten aus seiner Ausbildung auf dem Erdenmond fielen ihm ein – von Leuten, die in verlassenen Stollen eingeschlossen wurden, stundenlang in ihren Anzügen schwitzten, bis der Sauerstoff knapp wurde. Bishop verwarf den Gedanken, konzentrierte sich auf das Hier und Jetzt.

»Bevor wir runtergehen«, sagte Bruckner leise über Funk, »könnt ihr mich mal aufklären, was hier vor sich geht?«

Martinez hielt kurz inne und drehte sich zu ihm um. »Ach, du warst ja gar nicht bei allem dabei. Na gut, ich bring dich mal auf den aktuellen Stand. Wir haben drei Tote – Harris, Clark und Larsson. Alle hatten irgendwas mit Schacht 12B zu tun. So weit, so gut.«

»Ja«, übernahm Bishop das Wort. »Und Reed wurde von Elena Torres erpresst, damit er sie bei ihrem Auftrag unterstützt. Vermutlich ist er dem Saboteur auf die Spur gekommen und wurde bei dem Versuch, ihn zu stellen, umgebracht. Im Endeffekt hat er zu spät versucht, das Richtige zu tun. Außerdem gibt es hier wahrscheinlich einen Maulwurf, der es dem Saboteur ermöglicht hat, unbemerkt in die Station zu gelangen. Und von Morenos Entführung wissen Sie ja. Aber im Kern geht es um das, was Sie in der Höhle gefunden haben. Vielleicht ist es ein Artefakt einer anderen Spezies, und das will Lunaris haben. Darüber hinaus gibt es Gerüchte über dieses Artefakt, und die fachen einen Aufstand im Sonnensystem an, der zu eskalieren droht.«

Bruckner schnaubte leise. »Und das Artefakt? Was ist es? Was wollen sie damit?«

Bishop blieb kurz stehen, drehte sich um, blickte ins Dunkel zurück, wo die Lichtkegel sich im Eis verloren. »Niemand nimmt so ein Risiko auf sich, wenn es nicht um mehr als ein bisschen Forschung geht. Was auch immer der Nutzen dieser

Technologie ist, sie scheint interessant genug zu sein, dass sich sogar die ganz oben einmischen. Lunaris, UN, vielleicht noch andere.«

Martinez drehte sich zu Bishop, während sie dem Weg folgten. »Die Frage ist nur: Warum so viel Aufwand, wenn am Ende doch alles auffliegt? Wollen die wirklich glauben, dass niemand nachfragt, wenn eine Station wie Tros in den Notbetrieb fällt oder gar die gesamte Arbeit eingestellt wird?«

Bishop zuckte unmerklich. »Die Öffentlichkeit erfährt davon gar nichts, solange die Kommunikationskanäle tot sind. Solange alles wie ein Unfall aussieht und das Artefakt rechtzeitig außer Reichweite ist, interessiert niemanden, was wirklich mit uns passiert ist.«

Sie gingen weiter. Das Gitter unter ihren Füßen wurde zu einer massiven, schmalen Brücke, die in den eigentlichen Hauptstollen mündete. Im Schein der Helmlampen wirkten die Eisformationen an den Wänden wie Skulpturen. An einer Stelle war das Eis fast durchsichtig. Darunter schimmerten uralte eingravierte Nummerierungen.

Der Schacht zum Wartungslift war noch gut hundert Meter entfernt, als Bishop das Gefühl bekam, dass irgendetwas nicht stimmte. Es war nicht der Luftdruck, nicht das Funkrauschen – eher das Gefühl, dass sie beobachtet wurden. Er zwang sich, weiterzugehen, redete sich ein, dass es nur die Nerven waren.

Nach einiger Zeit erreichten sie den seitlichen Schacht, bogen ab und standen bald vor dem Lift. Martinez stieß die Zugangsklappe auf. Der Wartungslift selbst war ein kantiger Metallkorb, der an den Ecken mit Frost überzogen war. Bishop kletterte als Erster hinein, dann Bruckner, Martinez zuletzt. Die Mechanik zitterte, als sie den Hebel nach unten legte.

Der Abstieg begann – langsam und ruckelig. Der Lichtkegel flackerte über alte Notfalltafeln und gefrorene Rohre. Bishop zwang sich zur Konzentration.

»Ich finde, wir sind an einem Punkt angekommen, wo wir auf Höflichkeiten verzichten und dieses störrische Sie weglassen können, oder?«, fragte Martinez.

»Hab ich nichts gegen«, erwiderte Bishop, und auch Bruckner nickte zustimmend, was Martinez mit einem Lächeln quittierte.

»Weißt du noch«, murmelte Bruckner irgendwann, »wie Harris immer gesagt hat, die Mine hätte ihre eigenen Geister? Vielleicht hatte er recht.«

Martinez seufzte. »Oder wir sind gerade dabei, einer neuen Art von Spuk zu begegnen. Wer weiß, was das Artefakt alles ausgelöst hat? Wenn Leute durchdrehen, als würden sie Stimmen hören … Ich habe in den Akten gelesen, dass Clark und Larsson von einem Flüstern gesprochen haben, so wie es bei Ben gewesen sein soll.«

»Das habe ich auch gesagt, aber mir glaubt ja keiner. Ihr haltet mich doch für verrückt, verdammt«, erwiderte Bruckner.

Bishop ballte unwillkürlich die Hände zu Fäusten. »Ich erwarte von euch, dass ihr ab jetzt die Klappe haltet, wenn wir unterwegs sind. Kein Gelaber mehr über Geister, keine Schuldzuweisungen, kein Streit. Ich brauche eure Augen und eure Hände, nicht euren Pessimismus.«

Martinez funkelte ihn kurz an, nickte aber. »Alles klar. Aber wenn wir hier unten draufgehen, will ich wenigstens alles wissen, was du weißt, Bishop. Ich sehe dir an, dass du uns Informationen vorenthältst. Traust du uns nicht?«

Bishop drehte sich halb zu ihr und sah sie durch das beschlagene Visier an. »Wenn ich eins gelernt habe, dann, dass man keinem Menschen trauen kann. Aber ihr beide und

Dr. Moreno habt mir gezeigt, dass es auch Ausnahmen gibt. Was ihr nicht wisst, ist, dass dieser Konflikt hier vielleicht dazu führt, dass das Sonnensystem auf den ersten interplanetaren Krieg zusteuert.«

»Was?«, fragte Martinez. »Wegen dem Artefakt? Aber woher wissen die da draußen davon?«

Bishop seufzte. »Ich gehe davon aus, dass Torres die Information gestreut hat. Warum? Keine Ahnung. Aber irgendwie glaube ich, dass das alles damals mit Borrello begonnen hat.«

»Ich weiß nicht, ob ich Torres die Schuld geben würde«, erwiderte Bruckner mürrisch. »Lunaris ist es, die das Artefakt für sich haben wollen. Was auch immer Torres damals mit Borrello getrieben hat …« Er unterbrach sich und hob die Hände. »Sorry, unpassende Wortwahl. Ich meine, was auch immer sie mit ihm besprochen hat, wir können nicht wissen, ob das alles hiermit zusammenhängt.«

»Glaub mir, mir schmeckt das ebenso wenig wie dir, aber so sieht es aus.«

»Du kannst nichts dafür, dass sie getan hat, was sie getan hat«, sagte Martinez. »Wer weiß, ob wir nicht heute in derselben Situation wären, wenn sie ihre Finger nicht im Spiel hätte. Wir sind jetzt hier, und wir sollten sehen, dass wir das Beste daraus machen.«

Mit einem Ruck kam der Lift zum Stillstand. Ein dumpfer Schlag vibrierte durch die Schuhsohlen. Bruckner öffnete die Türen des Wartungskorbs und stieg als Erstes aus.

Vor ihnen lag ein stillgelegter Querschacht. Die Scheinwerfer ihrer Helme tasteten die Wände ab. Eis, hart und von bläulichen Adern durchzogen, an vielen Stellen mit Ablagerungen von Bergbaustaub und festgefrorenen Kristallen, die im Licht funkelten. Jeder Schritt löste eine kleine Staubwolke aus, die weit aufstieg und sich nur langsam wieder senkte, ohne dass ein Luftzug sie verwehte. Kein Wind, keine natürlichen Geräusche – alles, was blieb, war das leise Rauschen des Sauerstoffkreislaufs im Helm, das rhythmische Schlagen des eigenen Herzens und der Widerhall des Atems.

Martinez ging einige Schritte voraus. »Laut Karte müsste es hier eine Verzweigung geben. Aber ich sehe keine Markierung.«

Bruckner brummte unzufrieden und prüfte seine Anzeigen. »Die Struktur der Tunnel ist stabil, aber die Energieversorgung für die Leitsysteme scheint tot zu sein. Hier unten ist nie nachgerüstet worden. Selbst die alten Arbeitsleuchten laufen nur auf Reserve.«

Bishop blieb stehen, ließ seinen Blick über die Tunnelwand schweifen. »Wir müssen uns an die alten Markierungen halten«, sagte er ruhig. »Die sind vielleicht schon verblasst, aber besser als nichts.«

Sie wandten sich tiefer in den Stollen, folgten einer Reihe von altmodischen Reflektoren, die vor Jahrzehnten auf die Wände genietet worden waren. Immer wieder blieb Martinez stehen und prüfte die Anzeige ihres Scanners.

Irgendwann – nach Minuten, in denen sie nur dem Echo ihrer eigenen Existenz gelauscht hatten – stockte Bishop in der Bewegung und blieb abrupt stehen. Martinez und Bruckner stolperten fast in ihn hinein.

»Das ist nicht der richtige Gang«, stellte er mit angespannter Stimme fest. »Wir hätten nach rechts abbiegen müssen.«

»Ich habe auf die Karte geachtet«, fauchte Martinez. »Das Navigationssystem ist nicht mehr aktuell.«

Bruckner stieß die Faust gegen die Wand, dass kleine Splitter von Raureif lautlos zu Boden trudelten. »Dann gib mir das Pad. Du hast doch gesagt, du kennst dich hier unten aus.«

»Hört auf. Streiten bringt nichts. Wenn wir einen Fehler gemacht haben, dann kehren wir um. Aber seid leise. Ich habe das Gefühl, dass wir hier nicht allein sind.«

Jede Bewegung, jede Silhouette im Schein ihrer Lampen konnte das Unbekannte sein, das irgendwo zwischen den Schatten lauerte – nicht als Geist, sondern als Mensch, als Gegner oder als etwas, das ihnen allen noch fremd war.

Bishop blieb stehen, richtete die Lampe auf eine Seitenwand, wo der aufgewirbelte Eisschnee in der Schwerelosigkeit eine undeutliche, aber frische Spur zeigte – kaum mehr als ein Streifen, vielleicht nur von einem Werkzeug.

»Schaut euch das an. Hier war vor uns jemand, und ich bin mir sicher, dass das nicht langer her sein kann.« Er drehte sich um, die Finger an der Waffe.

Sie waren kaum fünfzig Meter weiter in den Stollen vorgedrungen, als Bishop kurz innehielt und mit prüfendem Blick durch das trübe Helmvisier Martinez' Seite ansteuerte. Er griff nach der Zweitwaffe in seinem Gürtel, zog sie vorsichtig aus dem Holster, das am EVA-Anzug befestigt war, und hielt sie ihr entgegen.

»Hier«, sagte er leise. Sein Blick durchbohrte Martinez. »Du nimmst meine Zweitwaffe.«

Sie nickte, schluckte einmal hörbar. Ihr Atem beschlug kurz das Visier, als sie die Pistole nahm und die Hand ruhig, aber angespannt um den Griff schloss. Bishop wusste, dass sie schießen konnte, doch in einer Umgebung wie dieser war jeder Schuss ein Risiko, das niemand zu kontrollieren vermochte.

»Das ist mir recht. Ich habe was gegen diese Dinger. Ich verlasse mich lieber auf meine Muskelkraft«, sagte Bruckner.

Als sein letztes Wort in seinem Helm verstummt war, bemerkte Bishop eine Bewegung. Wie aus dem Nichts war ein Schatten am Rand ihres Lichtkegels aufgetaucht – eine dunkle

Silhouette, die sich katzenhaft schnell auf sie zubewegte. Bishop spürte, wie sich sein Körper blitzartig anspannte. Er riss die Waffe hoch, doch der Angreifer war schneller.

Ohne ein Wort, ohne jede Warnung stürzte sich die Gestalt auf ihn. Sie war in einen Bergbauanzug gekleidet, aber der Helm wirkte anders, massiver, als hätte man ihn modifiziert. Die Bewegungen des Kontrahenten waren unglaublich präzise – jeder Griff, jede Drehung erinnerte Bishop an die Nahkampfausbildung des Militärs.

Bishop wich instinktiv einen Schritt zurück, konnte die Waffe nicht mehr rechtzeitig anlegen. Ein harter Schlag gegen seinen Unterarm. Der Revolver flog ihm aus der Hand und trudelte langsam davon, als würde selbst die Zeit für einen Moment aussetzen.

Martinez reagierte, riss ihre Pistole hoch, doch der Angreifer war schon bei ihr. Mit einer fließenden Bewegung verdrehte er ihr das Handgelenk, brachte sie aus dem Gleichgewicht und schleuderte sie gegen die Tunnelwand. Ihr Helm krachte dumpf gegen das Eis, sie taumelte, fing sich nur mit Mühe ab. Bishop hörte ihren abgewürgten Schrei durch den Funk, dann das schwere, stoßweise Atmen.

Bruckner, stemmte sich gegen die Wand und griff nach einem Werkzeug in seinem Gürtel. Doch bevor er zuschlagen konnte, drehte sich der Angreifer zu ihm um, bewegte sich mit einer Effizienz, die Bishop kurz erstarren ließ. Ein Tritt gegen Bruckners Oberschenkel, ein gezielter Schlag gegen den Helm, und Bruckner sank keuchend zu Boden. Der Funk explodierte in einem Crescendo aus Störgeräuschen.

Bishop spürte, wie Panik und kalte Entschlossenheit in ihm miteinander rangen. Er hatte Mühe, die Übersicht zu behalten. Der Tunnel drehte sich leicht, als der Angreifer plötzlich wieder vor ihm stand. Ein dumpfer Aufprall, und Bishops

Helm knallte gegen den Stahl der Tunnelwand. Das Visier splitterte an einer Ecke. Risse zogen sich blitzschnell über das Sichtfeld wie Spinnweben aus Eis. Er wusste, dass nicht mehr viel Druck nötig war, um das Glas zu sprengen. Dann würde ihn der Vakuumtod schneller holen, als er blinzeln konnte.

Martinez rappelte sich auf, wollte dem Angreifer in den Rücken fallen, doch der wirbelte herum, schlug ihr den Ellbogen gegen die Seite, dass sie wieder zurückprallte. Für einen Moment glaubte Bishop, alles ginge jetzt zu Ende. Der Angreifer packte Martinez am Kragen ihres Anzugs, riss sie auf die Knie und setzte an, mit dem gepanzerten Arm gegen ihren Helm zu schlagen – eine tödliche Technik, wenn das Visier brach.

Doch in dem Moment kroch Bruckner mit blutender Nase und schwer atmend am Boden entlang und griff nach der Waffe, die Bishop verloren hatte. Mit zitternden Händen schloss er den Griff um die Pistole und richtete sie auf den Angreifer. Der Schuss krachte durch den Tunnel, die Mündung zuckte, und Bishop sah, wie der Helm des Angreifers zerbarst. Splitter aus Panzerglas flogen in alle Richtungen, zerschnitten die Luft und schwebten davon.

Für einen Moment herrschte absolute Stille. Der Angreifer kippte nach hinten und sank wie in Zeitlupe zu Boden. Martinez löste sich wie in Trance aus seinem Griff, rappelte sich auf, stolperte zurück, fiel wieder auf die Knie. Ihr Atem ging stoßweise. Mit einer Hand hielt sie sich an der Tunnelwand fest.

Bishop kroch zu dem reglosen Körper hinüber, sein eigener Helm knirschte bei jeder Bewegung, als würde er gleich auseinanderbrechen. Der tote Angreifer lag mit dem Rücken im Eis, das Gesicht war jetzt frei sichtbar. Ein Mann, etwa Mitte vierzig, markantes Kinn, kurz geschorene Haare, tiefe Narben an der linken Wange. Bishop hatte ihn noch nie gesehen.

Bruckner ließ die Waffe fallen, als hätte sie ihn gebissen, und keuchte laut auf. »Scheiße! Scheiße, das … das ist keiner von uns.«

Bishop untersuchte den Anzug. Keine bekannten Abzeichen, kein Namensschild. »Ich kenne ihn nicht. Martinez, alles in Ordnung?«

Sie rappelte sich auf, fuhr sich vorsichtig über den Helm. »Mir geht's … mir geht's gut. Ich hab mich nur gestoßen. Nichts gebrochen. Ich glaub, der Anzug hält. Die KI meldet keine Alarme.«

Bishop sah zu ihr, dann zu Bruckner, der noch immer fassungslos auf die Leiche starrte.

»Keiner von euch kennt den Typen?«

Martinez schüttelte den Kopf, Bruckner ebenfalls. »Nein. Und ich kenne hier jeden, der einen Anzug tragen darf. Der muss sich eingeschlichen haben.«

Bishop nickte düster. »Der Mistkerl muss uns gefolgt sein. Vielleicht hat er ebenfalls einen Weg gesucht, um in Sektion SL-1 zu gelangen.«

»Glaubst du, das ist unser Saboteur?«, fragte Martinez.

»Keine Ahnung, aber es ist möglich. Im schlimmsten Fall haben wir es mit zwei Unbekannten zu tun.« Bishop rappelte sich auf, fuhr prüfend mit den Fingern über seinen Helm. Der Riss war gefährlich tief, aber noch hielt der Verbundstoff. »Wir lassen ihn hier liegen«, sagte er tonlos. »Moreno ist jetzt wichtiger. Wir dürfen keine Zeit verlieren. Und vor allem: Wir dürfen nicht noch mal den Fehler begehen, uns überraschen zu lassen.«

Bruckner nickte. Sein Blick schweifte noch einmal über das fremde Gesicht des Toten, als müsste er sicherstellen, dass es tatsächlich vorbei war.

Sie sammelten ihre Ausrüstung wieder ein, ehe sie ihren Weg fortsetzten. Nach wenigen Minuten gelangten sie an eine massive Schleuse am Ende des stillgelegten Stollens. Sie wirkte wie das Eingangstor zu einer anderen Welt – nicht nur, weil sie jahrzehntelang ungenutzt geblieben war, sondern auch, weil sie in der dichten Stille und Kälte der Mine ein beinahe unheimliches Eigenleben entwickelt zu haben schien. Das Metall war von einer Patina aus Eis und Schmutz überzogen. Bishop musste sich zwingen, mit der behandschuhten Hand über das vereiste Kontrollfeld zu fahren. Seine Finger zitterten leicht, aber nicht nur vor Kälte. Das schwache, grünliche Standby-Licht unter dem Frost war wie das schlagende Herz eines längst vergessenen Tiers – unverwüstlich, aber fast erstickt.

»Das System scheint noch über Energie zu verfügen«, murmelte Bishop. Immerhin etwas.

Er konnte nicht anders, als sich zu fragen, wie viel hier unten wohl noch schlummerte. Maschinen, die niemand mehr nutzte, Schotts, die seit Jahrzehnten niemand mehr geöffnet hatte.

Martinez beugte sich über ihr Pad, auf dem die schematischen Pläne der alten Station zu sehen waren. »Hier steht, der Zugang sollte eigentlich stillgelegt sein«, sagte sie angespannt, aber sachlich. »Laut Reeds Aufzeichnungen gibt es einen Override-Code. Der müsste noch funktionieren. Ich werde es mal probieren. Jetzt heißt es Daumen drücken.«

Bishop beobachtete, wie sie den Code eintippte. Für eine endlos scheinende Sekunde passierte nichts, dann flackerte das Display auf. Ein mechanisches Brummen, das wie das Erwachen eines alten Tiers klang, vibrierte durch den Boden. Das Schott bewegte sich, schob sich langsam und schwerfällig in die Wand. Ein Schwall gefrorenen Nebels quoll heraus, verwandelte die Szene in ein gespenstisches Theater aus Licht und Kälte.

Hinter dem Schott öffnete sich ein Tunnel, der zwar eng, aber noch immer problemlos begehbar war, ausgekleidet mit altgedientem Verbundstahl, an dessen Rändern sich fahle Eisfahnen entlangzogen.

Bishop atmete langsam durch. Er spürte, wie sich eine Mischung aus Anspannung und Entschlossenheit in ihm breitmachte. Die letzten Stunden hatten ihm alles abverlangt, und trotzdem hatte er das Gefühl, dass der eigentliche Albtraum erst jetzt begann. Das war die letzte Schwelle zwischen ihm und den Antworten, die er hören wollte.

Die Helmlampen schnitten schmale Lichtkegel durch die Dunkelheit. Bishop ging voraus, die klobigen EVA-Stiefel hinterließen tiefe Spuren in einer feinen Schicht aus Eisstaub. An den Wänden zogen sich dicke Kabelstränge entlang, viele davon eingerostet. Gab es Energie hier unten, in diesem toten Sektor? Er prüfte die Anzeigen an seinem Anzug, suchte nach möglichen Strahlungsquellen. Nichts Auffälliges. Trotzdem, irgendjemand hatte sichergestellt, dass dieser Bereich niemals ganz erlosch.

»Das ist kein reiner Notstromkreis«, murmelte Bishop schließlich, während er einen dicken Kabelbaum musterte. »Hier fließt einiges an Energie durch. Das hat System, als hätte jemand gewollt, dass SL-1 im Ernstfall autark bleibt.«

»Wenn ich so was baue, dann nur, wenn ich etwas zu verbergen habe«, sagte Bruckner leise.

Martinez starrte auf eine flackernde Anzeige, die kaum noch lesbar war. »Oder wenn ich sicherstellen will, dass niemand von außen eingreifen kann – egal was passiert.«

Bishop spürte, wie die Erkenntnis in ihm reifte, dass sie hier weit mehr als nur einen alten Wartungsbereich betraten. Hier hatte jemand ein Bollwerk geschaffen, in dem Kontrolle und Isolation zu Überlebensstrategien geworden waren.

Der Gang führte sie tiefer in das alte System. Auf halber Strecke kamen sie an einer verblassten Wegmarkierung vorbei – weiße Zahlen und Buchstaben, zum Teil unter einer Schicht aus Reif verborgen. Bishop hielt kurz inne und verglich es mit den Plänen auf Martinez' Pad.

»Hier müsste die vertikale Wartungsverbindung nach oben sein. Laut Plan führt ein Lift bis unter die Versorgungstrakte von SL-1. Hoffentlich steht das Ding noch.«

Bruckner beugte sich vor, leuchtete mit der Lampe auf den Boden. »Hier. Siehst du das?« Er zeigte auf eine in die Wand eingelassene Metallplatte, von Schmutz und Eis fast überdeckt. Daneben ein altmodisches, aber intaktes Steuerpult. Das grüne Licht war ein schwacher Hoffnungsschimmer.

Bishop wischte den Rest Reif vom Steuerfeld und prüfte die Anzeige. *Bitte, lass das Teil funktionieren!* Mit einem sanften Druck aktivierte er das System. Zuerst passierte gar nichts, dann aber öffnete sich die Platte einen Spaltbreit und ließ sich mit etwas Kraftaufwand aufziehen. Dahinter wurde eine kleine Plattform sichtbar – nicht viel mehr als ein Gitterkorb, alt, aber solide gebaut.

»Das ist unser Aufzug«, stellte Bishop fest und versuchte ein wenig Zuversicht in seine Stimme zu legen.

Martinez zwang sich zu einem gequälten Lächeln. »Wenigstens keine Leiter.«

Bruckner kontrollierte die Aufhängung, dann nickte er Bishop zu. »Sieht gut aus. Wenn der Strom hält, kommen wir nach oben.«

Bishop stieg als Erster auf die Plattform, Martinez und Bruckner folgten. Mit einem Knopfdruck setzte sich der Aufzug in Bewegung und ruckelte langsam und zitternd nach oben. Das Licht der Helmlampen tastete sich an den Seitenwänden der Röhre entlang. Hier war das Metall an manchen Stellen fast schwarz, an anderen silbrig blank, dort, wo jahrzehntealte Wartungsspuren erhalten geblieben waren.

Während sie sich nach oben bewegten, ging Bishop in Gedanken noch einmal alles durch, was sie hierhergeführt hatte.

Der Lift kam mit einem letzten, dumpfen Ruck zum Stehen. Vor ihnen schob sich eine druckdichte Metalltür schwergängig beiseite. Kaltes Licht fiel auf einen schmalen, aber begehbaren Verbindungsgang aus Verbundstahl, dessen Wände mit gefrorenen Eiszapfen und Raureif übersät waren. Bishop trat vorsichtig hinaus, sein Atem beschlug kurz das Helmvisier. Er tastete mit der Lampe in den Gang hinein und entdeckte nach wenigen Metern ein weiteres Schott, deutlich massiver als das vorige. Dies war eindeutig eine Schleuse, so konstruiert, dass sie den Übergang vom Vakuum der stillgelegten Stollen in die kontrollierte Atmosphäre von SL-1 ermöglichte.

»Da vorne«, sagte er knapp. »Das ist unser Zugang.«

Martinez schaltete ihr Pad ein, warf einen prüfenden Blick darauf. »Die Systeme laufen nicht im Notfallmodus, sondern im normalen Schleusenbetrieb. Das bestätigt, was wir schon vermutet haben: SL-1 hat eine eigene Versorgung. Die sind hier völlig unabhängig.«

Bruckner stieß hörbar die Luft aus. »Wenigstens haben wir eine Chance, die Helme loszuwerden. Ich schwitz' hier drin wie in der Hölle.«

Bishop aktivierte das Panel. Das Schott vor ihnen glitt zur Seite, und sie traten in die kleine Schleusenkammer. Der Raum war kaum größer als sein Apartment drüben im Habitatsektor, die Wände silbrig blank. Das Innenschott hinter ihnen schloss sich automatisch.

»Druckausgleich läuft«, meldete Martinez, die die Anzeige prüfte.

Kalte Luft schoss durch Ventile, füllte die Kammer in wenigen Sekunden. Der Boden vibrierte unter den Stiefeln, als sich die Atmosphäre langsam stabilisierte. Bishop spürte, wie sich ein leichter Druck auf seine Brust legte, ein vertrautes Gefühl, das ihn daran erinnerte, wie verletzlich sie hier draußen im All eigentlich waren.

Ein grünes Signal blinkte auf. »Atmosphäre hergestellt«, las Martinez laut vor.

Bishop atmete tief durch, auch wenn er den Helm noch nicht geöffnet hatte. »Gut. Dann lasst uns das Zeug endlich ablegen. Wir brauchen Beweglichkeit.«

Sie lösten die Helme. Das Zischen der Dichtungen klang laut in der kleinen Kammer. Bishop lief der Schweiß den Nacken hinunter, als er die Verriegelung öffnete und den Helm langsam vom Kopf hob. Die Luft, die ihm entgegenschlug, war kühl und roch nach Desinfektionsmittel, beißend und steril.

Martinez befreite sich schnell aus dem klobigen EVA-Anzug, streifte das Unterteil ab und zog den Reißverschluss des leichten Overallbeutels an der Schleusenwand auf. Drinnen hingen mehrere einfache Overalls, graublau, mit dem Lunaris-Logo auf der Brust. Offensichtlich hielt man hier stets Wechselkleidung bereit.

»Praktisch«, murmelte sie, während sie einen Overall herausnahm und anzog. »Fast als hätten sie damit gerechnet, dass jemand irgendwann hier durchkommt.«

Bruckner, der sich mühsam aus den steifen Schichten seines Anzugs schälte, lachte trocken. »Oder sie wollten sicherstellen, dass jeder, der es hierherschafft, wie ein braver Angestellter aussieht.«

Bishop nickte nur, zog den Anzug aus und griff ebenfalls nach einem Overall. Das Material war dünn, zweckmäßig, aber sauber. Er zog den Reißverschluss zu, spürte, wie viel leichter er sich nun bewegen konnte. Dennoch behielt er die

Pistole an der Seite, schob sie in eine Halterung, die eigentlich für Werkzeuge gedacht war.

Sie verstauten die EVA-Anzüge in einer offenen Nische am Rand der Schleuse, wo bereits andere Sets ordentlich hingen.

Bishop runzelte die Stirn. »Seht euch das an. Die sind frisch gewartet.«

Martinez starrte ihn an. »Das heißt, wir sind nicht die Einzigen, die diesen Weg kennen.«

Bishop antwortete nicht sofort. In seinem Inneren arbeitete es fieberhaft. *Wenn sie den Schacht kennen, dann haben sie ihn vielleicht bewusst offen gehalten, damit ihre eigenen Leute im Ernstfall einen Fluchtweg haben. Oder um genau das zu tun, was wir gerade tun – ungesehen in diesen Bereich zu gelangen.*

Das innere Schott öffnete sich mit einem metallischen Schlag. Dahinter lag ein schmaler Technikgang, der offensichtlich gepflegter war als alles, was sie in den alten Stollen gesehen hatten. Die Wände waren sauber, die Rohre in Ordnung, und an den Seiten blinkten stabile, grüne Anzeigen.

Bishop trat als Erster hinaus. Die Luft war kühl, aber nicht unangenehm, und sie roch schwach nach Ozon und Reinigungsmitteln – wie in jedem funktionierenden Stationsbereich. Es war, als hätten sie gerade Tros' tote Haut abgestreift.

Er drehte sich zu den anderen um. »Ab jetzt müssen wir noch vorsichtiger sein. Wir dürfen keinen Lärm machen und uns nicht aufhalten lassen.«

Martinez zog die Pistole, die Bishop ihr gegeben hatte, und prüfte das Magazin. »Verstanden. Aber wenn hier jemand auftaucht, dann hoffe ich, dass wir diesmal schneller reagieren.«

Bruckner nickte, wirkte jedoch blasser als sonst. »Ich bleib bei den Systemen. Ich kann euch Türen öffnen oder Sensoren stören, aber erwartet nicht, dass ich hier den Helden spiele.«

Bishop legte ihm kurz die Hand auf die Schulter. »Das erwarte ich nicht. Jeder von uns macht das, was er am besten kann.«

Für einen Moment herrschte absolute Stille, nur unterbrochen vom Summen der Energieleitungen. Dann setzten sie sich langsam in Bewegung, hinein in den Technikgang, der sie tiefer in Sektion SL-1 führte.

Undurchsichtige Lage

Technikgang, Sektion SL-1, Station Tros, Mond Ganymed

Bishop hielt für einen Moment die Luft an, ließ seinen Blick über die blitzsauberen Wände schweifen. Ein leises Surren durchzog die Klimakanäle, alles wirkte wie aus einem Guss – zu perfekt für eine gewöhnliche Bergbaustation.

Hier war nichts dem Zufall überlassen. Es gab keine veraltete Technik, kein Kabel, das einfach so aus der Wand hing. Alles schien auf dem aktuellen Stand zu sein. Selbst die Leuchtstreifen an den Wänden flackerten nicht, sondern warfen ein klares, weißes Licht über die Flucht des Gangs. In diesem Teil der Station gab es keinen Platz für Improvisation. Bishop spürte, wie sich die feinen Härchen in seinem Nacken aufstellten.

Bruckner blieb dicht hinter ihm. Martinez ging leicht vornübergebeugt, die Augen wachsam, den Finger stets in Reichweite des Abzugs.

»Glaubst du, die Kameras laufen?«, flüsterte sie.

»Davon gehe ich aus«, antwortete er ebenso leise, während sein Blick an einer diskreten Halbkugel an der Decke hängen blieb – kaum sichtbar, nur ein winziger Reflex im Licht.

»Wenn dieser Bereich für irgendetwas gebaut wurde, dann dazu, um im Geheimen Forschung zu betreiben. Das bedeutet, wir müssen schnell und gezielt agieren.«

Für einen Moment fragte er sich, wie lange sie sich überhaupt noch im toten Winkel der Systeme bewegen konnten, falls es die überhaupt gab. Irgendwo verfolgten vielleicht schon ein paar Sicherheitsleute ihre Schritte. Bishop zwang sich zur Ruhe. Der Gedanke, dass sie bereits enttarnt waren, machte ihm den Kopf frei für das Wesentliche. Jetzt zählte es, nicht in Panik zu verfallen.

Am ersten Knotenpunkt blieb Martinez stehen. Eine massive Schottwand teilte den Gang, ein Terminal blinkt blau. Daneben ein Bedienfeld mit biometrischem Sensor – eindeutig kein Bereich für Standardpersonal. Sie tauschten einen Blick, sagten aber nichts. Jeder wusste, was das bedeutete: Wer hier hineinwollte, brauchte eine Zugangsberechtigung, die auf der Station wohl nur eine Handvoll Leute hatte.

Bishop nahm die Karte, die sie aus Reeds Unterlagen kopiert hatten, und studierte sie. »Wir müssen zur Techniklaborsektion, Sektor KL-23. Der Zugang ist laut Plan weiter südlich, aber der Weg führt mitten durch das Wissenschaftsmodul. Wenn wir hier weitergehen, laufen wir Gefahr, entdeckt zu werden.«

Bruckner tippte nervös auf seinem Pad herum. »Ich kann versuchen, die Türsteuerung zu stören. Wenn ich Zugriff auf das Netzwerk bekomme, kann ich ein Schleifenprotokoll simulieren – dann sehen die Kameras eine leere Schleuse, während wir durchgehen.«

Bishop schüttelte den Kopf. »Zu riskant. Wir sollten uns nicht auf Technik verlassen, die wir nicht kennen. Hier reicht ein einziger Fehler, und du hast das Sicherheitsteam an den Fersen.«

Martinez zog die Waffe ein Stück aus dem Holster, schob sich vorsichtig an die Tür heran und warf einen Blick durch das kleine Sichtfenster. »Da ist niemand. Aber ich sehe zwei Schotts weiter hinten und einen Kontrollraum direkt daneben. Da drin sitzt bestimmt jemand.«

Ein zynischer Gedanke drängte sich Bishop auf: Vielleicht war genau das der Moment, in dem sie aufflogen. Vielleicht war es aber auch die letzte Gelegenheit, unbeobachtet weiterzukommen. Er atmete langsam durch, zwang sich, die Panik zu ignorieren, die immer wieder an die Oberfläche drängte.

»Wir suchen uns einen anderen Weg.«

Sie setzten sich wieder in Bewegung und folgten dem offenen Korridor. Bishop spürte förmlich die Augen, die sie durch die Wände hindurch beobachteten. *Wie ein Insekt im Licht*, dachte er.

Plötzlich ging rechts eine Seitentür auf, gerade als sie diese passieren wollten. Eine junge Frau im weißen Overall, offenbar eine Wissenschaftlerin, trat heraus, blieb jedoch wie angewurzelt stehen, als sie die drei sah. Für einen Moment herrschte absolute Stille.

Bishop entschied sich blitzschnell. Er hob die Hand zum Gruß, zwang sich zu einem freundlichen Lächeln, das vermutlich nur halb gelang. »Entschuldigung, wir sind vom technischen Notfalldienst. Es gab ein Problem mit der Energieversorgung im westlichen Trakt, wir müssen ein paar Systeme überprüfen.«

Die Frau sah ihn aus müden Augen an, dann nickte sie. »Schon wieder? Ich glaube, der Leiter ist im Kontrollraum. Wenn Sie irgendwas brauchen, melden Sie sich dort.« Dann huschte sie an ihnen vorbei und verschwand in einem Labor.

Bishop atmete leise aus. »Das war knapp. Hoffen wir, dass sie uns glaubt«, murmelte er.

Dann setzten sie sich wieder in Bewegung. Die Flure wurden breiter, es gab mehr Abzweigungen, gelegentlich hörten sie Stimmen, das Klappern von Werkzeug, den metallischen Klang von Türen, die sich öffneten und schlossen. Überall standen Arbeitsstationen, gestapelte Kisten, Protokollterminals – alles minutiös geordnet.

Sie passierten ein großes Sichtfenster, hinter dem ein steriles Techniklabor lag, in dem zwei Männer in Overalls an einer zerlegten Maschine arbeiteten. Bishop achtete darauf, nicht zu lange hinzusehen.

Vor einer weiteren Schleuse blieb Bruckner stehen und sah Bishop fragend an. »Das ist der Zugang zu KL-23. Dahinter muss das Terminal sein, das Reed erwähnt hat. Ich kann versuchen, das Schloss zu knacken, aber das dauert.«

Bishop musterte die Umgebung, warf einen prüfenden Blick in die spiegelnden Oberflächen. Noch beachtete sie niemand. »Versuch es. Aber schnell. Wir haben nicht ewig Zeit.«

Bruckner machte sich an die Arbeit. Martinez beobachtete den Flur, den Finger am Abzug, während Bishop sich innerlich darauf vorbereitete, dass jederzeit alles schiefgehen konnte.

Sekunden dehnten sich, der eigene Puls dröhnte in den Ohren. Im Inneren zählte Bishop die Möglichkeiten ab: Wer würde als Nächstes auftauchen? Würde es ein Wissenschaftler sein, ein Wachmann – oder gar Elena selbst?

Plötzlich piepte das Schloss und das Schott glitt mit einem hydraulischen Ton zur Seite.

»Geschafft«, flüsterte Bruckner, schweißnass im Gesicht.

»Schnell, rein«, forderte Bishop sie auf.

Die Tür schloss sich hinter ihnen. Im Halbdunkel des Techniklabors lag das gesicherte Terminal, zu dem sie Reed geschickt hatte. Bishop spürte, wie die Anspannung in ihm in Neugierde umschlug: Das war der erste Schritt. Der verbotene

Sektor hatte sie noch nicht entlarvt, aber jede Sekunde, die sie länger blieben, konnte alles verändern.

Der Gang, in den sie getreten waren, lag in einem sterilen Halbdunkel, das aus jedem Schatten ein potenzielles Versteck machte. Die Luft war ungewohnt trocken, elektrisch aufgeladen, durchsetzt von einem künstlichen, beißenden Geruch, als hätte man hier seit Jahren nichts anderes getan, als Oberflächen zu desinfizieren, Spuren zu tilgen, alles Menschliche auszulöschen. Die kühle Schärfe brannte in Bishops Nase.

Verdammt, Bishop, du läufst hier gerade freiwillig in einen Käfig, in dem jede Bewegung aufgezeichnet wird. Wenn sie uns schnappen, war das hier nicht Mut, sondern Dummheit.

Bruckner ging voran, das Pad wie einen Kompass vor sich. »Laut Karte ist das zentrale Terminal im Westflügel. Verdammt, das fühlt sich nicht mehr nach einer Bergbaustation an. Das ist ein Hochsicherheitslabor. Wenn die uns hier erwischen, sind wir geliefert. Die werden uns keine Fragen stellen oder einen Deal anbieten. Die entsorgen uns einfach wie …«

»Klappe«, knurrte Bishop. Aber Bruckner hatte recht. Man würde sie wie Abfall wegwerfen. Eventuell würden sie noch einen kurzen Eintrag im Log bekommen: Störfall beseitigt.

Nach wenigen Schritten erreichten sie eine weiße Tür, die seitlich in die Wand eingelassen war.

Bruckner lugte durch das Sichtfenster. »Hier. Das müsste es sein, Techniklabor KL-23.« Er aktivierte die Verriegelung über das seitliche Panel, und zu ihrem Glück gab es keine Sicherheitsabfrage.

Bishops Magen zog sich zusammen. Reed hatte ihm diesen Ort genannt. Seine letzte Spur. Wenn das nicht stimmte, war er am Ende. Und Moreno gleich mit ihm.

Der Raum dahinter war karg, nur ein Terminal in der Mitte, eine Reihe von Konsolen und ein Stuhl. Alles wirkte verlassen, doch Bishop roch es sofort: Wärme, Ozon, kalter Schweiß. Hier hatte jemand gearbeitet, noch vor Kurzem.

Martinez setzte sich ans Terminal und steckte den Chip ein. Das Display flammte auf, Zeilen rauschten über die Oberfläche. Bishop trat näher, zwang sich, ruhig zu atmen.

Komm schon, Reed! Zeig mir, dass dein letzter Atemzug nicht nur heiße Luft war.

»Ich werde mal sehen, ob ich was finde, das mit Reed oder Larsson zu tun hat.«

Bishop nickt ihr zu und beobachtete, wie sie gezielt einige Schlüsselwörter in die Suchmaske eingab. Es vergingen keine zehn Sekunden, bis Bishop ein Ordner auffiel.

»Dort, das ist es«, sagte er und deutete auf die Datei.

»Ganymed?«, fragte Martinez überrascht. »Wie kommst du darauf? Klingt für mich ziemlich unauffällig.«

»Nein, das ist es. Reed hat zu mir gesagt: Finden Sie Ganymed.«

»Na schön, dann also Ganymed.«

Als sie den Ordner öffnen wollte, erschien ein kleines Fenster, das nach einem Passwort verlangte. »Verdammt, der Ordner ist verschlüsselt. Jemand eine Idee?«

»Versuch mal Reeds ID«, sagte Bishop.

»Wieso sollte Larsson die benutzen?«, wollte Martinez wissen.

»Weil ich glaube, dass die beiden zusammengearbeitet haben. Das hat Reed jedenfalls angedeutet, bevor er gestorben ist. Er wusste, dass Larsson hier geheime Dokumente gesammelt hat, und das konnte er nur wissen, wenn er Larsson entweder überführt oder ihn von Anfang an selbst darauf angesetzt hat. Nicht ohne Grund hat er mir seinen ID-Chip gegeben.«

»Aber warum hat Larsson dann Clark umgebracht?«

Er warf Martinez einen flüchtigen Blick zu. »Vielleicht hat Clark seine Nase zu tief in Dinge gesteckt, die er nicht hätte sehen sollen. Wenn Clark für die Sicherung der Kameraaufzeichnungen zuständig war und Larsson in Reeds Auftrag Daten sammeln sollte, dann musste er mit Clark sprechen. Vielleicht hat der die Aufzeichnungen zuvor gesehen und Larsson erpresst. Wir glauben, dass das Artefakt die menschliche Psyche beeinflussen kann. Larsson könnte in Kontakt mit der Technologie gekommen sein und hat anschließend den Verstand verloren, und all das zusammen hat ihn zu dem Mord getrieben.«

»Hmm«, machte Martinez. »Möglicherweise kann die Technologie Menschen manipulieren und sie dazu bringen, dass sie stumpf Befehle ausführen. Und Larsson wurde unbewusst benutzt, um Clark aus dem Weg zu räumen, weil er für die Sicherungen der Kameraaufnahmen zuständig war.«

Bruckner löste sich vom Sichtfenster an der Tür und blickte zu den beiden hinüber. »Könnten wir uns etwas beeilen? Mir ist nicht gerade wohl, so lange an einem Ort zu sein.«

»Ich mach ja schon«, erwiderte Martinez und tippte die ID ein. Als sie ihre Eingabe bestätigte, verschwand das Fenster und die Datensammlung öffnete sich. »Ich werd nicht mehr! Es hat wirklich funktioniert. Scheinst ja doch etwas von deinem Job zu verstehen.«

»Danke, du auch«, gab Bishop bissig zurück und tippte das erste Dokument an, das sich unmittelbar öffnete.

Es war ein Statusbericht.

Operation Proteus
Projekt: Göttertraum
Objektstatus: 2/4 gesichert
Auftraggeber: Borrello/Lunaris/UN – Verschlusssache

Subjekte: Harris, Clark, Larsson – final status: deceased
Überwachung: Elena Torres – restricted access
Fragmentstatus: Transfer zum Mars

Bishop starrte auf den Namen seiner Ex-Frau. *Scheiße, Elena. Steckst du tatsächlich tiefer drin, als ich mir eingestehen wollte? Oder bist du auch nur ein Zahnrad in der Maschinerie?*

»Larsson hat hier alles hinterlegt«, murmelte er. »Protokolle, Aufnahmen, Sicherheitslogs. Er muss das alles herausgefunden und dieses Back-up angelegt haben. Vielleicht wurde ihm zum Verhängnis, dass er die Videodateien aus der Höhle gesehen hatte.«

Martinez vergrößerte ein Hologramm: ein verschwommenes Bild des Artefakts, das in der Minenhöhle lag. Schwarz, unförmig, von einem grünlichen Schimmer umgeben. Bishop konnte nicht wirklich erkennen, was es war, dafür war der Winkel der Kamera zu niedrig. Er konnte lediglich die schmale, längliche Form ausmachen, die leicht gebogen war, beinah in Form des Buchstaben U mit einem seltsamen Winkel.

Dafür reißen sie alles nieder. Dafür opfern sie Menschen. Ein Stück fremdes Metall. Vielleicht ist es mehr. Vielleicht ist es das Ende von allem.

»Sieht irgendwie unscheinbar aus, wie ein Stück von einer Maschine. Das ist mir gar nicht aufgefallen, als wir in der Höhle waren«, erklärte Martinez.

Bishop spürte, wie seine Kehle trocken wurde. »Das ist der Grund für alles, was geschehen ist.«

Bruckner keuchte, seine Stimme ein Flüstern. »Wenn das stimmt, wenn das Artefakt schon auf die Apophis verladen wurde, dann … dann sind wir zu spät.«

Bishop zwang sich, den Blick vom Schirm zu lösen. »Noch nicht. Wir hätten es gemerkt, wenn das Frachtschiff gestartet wäre. Noch haben wir eine Chance.« *Oder ich rede mir das nur ein, weil ich nicht akzeptieren will, dass sie längst tot ist.*

»Mir kommt da gerade ein Gedanke«, begann Martinez. »Dieser ganze Bereich ist abgeriegelt, und dennoch haben wir gesehen, dass die Anzüge in der Schleuse offenbar gut gewartet sind, was mich zu dem Schluss kommen lässt, dass sie Kenntnis von dem Verbindungsweg haben. Sollten sie wirklich diesen Weg nutzen, um unbemerkt in den Sektor zu gelangen und wieder zu verschwinden, warum wird der Zugang dann nicht besser bewacht? Wisst ihr, was ich meine? Es war viel zu einfach, hier hineinzukommen.«

Dieser Gedanke war Bishop ebenfalls gekommen, nur hatte er ihn verdrängt. Jetzt beschlich ihn das ungute Gefühl, dass sie geradewegs in eine Falle gelaufen waren.

»Ja, mir kam das auch zu leicht vor, aber das Schott unten in der Mine und auch der Lift sahen nicht so aus, als würden sie oft benutzt werden. Es gab auch keine Fußspuren. Entweder wurden die verwischt oder die Anzüge in der Kammer werden von autonomen Einheiten routinemäßig gewartet.«

»Ist doch egal. Los, laden wir die Daten runter und verschwinden hier«, forderte Bruckner.

Martinez nickte und begann, die Datenpakete abzuspeichern.

Plötzlich zerriss ein Piepen die Stille. Martinez' Finger erstarrten. »Verdammt. Sie haben uns gefunden. Jemand hat den Log-in erkannt.«

Bleib klar, Bishop! Bleib bei der Sache! Wenn du hier drin draufgehst, findet niemand raus, was wirklich passiert ist.

»Speicher, was du kannst, jetzt sofort«, befahl er leise. »Danach raus durch die Seitentür, bevor die Sicherheitsteams hier sind.«

»Bin dabei, ein paar Sekunden noch.«

Bishop verfolgte ungeduldig die Übertragungsrate der Dateien vom Speicher des Terminals auf das Pad in Martinez' Händen. Seine Magengegend kribbelte vor Nervosität. Das dauerte einfach zu lange. Jeden Moment würde die Tür aufgehen und ein Trupp bewaffneter Sicherheitsleute würde hereinstürmen. Dann wäre ihre Mission gescheitert und sie hätten auch die letzte Hoffnung zunichtegemacht.

Nach quälend langen Sekunden nickte Martinez endlich. »Hab's!«

Bruckner deutete panisch zur Tür. »Das Schott am Ende des Korridors geht auf.«

Bishop öffnete die Seitenschleuse, ein kleiner Ausgang, kaum sichtbar im Schatten. Ein Schwall kalter Luft drang herein. »Los, bewegt euch!«

Martinez huschte als Erste hinaus, Bruckner stolperte hinterher. Bishop blieb einen Moment länger stehen, sah das flackernde Terminal, die Worte, die sich eingebrannt hatten. *Göttertraum. Elena. Transfer.*

Die Schritte waren jetzt direkt vor der Tür. Bishop presste die Zähne zusammen, dann schloss er das Schott hinter sich.

Er hielt den Atem an. Das war knapp gewesen. Zu knapp. Aber noch lebten sie. Und solange sie atmeten, hatten sie noch eine Chance, dieses verdammte Spiel zu drehen.

Der Korridor zog sich länger hin, als Bishop erwartet hatte. Martinez ging ein paar Schritte voraus, ihr Pad halb erhoben, als wollte sie es wie einen Schutzschild vor sich hertragen. Bruckner hielt sich dicht hinter Bishop, die Augen unruhig, als rechnete er bei jedem Geräusch mit einem Überfall. Bishop dagegen versuchte, seine Schritte so gleichmäßig wie möglich zu halten, auch wenn ihm jeder Instinkt einflüsterte, dass sie längst beobachtet wurden.

Sein Blick wanderte immer wieder nach oben. In den Ecken hingen halbkugelförmige Sensorlinsen, kaum größer als eine Faust. Manche glitten sacht hin und her, andere wirkten starr. Bishop wusste, dass er es sich nur einredete, doch er hatte den Eindruck, dass eine von ihnen den winzigen Bruchteil einer Sekunde zu lange auf ihm verharrte.

»Wir müssen uns orientieren«, sagte er leise, kaum mehr als ein Flüstern. »Ohne zu wissen, wo Moreno ist, laufen wir im Kreis.«

Martinez nickte, senkte das Pad und versuchte, einen der Wandscanner zu aktivieren. Die Anzeige blieb dunkel, ein rotes Symbol blinkte kurz auf, dann erlosch es wieder. »Die Standard-Interfaces sind gesperrt. Kein Zugriff ohne autorisierten Chip.«

Bishop fluchte leise in sich hinein. Natürlich. Sie waren nicht die Ersten, die versucht hatten, in diesem Teil der Station an Informationen zu kommen. Reed hatte ihnen nicht umsonst den Zugang zum Terminal gegeben – wahrscheinlich war das die einzige Lücke, die es gab.

»Wir dürfen nicht blind suchen«, fuhr Bishop fort. »Es muss hier eine zentrale Übersicht geben. Einen Lageplan, irgendetwas für die internen Patrouillen. Kein Labor funktioniert ohne Kontrollpunkte.«

Bruckner brummte. »Klingt logisch. Aber wenn wir weiter durch die Gänge laufen, rennen wir direkt in die Arme der Sicherheitstrupps.«

»Dann vermeiden wir genau das«, erwiderte Bishop scharf.

Sie gingen weiter, tiefer in das Herz von SL-1. Der Gang verzweigte sich mehrfach, und bei jeder Abzweigung blieb Martinez kurz stehen, verglich die sichtbaren Markierungen mit den Plänen, die sie aus Reeds Chip extrahiert hatten. Doch die Unterschiede waren gravierend: Offensichtlich war der Sektor nach der letzten Modernisierung stark umgebaut worden. Viele der Türen führten in Räume, deren Zweck man von außen nicht erkennen konnte. Manche waren mit klaren Symbolen versehen – ein Zahnrad für Technik, ein Kreuz für medizinische Sektionen, ein Kreis mit Linien für die Energieversorgung. Andere trugen überhaupt keine Markierungen. Bishop wusste, dass diese Unklarheit kein Zufall war. Verwirrung war in einem Sektor wie diesem eine weitere Form der Kontrolle.

Ein Geräusch ließ sie plötzlich innehalten. Schritte mehrerer Menschen, gleichmäßig, das dumpfe Echo von Stiefeln auf dem harten Boden. Bishop hob instinktiv die Hand, ein stummes Signal an die anderen. Sie duckten sich in eine seitliche Nische, kaum breit genug, um alle drei aufzunehmen.

Die Schritte kamen näher. Bishop atmete flach, die Hand am Griff der Pistole, obwohl er wusste, dass ein Schuss sie sofort verraten würde.

Zwei Männer in hellen Overalls traten ins Blickfeld, beide mit Datenpads und Werkzeugkoffern ausgerüstet. Ihren Uniformen zufolge waren es Techniker und keine Soldaten, ihre Stimmen zu leise, um Worte zu verstehen. Sie lachten einmal kurz, während sie an einer Seitentür anhielten und Codes eintippten. Die Tür öffnete sich, und sie verschwanden, ohne einen Blick in ihre Richtung zu werfen.

Bishop wartete, bis die Tür sich wieder geschlossen hatte, dann löste er langsam die Spannung aus seinem Körper. »Wir müssen vorsichtiger sein«, murmelte er. »Wenn uns auch nur einer dieser Techniker sieht, ist alles vorbei.«

Martinez nickte heftig. »Wir brauchen eine Karte. Ich suche einen Raum, von dem aus man die Kameras überwachen kann. Da müssen die Standorte der Arrestzellen verzeichnet sein.«

Sie setzten ihren Weg fort, jetzt noch langsamer. Bishop spürte, wie sein Herzschlag schwerer wurde, jeder Schritt dröhnte ihm in den Ohren. Er fragte sich, wie viele Kameras sie bereits registriert hatten und ob sich irgendwo ein Offizier über ihre plumpe Tarnung wunderte.

Der nächste Korridor war breiter, fast schon ein kleiner Hauptgang. An den Wänden hingen Schilder mit Nummerncodes, die zu verschiedenen Sektionen wiesen.

Martinez blieb vor einem Schild stehen, runzelte die Stirn und hielt ihr Pad hoch. »Das hier könnte ein Sicherheitsposten sein. Wenn wir Glück haben, ist er leer.«

Bishop nickte, ging vor und legte vorsichtig die Hand auf das Panel neben der Tür. Zu seiner Überraschung sprang die Anzeige sofort auf Grün. Kein biometrisches Schloss, nur ein einfacher Sensor. Er drückte, und die Tür glitt zur Seite.

Der Raum dahinter war klein, aber mit Bildschirmen und Konsolen vollgestopft. Drei große Displays zeigten verschiedene Kamerawinkel: Gänge, Schleusen, Laborbereiche. Es war ein Überwachungsraum, wahrscheinlich für den inneren Ring von SL-1.

»Schnell rein«, befahl Bishop.

Sie huschten hinein, und die Tür schloss sich hinter ihnen.

»Wieso ist hier niemand?«, fragte Martinez. »Die müssen doch längst registriert haben, dass hier jemand Unbefugtes eingedrungen ist. Wie kann dann eine solche Überwachungseinheit unbesetzte sein?«

»Keine Ahnung«, gab Bishop zurück. »Ist mir auch egal. Finden wir Moreno und hauen hier wieder ab.«

Bruckner ließ sich sofort an einer der Konsolen nieder, tippte wild auf die Tasten.

»Da, seht ihr? Das ist der Hangar. Die Apophis ist noch da. Ich schätze, da die Laderampe noch geöffnet ist, haben sie das Artefakt noch nicht an Bord gebracht.«

Bruckner stimmte Bishop mit einem Nicken zu, ohne die Augen von der Tastatur zu nehmen. »Vielleicht schaffen wir es ja doch.«

»Da!« Martinez zeigte auf eine Ansicht, die eine einfache Zelle zeigte – sterile Wände, eine Liege und einige medizinisch anmutende Gerätschaften. Eine Frau lag darauf, regungslos, das Gesicht im Schatten.

Bishop trat näher, starrte gebannt auf den Monitor. Er konnte die Züge nicht klar erkennen, doch etwas in der Haltung, an der Silhouette, ließ ihn stocken.

»Das ist sie«, sagte er leise. »Moreno. Sieht so aus, als hätten sie sie in einen medizinischen Raum gebracht, den sie als improvisierte Zelle nutzen.«

Für einen Moment war es still, dann flackerte einer der Bildschirme und eine rote Warnleuchte blinkte kurz auf.

Bruckner fluchte. »Verdammt, die haben die Kameras umgeleitet. Irgendjemand hat gemerkt, dass wir hier drin sind.«

Bishop spürte, wie sich der Druck in seiner Brust verstärkte. Sie hatten Moreno gefunden, doch das bedeutete auch, dass ihre Zeit ablief. Jemand wusste nun, dass Fremde im Überwachungsraum waren.

Er zwang sich zur Ruhe und sagte leise, aber bestimmt: »Wir haben, was wir brauchen. Wir wissen, wo sie ist. Jetzt müssen wir da hinkommen – und zwar bevor sie Moreno verlegen.«

Martinez nickte, ihre Augen voller Entschlossenheit. »Ich sichere die Position auf dem Pad. Dann verschwinden wir, bevor hier jemand auftaucht.«

Bishop sah noch einmal auf das Bild von Moreno. Sie wirkte verletzlich, schwach, wie eine Gefangene in einer Welt, die keine Gnade kannte. In ihm regte sich Zorn, aber auch ein bitterer Gedanke: Wenn sie hier raus wollten, brauchten sie mehr als Mut. Sie brauchten einen Plan – und die Zeit lief ihnen davon.

Bishop hatte die Bilder des Überwachungsmonitors noch immer vor Augen, als sie den Raum verließen. Die schematische Karte der Observationssektion war in sein Gedächtnis gebrannt, genauso wie die Aufnahmen von Moreno, die auf einer Liege fixiert worden war. Er zwang sich, seine Gedanken zu ordnen, während er ihre kleine Gruppe durch die gleißend beleuchteten Korridore führte. Jeder Schritt fühlte sich an, als tappten sie tiefer in den Schlund einer Einrichtung, die nichts Menschliches mehr an sich hatte, obwohl sie von Menschen für Menschen gebaut worden war.

»Da stehen zwei Wachen am Eingang zur Observation. Wie sollen wir an denen vorbeikommen?«, flüsterte Martinez.

»Das überlegen wir, wenn wir da sind«, gab Bishop zurück.

Als sie die Abzweigung erreichten, die zu den medizinischen Labors führte, blieb Bishop kurz stehen und lehnte sich scheinbar gelangweilt gegen die Wand, als würde er warten. Aus der entgegengesetzten Richtung hörte er das gedämpfte Geräusch von Schritten. Zwei Wachen kamen den Gang herunter. Ihre Bewegungen waren routiniert, die Körperhaltung fast lässig. Männer, die diesen Gang tausendmal abgelaufen waren und sich an die sterile Gleichförmigkeit so gewöhnt hatten, dass ihnen die Monotonie längst wie Sicherheit erschien.

»Wenn ich nicke, dann stürzt ihr euch auf sie, okay?«

Bruckner und Martinez nickten ihm zu.

Bishop spürte, wie sein Herzschlag sich beschleunigte. Es war reine Intuition. Ob sein Plan aufgehen würde, wusste er nicht, aber er musste es versuchen. Er wartete, bis die beiden Wachen den Punkt erreicht hatten, an dem sie einander im

Gang begegneten. Dann nickte er Martinez und Bruckner knapp zu.

Sie traten fast gleichzeitig aus den Schatten. Martinez war schnell und präzise, packte den ersten Wachmann am Hals und drückte seine Kehle gegen die Wand, während Bishop den zweiten mit einem Ellbogenschlag aus dem Gleichgewicht brachte. Dann griff er sich dessen Waffe, die der Mann reflexartig ziehen wollte, und drehte ihm den Arm nach hinten. Es war ein kurzes, lautloses Ringen. Ein dumpfer Schlag, ein ersticktes Röcheln, und beide Männer sanken bewusstlos zu Boden. Bishop hielt den Atem an, horchte, ob jemand alarmiert worden war, doch der Gang blieb still.

»Sauber. Ihr solltet das beruflich machen«, murmelte er, während er die Körper zur Seite zog und hinter einer Versorgungstür verschwinden ließ. »Wir haben knapp zwei Minuten, bevor jemand nach ihnen sucht.«

Bishop tastete die Männer routiniert und schnell ab und fand nach wenigen Sekunden eine ID-Karte. Als sie zurück in den Gang traten, schien niemand die Auseinandersetzung bemerkt zu haben. Wahrscheinlich war das Hauptpersonal damit beschäftigt, alles für den Abtransport des Artefakts vorzubereiten.

Die Tür zum Observationsraum A-3 lag nicht weit entfernt und war mit einem roten Licht markiert. Dahinter lag Moreno. Bishop hob die gestohlene Karte an das Panel neben der Tür. Einen Augenblick lang geschah nichts, dann wechselte die Anzeige auf Grün und die Schleuse glitt auf. Kaltes Licht schlug ihnen entgegen.

Moreno lag auf einer schmalen Pritsche in der Mitte des Raums, Arme und Beine mit Gurten fixiert. An Schläfen, Brust und Handgelenken hatte man Elektroden angebracht, zu welchem Zweck auch immer. Ihr Gesicht war blass, die

Lippen trocken. Bishops Kehle wurde eng. Für einen kurzen Moment zögerte er, weil der Anblick ihn daran erinnerte, wie verdammt verletzlich sie hier war.

Martinez trat sofort an die Seite des Betts, löste mit geschickten Fingern die ersten Verschlüsse. »Sie lebt«, sagte sie fast erleichtert. »Puls stabil. Vermutlich hat sie Sedativa verabreicht bekommen, aber sie scheint unverletzt zu sein.«

Bishop legte die Hand auf Morenos Schulter. »Lisa«, sagte er leise. »Können Sie mich hören?«

Ihre Lider zuckten, dann öffneten sie langsam die Augen. Sie sah ihn an, verwirrt, aber mit einem Ausdruck, der klarmachte, dass sie ihn erkannte.

»Alan«, flüsterte sie kaum hörbar. »Sie … sie haben mich hierhergebracht, kurz nachdem ich in der Krankenstation war. Zwei Männer in Anzügen. Ich konnte ihre Gesichter nicht sehen. Ich wollte protestieren, aber sie haben mich betäubt.«

Bishop nickte, während er die restlichen Gurte löste. »Sie sind jetzt in Sicherheit. Wir holen Sie hier raus.«

Sie schloss für einen Moment die Augen, sammelte Kraft, dann sprach sie weiter. »Sie haben mich nicht nur festgehalten. Sie haben Fragen gestellt … über Sie und was Sie wissen über Reed. Über die Aufnahmen, die Spuren an Harris' Kamerahalterung. Und dann … dann kam Elena.«

In Bishops Brust bildete sich ein eisiger Knoten. Er wartete, zwang sich, ruhig zu bleiben. »Elena war hier?«

Moreno nickte schwach. »Ja, sie ist jetzt im Hangar. Sie hat den Prozess überwacht. Sie war es, die gesagt hat, dass das Fragment noch heute Nacht auf die Apophis verladen werden soll. Sie hat Befehle gegeben, als wäre sie der Kopf hinter allem. Sie hat von einem Transfer gesprochen, von einem Projekt Proteus, das nicht nur Lunaris gehört. Ich habe nicht alles verstanden, aber … Alan, sie ist nicht die, für die Sie sie halten. Sie spielt ihr eigenes Spiel.«

Bishop biss die Zähne zusammen, während er den letzten Gurt löste. In seinem Kopf raste es, jeder Satz von Moreno brannte sich ein wie ein Siegel. Elena, die Frau, die er einmal geliebt hatte, steckte offenbar tiefer in dieser Sache, als er je vermutet hätte.

Moreno atmete schwer, versuchte, sich aufzurichten. Bishop und Martinez stützten sie an den Schultern.

»Sie müssen wissen«, fuhr sie fort, »das Artefakt ist nicht nur ein Stück Metall. Es reagiert … auf uns. Sie haben Messungen gemacht. Es erzeugt eine elektromagnetische Strahlung, wie ein Feld, das offenbar die Hirnchemie verändern kann. Ich habe mitbekommen, dass einer der Techniker Stimmen gehört hat, bevor er zusammengebrochen ist. Elena glaubt, dass es gesteuert werden kann. Sie will es von hier wegbringen – koste es, was es wolle.«

Bishop half ihr, die Beine über die Kante der Liege zu schwingen. »Dann dürfen wir das nicht zulassen«, sagte er tonlos. In ihm mischte sich Zorn mit Entschlossenheit. »Bevor wir Sie hier rausbringen, müssen wir einen Weg finden, Elena zu stoppen.«

Moreno lächelte schwach, ein Schatten ihrer sonst so klaren Stärke. »Wenn Sie es schaffen, Alan, dann haben wir eventuell eine Chance.«

Bishop sah zu Bruckner. Der nickte und half Moreno auf die wackeligen Beine. Martinez hielt die Waffe im Anschlag, während sie die Tür im Auge behielt. Jeder wusste, dass sie hier nicht lange bleiben konnten.

»Wir gehen«, sagte Bishop schließlich. Er und Bruckner stützten Moreno an den Schultern, während Martinez den Gang sicherte. »Leise, schnell und unauffällig.«

Als sich die Schleuse hinter ihnen schloss, wusste Bishop, dass diese Rettung nur der Anfang war. Die wahren Antworten warteten noch – und sie zu erhalten, würde gefährlicher werden als alles, was sie bisher erlebt hatten.

Ganymed erwacht

Observationsraum A-3, Sektion SL-1, Station Tros, Mond Ganymed

Bishop wusste, dass die Entscheidung, Elena aufzuhalten, unausweichlich war. Es gab keine Zweifel mehr. Wenn sie den Abtransport des Artefakts verhindern wollten, mussten sie zum Hangar. Alles andere schien in diesem Moment, bedeutungslos.

Sie stimmten gerade den Plan ab, wie sie den Start der Apophis verhindern wollten, als sich die Schleuse zum Korridor vor ihnen öffnete. Mindestens ein halbes Dutzend schwer bewaffneter Sicherheitskräfte drang in den Flur und positionierte sich mit gezogenen Waffen im Halbkreis vor ihnen.

Bishop musste nicht lange überlegen. Elena hatte ihnen tatsächlich eine Falle gestellt. Sie musste darauf spekuliert haben, dass er versuchen würde, Moreno zu befreien. Vielleicht hatte sie ihn sogar so lange gewähren lassen, bis sie Moreno befreit hatten. Die Ärztin hatte als Köder gedient. In diesem Moment verstand er, dass sie ihm die ganze Zeit einen Schritt voraus gewesen war.

»Waffen fallen lassen!«, bellte ein Mann. Durch den Lautsprecher des Helms klang die Stimme verzerrt. »Sofort! Und macht keine Dummheiten, sonst schießen wir!«

Bishops Finger verkrampften sich um den Griff der Pistole. Ein Teil von ihm wollte kämpfen, wollte nicht aufgeben. Doch die Läufe von mindestens fünf Gewehren waren auf ihn gerichtet. Sie hatten keine Chance. Nicht hier, nicht jetzt.

Er zog die Waffe langsam aus der Halterung und legte sie sachte auf den Boden, trat einen Schritt zurück und hob die Hände. »Verdammt«, murmelte er kaum hörbar, doch Moreno und Martinez warfen ihm einen kurzen Blick zu, der zeigte, dass sie es verstanden hatten.

Martinez ließ ebenfalls mit sichtbarem Widerwillen ihre Pistole fallen, als würde sie am liebsten sofort zum Angriff übergehen. Bruckner hatte bereits seine Hände gehoben, und Bishop bemerkte in seinem Gesichtsausdruck, dass er längst akzeptiert hatte, dass sie gescheitert waren.

Die Wachen rückten vor, sicher, geübt und zielstrebig. Bishop erkannte die Disziplin in ihren Bewegungen. Das waren keine gewöhnlichen Stationssicherheitskräfte. Diese Leute waren besser ausgebildet, schneller, brutaler – eine andere Abteilung. Vielleicht ein Elite-Team von Lunaris, vielleicht private Söldner. Bishop hatte bereits einige dieser Leute auf Ceres gesehen, als sie dort für ein paar Tage Zwischenstopp gemacht hatten, bevor sie weiter zu ihren Einsatzzielen geflogen waren. Er mochte sie nicht. Menschen, die fürs Töten Geld nahmen, waren ihm zutiefst zuwider. Diese hier mochten sich dahinter verstecken, dass ihre Aufgabe lediglich die Durchsetzung der Konzerninteressen war, aber auch sie würden nicht vor extremer Gewalt zurückschrecken.

Zwei der Soldaten sammelten die Waffen ein, während zwei weitere ihnen die Hände mit Metallfesseln hinter dem

Rücken fixierten. Bishop spürte die Kälte an seinen Handgelenken. Mit einem Klicken schloss sich die Magnetverriegelung.

»Los, bewegt euch«, knurrte der Anführer, ein breitschultriger Mann mit tiefem Helmvisier.

Sie wurden hinaus in den Korridor gestoßen. Bishop spürte den Druck einer Hand im Rücken, das kalte Metall einer Waffe an den Rippen. Sie marschierten schweigend, nur das dumpfe Stampfen der Stiefel füllte die sterile Luft.

Bishop versuchte, sich so viel wie möglich einzuprägen. Jede Biegung, jede Tür, jedes Schild an den Wänden. Wenn sie hier jemals wieder herauskommen wollten, musste er sich an jedes Detail erinnern.

Sie kamen durch einen Gang, der breiter war als die bisherigen. Hier standen Reihen von Versorgungskisten, beschriftet mit kryptischen Codes. Bishop roch den schwachen Hauch von Schmieröl, von Maschinen, die in Betrieb waren. Ihm kam eine Idee. Möglicherweise schaffte er es, den Anführer des Trupps aus der Reserve zu locken, und erhielt so die Chance, an Informationen zu gelangen.

»Wohin bringen Sie uns?«, fragte er mit betont ruhiger Stimme.

Der Mann reagierte nicht.

Bishop versuchte es erneut. »Ist das Elenas Idee? Oder ist das hier eine Entscheidung von Lunaris?«

Diesmal blieb der Anführer kurz stehen, drehte sich halb zu ihm um. Bishop konnte seine Augen hinter dem Visier nicht sehen, doch er spürte den Zorn. Der Mann hob den Schaft seiner Waffe und rammte ihn Bishop mit voller Wucht in den Magen. Der Schmerz schoss wie ein Messer durch ihn hindurch, nahm ihm für einen Moment den Atem. Er krümmte sich, keuchte, versuchte, Luft zu bekommen. Kalter Schweiß brach auf seiner Stirn aus, sein Körper wollte nachgeben, doch er zwang sich, auf den Beinen zu bleiben.

»Halten Sie endlich das Maul«, knurrte der Wachmann. »Sie werden es schon sehen. Und bis dahin halten Sie die Schnauze, verstanden?«

Bishop spürte den brennenden Schmerz im Bauch, aber auch die alte, vertraute Wut. Er hatte schon schlimmere Schläge kassiert und wusste, Schmerzen vergingen. Doch die Erinnerung daran, dass er hier wie ein Gefangener durch die Gänge geführt wurde, die würde bleiben.

Eine Durchsage hallte plötzlich durch die Lautsprecher des Sektors, kalt und emotionslos, eine weibliche Computerstimme: »Achtung: Startsequenz der Apophis eingeleitet. Alle autorisierten Techniker begeben sich umgehend in die Hangarsektion. Wiederhole: Startsequenz der Apophis eingeleitet. Abflug von Ganymed steht bevor.«

Bishops Kehle wurde trocken. Es passierte also wirklich. Das Artefakt sollte noch heute verladen und weggebracht werden. Ihnen lief die Zeit davon, und in der derzeitigen Situation waren sie lediglich zu stillen Beobachtern geworden, ohne Hoffnung darauf, das Unausweichliche zu verhindern.

»Scheiße«, murmelte Martinez neben ihm. Sie sprach leise, aber Bishop hörte den Zorn in ihrer Stimme. »Wir sind zu spät.«

Er schüttelte kaum merklich den Kopf. Zu spät bedeutete nicht verloren. Noch nicht.

Die Wachen führten sie durch eine weitere Schleuse, und Bishop erkannte sofort, wo sie waren. Es musste das Kontrollzentrum des Hangars sein. An einer Reihe von Konsolen und Steuerpulten saßen und standen Techniker und Offiziere in grauen Overalls. Monitore zeigten Datenströme, Flugbahnen sowie die Telemetrie der Apophis.

Vor ihnen erstreckte sich eine breite Panoramascheibe. Sie war mindestens drei Meter hoch und spannte sich über die gesamte Front des Raums. Dahinter lag die riesige Halle des Hangars.

Bishop hielt den Atem an, als er hinaussah.

Die Apophis stand dort auf einem massiven Trägersystem, das den gewaltigen Rumpf stützte. Das Schiff war ein Frachtkoloss, die Linien kantig, aber zugleich elegant, gebaut für weite Strecken und schwere Lasten. An der Unterseite erkannte Bishop die geöffneten Ladeluken, durch die mehrere große Container mit mechanischen Hebebühnen verladen wurden. Dutzende Arbeiter in Overalls bewegten sich wie Ameisen, lenkten Lastfahrzeuge, überprüften Kontrollanzeigen und sortierten Frachtkisten.

In der Decke lagen die massiven Schotts, die den Hangar vom All trennten. Sie waren geschlossen, aber die Anzeigen blinkten bereits im Sequenzmodus. In Kürze würden sie aufgleiten, und das Schiff würde starten. Allzu lange konnte es nicht mehr dauern.

Fieberhaft suchte er zwischen all den Menschen und Maschinen nach Elena, doch sie war nicht zu sehen. Auch das Fragment konnte er nicht entdecken. Vielleicht war es bereits im Bauch des Raumschiffs verladen. In diesem Fall musste er sich jetzt überlegen, wie er nach dort unten kommen würde. Oder das war gar nicht nötig. Es konnte schon reichen, wenn er diesen Raum unter seine Kontrolle brachte, denn die Steuerung des Deckenschotts musste hier in einem der Terminals liegen.

Die Wachen stießen sie grob nach vorne. Bishop stolperte, fing sich und richtete sich wieder auf. Es fiel ihm nicht schwer, sich zu beherrschen. Er war kein impulsiver Mensch, er konnte einstecken, und in seiner derzeitigen Situation brachte es nichts, sich gegen die Söldner aufzulehnen. Schon gar nicht, solange seine Hände gefesselt waren.

»Setzt sie da hin«, befahl der Anführer.

Sie wurden in eine Ecke geführt, wo einige Metallstühle direkt vor der Glasfront standen. Bishop wurde die Fessel abgenommen und seine Arme hinter der Lehne fixiert.

»Aber was sind das denn für lange Gesichter? Genießt die Show, immerhin habt ihr Ehrenplätze«, sagte der Anführer mit einem süffisanten Unterton in der Stimme.

Bishop zwang sich, ruhig zu wirken, doch in seinem Inneren brodelte es. Er sah hinaus auf die Apophis, dieses gewaltige Schiff, das bereit war, das Artefakt aus der Station und sehr wahrscheinlich zur Erde zu bringen. Er dachte an Elena, die irgendwo da draußen sein musste, und an die eiskalte Präzision, mit der sie all das geplant hatte.

Für einen Moment betrachtete er Moreno, die schwach neben ihm saß. Sein Blick glitt weiter zu Martinez, die mit geballten Fäusten mit den Fesseln kämpfte. Bruckner wirkte blass, aber konzentriert. Er hatte den Kopf in Bishops Richtung gewandt und schien an ihm vorbei zu den Kontrollterminals im Hintergrund zu blicken, als suchte er einen Ausweg.

Bishop spürte, dass noch nicht alles entschieden war. Sie waren gefesselt, entwaffnet und wurden beobachtet, aber sie waren noch nicht tot. Und solange sie atmeten, solange sie denken konnten, gab es die Möglichkeit, doch noch etwas zu bewirken.

Er schloss kurz die Augen, sog die sterile Luft ein und schwor sich, dass er diese Station nicht als bloßer Zuschauer verlassen würde. Wenn Elena glaubte, er würde still hier sitzen und ihr Werk beobachten, dann kannte sie ihn schlechter, als er gedacht hatte. Die Fesseln bohrten sich in seine

Handgelenke, während er mit angespannter Ruhe versuchte, die Bewegungen im Raum zu registrieren.

»Sie wissen doch, dass das hier nicht nur uns betrifft«, sagte er so laut, dass er die Unterhaltungen der Techniker im Hintergrund übertönte. »Es geht um jeden auf dieser Station und um alle Menschen des Sonnensystems. Wenn das Ding dort draußen aus dem Hangar gebracht wird, dann riskieren Sie nicht nur Ihr eigenes Leben, sondern das von Millionen oder gar Milliarden anderen. Sie können das nicht zulassen.«

Eine der Wachen, eine Frau mit harten Gesichtszügen hinter dem halbtransparenten Visier, schnaubte verächtlich. »Halt die Klappe. Ihr seid am Ende. Es ist nicht unser Problem, wenn ihr die falsche Seite gewählt habt.«

Bishop sah ihr fest in die Augen, soweit es das Visier zuließ. »Die falsche Seite?«, wiederholte er ruhig. »Es gibt hier keine Seiten mehr. Wenn dieses Artefakt zur Erde gelangt, dann werden sehr viele Menschen sterben. Sie haben gesehen, was hier auf der Basis passiert ist, und wenn Sie den Zusammenhang zwischen dem, was mit den Menschen hier geschehen ist, und dem Artefakt nicht sehen, dann tut es mir leid. Dann sind Sie blöder, als ich dachte.«

Neben ihm regte sich Moreno und richtete sich auf. »Er hat recht. Sie spielen hier mit Kräften, die Sie nicht im Ansatz verstehen. Wenn Sie uns festhalten, dann sind Sie mitverantwortlich für jedes einzelne Leben, das durch den Einfluss des Fragments ausgelöscht wird. Und glauben Sie mir: Wenn das einmal an die Öffentlichkeit kommt, werden auch Sie zur Rechenschaft gezogen. Dieses Ding verändert die Hirnchemie, und sobald Lunaris verstanden hat, wie man es kontrolliert, was denken Sie, was die damit vorhaben? Sie werden es sicher nicht für wohltätige Zwecke nutzen. Es wird Chaos und

Kriege geben, es wird sich ein Flächenbrand ausbreiten, der sich durch das gesamte Sonnensystem ziehen wird.«

Die Worte hingen schwer in der Luft. Für einen Moment glaubte Bishop, dass ein Zweifel in den Gesichtern der Wachen zu erkennen war. Doch der Anführer des Trupps reagierte sofort mit schneidender Stimme.

»Noch ein Wort, und ich sorge dafür, dass Sie schweigen. Es ist mir scheißegal, was Sie denken oder was Lunaris hier treibt. Ich habe einen Auftrag, und den werde ich erledigen. Also sparen Sie sich Ihre Moral und halten Sie die Klappe.«

Bishop merkte, wie seine Muskeln sich anspannten. Er wusste, dass er weiterreden musste, dass er sie an einem wunden Punkt packen konnte. »Sie haben keine Ahnung, was Sie hier bewachen«, fuhr er fort, diesmal schärfer. »Sie denken, es geht nur um einen Auftrag, um Gehorsam, aber Sie riskieren, ein Monster loszulassen. Wenn Sie die geringste Verantwortung spüren, dann lassen Sie uns gehen. Wir können es noch stoppen.«

Die Worte hatten kaum den Raum erfüllt, als der Anführer der Wachen zwei Schritte nach vorne trat. Sein Schatten fiel auf Bishop, und er hob bereits die Waffe, bereit, sie ihm in den Bauch zu rammen. Bishop spürte, wie sein Körper verkrampfte, doch er zwang sich, nicht zurückzuweichen.

Unvermittelt erklang eine andere Stimme.

»Genug!«

Der Söldner vor Bishop verharrte mitten in der Bewegung und wandte den Kopf in Richtung der Tür. Bishops Blick fiel auf die Gestalt, die gerade den Raum betreten hatte. Mindestens tausend Gedanken waren ihm in den letzten Stunden durch den Kopf gegangen, was er Elena sagen würde, wenn er sie sah, was er mit ihr machen würde, ob er etwas in seinem Leben falsch gemacht hatte, dass alles so gekommen war. All das und noch viel mehr, aber in diesem Moment, als er in ihr Gesicht blickte, war das alles verschwunden und er starrte sie schweigend an.

Sie wirkte unantastbar, autoritär und zielstrebig, als sie sich durch die Reihen der Techniker bewegte. Niemand wagte es, ihr zu widersprechen oder auch nur den Blick zu heben. Sie strahlte eine Autorität aus, die Bishop nur zu gut kannte und die ihn in diesem Moment mehr verletzte, als er es sich eingestehen wollte.

Sie blieb neben ihm stehen, so nah, dass er den feinen Geruch von Parfum wahrnahm, der sich durch die sterile Luft schnitt. Sie beugte sich leicht zu ihm herunter, ein kaum wahrnehmbares Lächeln umspielte ihre Lippen.

»Ich bin froh, dass du es noch rechtzeitig geschafft hast, Alan«, sagte sie mit dieser kühlen Gelassenheit, die ihn gleichzeitig faszinierte und abstieß. »Ich dachte mir, dass du das hier sehen willst.«

Bishop zwang sich, den Blick nicht von ihr abzuwenden. »Du musst das nicht tun, Elena«, erwiderte er leise, aber mit Nachdruck. »Es ist ein Fehler. Alles, was du hier tust, ist ein einziger, verdammter Fehler. Es gibt einen anderen Weg. Ich bitte dich. Wenn noch irgendetwas von der Elena übrig ist, die ich damals geheiratet habe, dann beende das hier.«

Sie reagierte nicht direkt auf seine Worte. Stattdessen drehte sie sich zu den Mitarbeitern an den Konsolen um.

»Statusmeldung?«

Ein junger Techniker sprang sofort auf. »Alles notwendige Material ist an Bord, Commander. Die Apophis ist startklar. Das Ganymed-Fragment wird in diesen Augenblicken in den Hangar gebracht.«

Bishops Herz schlug schneller.

Elena nickte knapp, dann wandte sie sich wieder der Gruppe von Gefangenen zu. Ihre Augen ruhten nacheinander auf Moreno, Martinez und Bruckner. »Ich bin enttäuscht«, sagte sie ruhig, aber mit einer Schärfe, die den Raum frösteln ließ. »Von Ihnen allen. Besonders von Ihnen, Doktor Moreno. Ich hatte gehofft, dass Sie dem Konzern gegenüber loyaler wären. Und Sie beide«, sie ließ den Blick über Martinez und Bruckner schweifen, »hätten besser daran getan, Ihren Platz zu kennen.«

Moreno hob das Kinn, ihre Stimme bebte, aber sie brach nicht. »Ich arbeite nicht für Lunaris oder die Regierung, sondern für die Menschen, die mich brauchen. Zur Hölle mit Ihnen, Torres.«

Elena lachte leise, ein kalter, fast mitleidiger Laut. »Dort war ich schon«, erwiderte sie. »Und jetzt werde ich dafür sorgen, dass dieses Sonnensystem ein besserer Ort wird.«

Bishop spürte, wie die Wut in ihm aufschäumte. »Ein besserer Ort?«, knurrte er. »Hast du dir angesehen, was es gekostet hat, Elena? Reed. Larsson. Clark. Harris. Wie viele noch?«

Als er Harris' Namen aussprach, lief eine Regung durch ihr Gesicht, nur für den Bruchteil einer Sekunde, kaum wahrnehmbar, doch Bishop erkannte es sofort. Schmerz, Bedauern, vielleicht sogar Schuld.

Sie fing sich schnell, ihre Augen blitzten auf. »Das waren notwendige Opfer. Hier geht es um mehr als um ein paar Einzelschicksale. Du verstehst es nicht, Bishop. Du hast nie verstanden, worum es hier wirklich geht. Was das ist, welche Chance das für uns alle bedeutet.«

Bishop lehnte sich so weit vor, wie es die Fesseln zuließen. »Also, für wen tust du es? Für Borrello? Für Lunaris? Oder geht es nur um dich und deine Karriere?«

Sie funkelte ihn an. Ihre Lippen öffneten sich, als wollte sie etwas erwidern, doch plötzlich veränderten sich die Lichter draußen im Hangar. Er drehte den Kopf, und durch die breite Scheibe sah er es.

Eine schwere Transportplattform fuhr langsam in die Halle. Auf der Ladefläche stand eine massive, durchsichtige Box, von metallischen Halterungen gestützt. Darin lag es, das Ganymed-Fragment.

Bishop hielt den Atem an. Es war größer, als er es sich vorgestellt hatte – mindestens vier Meter hoch und fast ebenso lang. Die Form erinnerte an eine groteske Harfe, ein Bogen aus schwarzem Metall. Dort, wo sonst die Saiten gespannt gewesen wären, glomm eine Fläche in bläulich-grünem Licht. Es war kein gleichmäßiges Scheinen, sondern ein Flirren, ein Pulsieren, das wie ein Atem wirkte.

Bishop spürte, wie sich seine Kehle zuschnürte. Dieses Ding wirkte beinah lebendig auf eine Weise, die er nicht erklären konnte, aber die er mit jeder Faser fühlte.

Neben ihm hatte auch Elena den Blick auf das Artefakt gerichtet. Für einen Moment wirkte sie kleiner, verletzlicher, fast so, als würde sie etwas sehen, das sie überforderte. Dann atmete sie tief ein, schloss kurz die Augen und wandte sich Bishop zu.

»Was ist das?«, wollte Bishop wissen.

Elena nickte in Richtung der Hangarhalle. »Das ist die Zukunft. Dieses Artefakt wird unser Sonnensystem retten. Ich wollte, dass du es siehst, bevor ich abfliege. Bitte entschuldige mein kleines Katz-und-Maus-Spiel, aber ich konnte es dir auch nicht zu leicht machen. Du solltest ein kleines Erfolgserlebnis haben, indem du es zu mindestens schaffst, Moreno zu retten. Na ja, wenigsten für einen Augenblick.«

»Ich verstehe es einfach nicht. Wieso tust du das alles? Experimentierst du mit dem Ding? Waren die durchgedrehten Menschen auf der Station Versuchskaninchen, an denen du die Auswirkungen des Artefakts getestet hast?«

Sie schüttelte den Kopf. »Nein. Auch wenn du es mir nicht glaubst, da war das Artefakt selbst für verantwortlich. Leider habe ich die Funktionsweise noch nicht wirklich verstanden, aber das ist auch nicht meine Aufgabe, das werde die Spezialisten herausfinden.« Sie legte ihm eine Hand auf die Schulter, und auf einmal wurde ihr Blick weich. »Alan, du bist hier, weil ich dich genau hier haben wollte. Ich wollte, dass du siehst, was es in den Tiefen des Alls gibt. Dass wir nicht die einzige Spezies hier draußen sind.«

»Also ist es außerirdisch? Woher wissen Sie das? Hat das was mit dem Raumschiff zu tun, das Lunaris auf dem Mars gefunden hat?«, wollte Moreno wissen.

»So gern ich mit Ihnen plaudern würde, ich muss jetzt los.« Bevor sie ging, beugte sie sich noch einmal zu Bishop herunter. »Es tut mir leid, dass es so weit gekommen ist«, sagte sie leise, und für einen Augenblick klang es ehrlich. »Aber alles hatte seine Gründe. Vielleicht wirst du es irgendwann verstehen.«

Dann wandte sie sich an die Wachen. Ihre Stimme war wieder kalt und befehlsgewohnt. »Sehen Sie zu, dass sie keinen Ärger machen. Wenn die Apophis Ganymed verlassen hat, können Sie mit ihnen verfahren, wie Sie wollen.«

Mit diesen Worten drehte sie sich um. Er hörte das Zischen der automatischen Tür hinter sich, und dann war sie verschwunden.

Bishop blieb zurück, gefesselt, den Blick auf das Artefakt gerichtet – und mit dem Wissen, dass sie nun endgültig am Rand des Abgrunds standen. Sein Puls schlug ihm bis in die Ohren, als hätte jemand ein Metronom in seinen Schädel geschraubt, das immer schneller tickte, je näher die Lastenplattform mit dem Fragment an die Laderampe heranrollte. Die Fesseln an seinen Handgelenken – kalte, magnetische Bügel, die an der Stuhllehne verriegelt waren – schnitten ihm in die

Haut. Er zwang sich, ruhig zu atmen. Jedes Zucken, jedes nutzlose Zerren würde ihn nur schwächer wirken lassen.

Das Wachpersonal hatte sich nach Elenas Abgang neu sortiert. Zwei standen dicht neben ihm, einer auf Morenos Seite, eine Frau mit schmalen Augen hinter dem Schildvisier bei Martinez und ein fünfter Mann blieb halb hinter den Konsolen, so positioniert, dass er sowohl die Tür als auch das Panoramafenster im Blick behielt. Es war die professionelle, gelangweilte Wachsamkeit, die Bishop so gut kannte – das Verhalten von Leuten, die sicher waren, die Situation unter Kontrolle zu haben.

»Na?« Der Anführer, der Bishop eben noch den Lauf in den Bauch hatte rammen wollen, bückte sich ein Stück, sodass sie auf einer Höhe waren. Aus der Nähe roch der Mann nach kaltem Kaffee und Schweiß. »Immer noch der große Retter?« Er tippte mit dem Finger gegen Bishops Fessel. »Wenn Sie ganz lieb fragen, lösen wir vielleicht den rechten Bügel, damit Sie sich die Tränchen wegwischen können, wenn Commander Torres abfliegt.«

»Sparen Sie sich Ihre Witze«, sagte Bishop leise.

Er versuchte, den Blick abzuwenden, aber der Mann hielt ihn fest, genoss es wie ein Kind, das eine Fliege in einem Glas beobachtet.

»Wenn das hier vorbei ist, werden wir beide uns wiedersehen, und dann werde ich Ihnen die Handschellen anlegen. An Ihren Händen klebt Blut, und das werden Sie nicht mehr abwaschen können.«

»Wenn das hier vorbei ist«, erwiderte der Wachmann, »werden Sie es nicht mehr erzählen können.« Sein Grinsen war flach. Er richtete sich auf, sah zur Glasscheibe, wo der Lastenwagen eine enge Kurve nahm und dann langsam auf die gekennzeichnete Spur einbog, die in gerader Linie zur

Laderampe führte. Gabelhubmodule tasteten das Schienensystem ab, ein Tross aus Technikern ging neben der Kiste her, als begleiteten sie einen Sarg. In der Box vibrierte das grünliche Flimmern im Inneren des Fragments, als atmete es.

Plötzlich spürte Bishop, wie ihm anders wurde. Er konnte es nicht genau definieren, aber es war wie ein Juckreiz im Gehirn, ähnlich wie eine wunde Stelle unter einem Gips, die man einfach nicht erreichen konnte. Je mehr er versuchte, das Gefühl mit seinem Geist zu fixieren, umso intensiver wurde es. Mit Mühe konnte er die Augen von dem Licht lösen, bevor er ihm vollends verfiel.

Bruckner rutschte unruhig auf seinem Stuhl hin und her, keuchte, das Metall seiner Fesseln klackerte, als suchte er blind nach einer Möglichkeit, sie loszuwerden. »Verdammte Scheiße«, flüsterte er, »wir können hier nicht sitzen und warten wie …«

»Klappe«, zischte die Wache bei ihm und versetzte dem Stuhl einen Tritt. »Noch ein Wort, und ich tape dir den Mund zu.«

Martinez beugte sich so weit vor, wie es die Fesselung zuließ. »Sie haben keine Ahnung, was Sie da rausfahren«, sagte sie, und obwohl ihre Stimme flach klang, schwang ein leiser, sturer Trotz mit. »Sie werden nichts davon haben, egal was Ihnen versprochen wurde. Sie werden ebenso ein Verlierer sein wie alle anderen auch. Der Aufsichtsrat von Lunaris wird am Ende der Einzige sein, der aus der ganzen Situation Profit schlagen wird.«

Die Wachfrau neben ihr lächelte kaum merklich. »Sparen Sie es sich. Denken Sie, ich gebe etwas auf das, was Sie mir sagen?«

Martinez muss verstanden haben, dass es rhetorisch gemeint war und keiner Antwort bedurfte. Die Frau wandte sich ab und gab dadurch unmissverständlich zu erkennen, dass für sie das Gespräch beendet war.

Bishop fluchte innerlich. Worte waren hier keine Lösung. Diese Söldner waren trainiert, und vermutlich erledigten sie nicht zum ersten Mal einen solchen Job. Nein, diese Art von Menschen kannten nur eine verständliche Sprache. Er änderte seine Taktik und versicherte sich, dass er den Raum und alle Details darin genaustens erfasst hatte. Die Anzahl und Positionen der Waffen, die Abstände zwischen den Soldaten, die Blickrichtungen, die toten Winkel der Kameras, die Anzahl der Techniker, die Räume zwischen den Terminals, alles wichtige Details, die er kennen musste, um sich einen alternativen letzten Plan zu überlegen. Rechts auf einem niedrigen Regal lag eine Faustwaffe, halb unter einem Stapel Kabelbinder versteckt. Der Anführer trug eine kompakte Pistole am Gürtel und eine Automatikwaffe in den Händen, mit deren Schaft Bishop bereits Bekanntschaft gemacht hatte. Er wusste, dass der Mann zudem einen kleinen Fernauslöser in seiner linken Brusttasche bei sich trug, mit dem er die Fesseln verriegeln und lösen konnte. Es war für Bishop nicht schwer gewesen, das Gerät vorhin zu identifizieren, denn er selbst hatte auf Ceres einen identischen, der zu seiner Ausrüstung gehörte.

Sein Blick glitt zurück in den Hangar. Das Fragment hatte die Hälfte der Strecke geschafft. Die Kiste glitt an einer Punktmatrix aus Halogenfeldern vorbei, die das Innere gleichmäßig ausleuchten sollten. Im Flimmern sah er etwas, das er sich nicht erklären konnte: einen winzigen, kaum wahrnehmbaren Schatten, der sich auf der grünlichen Fläche bewegte, als zöge dort etwas eine Spur. Eine Interferenz oder nur sein überreiztes Hirn?

Nicht jetzt, Bishop. Du kannst es dir nicht leisten, ausgerechnet jetzt den Verstand zu verlieren. Konzentrier dich!

Das Vibrieren kam so plötzlich, dass er im ersten Moment glaubte, sein Stuhl wäre nur ein wenig verrutscht. Ein feiner Ruck, eher eine Schwingung als ein Stoß, tanzte durch das Gestell und lief Bishops Wirbelsäule hinauf bis in die Zähne. Er hob den Kopf. Sein Blick fiel auf das Fragment, das nun intensiv pulsierte. Eine seltsame Anziehungskraft ergriff ihn, als würde es ihn zu sich rufen. Bishop konnte den Blick nicht abwenden. Wie in Trance starrte er zu der Struktur, in das Licht, das sich wie in Wellen vom Mittelpunkt ausgehend verbreitete. Sein Kopf tat weh, ein Schmerz, den er noch nie gespürt hatte, wie ein Feuer, das sich durch seinen Hirnschmalz arbeitete und dennoch auf eine bizarre Art angenehm war. Je mehr er sich auf diesen Schmerz konzentrierte, umso intensiver wurde das Gefühl. Aus dem dichten Nebel seiner Gedanken kristallisierte sich eine verzerrte Stimme heraus, unverständlich und in einer Sprache, die er noch nie gehört hatte. Wurde er jetzt verrückt?

So schnell das Licht erschienen war, erlosch es wieder. Hastig schüttelte er den Kopf und sah sich um. Auch die Wachen um ihn herum wirkten wie hypnotisiert. Das war seine Chance. Wenn er Elena aufhalten wollte, musste er handeln, und das schnell.

Bishop stieß den Stuhl mit den Oberschenkeln nach hinten, so hart, dass die Hinterbeine vom Boden rutschten, und hob gleichzeitig die gefesselten Hände nach oben. Der Bügel der Fessel rieb über die Stuhllehne und sprang ein Stück nach vorne. Die Kante des Sitzes schabte ihm die Haut auf. Der Stuhl kippte, krachte zu Boden, und Bishop warf sich mit dem ganzen Körper zur Seite, direkt gegen die Beine des Anführers. Der Mann fluchte, verlor den Stand und fiel seitlich über Bishops Sitz. In derselben Bewegung drehte Bishop die Handgelenke so, dass die Fessel quer lag, und rammte die

Metallkante gegen das Kinn des Wachmanns. Ein schmutziges Ächzen entwich seiner Kehle.

Martinez hatte verstanden. Sie sprang mit der ganzen Schwere ihres Stuhls nach vorne, krachte gegen die Wachfrau, die dabei über ihren eigenen Fuß stolperte und ungeschickt auf die Knie fiel. Bruckner riss im selben Moment seinen Stuhl wie ein Widder nach hinten und traf den dritten Wächter so an Schienbein und Knöchel, dass der Mann stolperte und auf die Konsole flog. Auf dem Monitor tauchte ein rot blickendes Alarmfenster auf.

Bishop rollte über den Boden, suchte mit den gefesselten Händen die Brusttasche des Anführers ab und fand unter dem Stoff und Hartplastik den flachen Fremdkörper, den er zuvor gesehen hatte. Hektisch drückte er blind beide Knöpfe. Nichts geschah, und er fluchte, biss die Zähne zusammen, drückte den oberen noch einmal, länger, bis eine leichte Vibration durch die Fessel lief – ein sattes Summen, und der Magnetbügel sprang auf. Schmerz spülte in seine Hände, als das Blut zurückströmte.

Der Wachmann wollte aufstehen, aber Bishop war schneller. Er entriss ihm die Waffe an seiner Seite mit einer kurzen Bewegung, routiniert und zielstrebig, so wie er es unzählige Male im Übungsraum einstudiert hatte. Er drehte den Lauf seitlich und schlug gegen die Schläfe seines Gegners. Der Mann sackte zurück auf den Boden. Bishop trat die Automatikwaffe aus seiner Reichweite, nahm die flache Fernbedienung und öffnete auch Martinez' Fesseln.

Die hatte die Pistole der Wachfrau bereits aus dem Holster am Gürtel gezogen. Die Bewegung war nicht elegant gewesen, aber das war auch nicht nötig. Sie trat zurück, ging in einen stabilen Stand und richtete die Mündung auf die beiden Männer, die jetzt aneinander vorbeikrochen, um wieder auf die Füße zu kommen.

»Alle weg von den Konsolen!«, rief sie, die Stimme rau, aber glasklar. »Sofort! Hände sichtbar!«

Die beiden Techniker an der gegenüberliegenden Konsole, die bisher nur starr gewesen waren, sprangen auf, rissen ihre Pads vom Tisch und flohen zur Seitentür, so schnell und so unkoordiniert, dass einer fast fiel. Bishop ließ sie laufen. Er hatte weder Zeit noch Lust, Zivilisten aufzuhalten, die ohnehin zu spät begriffen, in was sie verstrickt worden waren. In der Zwischenzeit hatte Bishop auch Bruckners und Morenos Handfesseln gelöst.

Bruckner riss den Mann, den er zuvor aus dem Gleichgewicht gebracht hatte, von der Konsole, stieß ihn an die Wand und hielt ihn dort mit dem Unterarm fest. »Ganz ruhig, Freundchen.« Es klang nicht sonderlich überzeugend, aber es reichte, um den Typen in Schach zu halten.

Moreno hatte inzwischen den vierten Wächter an der Schulter gepackt, ihm den Arm auf den Rücken gedreht und ihm ihre Handschellen angelegt.

Bishop spürte das Pochen in den Handgelenken wie zwei kleine Herzschläge. Sein Blick fuhr zur Scheibe. Das Fragment hatte die Laderampe erreicht. Die Kiste wurde gedreht, die Halterungen klickten in die Führung, die Plattform senkte sich um eine Handbreit, und die Lichtbänder am Rumpf der Apophis flammten in einer kalten Sequenz auf. Es war, als schaute er einem Ritual zu, dessen liturgische Geste er endlich verstand: Übergabe, Verschluss, Start.

»So eine Scheiße! Die Mistkerle haben die Konsolen hier gesperrt und die Steuerung der Hangartore auf den Bordcomputer der Apophis übertragen. Von hier aus können wir den Abflug nicht mehr verhindern«, fluchte Martinez, die vor einem der Terminals stand.

»Dann gehe ich da runter«, beschloss er.

»Nein«, sagte Moreno. Es war keine Bitte. Sie trat neben Bishop, das Gesicht so blass, dass die Sommersprossen wie kleine Warnsignale wirkten. »Ich gehe runter. Sie gehen hoch zu Laserabschusskontrolle. Die liegt eine Ebene über uns, in Sektion 3. Wenn Sie die auf manuell stellen, können Sie die Zielerfassung der Enteisungslaser steuern und den Schiffsantrieb anvisieren, falls es so weit kommen muss. Das ist der einzige Weg, sie aufzuhalten, ohne dass der Hangar in Flammen aufgeht.«

Bishop wollte widersprechen, aber er verstand, dass sie recht hatte. »Sie wissen, dass das da unten ein Minenfeld ist. Wenn Elena Sie sieht, wird sie Sie erschießen lassen.«

»Dann soll es so sein«, erwiderte Moreno, und für einen Atemzug schimmerte etwas in ihren Augen, das stärker war als Angst. »Ich habe lange genug am Rand gestanden. Die Wachen auf dem Weg werden Sie nicht durchlassen, Alan. Ich bin immer noch die neue Stationsleiterin. Wir werden sehen, wie viele Freunde ich hier noch habe.« Sie deutete mit dem Kinn auf die beiden Wachen, die still neben der Tür standen, weil Martinez ihnen die Mündung nicht vom Brustbein nahm. »Wir brauchen eine Ablenkung. Je lauter, desto besser.«

»Das übernehmen wir«, sagte Bruckner. Es war die erste Antwort von ihm, die ohne Zögern kam. Er rieb sich die geröteten Handgelenke, hob den Blick und sah Martinez an. »Wir beide wissen, wie man Unruhe stiftet, wahrscheinlich besser als jeder andere. Türen, Sensoren, alles, was die Protokolle triggert. Wenn die Leitwarte glaubt, sie hätte ein Kaskadenproblem, sind in den nächsten fünf Minuten alle zu beschäftigt, um den Überblick zu behalten.«

Martinez ließ die Waffe keinen Millimeter sinken, aber sie nickte. »Ich bin immer hinter dir. Das wird ein Spaß.«

Bishop betrachtete die Pistole in seiner Hand, die er dem Anführer abgenommen hatte. Sie war schwerer als seine eigene, robuster, mit einem Verriegelungsbügel versehen. »Hört mir zu«, sagte er. »Wir haben drei, höchstens fünf Minuten, bis jemand merkt, dass dieser Raum nicht mehr unter Kontrolle ist. Ich gehe hoch zur Laserabschusskontrolle und werde im Notfall tun, was ich muss. Moreno geht runter in den Hangar und versucht, an Bord der Apophis zu gelangen. Martinez und Bruckner, ihr macht Krach. Sorgt dafür, dass Moreno ungehindert zum Frachter gelangt.«

»Kapiert«, sagte Bruckner, und sein Lächeln war so schief, dass Bishop es fast gernhatte.

Martinez deutete mit der Waffe zur Tür. »Ihr da. Auf den Boden. Hände hinter den Kopf.«

Der Anführer zögerte einen Moment, dann folgte er. Gekonnt legten Moreno und Martinez auch den Übrigen die Handschellen an.

»Dann los«, sagte Bishop, als Martinez ihm zufrieden zunickte. »Wir treffen uns oben im Kontrollraum, wenn wir das hier überleben sollten.«

Moreno war bereits an der Tür, eine Hand am Sensor. Martinez stand über den Wachen, ruhig, fokussiert, die Waffe fest im Anschlag. Sie blickte einmal kurz zu Bishop, dann wieder auf die Gefangenen. Bishop atmete ein, zählte im Stillen bis drei und trat als Erster hinaus.

Der Gang schien verweist zu sein, was gut für sie war. Eilig folgte er ihm nach links, blickte noch einmal zurück und sah, dass Moreno, Martinez und Bruckner sich in die entgegengesetzte Richtung aufmachten. Dann verschwanden sie aus seinem Sichtfeld.

Der Preis der Wahrheit

Sektion SL-1, Station Tros, Mond Ganymed

Bishop rannte nicht, aber jeder seiner Schritte war von jener inneren Eile getrieben, die sich einstellte, wenn jede Sekunde den Unterschied bedeuten konnte zwischen Erfolg und Scheitern, zwischen Leben und Tod. Der Gang zur Treppe zog sich, als würde sich die Geometrie der Station mit jeder Bewegung verschieben, als wäre das Metall, das ihn umgab, längst zu einem lebenden Wesen geworden, das seine eigenen Gesetze schrieb. Die Stiefel schlugen dumpf auf den Boden, der unter den Sohlen ein leises Echo zurückwarf. Bishop zwang sich, ruhig zu atmen.

Die Treppe lag am Ende eines schmalen Verbindungsgangs, von dem mehrere Türen abzweigten – alle fest verschlossen, verriegelt durch Kontrollfelder, die jetzt im Alarmmodus blutrot leuchteten. In der Ferne brummten die offenbar bereits gestarteten Triebwerke des Raumfrachters. Die Zeit lief ihm davon. Er musste es schaffen, die Kontrolle über die Laser zu erlangen, solange das Raumschiff noch in Reichweite war. Trotzdem hatte er das Gefühl, dass alles, was zählte, jetzt nur noch wenige Meter von ihm entfernt lag.

Mit schnellen, aber kontrollierten Bewegungen stieg Bishop die Treppe hinauf, nahm dabei zwei Stufen auf einmal. Die in den Boden eingelassenen Leuchtstreifen tauchten das Treppenhaus in ein rotes Licht.

Noch während er das erste Stockwerk hinter sich ließ, durchbrach ein schriller Signalton die Stille. Bishop hielt unwillkürlich inne. Es war der Alarm, auf den sie alle gewartet hatten – Martinez und Bruckner mussten ihn ausgelöst haben. Einen Herzschlag später folgte eine Durchsage, die sich im Korridor brach, als käme sie aus den Wänden selbst: »Achtung, Sicherheitspersonal: Alarmstufe Rot. Alle verfügbaren Kräfte sofort zu Ebene C und den angrenzenden Hangarsektoren. Mindestens zwei Eindringlinge gemeldet. Maximale Alarmbereitschaft. Wiederhole: Alarmstufe Rot. Unbefugte Aktivitäten im Sektor. Priorität eins.«

Bishops Herzschlag beschleunigte sich, sein Mund wurde trocken. Er wusste, dass diese Durchsage nicht ihm galt, sondern jedem, der jetzt auf dem Stockwerk unter ihm unterwegs war. Das bedeutete, dass die Aufmerksamkeit für die nächsten Minuten nicht bei ihm lag. Ein kleiner, vielleicht entscheidender Vorteil – aber auch ein Fenster, das sich schnell wieder schließen konnte.

Er eilte weiter. Erst musste er eine Ebene hinauf, wenn er richtiglag. Auf halber Höhe zum nächsten Stockwerk hörte er plötzlich das schwere Stampfen mehrerer Schritte von oben – das rhythmische, koordinierte Laufen eines Sicherheitsteams, Stimmen, die seltsam dumpf wirkten und von ihren Lautsprechern im Helm verzerrt wurden.

Bishop blieb wie angewurzelt stehen, presste sich instinktiv an die Wand, den Kopf leicht geneigt, um möglichst wenig Fläche zu bieten. Er spürte, wie der kalte Schweiß ihm über den Nacken lief. Noch bevor er den Blick über die Kante der obersten Stufe hob, hörte er das Klirren von Ausrüstung, das Klacken von Stiefeln, die in den Treppenschacht einbogen. Für einen Moment überlegte er, ob er zurückweichen sollte, doch dann entdeckte er am Rand des Podests eine halb geöffnete Tür, ein Wartungsraum oder Versorgungsschacht für Energie- und Kommunikationsleitungen. Es war egal, in diesem Augenblick war es seine Rettung.

Ohne zu zögern, glitt er in den schmalen Raum, drückte die Tür gerade so weit zu, dass nur noch ein Spalt blieb. Er hielt den Atem an, als die Schritte näher kamen. Die Stimmen wurden lauter, Fetzen von Befehlen drangen durch das dünne Metall.

»Ebene C sichern! Niemand verlässt den Sektor, bevor wir jeden Winkel überprüft haben!«

»Trupp zwei geht zur Hangarschleuse, dort wurde diese Moreno gesichtet. Rest mit mir. Wir splitten uns an der Hauptschleuse auf.«

Die Worte rauschten an Bishop vorbei wie eine Welle. Er zählte mindestens fünf, vielleicht sechs Stimmen, dann entfernten sich die Schritte wieder, verloren sich im Echo der langen Gänge. Noch ein paar Sekunden verharrte Bishop reglos, lauschte auf jedes Geräusch, bevor er den Mut fand, die Tür wieder zu öffnen. Er hoffte, dass Moreno es geschafft hatte, in den Hangar zu gelangen, bevor die Sicherheit dort verstärkt werden konnte. Doch jetzt konnte er sich gedanklich nicht damit beschäftigen. Er musste den anderen einfach vertrauen.

Die Korridore lagen leer vor ihm. Das grelle Licht der Alarmleuchten tauchte alles in hektisches Rot. Bishop trat vorsichtig aus dem Treppenhaus, achtete darauf, sich in den Schatten zu halten, wo immer es ging. Nach ein paar Metern entdeckte er einen Monitor, eingelassen in eine Wandnische –

ein digitales Lagepanel, wie sie an zentralen Punkten installiert waren. Er trat näher, warf einen prüfenden Blick darauf.

Die grafische Darstellung zeigte ein Raster der Ebene A mit farbigen Sektionen und klaren Beschriftungen. Über ein Touchfeld scrollte Bishop die Übersicht ab, suchte nach dem Vermerk für den Laserabschusskontrollraum. Sein Finger zitterte leicht, als er die winzige Beschriftung entdeckte: »Abschusskontrolle – Raum 1.17, Nordflügel«. Der Weg war kürzer, als er befürchtet hatte – nur drei Gänge weiter, vorbei an der Technikleitwarte, dann rechts.

Er prägte sich den Plan ein, ließ den Blick noch einmal durch den Gang schweifen und spürte das Drängen der Zeit wie einen Druck in der Brust. Jeder Schritt musste jetzt sitzen. Noch einmal kontrollierte er, ob ihn niemand beobachtete. Die nächste Entscheidung war eine Sache von Sekunden: Durch den offenen Flur, immer an den Sensorleisten entlang, oder einen Umweg durch die schmaleren Wartungsschächte? Der schnellere Weg war riskant, aber er hatte keine Wahl.

Bishop setzte sich in Bewegung. Noch ein paar Minuten, dann würde sich entscheiden, ob alles, was sie getan hatten, einen Unterschied machte – oder ob das Fragment mitsamt allen Geheimnissen für immer im Nichts verschwand.

Der Gang, der zum Kontrollraum führte, war schmal und überraschend still, als hätte das hektische Treiben der Alarme und Funksprüche genau hier eine unsichtbare Grenze gefunden. Bishop bewegte sich geduckt an der Wand entlang, jede Faser seines Körpers angespannt bis ins Mark. Seine Finger lagen fest um den Griff der Pistole, das Gewicht der Waffe fühlte sich fremd an, aber der kalte Stahl beruhigte ihn. Er zwang sich, gleichmäßig zu atmen, während sein Herz wie ein stummer Peilsender in seiner Brust hämmerte.

Plötzlich drang ein dumpfes Schleifen einer Tür durch die Stille. Eine Stimme, gedämpft und fluchend, irgendwo zwischen Zorn und Verzweiflung. Bishop erstarrte, lauschte, versuchte, im Lärm der eigenen Gedanken die Richtung zu bestimmen. Dann schlich er sich näher an das matte Panzerglas der Kontrollraumtür, riskierte einen schnellen Blick durch den schmalen Sichtstreifen. Im Zwielicht der Bildschirme sah er einen Mann, dessen Silhouette ihm sofort auffiel: mittelgroß, breitschultrig, Bewegungen mit einer Präzision, wie sie Bishop nur von Leuten kannte, die gelernt hatten, in Extremsituationen nicht zu zögern.

Der Mann stand mit dem Rücken zu ihm an einem der großen Schaltpulte. Im blassen Licht des Monitors war der Kontrast zwischen seiner dunklen Kleidung und der hellen Oberfläche fast schneidend. Vor dem Fenster breitete sich die glänzende Eisebene von Ganymed aus, von grellen Scheinwerferkegeln und blinkenden Markierungen überzogen, als würde dort unten eine Raumschlacht vorbereitet.

Für einen Moment zögerte Bishop, sein Zeigefinger glitt an den Abzug, sein Blick wanderte zu zwei Gestalten am Boden: Zwei Konzerntechniker, offenbar bewusstlos und grob gefesselt, lagen im Schatten der Pultwand. Das bedeutete, der Mann hatte sie nicht nur überrascht, sondern auch überwältigt. Er konnte nicht zum Personal gehören. Also gab es nur zwei Möglichkeiten: Entweder war er ein Mitarbeiter von Lunaris und hatte von Elena einen speziellen Auftrag erhalten, für den man besser keine Zeugen hatte, oder – und das war die wahrscheinlichere Variante – dies war der Saboteur.

Bishop machte einen leisen Schritt ins Halbdunkel, drückte die Tür auf, die Pistole fest im Anschlag. »Nur um fair zu sein«, sagte er mit jener eisigen Ruhe, die ihn auf Ceres immer am Leben gehalten hatte, »ich richte gerade eine Waffe auf Ihren Hinterkopf. Treten Sie von der Konsole zurück und identifizieren Sie sich.«

Der Mann regte sich kaum. Für einen kurzen Moment, der sich ins Endlose dehnte, hatte Bishop das Gefühl, als spürte der andere seine Präsenz in jeder Pore, als zählte er im Geist die Meter zwischen ihnen ab, die Möglichkeiten, die er hatte. Die Hand des Fremden ruhte immer noch auf dem Terminal, als wollte er demonstrieren, dass er Zeit hatte – Zeit, die Bishop fehlte.

»Drehen Sie sich langsam um«, sagte Bishop jetzt schärfer. Sein Finger spannte sich um den Abzug. »Und machen Sie keine Dummheiten.«

Ganz langsam wandte sich der Mann um. Das Licht der Monitore tauchte sein Gesicht in wechselnde Schatten. Mittelkräftig gebaut, kantiges Kinn, kurzes, dunkles Haar – das Gesicht eines Mannes, der mehr erlebt hatte, als er zugab, und der wusste, wie man das für sich nutzte. Seine Augen fixierten Bishop mit einer Aufmerksamkeit, die kein Zittern, keine Unsicherheit verriet.

Ein schiefes Lächeln zuckte um seine Lippen, als er Bishop musterte. »Detective Bishop. Ich hatte mich schon gefragt, wann Sie auftauchen. Zugegeben, ich hatte Sie früher erwartet. Man sagt Ihnen doch nach, dass Sie der Beste sind.«

Bishop spürte, wie seine Konzentration für einen Moment schwankte – hinter dem breiten Fenster öffneten sich lautlos die massiven Hangartore. Die Zeit rann davon, unerbittlich wie Wüstensand durch die Finger.

Er zwang sich, die Pistole ruhig zu halten, während sein Blick zwischen dem Mann und der Konsole hin- und hersprang. »Sie sind nicht von Lunaris, sonst hätten Sie längst Zugriff auf das Terminal. Sie brauchen einen Code. Sagen Sie mir, für wen Sie arbeiten. Wer hat Sie geschickt? Geht es Ihnen um das Fragment?«

Für einen Sekundenbruchteil zuckte die Miene des Mannes, als ob er Bishops Gedanken abwägte. Dann trat er einen kleinen Schritt vor, seine Hände lässig an den Seiten, aber mit einer Körperspannung, die Bishop sofort erkannte: Angriff war für diesen Mann keine Frage des Willens, sondern der Gelegenheit.

»Lassen Sie das«, knurrte Bishop und wich einen halben Schritt zurück.

Der andere lächelte, aber es war kein warmes Lächeln. »Sie sollten die Waffe jetzt senken, falls Sie den Rest dieses Tages erleben wollen, Detective. Sie wissen genauso gut wie ich, dass hier niemand mehr sauber rauskommt.«

Bishop spürte das Adrenalin wie Strom durch die Arme schießen. Er durfte jetzt keinen Fehler machen. »Sie haben keine Ahnung, wie weit ich bereit bin zu gehen«, sagte er. »Antworten Sie auf meine Fragen. Jetzt. Oder ich drücke ab.«

Der Mann schüttelte den Kopf. »Ich bin ehrlich enttäuscht, Detective. Man sagt, Sie wären der Beste. Ich aber sehe, Sie wissen gar nichts. Also lassen Sie mich meine Arbeit zu Ende bringen. Sonst haben wir beide ein Problem.«

Bishop holte tief Luft, sein Blick zuckte zum Fenster. Die Apophis war startklar. Die Zeit, die er hier verschwendete, war Zeit, die er Moreno und dem Rest stahl.

»Wir beide wissen, dass ich Sie nicht gewähren lassen kann«, sagte Bishop schließlich, die Pistole nun direkt auf die Brust des Mannes gerichtet.

Der andere hob leicht die Hände, als wollte er Bishop provozieren, und ein seltsames, fast trauriges Lächeln spielte um seine Lippen. »Na schön. Dann lassen Sie mir keine Wahl.«

Mit einer explosiven Bewegung schleuderte der Mann sich zur Seite, schneller, als Bishop den Abzug durchziehen konnte. Bishop spürte, wie ihm die Waffe aus der Hand geschlagen wurde, wie der Mann mit brutaler Präzision zuschlug, ohne zu zögern. Die beiden taumelten gegen das Bedienfeld, ein schriller Alarmton heulte auf, Funken sprühten aus dem Monitor.

Bishop biss die Zähne zusammen, schlug zu, ein wilder, instinktiver Hieb, doch der Mann war stärker, blockte, konterte mit einem Ellbogenstoß in Bishops Rippen, dass ihm die Luft wegblieb. Für einen Sekundenbruchteil blickten sie sich direkt in die Augen. In diesen Blicken lag alles: Hass, Entschlossenheit, eine geteilte, verzweifelte Müdigkeit.

Bishop rang nach Luft, sah im Hintergrund, dass die Hangartore nun weit offen standen. Der Laser hätte längst scharfgemacht werden können. Mit letzter Kraft stemmte er sich gegen den Fremden, brachte einen halben Meter Distanz zwischen sie, griff nach der Waffe, die auf den Boden gerutscht war. Der Mann versuchte gleichzeitig, nach einem länglichen Gegenstand zu greifen, der auf dem Boden lag. Vielleicht war es die Waffe, mit der er die beiden Techniker niedergeschlagen hatte. Bishop war schneller. Von einem tiefen Überlebensinstinkt getrieben, drückte er den Abzug. Der Schuss traf den Mann an der Schulter. Er taumelte zurück und prallte gegen die Steuerkonsole.

Für einen Atemzug war es still. Blut sickerte durch den Stoff des Overalls des Mannes. Offenbar hatte die Kugel seine Schulter nur gestreift und das Projektil war in die dahinterliegende Wand eingeschlagen.

Bishop stand schwer atmend vor ihm, die Pistole wieder im Anschlag. »Sagen Sie mir, für wen Sie arbeiten. Sofort!«

Der Mann lachte leise und röchelnd. »Sie glauben wirklich, Sie hätten irgendetwas verstanden? Das ist viel größer als Sie. Viel größer als Lunaris, als Ihre verdammte UN. Sie wissen nicht mal, wer Elena wirklich ist.«

Bishop wich zurück, zitternd vor Anspannung. Im Hintergrund blinkten die Anzeigen auf, der Hangar meldete die letzten Sekunden bis zum Abflug der Apophis. Es blieb keine Zeit für Antworten.

Mit zusammengebissenen Zähnen wandte Bishop sich zum Terminal, während der andere schwer atmend am Boden lag. Er musste jetzt handeln, oder alles wäre vergeblich gewesen. Adrenalin durchflutete ihn.

Offenbar hinderte die Verletzung den Mann nicht daran, einen erneuten Angriff zu starten. Für den Bruchteil einer Sekunde konnte Bishop kaum reagieren – da war nur ein Schatten, der sich mit einer Präzision auf ihn stürzte, wie er sie sonst nur von Militärs oder professionellen Agenten kannte. Die Pistole in seiner Hand fühlte sich auf einmal viel zu schwer an, seine Finger zu langsam. Doch er zwang sich, fokussiert zu bleiben, verlagerte sein Gewicht, versuchte, die Distanz zu halten, aber der Mann war schneller. Ein gezielter Tritt mit voller Wucht gegen Bishops Handgelenk ließ die Waffe klirrend auf den Boden fallen.

Bishop hatte kaum Zeit, zu fluchen. Der Fremde nutzte den Moment, packte ihn am Kragen, zog ihn brutal gegen das Bedienpult und rammte Bishops Rücken mit voller Kraft gegen die Ecke der Konsole. Schmerz schoss wie ein Stromstoß durch seine Wirbelsäule, raubte ihm für einen Moment den Atem. Bishop biss die Zähne zusammen, spürte den Geschmack von Blut an der Lippe. Doch noch während der Schmerz seinen Körper beinahe lähmte, konterte er und rammte sein Knie gegen den Oberschenkel des Angreifers.

Ein dumpfer Fluch. Der Mann wich nur einen halben Schritt zurück, ehe er Bishop mit einem Aufwärtshaken traf, direkt an den Kiefer. Sterne explodierten vor seinen Augen, aber er blieb auf den Beinen, klammerte sich mit beiden

Händen an den Overall des Gegners, zwang ihn mit seinem ganzen Körpergewicht an das Steuerpult. Die beiden rangen, drehten sich, krachten gegen einen Metallträger. Ein Monitor zersplitterte mit einem hellen Klirren.

Bishop roch das Blut, schmeckte die Angst – und doch war da noch mehr: ein roher Überlebenswille, der alles andere überlagerte. Er schlug mit der Faust, mit dem Ellbogen, doch der Mann konterte geschickt, fing jeden Schlag entweder ab oder drehte ihn in eine gefährliche Hebelposition. Sein Arm schmerzte, das Gelenk knackte unter dem Druck, doch im letzten Moment wuchtete er den Gegner über das Knie, sodass beide zu Boden gingen. Der Aufprall raubte ihm kurz den Atem, doch die Nähe gab ihm eine neue Möglichkeit.

Er streckte den Arm aus, bekam gerade so die Finger an den Lauf der am Boden liegenden Waffe, aber der Mann packte ihn am Handgelenk, drehte es brutal nach hinten, bis Bishop einen Schmerzensschrei unterdrücken musste. Im selben Moment schob sich der Fremde halb über ihn und drückte das Knie in Bishops Rippen. Ein massiver Unterarm schnürte ihm die Kehle ab. Die Welt wurde kleiner, der Tunnelblick enger.

In Bishops Kopf schlugen Erinnerungen wie Blitze ein. Ceres. Eine Gasse. Blut. Der Moment, als man ihm beigebracht hatte, dass es nicht auf Kraft, sondern auf Willen und Geschwindigkeit ankam.

Er spannte jede Muskelfaser an, schlug mit dem Kopf nach hinten, traf den Mann am Nasenbein. Blut spritzte auf Bishops Ohr, der Griff lockerte sich, Bishop riss sich los, schnappte nach Luft. Im gleichen Moment stieß er den Ellbogen in die Nierengegend des Gegners. Ein ersticktes Stöhnen, der Druck ließ nach. Bishop nutzte die Gelegenheit, rollte sich frei, bekam wieder Boden unter die Füße.

Der Mann stand ebenfalls, jetzt keuchend, das Blut aus der Nase lief ihm über den Mund. Für einen Moment starrten sie sich an – zwei in die Enge getriebene Tiere. Dann griff der Fremde in einer letzten, verzweifelten Attacke nach einer schweren Notfalllampe und schleuderte sie mit voller Kraft nach Bishop, der gerade noch ausweichen konnte. Die Lampe krachte gegen einen Monitor, Splitter regneten auf den Boden.

Bishop sprang nach vorne, warf sein ganzes Gewicht gegen den Mann, sie rangen um die Kontrolle. Die Bewegungen waren roh, von Verzweiflung und Erschöpfung geprägt. Keiner gab nach, keiner wollte verlieren. Bishop spürte, wie sein Puls im Hals pochte, wie seine Sicht eng wurde. Dann – endlich – gelang es ihm, das Gleichgewicht des Mannes zu brechen. Mit einer letzten Anstrengung warf Bishop ihn zu Boden, packte seinen Kopf und schlug ihn mit aller Kraft auf den Stahlrahmen des Pults.

Ein erstickter Laut, der Körper erschlaffte unter Bishops Händen. Der Mann lag schwer atmend und halb ohnmächtig da, Blut lief aus einer Wunde an der Stirn und tropfte auf den Boden. Bishop sackte selbst auf die Knie, sein Brustkorb brannte vor Schmerz, Schweiß und Staub vernebelten ihm die Sicht. Es dauerte mehrere Sekunden, bis er realisierte, dass der Kampf vorbei war – dass er noch lebte.

Bishop starrte auf den Körper vor sich, während draußen durch das Fenster die Startlichter der Apophis im Hangar aufflammten. Das Dröhnen der Triebwerke vibrierte durch den Kontrollraum. Er zwang sich, aufzustehen, griff mit zitternden Händen nach der Waffe, richtete sie noch einmal auf den Mann, der jetzt nur noch röchelte und fluchte.

»Für wen …«, keuchte Bishop, brachte die Worte kaum heraus. »Für wen arbeiten Sie?«

Der Fremde blickte ihn voller Trotz und erschöpfter Wut an. »Für Menschen, die wissen, was hier auf dem Spiel steht. Und Sie wissen nicht, wer Elena wirklich ist. Sie … Sie verstehen nichts.«

Dann sackte der Kopf zur Seite, das Blut sickerte in die Fugen des Bodens. Bishop blieb noch einen Moment stehen, kämpfte mit seinem Herzschlag, dem Schmerz in der Brust, dem metallischen Geschmack auf der Zunge.

Seine Brust hob und senkte sich schwer, als er sich über den am Boden liegenden Mann beugte. Das Rauschen des Bluts in seinen Ohren hatte kaum nachgelassen, der Geruch von Schweiß, kaltem Metall und dem leichten Ozonschleier der überhitzten Elektronik füllte den Raum. Für einen Moment hatte er befürchtet, den Mann zu hart getroffen zu haben, aber dann registrierte er das unregelmäßige Heben und Senken der Brust, das matte Aufleuchten einer Bewusstseinsregung hinter den halb geschlossenen Lidern.

Bishop kniete sich neben den Fremden, warf einen raschen Blick auf dessen Gesichtsverletzungen – Schwellungen, eine Platzwunde am Kinn, ein dünnes Rinnsal Blut, das langsam auf den Boden tropfte.

»Kommen Sie wieder zu sich«, murmelte Bishop, nicht aus Mitleid, sondern weil er Antworten brauchte, bevor dieser Mann seine Geheimnisse mit ins Grab nahm.

Ein paar Sekunden später stöhnte der Mann, hob mühsam den Kopf. Seine Augen waren trüb, doch in ihnen lag noch immer etwas von der Härte, die Bishop im Kampf gespürt hatte. »Sie … haben … gewonnen, Bishop«, brachte er hervor, seine Stimme klang brüchig.

»Für wen arbeiten Sie?«, wiederholte er.

Der Mann keuchte, schloss kurz die Augen und presste dann zwischen zwei Atemzügen hervor: »Huntington …

Industries. Sie … sie haben mich geschickt.« Er hustete, Blut sammelte sich in seinem Mundwinkel, doch das Grinsen, das jetzt seine Lippen verzog, war beinahe stolz. »Sie wollten … sicherstellen, dass das, was hier gefunden wurde, nicht allein bei Lunaris landet.«

Bishop spürte, wie sich seine Anspannung verstärkte. Huntington Industries, einer der größten privaten Rüstungskonzerne, spezialisiert auf Deep Space Mining, Sicherheitstechnik, Biometrik und Kybernetik. Dass die ihre Finger im Spiel hatten, war mehr als nur Zufall und verdeutlichte, welchen Wert dieses Fragment haben musste. Es war ein Zeichen, dass hier längst ein Kalter Krieg herrschte, der um mehr als Rohstoffe oder Anteile geführt wurde.

»Sind Sie für den Ausfall des Reaktors verantwortlich?«

Der Mann nickte nur.

»Ohne Hilfe hätten Sie es nie hierhergeschafft«, sagte Bishop leise. »Wer war Ihr Kontakt? War es Reed? Hat er Sie in die Station eingeschleust?«

Der Mann röchelte, hustete erneut und schüttelte schwach den Kopf. »Nein. Reed … kam mir nur … in die Quere. Er … er wusste, dass etwas nicht stimmt. Hat zu viel gefragt.« Er verzog das Gesicht vor Schmerz, dann lächelte er blutig. »Er musste sterben. Zu neugierig … Hat gemerkt, dass ich nicht zum Personal gehöre.«

Bishop wich ein Stück zurück, sein Blick schweifte einen Moment zur Tür, als könnte dort jeden Moment jemand auftauchen. Dann verstand er. Reed hatte also tatsächlich nicht gegen ihn gearbeitet, sondern versucht, den Verräter zu finden, bevor alles außer Kontrolle geriet. Ein dumpfer Zorn mischte sich mit Bedauern. Reed war kein Feind gewesen, sondern hatte nur verzweifelt versucht, seinen Job zu machen.

»Dann gab es einen anderen Maulwurf«, sagte Bishop. »Wie hieß er? Wer hat Sie hierhergebracht?«

Der Mann lachte heiser, ein Geräusch, das zwischen Triumph und Qual schwebte. »Der Mann … hieß Harris. Ben Harris. Er … hat alles eingefädelt. Hat mir Zugang verschafft, Codes. Wusste, wie man die Sensoren überlistet. Ohne ihn … wäre ich nie reingekommen.«

Bishops Magen zog sich zusammen. Ben Harris war der Maulwurf? Er schluckte und brauchte einen Herzschlag, um diese Information zu verarbeiten. War es das? War das die Erklärung für all die Lücken in den Protokollen, das merkwürdige Schweigen, die Ungereimtheiten im Ablauf? Harris hatte dem Feind den Weg geebnet. Aber wieso war er dann tot?

»Wieso haben Sie Harris getötet, wenn er Ihnen geholfen hat?«, fragte Bishop. »Warum? Er war doch Ihr Maulwurf. Ich kapiere es nicht.«

Sein Kontrahent blickte zu Bishop auf. Mühsam versuchte er, die Augen aufzuhalten. Dann nickte er. »Er wurde zu … gefährlich. Meine Auftraggeber wollten so wenig Zeugen wie möglich. Er fing an, Fragen zu stellen … Ich konnte nicht riskieren, dass er alles auffliegen lässt. Also … musste ich ihn beseitigen.«

Bishop sog scharf die Luft ein. Harris – ein Verräter, aber einer, der offenbar Skrupel gehabt hatte, als das Ausmaß klar wurde. Vielleicht hatte er das Artefakt unterschätzt, vielleicht war er am Ende doch mehr Mensch als Werkzeug gewesen.

»Warum haben Sie nicht auch Martinez und Bruckner in der Höhle umgebracht? Warum nur Harris? Das ergibt keinen Sinn.«

Er grinste und zeigte dabei seine blutverschmierten Zähne. »Die waren ohnmächtig, bevor ich überhaupt loslegen konnte. Haben nichts gesehen. Und ich bringe keine Leute um, die keine Bedrohung sind. Das Fragment muss dafür verantwortlich gewesen sein, oder es gibt doch Geister in der Mine.«

»Sehr witzig. Und Elena Torres? Wusste sie von Harris?«

Der Mann lachte diesmal nur schwach, sein Kopf sackte nach hinten. »Was denken Sie denn? Sie war es, die Harris überhaupt erst auf die Idee gebracht hat … Sie hat ihm vom Artefakt erzählt, und mit ihm zusammen wollte sie es von hier wegschaffen. Sie wollte, dass er es sich ansieht … Sie hat nicht verstanden, dass Harris längst andere Pläne hatte und sich an mich gewandt hatte.«

Für einen Moment hörte man nur das flache Atmen des Verletzten im Raum und das tiefe Brummen der Triebwerke des Frachters. Bishop spürte, wie ihm der Boden unter den Füßen zu schwinden drohte. Alles drehte sich, alles war Teil eines viel größeren Spiels, als selbst er je geahnt hatte. Das alles hier war mehr als nur ein Unfall, mehr als ein Fund in einer Bergbaumine. Es war eine Kettenreaktion, ausgelöst durch Gier, Verrat und einen tödlichen Irrtum, der zu einem interplanetaren Sturm geworden war.

Bevor Bishop weiterfragen konnte, fiel der Kopf des Mannes zur Seite. Bishop prüfte mit zittrigen Fingern den Puls, spürte einen langsamen, aber kräftigen Schlag. »Bleiben Sie liegen, Sie Bastard«, murmelte er und richtete sich auf.

Aus den Lautsprechern der Konsole erklang Elenas Stimme – ruhig, aber mit einer Anspannung, die Bishop sofort wiedererkannte. »Kontrollzentrum, hier ist Torres. Verlassen nun den Hangar.«

Eine zweite Stimme, eindeutig technischer Natur, antwortete über das knisternde Interkom. »Verstanden, Tor A und B sind offen. Sie können starten. Guten Flug.«

Bishop trat an die breite Fensterfront des Kontrollraums. Er spürte die Kälte, die von der massiven Panoramascheibe abstrahlte, während draußen auf der Oberfläche von Ganymed die gewaltigen Hangartore mitten im Eis weit geöffnet waren. Frostiger Nebel quoll aus den hydraulischen Mechanismen, dampfte weiß ins All. Durch die Öffnung sah er die Apophis, die langsam aus dem unterirdischen Hangar aufstieg – ihr Rumpf von Scheinwerferlicht und eisigen Dunstfahnen umspielt.

Er fixierte die Konsole vor sich, an der zuvor der Fremde gearbeitet hatte, während über Funk Elenas Stimme erneut durch den Raum hallte. »Startsequenz ist eingeleitet.«

»Verstanden, Apophis. Telemetrie sieht gut aus, Werte der Fracht sind im grünen Bereich.«

Im Kontrollraum wurde es unheimlich still, als Bishop einen Moment lang alles nur durch die dicke Scheibe beobachtete: die Bewegung des Frachters, das rhythmische Pulsieren der Buglichter, die unwirkliche Ruhe der Eisebene, durchbrochen vom Aufleuchten der Triebwerke. Er wusste, dass sich jetzt alles auf einen einzigen, entscheidenden Augenblick zuspitzte.

Er zwang sich, den bewusstlosen Mann am Boden noch einmal mit einem raschen Blick zu überprüfen, dann wandte er sich wieder der Konsole zu. Die Apophis stieg langsam auf, hob sich aus der Tiefe, ihr Schatten kroch über den frostigen Boden.

Die Anzeigen am Terminal flackerten hektisch. Der Mann hatte vor Bishops Auftauchen die Sicherheitsroutinen der Laserabschusskontrolle bereits fast komplett umgangen. Ein Großteil der Fenster war offen, die Schutzprotokolle ausgeschaltet, der Kontrollalgorithmus im Wartemodus – als hätte jemand sehenden Auges einen Brand im System gelegt.

Bishop tastete mit fahrigen Fingern über das Bedienfeld, zwang sich zu ruhigen Bewegungen, obwohl alles in ihm schrie, schneller zu sein. Die Zielsteuerung war auf manuell gestellt. Der Eindringling hatte offenbar versucht, die Laser auf das entweichende Schiff zu richten, aber der finale Sicherheitscode fehlte. Bishop suchte fieberhaft nach einer Möglichkeit, den Override zu erzwingen. Die Codes von Reed. In seinem Gedächtnis hallte Reeds Stimme nach, als hätte der Sicherheitschef genau gewusst, dass dieser Moment kommen würde.

Ein verzweifelter Gedanke trieb ihn an: Vielleicht gab es noch eine Chance, Elena zu erreichen. Vielleicht konnte er sie doch noch von diesem Schritt abhalten. Er griff nach dem Funk, drückte die Sprechtaste, zwang sich zu einer ruhigen, kontrollierten Stimme.

»Elena? Hier ist Alan. Wenn du mich hören kannst, tu es nicht. Es ist noch nicht zu spät.«

Stille. Für einen langen Moment vernahm er nur das Knacken der Frequenz, das ferne Dröhnen der Triebwerke. Dann, endlich, kam ihre Stimme, fern, metallisch, kaum zu greifen, als würde sie aus einem Traum antworten.

»Alan? Was willst du? Es ist vorbei. Du brauchst dir keine Hoffnung mehr zu machen. Moreno wird mich nicht aufhalten. Sie liegt hier direkt neben mir. Du hast verloren. Es ist besser so.«

Er schloss die Augen, sog Luft durch die Zähne, ließ die Hand am Mikrofon ruhen. »Warum, Elena? Wann ist aus dir dieser Mensch geworden? Wann hast du dich entschieden, dass das hier das Richtige ist?«

Sie schwieg einen Moment, und Bishop glaubte, in ihrem Schweigen etwas zu hören. War es Zweifel oder gar Reue? Doch als sie wieder sprach, klang sie entschlossener, als könnte nichts mehr zwischen sie und ihren Plan treten.

»Manchmal, Alan, gibt es keinen anderen Weg. Das hier ist wichtiger als alles andere. Ich muss das tun. Glaube mir, wenn ich dir sage, dass ich es für die Menschen auf der Erde und im Gürtel tue. Für das, was wir nie erreichen konnten. Erinnere dich an unseren Traum. Wir wollten dieses Sonnensystem zu einem besseren Ort machen, die Korruption und Machtintrigen der Konzerne aufdecken. Es geht nicht um mich, nicht um Borrello oder um Lunaris. Du wirst es irgendwann verstehen.«

Er presste die Lippen zusammen, spürte Tränen in den Augen, die Wut, das Entsetzen, das alles in ihm wie einen elektrischen Sturm aufwühlte. »Du hast Menschen geopfert, Elena. Mit Reed und Travis sind es bereits fünf Tote. Und nicht zu vergessen, dass unten in der alten Mine ein weiteres Opfer liegt. Dieses Artefakt ist gefährlich. Es beeinflusst die Menschen. Noch viele weitere werden dadurch sterben. Wie viele müssen es sein, bis es genug ist?«

Sie lachte voller Bitterkeit, ein Wesenszug, den Bishop nicht kannte von der Frau, mit der er einmal sein Leben geteilt hatte. »Du verstehst es nicht. Es geht nicht um Opfer. Es geht um Möglichkeiten, um unsere Zukunft. Um einen Schritt, den niemand sonst zu gehen wagt. Ich kann das jetzt nicht mehr aufhalten, Alan. Es ist zu spät. Lass mich gehen. Versuch nicht, ein Held zu sein. Und noch etwas: Ben hat mich verraten. Er hat mich verkauft. Ich dachte, er wäre jemand, dem ich trauen kann. Ich dachte, er würde etwas für mich empfinden, aber nun weiß ich, dass er nur mit mir gespielt hat. Er hat die Informationen, die er von mir erhalten hat, an Huntington Industries verhökert. Er ist der Grund, warum das hier alles so gelaufen ist. Er ist ein mieser Verräter.«

Auf den Kontrollanzeigen jagten rote Symbole durch das Interface, die Laser waren einsatzbereit, der Zielalgorithmus zeigte ein blinkendes Feld. Bishop steckte Reeds Sicherheitschip in die Konsole, und auf dem Bildschirm erschien sein

Code – ein Satz aus Zahlen und Zeichen, der sich jetzt anfühlte, als ginge es um weit mehr als nur um Technik. Die Anzeige wurde grün, und im selben Augenblick begann die Zielautomatik, zu arbeiten. Bishop tippte die Antriebseinheit der Apophis an, die ihm das Kamerabild auf den Monitor projizierte. Das Fadenkreuz legte sich über das Triebwerk des Frachters. Anschließend stellte er den Energieoutput der Laser auf Maximum. Er hatte keine Ahnung, ob das ausreichen würde, aber es war die einzige Möglichkeit, die ihm blieb, und er musste es versuchen.

»Elena«, flüsterte er ins Mikrofon, »Bitte, dreh um. Ich will nicht, dass das unser letzter Moment ist.«

Doch sie schwieg. Nur das entfernte Dröhnen der Triebwerke antwortete ihm. Sekunden vergingen, in denen Bishop zitternd am Bedienfeld lehnte. Seine Augen füllten sich mit Tränen.

Unvermittelt hörte er doch noch einmal ihre Stimme, leise und beinah wehmütig. »Es ist nicht immer alles so, wie du denkst. Ich bin kein schlechter Mensch, aber ich tue, was ich tun muss. Für uns alle. Leb wohl, Alan. Auch du bist kein schlechter Mensch.«

Die Verbindung brach ab. Bishop hob zitternd den Finger über das blinkende Feld der Abschusskontrolle. Sobald er den Finger auf den Button legte, würden die Laser auf den Antrieb des Raumschiffs feuern. Vielleicht würde er damit Morenos und das Schicksal seiner einstigen Weggefährtin besiegeln.

Die Apophis stieg in den schwarzen Himmel über Ganymed auf, gewann langsam an Höhe, verwehte das lose Eis der Oberfläche und ließ eine Wolke von Schnee über den Hangar wirbeln, dessen gewaltigen Tore sich bereits wieder schlossen. Bishop wusste, dass er nur noch Sekunden hatte, um sich zu entscheiden. Die Anzeigen bestätigte die

Feuerbereitschaft, der Computer piepte, das Heck des Schiffs war von der Zielerkennung fixiert.

Er starrte durch die breite Scheibe hinaus auf die mondhelle Ebene, wo sich der Hangar als schwarzes Rechteck im weißen Eis deutlich abhob.

Mit zittrigen Fingern suchte er das Kommfeld, aktivierte erneut die Sprechverbindung. Ein letzter verzweifelter Versuch, das Unvermeidbare abzuwenden.

»Elena, bitte, du musst das nicht tun!« Seine Stimme war kaum mehr als ein Flüstern. Sekunden verstrichen, in denen der Frachter weiter an Höhe gewann und deutlich kleiner wurde.

Er musste es tun. Er hatte keine andere Wahl, außer sie fliegen zu lassen, und dann hätte er dazu beigetragen, dass das Sonnensystem in Anarchie verfiel und geradewegs auf einen dunklen Abgrund zusteuerte, der alles mit sich in ein tiefes, schwarzes Loch zog.

Er senkte den Finger und berührte hauchzart das Bedienfeld. Nur den Bruchteil einer Sekunde später stiegen von verschiedenen Stellen um den Hangar herum mehrere grünliche Linien auf und jagten auf die Apophis zu.

Bevor die Laser das Heck trafen, änderte das Raumschiff plötzlich die Flugrichtung. Die Telemetriedaten zeigten an, dass die Apophis ihren Startkorridor verließ. Bishop sog scharf die Luft ein. Offenbar hatte jemand an Bord des Forschungsschiffs die Manöverautomatik ausgeschaltet.

»Moreno!«, fuhr es Bishop durch den Kopf.

Eine verzweifelte Hoffnung loderte in ihm auf. Vielleicht war sie doch nicht außer Gefecht gesetzt worden. Vielleicht hatte sie in letzter Sekunde gehandelt, hatte Elena gestellt oder die Steuerung sabotiert, irgendetwas, das die Apophis ins Trudeln brachte.

Aber es war zu spät. Er konnte nur noch zusehen.

Er presste die Hände gegen das kalte Verbundmaterial des Panoramafensters. Mit angehaltenem Atem verfolgte er die Szene, die wie aus einem Science-Fiction-Film wirkte, nur mit dem Unterschied, dass das hier die bittere Realität war. Für einen kurzen, irrealen Moment schien es, als könnte das Schiff dem tödlichen Strahl entkommen. Doch dann schlugen die Laser in die rechte Antriebsgondel ein.

Das Triebwerk explodierte, dann wurde das Heck zerrissen. Weitere Explosionen zogen sich durch den Frachter, bis er schließlich in zwei Mitte auseinanderbrach. Trümmer und Konstruktionsteile in allen Größen splitterten von der Hülle ab und stoben davon. Im nächsten Augenblick kippte der Rumpf, trudelte langsam seitwärts, taumelte schwerelos in die Richtung, in der Jupiter als matter Fleck am Himmel leuchtete.

Bishop starrte wie versteinert hinaus. Das imaginäre Echo des Schusses vibrierte noch in seinen Knochen, während draußen das Unvorstellbare Realität wurde. Er wusste nicht, wie viele Menschenleben er soeben geopfert hatte, wusste nur, dass alles, was er geliebt, alles, was er zu beschützen versucht hatte, jetzt unwiederbringlich verloren war.

Mit bleichen Händen fuhr er sich übers Gesicht, spürte die Wärme der Tränen, die langsam über seine Wangen liefen. Seine Knie gaben nach, er sackte auf den Boden zwischen Kabel, Funken und blinkende Anzeigen. In seinem Kopf rauschte das Adrenalin, doch seine Gedanken waren leer.

Im Kontrollraum war es still, so still, dass Bishop seinen eigenen Atem hörte, begleitet vom Echo eines Schreis, den er nie ausgestoßen hatte. Dieses Mal hatte ihn die Hölle verschlungen, ihn in die Finsternis gerissen, und sein Verstand würde die Bilder wieder und wieder durchleben, bis ihn die Schuld so sehr quälte, dass er es nicht mehr aushielt. Das war das Ende. Sein Schicksal hatte ihn eingeholt.

Kein schlechter Mensch

Sekunden später, Laserabschusskontrollraum, Sektion SL-1, Station Tros, Mond Ganymed

Bishop vernahm kein Geräusch, als hätte er vom einen auf den anderen Moment sein Gehör verloren. Nicht mal seinen eigenen Atem nahm er noch wahr. Er fühlte die Kälte des Bodens durch den dünnen Stoff, spürte, wie sich die Erschöpfung langsam über alles legte, was noch in ihm übrig war. Er hatte abgedrückt, er hatte tatsächlich den Feuerbefehl gegeben. Das dumpfe Echo dieser Entscheidung wollte einfach nicht aus seinen Gedanken verschwinden, als wäre die Zeit stehen geblieben. Es fühlte sich nicht nach einem Triumph an, und er empfand auch keine Erleichterung, nur diesen dumpfen, klebrigen Schock, der jetzt in ihm aufstieg, während draußen die Apophis, langsam dem Schatten des Jupiters entgegentrudelte. Die Gedanken rasten durch seinen Schädel. Wie bei steigender Flut wurde sein Gehirn regelrecht überschwemmt.

In diesem Moment wurde ihm alles klar. Als Elena sich damals mit Borrello getroffen hatte, hatten sie keine Zweisamkeiten ausgetauscht, sondern das alles hier vorbereitet. Vielleicht hatten sie damals den Grundstein für diese Operation gelegt. Vielleicht war es sogar Elena gewesen, die irgendwie an die Informationen des Projekts Göttertraum gelangt war. Vielleicht hatte sie bei Borrello Unterstützung gesucht, und zusammen hatten sie die Operation Proteus ins Leben gerufen, um diese Artefakte zu sichern und zu untersuchen.

Wie auch immer, Bishop verstand nun Elenas Anspielung. Sie und Harris mussten ein Paar gewesen sein, und Harris musste sie verraten und die Informationen an Huntington Industries verkauft haben. Er war der Maulwurf, der den Saboteur hier eingeschleust hatte. Offenbar war auch er betrogen und von ihm ermordet worden. So hatte alles seinen Lauf genommen. Fürs Erste hatte Bishop es geschafft, die Pläne der Konzerne zu durchkreuzen, doch der Preis war hoch, und es reichte ihm.

Er presste die Fäuste gegen die Stirn. Wut breitete sich in ihm aus, brennend heiß und schwer – Wut auf Lunaris und auf Huntington Industries, die für ihre Ziele so viele Tote billigend in Kauf genommen hatten. Und Wut auf sich selbst, weil er letztlich den Auslöser gedrückt hatte. Sie alle hatten ihn zu seiner Tat gezwungen, hatten ihn in diese verdammte Ecke getrieben, in der es keine anderen Auswege mehr gegeben hatte.

Bishop spürte, wie sein ganzer Körper nachgab. Alles, was ihn zusammengehalten hatte, bröckelte, ließ ihn zurück wie nach einem langen, nach Punkten gewonnenen Boxkampf: Man hatte nicht das Gefühl, den Gegner besiegt zu haben, denn er stand noch und konnte jederzeit weiterkämpfen.

Er dachte an Elena, an das, was zwischen ihnen gewesen war, an all das, was nie ausgesprochen worden war. An ihr Lächeln, an die Wut in ihrer Stimme. An ihre Entscheidung, ihm zu verschweigen, was sie vorgehabt hatte.

Warum nur hast du mich damals nicht eingeweiht in deinen Plan? Unser Leben hätte anderes verlaufen können.

Tränen liefen ihm über die Wangen. Er hatte es geschafft, das Frachtschiff Apophis aufzuhalten. Die Überreste würden antriebslos zwischen den großen Monden des Jupiters umherdriften, bis die Anziehungskraft des Gasriesen so stark wurde, dass er sie sich einverleiben würde. Vielleicht zerschellten sie auch vorher auf einem der Monde. So oder so war das Fragment fürs Erste außer Reichweite der verdammten Konzerne. Ob es bei der Zerstörung des Raumschiffs vernichtet worden war, konnte Bishop nicht wissen, aber er hoffte es. Er hoffte, dass dank seiner Tat auch die Unruhen auf der Erde und im Gürtel nachließen. Und auch wenn es noch zwei oder drei weitere Fragmente auf den anderen Jupitermonden gab, so hoffte er doch, dass sie alle Teil eines größeren Ganzen waren – dass die Funktionsweise dieser außerirdischen Technologie mit dem Verlust dieses einen Fragments außer Kraft gesetzt war. Hoffentlich würde nie wieder ein Mensch im Sonnensystem unter seinem Einfluss leiden.

Sein Blick schweifte zu dem schwer verletzten, noch immer bewusstlosen Mann, der keine drei Meter von ihm entfernt in einer kleinen Blutlache auf dem Boden lag. Er sah das Auf und Ab des Brustkorbs – ein Zeichen, dass er noch lebte. Für Bishop war es in diesem Moment ein nebensächliches Detail, nicht mehr als ein Schatten im Augenwinkel. Alles hatte an Bedeutung verloren.

Wie lange er so dasaß, wusste Bishop nicht. Er hätte schwören können, dass Jahre vergangen waren. Die Müdigkeit drückte ihn nach unten, tiefer, als es jeder Druckanzug auf jedem Mond je vermocht hätte. Der Gedanke, wieder aufzustehen, erschien ihm absurd.

Plötzlich hörte er Schritte auf dem Gang. Vielleicht war es eine Sicherheitseinheit, vielleicht irgendjemand, der jetzt für Ordnung sorgen wollte. Aber Bishop war es gleichgültig. Wer auch immer sich da näherte, es war nicht mehr wichtig. Alles, was jetzt noch zählte, war, dass er seinen Teil getan hatte. Er hatte die Mörder und die Intrigen aufgedeckt, hatte getan, was getan werden musste. Nun war es an jemand anderem, hier für Ordnung zu sorgen.

Er hörte eine Stimme, gedämpft, fast wie aus weiter Ferne. »Detective, alles okay? Geht es dir gut?« Es war Martinez, die zusammen mit Bruckner in der offenen Tür erschien.

Bishop nickte mechanisch, als müsste er sich erst daran erinnern, wie das ging, und lehnte den Kopf an die Abdeckung des Terminals in seinem Rücken. »Es ist vorbei«, sagte er heiser und meinte damit alles: den Fall, die Jagd, vielleicht sogar seinen Job. Er schloss die Augen und gab sich der Dunkelheit hin, ließ sich treiben, ließ die Gedanken los, die ihn zu umklammern versuchten. In diesem Augenblick war er allein, ganz allein in der Dunkelheit. Nur er und sein Geist, und zusammen versuchten sie, der Qual der Erinnerung zu entkommen.

Bruckners Stimme holte ihn zurück ins Hier und Jetzt, und er öffnete die Augen nur einen Spalt, ließ den Kopf an der Wand ruhen. Er hätte am liebsten nichts mehr gesagt.

»Wer ist dieser Typ hier?«

Bishop blinzelte, zwang sich, wach zu bleiben. Seine Kehle war trocken. »Das ist unser Mörder, von Harris, Reed und Larsson«, sagte er leise, fast tonlos. Die Worte wollten ihm nicht so recht über die Lippen kommen, als müsste er sie erst in den Raum hineinbuchstabieren, ehe sie für ihn selbst Sinn ergaben. »Er hat für Huntington Industries gearbeitet. Er war hier, um … Industriespionage zu betreiben. Um das Fragment zu sichern und rauszuschaffen.«

Einen Moment lang herrschte Schweigen. Martinez, die bisher still am Rand des Kontrollraums gestanden hatte, kniete sich jetzt neben den Mann und griff routiniert nach dessen Handgelenk. Ihre Finger tasteten nach dem Puls. Sie blickte zu Bishop auf, ihre Stirn in Falten gelegt. »Er lebt noch, aber sein Puls ist verdammt schwach. Wenn wir nicht bald Hilfe holen, verblutet er uns hier.«

Bruckner schnaubte verächtlich. »Und wer war dann der Typ unten im Stollen?«

Bishop zuckte mit den Schultern, rieb sich das Gesicht, als könnte er mit einer Geste die Müdigkeit abstreifen. »Ich weiß es nicht. Vielleicht war das wirklich nur ein Mitarbeiter von Lunaris, einer von den Technikern, die mit dem letzten Schiff angekommen sind.«

Bruckner wandte sich ab und ging zu den beiden gefesselten Technikern auf der anderen Seite des Raums. Ihre Gesichter waren blass und schweißnass. Sie rührten sich kaum. Bruckner löste die Fesseln, half ihnen vorsichtig in eine sitzende Position, stützte ihre Rücken gegen die kalte Wand.

»Das klingt plausible«, stellte er fest, seine Stimme dumpf, fast gleichgültig. »Einer, der einfach zur falschen Zeit am falschen Ort war.«

Bishop zuckte erneut mit den Schultern. »Vielleicht. Ich weiß es einfach nicht.«

Es fiel ihm schwer, zu sprechen. Die Worte waren rau wie Kiesel im Mund. Er verspürte den Drang, den beiden zu sagen, was sie wissen mussten – dass Ben Harris für all das verantwortlich war, dass ihr Kollege ein Verräter gewesen war, der mit seinem doppelten Spiel all diese Ereignisse erst ausgelöst hatte.

Martinez hatte ihn die ganze Zeit beobachtet, als könnte sie seine Gedanken lesen. Sie ließ den Arm des Saboteurs sinken und blickte Bishop an. »Dann ist … er der Mörder von Ben?«

Bishop nickte langsam, ohne aufzusehen. Martinez starrte auf den vor ihr liegenden Mann hinab, das Gesicht eine Maske aus Wut und Trauer. Sie zögerte einen Moment, dann drehte sie sich halb zu Bruckner um, der gerade einen der Techniker abklopfte und ihm einen Schluck aus seiner Wasserflasche anbot.

»Ja«, sagte Bishop endlich. »Bevor er bewusstlos wurde, hat er gestanden.«

Bruckner hörte das, drehte sich um, warf einen Blick auf den Mann und knurrte leise: »Verfluchtes Arschloch! Ich sollte ihm die Scheiße aus dem Laib prügeln.«

Er stand auf, die Schultern hochgezogen, als müsste er sich gegen eine unsichtbare Kälte schützen. Die beiden Techniker, jetzt von ihren Fesseln befreit, lehnten apathisch an der Wand. Der eine hielt sich die Rippen, der andere rieb sich das Gesicht. Sie schienen alles nur am Rande mitzubekommen – so wie Menschen, die gerade einen Flugzeugabsturz überlebt hatten.

Martinez berührte ihr Ohr und aktivierte das interne Funkgerät. »Hier Martinez, wir brauchen im Kontrollraum der Enteisungslaser sofort ein Sanitätsteam. Höchste Priorität. Ein Schwerverletzter, mehrere Leichtverletzte. Kontrollraum ist gesichert.« Ihre Stimme klang ruhig, fast zu ruhig angesichts der Situation.

Bishop blickte sie an, spürte für einen Moment die tiefe Dankbarkeit, dass sie trotz aller Wut, trotz der Grausamkeit, die dieser Mann über sie gebracht hatte, Hilfe rief. Er hatte fast gehofft, sie würde es nicht tun, aus purem Trotz. Aber sie bewies, dass sie Menschlichkeit besaß, die in ihm selbst irgendwann ein Stück weit gestorben war.

»Du rufst nach Hilfe?«, sagte Bishop leise, beinahe fragend. »Sollten wir uns nicht ruhig verhalten?«

Bruckner schüttelte den Kopf, winkte ab. »Keine Sorge, Detective. Nachdem die Apophis gestartet und das Artefakt weit genug entfernt war, ist plötzlich die halbe Besatzung hier ohnmächtig geworden. Einige von denen haben dann gemerkt, dass irgendwas nicht stimmt, und wir konnten sie davon überzeugen, dass wir nicht ihre Feinde sind. Die Versiegelung des Sektors ist übrigens aufgehoben.«

Bishop hob die Augenbrauen, rappelte sich mühsam auf und blickte durch das breite Fenster hinaus auf die leere Ebene vor der Station. Irgendwo da draußen, unter der diffusen Helligkeit des Jupiterlichts, trieb ein Raumschiff voller Fragen und Todgeweihten einer ungewissen Zukunft entgegen.

»Wir brauchen ihn lebend«, sagte Martinez mit fester Stimme, während sie den Kreislauf des Saboteurs überwachte. »Ich will wissen, warum er Ben ermordet hat – und uns nicht. Es muss einen Grund dafür geben, dass er nur ihn getötet hat.«

Ja, den gibt es, dachte Bishop. Sollte er ihnen einfach die Wahrheit sagen? Vielleicht hatten sie ein Recht darauf nach allem, was sie durchgestanden hatten. Doch bevor er diesen Entschluss wirklich fassen konnte, krächzte der interne Lautsprecher und ein statisches Rauschen erfüllte den Raum.

»Kontrollraum, hier Commander Aurelia, Orbitalstation Marius. An alle Überlebenden der Station Tros, bitte um Statusmeldung. Wir erfassen das Abdriften der Apophis auf einem Kurs in Richtung Europa, ein weiteres Frachtschiff, die Prometheus, ist kurz nach ihr gestartet. Die Apophis ist schwer beschädigt und auseinandergebrochen, wir haben bereits ein Such- und Rettungsteam losgeschickt. Kommunikation kann nicht hergestellt werden. Notfallteams und Rettungseinheiten sind auch zu Ihnen unterwegs. Sie werden in wenigen

Minuten auf Ganymed eintreffen. Kontrollraum, bitte bestätigen Sie Status und Lage der Station. Melden Sie sich.«

Bishop blinzelte ins blendende Licht der Kontrollanzeigen. Er reckte den Arm und aktivierte eine Funkverbindung. Seine Stimme war rau, brüchig, aber klar genug.

»Hier Detective Alan Bishop. Es hat massive Schwierigkeiten gegeben, mehrere Tote, viele Verletzte. Die Station wurde sabotiert und von feindlichen Spionen infiltriert. Dr. Moreno und die Sonderermittlerin Elena Torres … sind an Bord der Apophis und wahrscheinlich verloren. Ich wiederhole: Kontrollraum und Station sind gesichert, aber wir brauchen medizinische Versorgung und Sicherungsteams. Ein paar Ingenieure wären ebenfalls hilfreich. Priorität liegt darin, die Besatzung der Station medizinisch zu versorgen.«

Aurelias Stimme antwortete nach einem kurzen Zögern: »Verstanden, Kontrollraum. Halten Sie die Stellung. Unsere Rettungsteams sind gleich da. Chief Inspector Timmons bat mich, Ihnen mitzuteilen, dass er Sie umgehend zurück nach Ceres beordert. Halten Sie durch.«

Bishop schloss den Kommunikationskanal und lauschte für einen Moment seinem Atem. Alles, was von der letzten Stunde blieb, war ein Vakuum aus Schuld, Verwirrung und einer Erschöpfung, die ihn innerlich bis ins Mark lähmte.

Er blickte hinüber zu Martinez, die die Hand auf den Brustkorb des Saboteurs gelegt hatte. Bruckner stand hinter ihr, die Hände auf den Hüften, den Blick zum Fenster gerichtet. Draußen zog langsam eine Staubfahne über die Ebene, aufgewirbelt von den Triebwerken eines gerade gelandeten Transporters – ein Rettungsteam der UN, das sich gegen Ganymeds Horizont deutlich absetzte.

Die beiden Techniker auf der anderen Seite des Raums waren inzwischen wieder halbwegs zu sich gekommen. Der eine, ein junger Kerl mit zerzaustem Haar, stand wackelig auf, reichte dem anderen die Hand.

Bishop wusste, er sollte jetzt sprechen, ihnen allen endlich die Wahrheit sagen – nicht nur, was sie sehen wollten, sondern was sie wissen mussten.

»Ben Harris war der Maulwurf«, begann er. »Er hat den Saboteur eingeschleust. Er war es, der alles in Gang gesetzt hat.«

Martinez sah ihn scharf an, ihre Lippen wurden schmal. »Du meinst … Ben war die ganze Zeit …«

Bishop nickte. »Ja. Es war Harris. Er hat dem Typen hier Zutritt verschafft, hat ihm Informationen geliefert. Aber am Ende … hat der Spion ihn getötet. Weil Harris ihm gefährlich werden konnte und weil er doch kalte Füße bekommen hat.«

Bruckner stand einen Moment schweigend da, die Hände zu Fäusten geballt. »Das ist … das ist krank. Wir waren ein Team. Und er hat uns verkauft für ein paar verdammte Credits?«

Bishop schüttelte den Kopf. »Vielleicht. Vielleicht war es mehr. Vielleicht hat Harris geglaubt, er könnte das alles kontrollieren. Dass er das Richtige tut für seine Familie, für die Station. Aber am Ende hat er sich geirrt. Und wir haben alle dafür bezahlt.«

Niemand sagte etwas. Für eine Minute hing das Schweigen schwer im Raum.

Irgendwann hörte er draußen hektische Schritte, Stimmen, die Kommandos brüllten, dann das Öffnen der Außentür, als das Rettungsteam endlich eintraf. Sie trugen Schutzanzüge, die Gesichter hinter Visieren verborgen, und stürmten in den Raum, angeführt von einem kräftigen Sanitäter, der sich sofort zum Saboteur kniete. Martinez wies ihn ein, schilderte die Verletzungen, während ein zweiter Sanitäter Bishop und den beiden Technikern einen kurzen Blick zuwarf.

»Alles okay mit Ihnen?«, fragte er knapp.

Bishop nickte, deutete auf den Mann am Boden. »Kümmern Sie sich um ihn. Er weiß Dinge, die wir alle wissen sollten.«

Der Sanitäter nickte, begann routiniert mit der Erstversorgung. Blutbeutel, Druckverband, Beatmungsgerät. Alles lief wie ein gut geprobtes Theaterstück ab. Bishop spürte, wie die Anspannung in seinen Schultern langsam nachließ, wie sich die Erschöpfung wie eine dunkle Welle über ihn legte. Er wollte nur noch schlafen.

Martinez blieb an seiner Seite, sah ihm ins Gesicht. »Du weißt, dass du mit der Entscheidung, die Apophis aufzuhalten, das Richtige getan hast, Alan. Es ist nicht deine Schuld.«

»Vielleicht nicht«, erwiderte er leise. »Aber ich war es, der am Ende abgedrückt hat. Und das … wird nie wieder weggehen.«

Sie legte ihm kurz die Hand auf die Schulter, sagte nichts mehr. Bruckner stand daneben, wippte nervös auf den Fersen, als müsste er sich bewegen, um nicht zu erfrieren.

Die Minuten zogen sich endlos hin. Draußen landete ein weiterer Transporter. Wenig später trat ein Offizier durch den Eingang, nickte Bishop zu, warf einen prüfenden Blick auf das Durcheinander im Raum, dann auf den Saboteur.

»Wir übernehmen ab hier«, sagte er knapp. »Sie alle werden zur Untersuchung auf die Marius gebracht. Ihre Berichte werden dringend erwartet, Detective.«

Bishop nickte nur, blickte noch einmal zum Saboteur, dann zu den Technikern, die sich aneinander festhielten. Der Kontrollraum wirkte jetzt kleiner, enger, als wäre das Gewicht all der Toten und Verratenen in den Wänden versickert.

Sie verließen den Raum einer nach dem anderen und traten hinaus auf den Korridor, in dem das Licht jetzt heller war, klarer, als hätte sich der ganze Staub des Verrats endlich gelichtet. Bishop blieb einen Moment stehen, sog die sterile Luft ein. Er wusste, dass nichts mehr so sein würde wie zuvor. Aber für einen Moment, nur für diesen einen leisen Augenblick, fühlte er, wie die Last auf seinen Schultern ein wenig leichter wurde. Hinter ihnen schloss sich die Tür zum Kontrollraum. Die Zukunft war offen. Aber das, was geschehen war, würde Bishop nie vergessen. Als sie gemeinsam in Richtung des Hangars aufbrachen, wusste er: Der Kampf war vorbei – zumindest für heute.

Die Minuten nach der Übernahme durch die Rettungs- und Evakuierungsteams verschwammen für Bishop in einer endlosen Abfolge von Stimmen, grellen Lichtern und hastigen Bewegungen. Draußen vor der Sektion SL-1, in der zentralen Halle, hatten sich bereits Dutzende Überlebende versammelt – bleiche Gesichter, eingefallene Augen, manche immer noch im Overall, andere notdürftig in Thermodecken gehüllt, ein stummes Zeugnis dessen, was sie überstanden hatten. An den Zugängen standen Sanitäter, verteilten Infusionen, behandelten Schürfwunden, während zwei bewaffnete UN-Offiziere die Personalien prüften und die Erzählungen der letzten Stunden abglichen. Das Licht schien wieder hell, nirgendwo blinkte ein Notfallsignal. Es musste den Technikern gelungen sein, den Fusionsreaktor wieder in Gang zu bringen.

Bishop saß eine Weile auf einer Transportliege, das Gesicht im Schatten, die Hände auf den Oberschenkeln. Neben ihm Martinez, die stumm einen Kaffee entgegennahm, den ihr ein Helfer reichte. Ihr Blick ging ins Leere. Bruckner, erschöpft und doch unruhig, hatte sich ein Stück abseits gestellt und führte leise ein Gespräch mit einem Techniker, als versuchte er, das Erlebte an einem festen Punkt in der Realität zu verankern. Irgendwann kam ein Sanitäter zu ihm, fragte, ob er noch persönliche Sachen hatte, die er mitnehmen wollte. Er nickte mechanisch, nannte die Nummer des Apartments und wandte sich von dem Mann ab, der sofort eilig verschwand.

Im Hintergrund wurde der Saboteur abtransportiert. Das Team um die Sanitäter schob ihn in einer der mobilen Intensivzellen schweigend an Bishop vorbei, während zwei Offiziere sich stumm Notizen machten. Keiner sah Bishop direkt an, aber alle wussten, dass hier mehr geschehen war als ein gewöhnlicher Unfall, mehr als nur ein Akt industrieller Rivalität.

Die Atmosphäre in der Station wandelte sich von Stunde zu Stunde. Automatische Durchsagen informierten über den Status. »Sicherheitssysteme werden neu kalibriert. Die Kommunikation mit Marius Orbital ist wiederhergestellt. Alle Crewmitglieder werden gebeten, sich für eine medizinische Untersuchung in den Hauptsektor zu begeben.«

Menschen kamen aus ihren Quartieren, standen in kleinen Gruppen beisammen, tauschten verstohlene Blicke und leise Fragen. Noch war niemand bereit, das Wort *Katastrophe* auszusprechen, doch das Schweigen zwischen den Sätzen war schwanger mit allem, was unausgesprochen blieb.

Für Bishop war es, als würde er sich durch ein Theater aus Nachbeben bewegen – nicht die des Ganymed-Eises, sondern die der Schuld, der Erschöpfung, der unausgesprochenen Wahrheiten. Überall begegnete er Spuren: ein blutverschmierter Handschuh am Boden, ein halb zerstörtes Pad, ein umgestürzter Stapel Werkzeugkisten vor einem verschlossenen Labor. Im Aufenthaltsraum saßen zwei junge Technikerinnen, umklammerten je einen Plastikbecher und starrten auf einen Punkt, der außerhalb aller Zeit lag.

Er selbst wurde in den nächsten Stunden mehrfach befragt. Zuerst von Aurelias Sicherheitsleuten, dann von einem UN-Offizier, der mit professioneller Geduld auf seine knappen

Antworten wartete. Bishop sagte, was gesagt werden musste, verschwieg, was niemand hören wollte. Die Rolle des Ermittlers erschien ihm jetzt wie ein fremdes Kleid, das nicht mehr zu ihm passte. Als man ihm den Transfer auf die Orbitalstation anbot, nickte er nur.

Der Flug hinauf in den Orbit war eine stille, gedrungene Angelegenheit. Bishop blickte durch die Seitenfenster auf das Weiß-Blau der Kruste Ganymeds. Neben ihm saßen Martinez und Bruckner. Sie wechselten kein Wort. Jeder hing den eigenen Gedanken nach.

Das Andocken war Routine. Eine Schleuse, zwei Kontrollen, dann das endlose Warten in einem engen, weißen Gang, wo schon andere Evakuierte aus Tros zusammensaßen. Bishop wurde einem medizinischen Check unterzogen. Die Ärztin, eine blasse Norwegerin, hörte sein Herz ab, kontrollierte die Pupillen, stellte fest, dass sein Kreislauf normal, wenn auch erschöpft war. Sie gab ihm eine Spritze gegen die Kopfschmerzen und zur Stabilisierung. Die Minuten verschwammen erneut. Irgendwo hörte er die Namen der Verstorbenen, eine Liste, die länger war, als er ertragen konnte.

Wenig später wurde er in einen weiteren Transferbereich geführt. Ein UN-Beamter mit schmalem Gesicht und müdem Lächeln reichte ihm ein Armband und bedeutete ihm, seinem Namen zu folgen: »Ceres-Express, Sektor A. Shuttle 5 wartet. Sie sind für die Heimreise eingetragen, Detective Bishop.«

Das Express-Shuttle dockte wenig später von der Marius ab und schwenkte in eine Transferbahn Richtung Asteroidengürtel ein. Bishop saß am Fenster, sah zu, wie Ganymed im Sichtfeld kleiner wurde. Daneben spann der Jupiter sein Band aus Farben, ein wütender, unerreichbarer Planet aus Gas und Stürmen, dessen Gewalt jede Hoffnung auf ein Überleben von Moreno und Elena aufsaugte und in den roten Schlund des gigantischen Wirbels verbannte. Schrödingers Katze kam ihm in den Sinn, ein uraltes Gedankenexperiment. Es hatte ihm nie eingeleuchtet, warum man sich mit so etwas beschäftigte, doch in diesem Moment verstand er es: Es half den Menschen, die Hoffnung auf ein Happy End zu bewahren.

Er hatte keine Kraft, sich dem Trubel der anderen Passagiere auszusetzen. Martinez war irgendwo in einem anderen Modul des Schiffs untergebracht worden; Bruckner, so hatte man ihm gesagt, war bereits mit einem anderen Shuttle abgereist, zur medizinischen Beobachtung. Bishop ließ sich in den Sitz drücken, schloss für einen Moment die Augen und wünschte sich, er könnte schlafen, bis alles vorbei war.

Die Reisezeit im Transit war dumpf und farblos. Er dachte an Elena, an Moreno, an all die Gesichter, die jetzt für immer fehlen würden. Er dachte an das Fragment, das irgendwo da draußen trieb – vielleicht längst zerstört, vielleicht auf dem Weg zu einem anderen Mond, vielleicht auf ewig verloren zwischen Staub und Eis. Und er dachte an Ceres, an die engen Gassen von Paradise City, an das dumpfe Licht der Tunnel, an den Geruch von Metall und altem Kaffee im Polizeirevier.

Als die Landung auf Ceres angekündigt wurde, fühlte Bishop sich wie nach einer langen Krankheit. Die Schwerkraft zog an seinen Gliedern, der Rumpf des Shuttles erzitterte beim Andocken an Terminal 3. Bishop stand auf, griff nach seiner kleinen Reisetasche, die er an Bord mitgenommen hatte, und reihte sich in den langsamen Strom der Passagiere ein, der durch die Kontrolle in den Hauptsektor der Ceres-Station geführt wurde.

Die Geräusche waren ihm seltsam fremd: das rhythmische Quietschen der Förderbänder, die Durchsagen in fünf Sprachen, das Stimmengewirr, das Summen der Klimaaggregate hoch über seinem Kopf. Und doch war all das vertrauter als alles, was er in den letzten Tagen erlebt hatte. Bishop atmete tief durch, versuchte, das Bild des abdriftenden Forschungsschiffs aus seinem Kopf zu verbannen.

Ein Uniformierter stand am Ausgang und winkte ihn durch. »Willkommen zurück, Detective. Die Kollegen erwarten Sie in Sektor 1.«

Bishop nickte. »Danke«, murmelte er, ohne die Lippen zu bewegen.

Er passierte die Schleuse und trat hinaus in das diffuse Licht des Sektors. Paradise City empfing ihn mit ihrer schmutzigen, zähen Melancholie – und Bishop wusste, dass die Arbeit, die ihm bevorstand, nicht leichter werden würde. Aber er war zurück, und zum ersten Mal seit Langem spürte er so etwas wie Boden unter den Füßen.

Er blieb kurz stehen, blickte zurück auf die Eingangsschleuse. Draußen, irgendwo zwischen Jupiter und den Monden, trieb ein Stück Zukunft, das er nicht mehr aufhalten konnte. Aber hier, in diesem Drecksloch, das sie Heimat nannten, war die Welt zumindest noch ein wenig berechenbar.

Er zog den Reißverschluss seiner Jacke höher, schob die Hände in die Taschen und machte sich auf den Weg zur Polizeistation.

Die Luft roch nach Metall und irgendetwas, das in den Belüftungsschächten modert – ein Geruch, den man irgendwann nicht mehr wahrnahm, weil er schlicht zum Alltag gehörte. Das Geräusch seiner Schritte vermischte sich mit den Stimmen der Menschen, die immer noch erschöpft und angespannt zwischen den einzelnen Sektoren unterwegs waren.

Er passierte eine Kreuzung, an der die Wand noch rußgeschwärzt war – Überreste des Aufstands, der vor wenigen Tagen das Zentrum der Station erschüttert hatte. Auf dem Boden lagen Reste von Absperrbändern, zerbrochene Holo-Panels, und der fade Geruch von verbranntem Kunststoff hing in der Luft. Ein Techniker schob wortlos einen Putzroboter über das getrocknete Blut, als könnte er die Vergangenheit einfach wegscheuern.

Bishop blieb einen Moment stehen und betrachtete die Spuren des Chaos. Eingetretene Türen. Glasscherben, die von einem zerbrochenen Schaufenster stammen mussten. Ein verlassener Schutzhelm. Er hörte, wie irgendwo weiter hinten jemand laut fluchte, gefolgt vom dumpfen Klirren einer Werkzeugkiste. Die Aufarbeitung der Ereignisse würde Monate dauern, und doch wusste Bishop, dass der eigentliche Riss, den all das verursacht hatte, viel tiefer verlief. Unsichtbar, aber bleibend.

Er stieg in den nächsten Shuttle-Pod nach Sektion 1. Das Fahrzeug glitt mit beschlagenen Scheiben durch die Tunnelschleifen. Draußen huschten Werbebildschirme vorbei, auf denen bereits neue Slogans für die Sicherheit der Lunaris Industrial Group warben. Nichts änderte sich hier wirklich, dachte Bishop, und sah seinem fahlen Spiegelbild im Glas einen Moment lang ins Gesicht.

Im Hauptquartier war es ungewöhnlich ruhig. Einige Kollegen nickten ihm zu, andere starrten einfach nur an ihm vorbei, als hätten sie Angst, sich mit dem zu infizieren, was er erlebt hatte. Bishop marschierte den langen Gang entlang, bis er vor der schweren Tür zu Timmons' Büro stand. Das alte Namensschild war angeschrammt. Bishop zögerte nur kurz, dann trat er ein.

Timmons stand vor der Wand hinter dem Schreibtisch, die Hände auf dem Rücken verschränkt, und starrte auf ein riesiges Bild eines Strandes irgendeiner Karibikinsel im Sonnenuntergang. Die Nachrichten liefen stumm auf dem Wandmonitor, die Überschriften wanderten in einem Ticker am unteren Rand des Bildes durch: *Krise auf Ganymed – Neue Enthüllungen?*

Timmons drehte sich nicht um, als Bishop eintrat. »Sie sind zurück«, sagte er.

Bishop nickte. »Ich bin zurück.«

Timmons schwieg einen Moment. Dann wandte er sich ihm schließlich zu und ließ sich schwer in seinen Stuhl fallen. Die Falten auf seiner Stirn wirkten tiefer als sonst. »Erzählen Sie.«

Bishop setzte sich ihm gegenüber, ließ die Schultern kreisen, als müsste er sich erst wieder daran erinnern, wie man sich entspannte. Dann begann er, zu erzählen. Zuerst langsam, dann immer präziser. Die Vorgänge in Schacht 12B. Die Entdeckung des Fragments. Die Rolle der Lunaris Industrial Group, der Verrat von Ben Harris, der Mord an Clark, das Eingreifen von Huntington Industries, das tödliche Ränkespiel zwischen Reed, Elena und all den anderen, die am Ende nur Schachfiguren in einem Spiel um Macht und Angst gewesen waren. Er verschwieg nichts – weder die Toten noch die Schuld, die auch auf ihm selbst lastete.

Als Bishop geendet hatte, blieb Timmons still. Er massierte sich die Schläfen, atmete einmal tief durch und sah Bishop direkt an. »Sie haben einen verdammt guten Job gemacht. So wie immer.«

Bishop schüttelte den Kopf. »Ich bin fertig, Timmons.«

Der Chef blinzelte. »Wie meinen Sie das?«

»Ich kündige«, sagte Bishop. Die Worte kamen ruhig, ohne Zorn, aber mit einer Schwere, die keinen Widerspruch zuließ.

Timmons rutschte auf seinem Stuhl nach vorne. »Alan, hören Sie zu. Ich weiß, was Sie durchgemacht haben, ist nicht leicht. Aber glauben Sie wirklich, das ist jetzt der richtige Zeitpunkt? Sie sind der beste Ermittler, den wir je hatten. Was wollen Sie denn machen? Das hier ist Ihr Leben.«

Bishop zuckte mit den Schultern. »Ich weiß es noch nicht. Vielleicht gehe ich zur Erde zurück. Oder ich versuche es auf dem Mars, fange irgendwo neu an, als Berater, als … irgendwas. Vielleicht arbeite ich auch gar nicht mehr. Aber ich kann das hier nicht mehr, Timmons. Nicht nach alldem.«

Timmons trommelte mit den Fingern auf die Tischplatte, blickte Bishop prüfend an. »Sie sind ein geborener Ermittler. Ceres braucht Sie. Ich brauche Sie.«

Bishop sah ihn lange an. Dann stand er auf, schob den Stuhl zurück. »Ich schicke Ihnen meinen Bericht. Und die Kündigung. Mehr gibt es nicht zu sagen.«

Er verließ das Büro, ohne sich noch einmal umzusehen.

Der Weg in sein Apartment fühlte sich länger an als sonst. Bishop stieg in den Zug, der ihn in seinen Sektor brachte. Dort stieg er aus und ging durch die Gassen und Straßen. Hinter einer Glastür sah er zwei Jugendliche, die sich stritten, von irgendwoher hörte er die Stimme eines Reporters aus einem Lautsprecher. Die Nachrichten überschlugen sich schon jetzt mit neuen Theorien und Gerüchten über Ganymed.

In seiner Wohnung stellte Bishop die Tasche mit seinen letzten Habseligkeiten ab und ließ sich schwer auf den Stuhl vor dem Terminal sinken. Er loggte sich ein und rief die gesicherten Daten auf: Kopien aller Berichte, Videologs, medizinische Protokolle, interne E-Mails und verschlüsselte Akten aus SL-1. Alles, was Elena und die anderen zu verbergen versucht hatten, lag in diesen Dateien. Bishop wählte mehrere Adressaten aus: große Presseagenturen, unabhängige Nachrichtendienste, zwei investigative Channels im Gürtel und einen alten Kontakt auf der Erde.

Mit einem einzigen Klick verschickte er alles. Es gab kein Zurück.

Er blieb noch einen Moment sitzen, spürte die Leere, die sich langsam in ihm ausbreitete. Dann ließ er sich auf das Bett fallen und schloss die Augen.

Er musste einige Stunden geschlafen haben. Als er aufwachte, fühlte er sich wie ausgekotzt. Trotzdem richtete er sich auf und schwang die Beine aus dem Bett. Er war voll angezogen, so wie er sich hingelegt hatte. Nicht einmal die Schuhe hatte er abgestreift. Es war egal. Alles war in diesem Moment egal. Er nahm sein Linkphone und bemerkte, dass es bereits später Nachmittag am nächsten Tag war. Verdammt, so lange hatte er seit Jahren nicht mehr geschlafen.

Im Band machte er sich kurz frisch, zog seine Lederjacke über und machte sich auf den Weg zur Bar in Sektor 9. Er wollte keinen seiner alten Kollegen sehen, keinen Heldenempfang, keine Fragen. Er wollte nur trinken und vergessen, für ein paar Stunden den Preis der Wahrheit ausblenden.

Die Bar war schummrig, verraucht, voll wie immer. An den Tischen saßen Dockarbeiter, ein paar Techniker, vereinzelt Uniformierte. Bishop setzte sich an den Tresen, bestellte einen Whisky – einfach, ohne Eis – und beobachtete die Bildschirme über der Theke. Sie zeigten wie immer die neuesten Sportübertragungen, Nachrichten aus dem Gürtel, Reklame für künstliches Fleisch und Recyclingangebote. Alles schien auf seltsame Weise unwirklich, als wäre er nur ein Zuschauer in einem Leben, das gerade an ihm vorbeizog.

Irgendwann wechselten die Streams, erst auf einem, dann auf allen Monitoren. Das Programm wurde unterbrochen. Das Logo der UN-News erschien, eine Reporterin mit ernster Miene trat ins Bild. »Enthüllungen um die Ereignisse auf Ganymed. Mutmaßliche Vertuschung durch die Lunaris

Industrial Group. Tote, Sabotage, geheime Artefaktfunde, Regierungsbeteiligung …«

Die Bar verstummte. Alle sahen auf die Monitore. Manche tuschelten, andere schüttelten nur die Köpfe. Bishop trank in tiefen Zügen. Er hatte es geschafft. Zumindest das. Die Wahrheit war draußen. Die Bastarde hatten ihr Gesicht verloren.

Er spürte beinahe so etwas wie Genugtuung, als er das Glas absetzte. Sein Blick verschwamm leicht. Dann spürte er, wie sich eine Hand auf seinen Oberschenkel legte und langsam hinauf zu seinem Schritt wanderte. Er wandte sich um, roch das süßliche Parfüm, das ihm so vertraut war.

»Na, Detective«, sagte Fiona.

Ihre Hand kreiste in seinem Schritt. Es erregte ihn.

»Hast du heute Lust auf eine Runde Spaß? Schließlich schuldest du mir noch einen Ritt. Oder feierst du deinen Heldenmut lieber allein?«

Bishop schüttelte nur den Kopf. »Nicht heute. Ich will einfach nur hier sitzen und trinken.«

Sie ließ die Hand dort, wo sie war, und beugte sich vor. »Komm schon, Alan. Ich hab dich vermisst«, hauchte sie so nah an seinem Ohr, dass sich seine Nackenhaare aufstellten.

Er griff nach ihrer Hand und entfernte sie sanft, aber bestimmt. »Sorry, aber heute musst du dir einen anderen suchen.«

Das verführerische Lächeln verschwand aus ihrem Gesicht. »Du glaubst doch nicht ernsthaft, dass das, was du getan hast, irgendetwas ändert, oder? Ich weiß, dass diese Informationen von dir kommen.«

»Ach, und woher?«

»Weil es zu dir passt. Weil du immer das Richtige tun willst. Du bist kein schlechter Mensch, Alan, und dafür beneide ich dich. Von dir gibt es viel zu wenige in diesem System.

Aber du bist auch naiv, wenn du glaubst, dass du damit alles beenden kannst. Dass sich etwas ändern wird. Sie werden sich einen Sündenbock suchen und ihn öffentlich vernichten. Lunaris und alle anderen werden so weitermachen wie bisher, ohne dass sich irgendetwas ändert. So war es schon immer und so wird es immer sein. Du solltest nur zusehen, dass du nicht der Sündenbock wirst.«

Bishop sah sie lange an. *Ich bin kein schlechter Mensch.* Das hatte auch Elena über sich selbst gesagt. War er wirklich kein schlechter Mensch? Elena war ein Opfer ihres Umfelds geworden. Bis heute hatte er nicht verstanden, warum sie getan hatte, was sie getan hatte. Aber war sie wirklich in ihrem Inneren noch die Elena, in die er sich verliebt hatte? Er schob den Gedanken so weit weg, wie er nur konnte, er wollte jetzt und hier nicht darüber nachdenken.

»Das ist mir egal«, sagte er schließlich. »Ich habe meinen Beitrag geleistet. Das ist alles. Jetzt liegt es an den Menschen, diese Wahrheit zu akzeptieren.«

Fiona schmunzelte. »Die Menschen wollen nicht die Wahrheit hören. Sie ist ihnen egal. Sie wollen ihr einfaches Leben leben, sich nicht um so etwas kümmern, und sie brauchen etwas, über das sie sich aufregen können, gegen das sie hetzen können, damit sie sich zugehörig fühlen. Wie viele Enthüllungen gab es über dubiose Machenschaften von Firmen und Regierungen in der Geschichte? Dutzende. Hunderte. Und was ist passiert? Tja, das kann ich dir sagen: Wir sind heute hier und unterhalten uns darüber, denn es hat sich nichts geändert. Ich verstehe, was du damit bezwecken willst, und es ehrt dich, aber du hättest mit deinem Wissen und deinen Fähigkeiten diesen Menschen da wehtun können, wo es sie wirklich schmerzt. Ich hoffe, du wirst irgendwann glücklich, Alan, und findest etwas Seelenfrieden.« Sie beugte sich vor und gab ihm einen Kuss auf die Wange. »Leb wohl, Alan Bishop.« Dann verschwand sie und ließ ihn an der Bar zurück.

Bishop trank das Glas in einem Zug aus. Er spürte, wie der Alkohol langsam die Erschöpfung löste. Er blickte noch einmal zu den Bildschirmen. Die Reporter überschlugen sich, Kommentatoren forderten Untersuchungsausschüsse, aufgeregte Stimmen verlangten Rücktritte und Konsequenzen. Es war, als läge die Welt für einen Herzschlag in der Schwebe.

Aber Bishop wusste es besser. Er wusste, dass sich die Dinge nur selten wirklich änderten. Vielleicht würde ein Kopf rollen, vielleicht zwei. Aber in ein paar Monaten würde man alles vergessen haben. Er hatte getan, was er konnte. Das Kapitel Ganymed war geschlossen.

Er blieb noch lange sitzen, der Lärm der Bar lullte ihn ein. Vielleicht würde er irgendwann weiterziehen. Er dachte an das, was Fiona ihm gesagt hatte, doch mit jedem Schluck Whisky fiel es ihm leichter, loszulassen und nicht weiter darüber nachzudenken. Für diesen Abend war er einfach nur Alan Bishop – ein Mann, der der Menschheit ein Stück Wahrheit hinterlassen hatte.

Fortsetzung folgt

Nachwort

Wenn ich das letzte Kapitel eines Buches abschließe, bleibt oft mehr als nur eine Geschichte zurück. Es sind die Fragen, die mich als Autor umgetrieben haben, und vielleicht auch die, die bei Ihnen als Leser nachhallen.

Mit *Das Ganymed-Fragment* habe ich versucht, eine Welt zu entwerfen, in der Hybris und Verletzlichkeit des Menschen ebenso viel Raum einnehmen wie die großen Fragen nach Verantwortung, Macht und Wahrheit. Alles, was hier erzählt wurde, entspringt einer möglichen Zukunft – aber letztlich auch immer unserer Gegenwart.

Während ich schrieb, habe ich mich immer wieder gefragt, wie wir handeln würden, wenn die Entscheidungen wirklich so gewaltig wären wie die, vor die ich Alan Bishop gestellt habe. Würden wir den Mut aufbringen, den einen fatalen Knopf zu drücken, oder suchen wir bis zuletzt nach einem anderen Ausweg? Es ist diese moralische Unsicherheit, die mich an der Science-Fiction reizt: Die Einsicht, dass es keine einfachen Lösungen gibt und dass am Ende jeder seinen eigenen Preis zahlen muss.

Ich danke Ihnen dafür, dass Sie Bishop, Martinez, Moreno, Bruckner und all die anderen auf dieser Reise begleitet haben – bis in die tiefsten, manchmal auch dunkelsten Winkel unseres

Sonnensystems. Vielleicht nehmen Sie mehr mit aus dieser Geschichte, als Sie erwartet haben. Vielleicht bleibt auch nur das Gefühl, dass hinter jedem wissenschaftlichen Fortschritt, hinter jedem technischen Triumph immer der Mensch steht – mit all seinen Zweifeln, Fehlern und Hoffnungen.

Bleiben Sie neugierig. Bleiben Sie kritisch. Und passen Sie gut auf sich auf, egal wie kalt und fremd das All da draußen manchmal auch wirken mag.

Herzlichen Dank fürs Lesen.

David

Mehr entdecken

Die Schatten der Solaren Union
Eryx Vail

Nach den Neuwahlen herrscht Katerstimmung in der Solaren Union. Die neue Vizepräsidentin Selena Veyra muss sich nicht nur mit ihrem ehemaligen Widersacher, dem populistischen Präsidenten Julius Marek, herumschlagen, sondern auch noch eine Naturkatastrophe auf dem Mars und Aufstände auf den Saturnmonden bewältigen. Schon bald droht die fragile Koalition zu zerbrechen – und damit die gesamte Solare Union ins Chaos zu stürzen.

Ein fesselnder Near-Future-Thriller über Täuschung, Liebe, Verrat – und den Preis, den man für seine Überzeugungen zu zahlen bereit ist.